Editora Charme

O Coletor de Bruxos

WITCH WALKER - I

CHARISSA WEAKS

Este livro é um trabalho de ficção.
Todos os nomes, personagens, locais e incidentes são produtos da imaginação da autora.
Qualquer semelhança com pessoas reais, coisas, vivas ou mortas, locais ou eventos é mera coincidência.

1ª Impressão 2023

Design da capa - Mibl Art
Mapa - Chaim's Cartography @chaimscartograpy
Ilustração com beijo - Jakub Drozd @_artby_jake
Ilustração com cena de amor - Meri Ceban @cebanart
The Sisterhood - Yasmin Oliveira @brielyasmin
Adaptação da capa e Produção Gráfica - Verônica Góes
Tradução - Sophia Paz
Preparação de texto - Fernanda Marão
Revisão - Equipe Charme

Esta obra foi negociada por Brower Literary & Management, Inc.

CIP-BRASIL. CATALOGAÇÃO NA PUBLICAÇÃO
SINDICATO NACIONAL DOS EDITORES DE LIVROS, RJ

W374c
v. 1

Weaks, Charissa
O coletor de bruxos / Charissa Weaks ; tradução Sophia Paz. - 1. ed. - Campinas [SP] : Charme, 2023.
(Witch walker ; 1)

Tradução de: The witch collector
ISBN 978-65-5933-115-4

1. Romance americano. I. Paz, Sophia. II. Título. III. Série.

CDD: 813
23-83788 CDU: 82-31(73)

Meri Gleice Rodrigues de Souza - Bibliotecária - CRB-7/6439

Editora Charme

www.editoracharme.com.br

Editora Charme

O Coletor de Bruxos

WITCH WALKER - I

CHARISSA WEAKS

Para a minha família.

Vocês são minha luz na escuridão.

Eu amo todos infinitamente.

E para todos os escritores que se atormentam

achando que não são bons o suficiente,

que não podem continuar,

que não terão sucesso.

Vocês são. Vocês podem. Vocês vão.

Nota da Autora

A língua de sinais utiliza uma abordagem visual-manual para a comunicação. Não existe uma língua universal de sinais. Por exemplo, a língua britânica é diferente da americana, e ambas diferem da brasileira. As línguas de sinais têm sua própria gramática e usam movimentos das mãos, ordem dos sinais e dicas corporais e faciais para criar essa gramática, bem como direção do olhar, piscadas e pausas. Para facilitar a leitura, a língua de sinais fictícia neste romance é lida como se fosse inglês sinalizado, o que, nesta tradução, corresponde à língua brasileira de sinais.

NERI
Planície da Terra do Gelo
Hampstead Loch
As Passagens
Geavenna
Malgros
Mar Maloriano
Ske Trana
Ilunnan
Províncias Sociheane
Rio Jade
Terras do Verão
Cidade das Ruínas
ASHA

Terras do Norte
O Abismo de Pensea
THAMAOS
Lago Perdido
Cordilheira Mondulak
Mares Negros
Floresta Esquecida
Território das Terras do Leste
Templo de Thamaos
Palácio do Príncipe das Terras do Leste
Baia dos Invasores
Terras das Sombras
Cabo de Bowman
URDIN
ESSIA

Coleta

Já se passaram oito longos anos desde que o Coletor de Bruxos levou minha irmã.

A cada lua cheia, ele cavalga em nosso vale, o manto preto chicoteando ao vento, e leva um de nós à Vila Invernal, lar do imortal Rei do Gelo, para ali permanecer para sempre. Tem sido assim há um século, e hoje é mais um desses dias — o Dia da Coleta. Mas o Coletor de Bruxos não virá atrás de mim. Disso, tenho certeza. Eu, Raina Bloodgood, moro nesta vila há vinte e quatro anos, e há vinte e quatro anos ele me ignora.

Erro dele.

Algumas mulheres anseiam por um marido. Um lar. Filhos. Outras desejam beijos quentes nas sombras, sussurros de sedução contra a pele. Eu? Eu quero minha família. Reunida e livre. Também quero o Rei do Gelo e seu Coletor de Bruxos.

Mortos.

E hoje realizo meu desejo.

I

O FOGO

1
Raina

Sob a luz turva do amanhecer, entro furtivamente pela porta dos fundos da cabana do padeiro, pego dois pães frescos de uma prateleira de resfriamento e deslizo para a névoa prateada que rasteja pela nossa aldeia adormecida. Ninguém me vê. Ninguém me ouve. Fui calada e furtiva toda a minha vida, acostumada a ser a bruxa esquecida sem voz. Mas nunca fui uma ladra, e nunca fui uma assassina.

As pessoas mudam, suponho.

Com o pão enfiado na minha veste, corro para a cabana que compartilho com minha mãe e puxo minha bolsa de debaixo da cama. Aquele doce aroma de fermento e mel faz meu estômago vazio roncar, mas preciso me manter focada. O pão roubado pode ser nossa salvação nos próximos dias.

As últimas semanas me deram motivos para acreditar que aqueles que amo podem ter um futuro diferente do que se estende diante de nós há tantos anos — um futuro de medo, pavor e perda. Podemos deixar Silver Hollow e este vale, encontrar uma nova vida longe daqui, em algum lugar distante das mãos pesadas de governantes imortais. Eu só preciso sequestrar o braço direito do Rei do Gelo, forçá-lo a me guiar pela proibida Floresta da Água Gélida, emboscar o castelo guardado do reino na Vila Invernal, matar meus inimigos e recuperar minha irmã.

Sozinha.

Depois de acondicionar os pães junto aos outros itens que preparei para a viagem, empurro a bolsa de volta ao esconderijo. Enquanto planejo essa revolução feita por uma só mulher, os jovens bruxos do vilarejo provavelmente estão reunidos com suas famílias, temendo serem levados.

Ao contrário dos outros bruxos do vale, nunca tive medo de ser escolhida. Bruxos Caminhantes cantam sua magia em Elikesh, a língua dos Antigos. Nascida sem a capacidade de falar, aprendi a tecer construções mágicas traduzindo Elikesh usando a linguagem que mamãe me ensinou — uma língua de sinais falada com as mãos.

Criar magia dessa maneira é uma habilidade difícil. Às vezes, eu entendo errado. Uma palavra aqui, um refrão ali. Essa luta, e o fato de que nem uma única marca de bruxa vive em minha pele, me tornou invisível para a escolha. Os Bruxos Caminhantes escolhidos ajudam a proteger as fronteiras mais ao norte e a própria Vila Invernal. O que Colden Moeshka, o Rei do Gelo, iria querer com uma bruxa inexperiente como eu?

Um sorriso tenta meus lábios.

Se ele soubesse tudo o que posso fazer...

Um *baque* forte soa na porta, e o som reverbera pelos meus ossos. A princípio, acho que pode ser mamãe, com os braços sobrecarregados de maçãs, querendo que eu abra a porta para que ela entre. Mas o cheiro inconfundível da morte flutua abaixo da soleira. O aroma é fraco, mas está lá.

Quando abro a porta, uma pomba, com as asas abertas, está imóvel no chão. Com um toque suave, embalo o pássaro na curva do braço, passo os dedos sobre sua cabeça e seu peito e a carrego para dentro. O pescoço parece machucado, mas ela ainda está viva, embora por pouco. Tenho alguns minutos para salvá-la, mas isso é tudo.

Na maioria das vezes, a chance de ajudar passa por mim. É mais seguro se ninguém souber que sou uma Curandeira. Nunca ousei contar aos meus pais ou a qualquer outra pessoa. Nem mesmo ao meu amigo Finn. Apenas minha irmã, Nephele, sabe que tenho essa habilidade. Ela sempre disse para ser grata por eu não ter marcas de bruxa, porque o poder que vive dentro de mim me torna valiosa.

E coisas valiosas ficam trancadas.

À medida que o cheiro da morte fica mais forte, sento na cadeira de minha mãe perto da lareira e aninho a pomba em meu colo. Sua morte cheira a agulhas de pinheiro e a musgo úmido, misturados a uma pitada de chuva fria. Inspiro profundamente, fechando os olhos, absorvendo aquele cheiro, e observo enquanto os fios brilhantes e enrolados da vida da pomba se desenrolam como um carretel de linha.

Não tenho certeza se esta é a minha decisão mais sábia, considerando o que devo fazer hoje. A cura pode ser cansativa, dependendo da proximidade da morte e do tamanho da vida que estou tecendo de volta. Mas uma pequena pomba deve ser um pequeno esforço. Não posso simplesmente deixá-la morrer.

Concentrando-me, imagino os fios escuros tornando-se uma trança brilhante, e a pomba voando sobre o vale. Esta é a primeira parte de todo resgate — manifestar uma visão da minha vontade. Em seguida, me esforço na antiga canção que conheço desde a primeira vez que vi os fios da vida em uma corça moribunda e formo sua letra com as mãos.

Loria, Loria, anim alsh tu brethah, vanya tu limm volz, sumayah, anim omio dena wil rheisah.

Os fios brilham e tremem, unidos como ferro em magneto. Continuo cantando, repetindo as palavras até os fios se entrelaçarem, e a construção dourada da vida volta a ser sólida e resplandecente.

As asas da pomba batem e rugem. Quando abro os olhos, seu coração pulsa tão forte que o peito se move a cada batida. Seus olhinhos também se abrem, e ela se ergue, voando de parede a parede. Abro as venezianas e a vejo decolar no frio, desaparecendo à distância perto do limite da floresta.

Estou um pouco cansada e tonta, e suor frio escorre pela minha testa, mas vou me recuperar. A parte mais estranha de curar uma vida tão perto do fim é que a morte roubada se enrola dentro de mim como uma sombra. Tenho só um punhado de mortes escondidas, mas sinto a pequena escuridão de cada uma.

Começo a fechar as venezianas, mas me interrompo e contemplo a vista da manhã na aldeia — possivelmente a minha última. A oeste, onde a Floresta da Água Gélida se curva sobre as colinas, o grupo da meia-noite dos Bruxos Caminhantes se move ao longo da borda da floresta perto da torre de vigia, deslizando pela escuridão como fantasmas. E na neblina, pouco além do gramado da vila, algumas mulheres vêm do leste. Cercadas por nuvens de sua própria respiração, elas carregam cestas de maçãs sobre as cabeças. Tudo o mais está calmo, por enquanto, uma aldeia prestes a acordar para o dia mais temido do ano.

Depois de atiçar o fogo, troco a capa por um xale e vou para minha mesa de trabalho. O sol está quase nascendo, o que significa que Finn vai acordar em breve, e que, como as mulheres carregando suas maçãs, mamãe vai voltar do pomar a qualquer momento. Há trabalho a fazer e um plano que devo levar até o fim; embora seja difícil imaginar deixar tudo o que conheço.

Mas não posso ficar. Vivemos em um mundo onde as guerras fervilham entre dois dos territórios continentais de Tiressia — os territórios das Terras do Leste e as Terras do Verão, ao sul. Durante séculos, todos os governantes do leste tentaram conquistar as terras do sul, desejando reivindicar a Cidade das Ruínas — uma cidadela que se acredita abrigar o Bosque dos Deuses e o cemitério das divindades de Tiressia.

É o que dizem os mitos.

Para crédito do Rei do Gelo, nunca conheci a guerra. As Terras do Norte permaneceram neutras, mas nossos cidadãos — seja protegendo a costa, as montanhas, o vale, as planícies da Terra do Gelo ou o próprio rei — devem viver de acordo com os desejos do Rei do Gelo, guardiões acima de tudo. Acredito que tenho o poder de mudar isso, de acabar com sua vida imortal e nos tornar uma terra livre governada por seu povo, livre para viver como quisermos.

E é isso que pretendo fazer.

A velha pedra de amolar do meu pai fica no fundo do baú. Eu a alcanço debaixo de outras ferramentas de trabalho e pego um copo de água da chuva do balde de lavagem para a tarefa de moagem. Assim que me sento para trabalhar, mamãe irrompe na cabana carregando uma cesta enorme de maçãs. Ela chuta a porta, mas não a fecha antes que um vento amargo vindo da Floresta da Água Gélida a siga para dentro. Com um grunhido, ela deixa cair a cesta carregada.

O frio me envolve, e estreito o xale entre meus ombros, a mesma peça colorida que Nephele tricotou anos atrás. Ultimamente, sua lembrança está em toda parte. Até as maçãs cobertas de geada aos meus pés me fazem pensar nela. Nephele adorava o pomar e apreciava a colheita do Dia da Coleta. Ela também não se importava de viver na parte norte do império destruído de Tiressia, nem se incomodava com o toque do inverno que se apega ao nosso vale após cada lua cheia.

Eu sou o oposto. Odeio viver nas Terras do Norte. Odeio a colheita do Dia da Coleta e odeio essa época do ano. Cada dia de outono que passa é outro lembrete de que o Coletor de Bruxos está chegando e que Silver Hollow, com suas colinas verdes e campos dourados banhados pelo sol, em breve será enterrada sob a geada sufocante do inverno.

Minha mãe tira uma mecha de cabelo grisalho da testa e coloca as mãos elegantes nos quadris largos.

— Eu sei que você vai me achar tola — diz —, mas hoje será um bom dia, minha menina. Sinto isso nos meus ossos.

As marcas de bruxa da mamãe são poucas e sua magia é simples. Os redemoinhos de sua habilidade brilham sob uma fina camada de suor frio, leves gravuras prateadas curvando-se ao longo da pele morena do pescoço esbelto.

Deixando de lado o copo de água da chuva, forço o primeiro sorriso do dia. Meus dedos estão rígidos de frio quando eu sinalizo.

— Você está certa, mãe. Eu deveria começar a descascar.

Em seguida faço um giro no banco e me afasto dela e daqueles olhos experientes.

Meu sorriso desaparece enquanto acendo as velas que iluminam minha área de trabalho. Quero evitar essa conversa. Acontece todos os anos, e todos os anos o Coletor de Bruxos prova que a intuição da mamãe está errada.

Ainda assim, eu nunca a chamaria de tola. Embora seja uma sonhadora com a cabeça nas estrelas, minha mãe é a pessoa mais sábia que já conheci. É que este dia nunca é bom, e este ano pode ser pior do que nunca.

Por minha causa.

Abro a gaveta da mesa de trabalho e recupero nossa salvação, a razão pela qual encontrei tanta coragem para retomar nossa vida: a velha faca do papai. Segundo ele, a *Faca Divina*, como a chamava, tinha sido forjada por um feiticeiro do leste a partir da costela quebrada de um deus morto há muito tempo. Ela estava desaparecida desde o inverno seguinte ao que minha irmã foi escolhida, perdida nos campos cobertos de neve no dia em que o coração do meu pai parou de bater.

Algumas semanas atrás, um grupo de agricultores viu a lâmina durante a colheita, meio enterrada no solo de um campo prestes a ficar em pousio. Um deles, o pai de Finn, Warek, reconheceu a faca por seu incomum cabo de granito branco, a estranha lâmina preta e a pedra âmbar cravada no punho. Ele garantiu que os fazendeiros devolvessem o achado para minha mãe.

— *O que há de tão especial na Faca Divina?* — perguntei uma noite quando ainda era pequena o suficiente para sentar no colo do meu pai. Ele carregava aquela faca para onde quer que fosse. Não havia dúvida de que era importante.

Ele tinha acabado de chegar da colheita. Ainda me lembro do aroma que vinha dele — como almíscar e campo. Tracei as veias em sua mão, seguindo suas marcas de bruxo — as marcas de um ceifador —, que se ramificavam como raízes de árvores sobre seus nós dos dedos nodosos.

— *A Faca Divina é um remanescente de Deus* — respondeu. — *Osso de Deus, moldado pela mão de Un Drallag, o Feiticeiro. Ela remete à alma do deus de cujo corpo o osso foi retirado. Ela pode matar qualquer um e qualquer coisa, os abençoados e os amaldiçoados, os eternos vivos e os mortos ressuscitados, até outros deuses.*

— *Ainda assim, você a mantém* — retruquei, sem entender a profundidade de suas palavras ou o fato de que, um dia, mudariam meu mundo.

Sua única resposta foi:

— *Sim, filha. Eu a mantenho. É um dever.*

Como acontece com Nephele, sempre penso no meu pai. Por que ele foi aos campos no dia em que morreu – no auge do inverno – permanecerá para sempre um mistério, assim como a pergunta que pode me assombrar até meu último suspiro: se a faca é tão poderosa, por que ele não a usou para nos salvar? Para salvar Nephele?

Ele teve a faca por anos – uma assassina de deuses, uma matadora imortal, uma arma divina. Nem uma vez ele a usou contra o Rei do Gelo para mudar nossa situação.

Mamãe se inclina sobre meu ombro e desamarra sua capa enquanto olha para a faca. O aroma de cravo, folhas caídas e frieza esfumaçada flutua de sua pele e roupas.

— Você está afiando essa coisa velha?

Ela não acredita nas histórias contadas pelo papai de que ele encontrou a Faca Divina ao longo da costa Maloriana. Embora mamãe tenha mantido a arma escondida desde que voltou para a gente, ela ainda não acredita em seu mito e afirma que a lâmina não tem poder.

Mas eu acredito. Porque eu sinto.

Em resposta, seguro a borda escura e fosca contra a luz da vela. Preciso desta faca afiada o suficiente para penetrar tendões e ossos, e só confio em um par de mãos para ter certeza de que poderá.

Infelizmente, essas mãos não são minhas.

— Continue, então — diz mamãe. — Mas temos facas melhores para descascar maçãs, Raina.

Preciso levar a faca para Finn. Ele geralmente trabalha com ferro extraído perto da Cordilheira Mondulak, mas suas mãos são aquelas em que confio. Só preciso de uma desculpa porque mamãe está certa. Temos outras facas para o trabalho do dia. Não tenho nenhuma razão para estar tão focada na antiga faca de meu pai, nenhuma em que ela vá acreditar, de qualquer maneira, e não posso explicar meu plano. Algo me diz que ela não estaria muito interessada em saber que sua filha pretende usar uma faca para sequestrar o Coletor de Bruxos.

Mamãe pendura o manto na porta e vai até a lareira para se servir uma caneca de sidra de maçã quente. Quando volta para o meu lado, observa por cima do meu ombro enquanto coloco a pedra de amolar do meu pai em um pedaço de pano oleado. Ela diz que a faca não é feita de osso. Que osso é negro como a noite e frio como gelo?

Mas é osso. Osso de deus. Não sílex ou aço. Estou muito certa disso. Algo dentro daquela velha medula vibra a cada passada na pedra, como se eu a estivesse trazendo de volta à vida.

Mais gotas de suor brotam em minha testa enquanto trabalho, deslizando a borda ao longo da pedra com cuidado. E se eu a danificar? O osso de deus *pode* ser danificado? E se o Coletor de Bruxos me vencer hoje quando eu segurar esta lâmina em seu pescoço?

Minhas mãos tremem com o pensamento de estar diante dele, o suficiente para eu vacilar em meu trabalho. O osso fica preso na pedra e corto a ponta do dedo. Suspiro e chupo a ferida.

A morte dos deuses. Só *eu* me mataria acidentalmente com a arma que poderia me salvar.

— Raina, cuidado. — Minha mãe deixa a caneca de lado e analisa o corte. Ela toca meu queixo, o olhar suavizado pelo amor. — Eu sei que você considera esta faca uma conexão com seu pai, mas talvez Finn devesse dar uma olhada na lâmina, já que você está tão determinada a usá-la. Prefiro suas belas mãos intactas.

Meu pulso acelera. Me sinto como uma criança de novo, uma garotinha escondendo algo de sua mãe. Mas este é o momento perfeito. Eu não poderia ter planejado melhor.

— *Finn deve estar a caminho da loja* — sinalizo. — *Vou levar a faca para ele, e terminarei as maçãs muito antes do meio-dia. Eu prometo.*

— Vá. — Ela sorri. — Mas não demore. A ceia da colheita não vai ficar pronta sozinha.

Coloco minha capa, enrolo a faca em um pedaço de pele de animal e sigo para a porta.

— Filha.

Olho por cima do ombro, e mamãe cruza a pequena distância entre nós.

— Você se esforça tanto para esconder, mas uma mãe conhece sua prole melhor do que tudo. Não deixe que seu ódio traga problemas, Raina, para você ou para a gente. Se vai me prometer alguma coisa, me prometa isso.

Seus afiados olhos índigo disparam para a faca embrulhada como se ela conhecesse todas as minhas intenções, e a culpa e a vergonha apertam meu coração pelo que estou prestes a fazer. O que *devo* fazer.

Eu me inclino, beijo sua bochecha macia e, mesmo assim, minto.

— *Prometo* — sinalizo, e deslizo para a fria e cinzenta luz do dia.

2
Raina

A ferraria dos Owyn fica na periferia leste de Silver Hollow, perto do pomar e do vinhedo. É uma longa caminhada, mas estou cheia de energia nervosa, o suficiente para chegar em pouco tempo.

Enquanto caminho pelo gramado, memorizo cada detalhe da vila. A geada brilha na palha das cabanas e das casinhas, e os últimos suspiros finos dos fogos noturnos saem das chaminés. Os jardins estão morrendo e as flores silvestres que ladeiam o caminho para os campos se transformaram em cascas incolores. Em breve a neve se acumulará nos beirais e se acumulará até a altura dos joelhos em todas as portas, e a vida aqui no vale se tornará amarga e difícil.

Penso o tempo todo sobre o quanto odeio este lugar, mas a verdade é que só odeio essa situação de não ter escolha. Porque a vida poderia ser pior. Eu poderia viver em um clã bárbaro nos Territórios da Terra do Leste ou nas profundezas das areias escaldantes das Terras do Verão, ou poderia viver ao longo da costa das Terras do Norte, constantemente me preocupando com a guerra e o perigo do outro lado do mar. Em vez disso, moro em um vilarejo pacífico cheio de boas pessoas — Bruxos Caminhantes, *halflings* e aqueles sem nenhuma habilidade mágica.

Os guardiões da Floresta da Água Gélida.

Nossos Bruxos Caminhantes, junto dos de Hampstead Loch, Penrith e Littledenn, servem como a segunda linha de defesa nas Terras do Norte, perdendo apenas para a Guarda das Terras do Norte, que protege nossas fronteiras ao sul. De hora em hora, as vozes dos Bruxos Caminhantes carregam magia no éter ao longo da borda da Floresta da Água Gélida para reforçar uma barreira que mantemos intacta a todo custo.

Eu andei por esse limite muitas vezes, ajudando a fortalecer a proteção com minha música silenciosa. Para um estranho, a barreira nada mais é do que um brilho nas árvores, orvalho brilhando em uma teia de aranha na luz da manhã. Mas é muito mais do que isso. É uma fortaleza impenetrável com um único ponto de entrada vigiado a oeste perto de Hampstead Loch, através do qual o rei e sua comitiva — ou seja, seu Coletor de Bruxos — supostamente viajam.

Às vezes me pergunto se estamos mantendo os intrusos longe da floresta e, por consequência, longe da misteriosa Vila Invernal do Rei do Gelo.

Ou se estamos guardando algo.

Do outro lado do muro de pedra que separa a vila principal das fazendas dos fazendeiros, um punhado de anciãos sai do templo depois de sua costumeira oração matinal. Vários aldeões os seguem, incluindo a mãe de Finn, Betha e suas quatro irmãs mais novas.

Os Owyn são leais representantes do Povo do Norte, dedicados à adoração dos deuses antigos, especialmente o último deus das Terras do Norte na memória recente — Neri, um bastardo egoísta que está morto há trezentos anos. Às vezes, estar perto da família Owyn faz com que eu me sinta blasfemadora, mas, por outro lado, sou tudo menos devota. Não entro no templo desde que Nephele foi escolhida.

E não entrarei, nunca mais.

— Raina! — Helena, a segunda filha mais velha dos Owyn, começa a vir em minha direção.

Não passa um dia sem que eu fale com Hel. Eu a conheço a vida toda, e, quando perdi Nephele, Helena não saiu do meu lado. Ela preencheu um vazio em mim que nem mesmo Finn poderia alcançar.

Eu aceno para ela, e as outras irmãs seguem seus passos para me encontrar, seus rostos morenos contra o vento frio. Betha parece relutante e tem uma expressão sombria.

As gêmeas, Ara e Celia, não se incomodam. Elas correm e se agarram às minhas pernas enquanto Saira, a caçula, pula em meus braços e me abraça pelo pescoço. Ela se afasta e sinaliza a única frase que suas pequenas mãos dominam, graças ao irmão travesso.

— *Raina precisa de um banho*.

Saira ri, e um sorriso genuíno se espalha pelo meu rosto. Ela é uma pequena faixa de alegria em um dia sem alegria.

Helena se aproxima, seus cabelos negros lutando contra a brisa. A adaga que o pai e o irmão lhe deram no ano passado, quando ela completou dezoito anos, está sempre amarrada à cintura, mesmo durante as preces. Ela é alta e forte como o pai, mas suave nos modos como a mãe.

Os Owyn se interessam pela magia do fogo — útil para ferreiros —, embora grande parte de sua habilidade esteja em magia comum, como o resto dos aldeões. As marcas prateadas de bruxa de Helena estão fortes, contrastando com sua pele dourada, porém delineadas em um belo tom de âmbar.

Quando encontro seu olhar, ela me cutuca de lado e sorri, mas seu espírito selvagem não se agita, nem mesmo em seus olhos.

— *Bom dia, Raina* — sinaliza Betha. Ela abre um sorriso tenso e olha para as filhas pequenas, uma forma silenciosa de dizer que não quer que elas percebam as preocupações tão evidentemente gravadas em seu rosto.

Mesmo depois de todos os anos que ela me conhece, Betha ainda não aprendeu a sinalizar nada além da comunicação mais básica, assim como os outros — exceto Finn e Hel.

Olho para os profundos olhos castanhos de Helena.

— *Está tudo bem?* — sinalizo.

O que quer que as esteja incomodando não tem nada a ver com o Dia da Coleta. Os Owyn são Bruxos Caminhantes, e Finn e Helena ainda estão na idade para a escolha do Coletor de Bruxos. Os Owyn acreditam que o Rei do Gelo faz o que faz por uma razão divina, um homem dotado de discernimento da bênção eterna de Neri, um líder que pretende proteger nossas terras. Eu sei que eles ficariam tristes se hoje perdessem qualquer membro de sua família, mas veem o sacrifício como um dever — ao contrário de mim. Algo mais deve estar errado.

— *Os caçadores do banquete deveriam ter retornado das montanhas ontem à noite* — sinaliza Helena —, *a tempo de preparar suas presas para a ceia da colheita. Não houve sinal de nenhum deles. Nem mesmo do papai.*

Eu coloco Saira de pé no chão e a vejo pular em direção à aldeia. Todo outono, os caçadores do banquete viajam para o sul em direção às Montanhas Gravenna, na esperança de caçar e matar alguns animais grandes para a ceia da colheita. Fazendas espalhadas e pequenas aldeias ficam entre o nosso vale e as montanhas, mas, fora isso, a terra é uma extensão de colinas e pastagens abertas. Certamente não é uma jornada perigosa para caçadores que viajam por esse terreno há anos.

— *Tenho certeza de que eles só perderam a noção do tempo* — respondo. — *Warek retornará seguido de seu alegre bando, como se fosse o maior caçador de todos.* — Aperto sua mão para confortá-la porque sua preocupação é visível, formando linhas gêmeas entre seus olhos. Não sei se estou certa, mas, mais tarde, depois de falar com Finn, tenho um jeito de descobrir.

A cura não é meu único dom.

Helena morde o lábio.

— Espero que esteja certa, mas faz uma oração para Loria mesmo assim?

— *Claro que sim.*

Helena me conhece bem o suficiente para não incluir seu lorde das Terras do Norte no pedido. Loria é a deusa de toda a criação, e embora eu não possa dizer que acredito que os Anciões ainda nos ouvem, Warek era o amigo mais próximo de meu pai, e, por isso — descrente como só eu poderia ser —, vou rezar para nossa criadora.

Mas não rezo para Neri. Nunca para ele. Ele é a razão pela qual devemos lidar com o Rei do Gelo.

Helena e eu batemos os antebraços. Ela pressiona sua testa na minha e abre um sorriso suave.

— Tuetha tah — diz ela. É uma frase em Elikesh que significa *Minha irmã*.

Eu pressiono a forma sinalizada das palavras contra seu peito, me sentindo mais culpada a cada segundo que passa. Guardo poucos segredos de Hel, exceto a história da faca. Mas não contei para ela sobre meu plano, ou que estou deixando o vale — de verdade, desta vez. Helena me ama, mas ela nunca entenderia.

Ela reúne as irmãs e a mãe e as conduz em direção ao muro de pedra. Embora seu rosto ainda esteja sombreado de preocupação, seu sorriso se ilumina e ela pisca divertidamente por cima do ombro.

— Finn está na loja, se é para onde está indo. Vejo você no gramado ao meio-dia?

Assinto. Como se eu pudesse estar em qualquer outro lugar.

Do lado de fora da forja, passo por cima de Tuck — o cão preguiçoso e dourado que adoro — para chegar à entrada. Uma carícia atrás de sua orelha suave atrai o olhar daqueles olhos redondos, mas, fora isso, ele não se move. Tanto amor pela mulher que já enganou a morte por ele uma vez, quando ninguém estava olhando...

Lá dentro, não me surpreende encontrar Finn sentado em um canto escuro, recostado em uma cadeira, com os pés apoiados em uma mesa de trabalho, bebendo de uma caneca fumegante de hidromel. Esta costumava ser a loja do pai de Finn, e é o que aparenta. A bandeira verde e índigo de Tiressia está pendurada nas vigas enquanto o pendão de Neri cobre a parede acima da cabeça de Finn. A imagem de uma criatura mais lobo do que homem me encara, bordada com fios cinzentos em seda azul e branca.

A visão me enoja.

A porta range, e Finn olha para cima. As mechas escuras e selvagens estão despenteadas e caídas na testa, as pálpebras pesadas. Em melhor luz, sua pele — como a de Helena e a de seu pai — aparece marcada com prata, exceto pelo contorno de âmbar escuro.

— A julgar pelo seu olhar, acho que viu minha família. — Ele toma um longo gole e solta um suspiro irritado. — Papai está bem. Eles voltarão a tempo do jantar. Eles são caçadores, os melhores. Não estou preocupado.

Essa é a maneira de Finn interromper uma conversa que ele não quer ter antes que ela comece.

Desta vez, não me importo. Concordo com ele. Os caçadores do banquete conhecem nossas terras melhor do que ninguém. Além disso, o que poderia ter dado errado para que todos os sete não voltassem?

— *Sim. Não precisa se preocupar* — sinalizo. Cruzo o espaço entre nós, coloco a faca embrulhada ao lado dos pés de Finn e afasto a pele que a envolve. — *Você poderia afiar isso para mim?*

Finn olha para a Faca Divina, depois de volta para mim, e franze a testa.

— Para quê? Essa é a faca que meu pai encontrou, certo? É um pouco grande para descascar maçãs. — Ele toma outro gole de hidromel, me observando com um olhar curioso.

— *Não é para maçãs. Preciso dela para ajudar a limpar as caças para o banquete. Deve ser afiada o suficiente para cortar carne e osso.*

Deuses, que desculpa terrível. Não haverá caças para a ceia da colheita se os caçadores não retornarem a tempo.

Finn passa a mão pelo cabelo espesso e curva a boca em um sorriso.

— Você é a pior mentirosa de Tiressia, Raina Bloodgood. Está tramando alguma coisa.

Eu me movo para ficar de costas para o calor da forja, arrastando uma mão ao longo de uma fileira de adagas finamente trabalhadas e dos cinturões que Finn vende para seus clientes. Na noite passada, imaginei como seria contar a ele todos os detalhes do meu plano para libertar Nephele e as pessoas das Terras do Norte do domínio do Rei do Gelo. Implorar a ele que fosse corajoso e me ajudasse.

Mas agora que o momento chegou, não consigo ser honesta. Ele pode saber como forjar e manejar todas as armas criadas, mas Finn é um apreciador de armas, não um guerreiro. Ele está satisfeito onde estou inquieta, saciado onde morro de fome. Ele vai me chamar de dez tipos de tola e tentar me impedir.

E ele poderia ter sucesso em me convencer.

— *Não estou mentindo* — formo as palavras com firmeza e certeza, esperando ser convincente. — *Mamãe que mandou. Usaremos a faca para limpar o cervo selvagem para o jantar desta noite. Os caçadores vão voltar.*

Melhor me agarrar a uma mentira terrível do que reinventar outra.

Ele estreita os olhos castanhos, e a necessidade de se esconder atrás de algo me invade. Enganar mamãe já era ruim, mas enganar Finn poderia ser ainda mais desafiador.

Finn foi meu primeiro tudo. Meu primeiro amigo. Minha primeira luta. Meu primeiro beijo. Meu primeiro amante. Minha primeira decepção amorosa. Ele é a única pessoa com quem já compartilhei a história da faca. Ele também é o homem com quem decidi não construir uma família porque ele se recusou a deixar o vale, e eu não queria ficar. Os momentos da minha vida são preenchidos com ele. Ele me lê tão claramente quanto qualquer livro.

Depois de um gemido e um olhar penetrante, ele apoia a cadeira nas quatro pernas e pega a Faca Divina. Ele ainda está meio adormecido, e também desinteressado ou irritado.

Ou ambos.

— Cervos selvagens, hein? — Ele gira o punhal em sua mão, e a pedra âmbar reflete a luz do fogo da forja. Ele olha desconfiado para mim, estreitando os olhos novamente como se estivesse me analisando. — Você não estaria se referindo a um Coletor de Bruxos, não é, Raina? Talvez um Rei do Gelo?

Acho que está irritado.

Sento-me na cadeira em frente a ele.

— *Finn, pare. Por favor, não torne isso difícil. Preciso de sua ajuda.*

Finn devolve a faca à mesa e fala comigo com as mãos.

— *Ajuda com o quê? Matar o Coletor de Bruxos? Causar a fúria do Rei do Gelo sobre todos nós? Eu me lembro da história de seu pai. Você acredita mesmo que esta faca vai mudar tudo? Ou alguma coisa, para começo de conversa? Se pudesse, você realmente acha que Rowan e Ophelia Bloodgood, de todas as pessoas, não teriam tentado?*

Meu peito aperta em reação aos nomes dos meus pais. Quando eles se conheceram, na cidade de Malgros, no extremo sul das Terras do Norte, meu pai era o Sentinela Chefe da Vigilância das Terras do Norte, um feiticeiro da guarda designado para proteger o porto. Minha mãe também era guarda, muitas vezes alocada perto do território de meu pai. Pouco tempo depois que mamãe ficou grávida de Nephele, as tensões entre a rainha do sul, Fia Drumera, mais conhecida como a Rainha do Fogo, e o Rei Regner do Leste, se agitaram. À medida que as rupturas do sul e leste se preparavam para a guerra, os povos das Terras do Norte ao longo da costa temiam que o conflito pudesse se espalhar pelo mar até nossas costas. Então Fia Drumera matou Regner e logo, no leste, um príncipe místico sem nome subiu ao poder.

Meus pais receberam autorização para criar sua família, mas foram obrigados a seguir para o norte e ajudar a proteger o vale. Eles nunca foram leais ao rei. Mas *eram* leais à sua terra e ao seu povo.

— *Não sei por que eles nunca tentaram* — digo a Finn. — *Mas não sou eles.* — Pego a faca e a pele do animal e coloco no meu colo. — *Você vai me ajudar ou não? Preciso da lâmina afiada. Isso é tudo que eu peço.*

— Você quer que eu afie uma lâmina de matar. — Ele cruza os braços musculosos sobre o peito. — Isso é, em essência, o que você disse quando entrou aqui. Algo para cortar carne e osso. E sei que você não está falando de cervos selvagens.

Aperto os dedos em punhos de silêncio. Toda lâmina que ele forja é usada para matar, e isso significa muito. As pessoas chegam de todas as Terras do Norte para comprar o belo e mortal trabalho de Finn Owyn, para buscar sua experiência. Ele só está em conflito agora porque sou eu quem está pedindo ajuda.

— *Quero que você afie uma Faca Divina* — respondo. — *E acredite em mim.*

— Uma Faca Divina. — Finn esfrega a mão pelo rosto, evidentemente frustrado. — Feita pelo grande feiticeiro Un Drallag, uma invenção do folclore do leste. Forjada de osso e a essência de uma divindade, sim? De que deus, Raina? A qual deus você acha que esse osso pertencia? Neri? Asha? Urdin? Thamaos? Um dos antigos? A própria Loria?

— *Eu...* — Interrompo meus dedos. Papai nunca mencionou essa parte. Sempre achei que ele não sabia, embora sempre tenha me perguntado. — *Ele nunca me contou, mas isso não importa para a tarefa em questão.* — Faço uma pausa e acrescento: — *Cervos selvagens e tal.*

Um sorriso começa a se formar em um canto da boca de Finn, mas não consegue se completar. Ele endireita os joelhos e se levanta, contornando a mesa entre nós, uma expressão cansada sombreando o rosto. Agachado aos meus pés, ele descansa aquelas mãos fortes, com manchas escuras e cheias de bolhas nas minhas coxas, como se ali fosse o lugar ao qual elas pertencem.

Quando olha nos meus olhos, sinto o gosto da amargura que vive dentro do meu coração desde que, há três anos, ele se recusou a fugir do vale comigo. Eu poderia tê-lo amado do jeito que meus pais se amavam. Poderíamos ter muito mais do que isso. Por outro lado, se tivéssemos partido, eu não teria essa chance de salvar minha irmã, e talvez todas as pessoas que vivem nas Terras do Norte, de destinos que não escolheram.

Gentilmente, Finn coloca uma mecha solta de cabelo atrás da minha orelha.

— Sabe que acredito em você, em todas as coisas. E vou afiar esta faca até que possa esfolar a carne e penetrar no osso, se é isso que quer. Mas você não é páreo para homens como o Coletor de Bruxos, Raina. E certamente não é para o Rei do Gelo. Eu os odeio também, mais do que você acredita ou jamais saberá. Mas, se eu achar, mesmo que por um segundo, que você está prestes a fazer algo tolo quando o Coletor de Bruxos chegar, saiba que não vou ficar parado assistindo acontecer. Não posso. Sempre vou te salvar, mesmo que isso signifique te salvar de si mesma.

Contenho os dedos novamente. Há tantas coisas que quero dizer, nenhuma delas gentil. Em vez disso, sustento o olhar de Finn até que ele pega a faca, coloca o avental de couro e caminha para a forja.

— *Fulmanesh, iyuma.* — Ele fala as palavras sobre as chamas baixas e elas se elevam, fornecendo mais luz.

Depois de um momento, eu o sigo, e silenciosamente, enquanto ele não está olhando, pego uma das bainhas que notei antes. Enfiando a peça no bolso da saia, observo por cima do ombro dele. Estou mais nervosa do que gostaria, agora que ele segura a Faca Divina. Ele poderia facilmente tirá-la de mim.

Finn estuda a arma.

— Por que está tão fria?

Dou de ombros.

— *É assim desde que me lembro.*

Ele testa o peso da faca na mão, morde a lâmina e passa a ponta cega por um pedaço de couro grosso, que se parte muito mais fácil do que eu imaginaria.

Ele me olha de soslaio.

— Parece osso. Tem gosto de osso. Mas não parece osso e não corta como osso.

Claro que não se parece com o tipo de osso que estamos acostumados a manipular. Os deuses eram praticamente indestrutíveis. Precisou do último deles matar os que tinham sobrado, três séculos atrás, para acabar com aquele reinado. Certamente matar um homem apenas dotado de vida imortal e poder não será uma tarefa tão impossível quanto Finn faz parecer. Imagino que um bom golpe no coração do Rei do Gelo resolverá o problema.

Quanto ao Coletor de Bruxos, ele é humano — talvez amaldiçoado por seu dever até a morte. No máximo, ele é um Bruxo Caminhante dedicado ao seu rei. Helena acha que ele é um homem mais velho, e eu concordo. Ele mantém a cabeça enterrada sob o manto, mas é sempre o mesmo coletor que vem ao vale desde que eu era criança. Conheço sua voz, e conheço sua estrutura alta. Ele não estará esperando que eu ataque — ninguém nunca o desafia. O elemento surpresa e uma faca sagrada enfiada em seu pescoço devem ajudar a dominá-lo com facilidade.

Se eu for mais rápida que ele.

— Vou tentar a pedra de amolar primeiro — Finn diz, o tom em sua voz diminuindo. — Então podemos partir disso. Tudo bem?

Eu entrelaço meu braço ao dele e assinto, descansando a cabeça em seu ombro. A tensão enrolada em meus músculos diminui. Finn e eu não estamos mais juntos, não do jeito que estávamos antes, mas ele ainda é meu conforto, mesmo quando ele é insuportável. Não sei como viver a vida sem ele, mas temo que terei que fazê-lo. Hoje, quando chegar o momento, ainda darei a ele — e à sua família — uma escolha, mas, sendo honesta comigo mesma, ele tomou essa decisão três anos atrás.

Ele dá um beijo carinhoso na minha testa.

— Não me agradeça, Raina — sussurra. — Só não me faça me arrepender disso.

3
Alexus

— Estou com um mau pressentimento. É tão difícil entender?

Colden Moeshka está encostado na pequena lareira do meu abrigo de caça, pegando um fio solto pendurado no punho de fitas douradas de seu casaco de veludo azul. Sinto o cheiro do frio que ele emana — o aroma constante e fresco de inverno que se agarra à sua pele há muito tempo.

Ele se agacha, joga outra tora no fogo e atiça as chamas até pegar na madeira e as faíscas dançarem. Não consigo parar de olhar. Sua pele de alabastro brilha dourada sob a luz do fogo, e seus olhos escuros brilham como ônix preto extraído da Cordilheira Mondulak. Grande parte de seu cabelo dourado está solto do laço, dando às suas feições um ar de inocência que ele não possui.

Eu me movimento no banquinho de madeira no qual estou sentado, descanso os cotovelos nos joelhos e esfrego os olhos cansados.

— Sensação ruim ou não, eu tenho que ir. Nunca perdi um Dia da Coleta. A vida dos aldeões deve continuar normalmente, pelo menos até sabermos a verdade. E a única maneira de sabermos a verdade é se eu for ao vale e pegar a garota.

Já são horas de atraso. Todo Dia da Coleta acordo perto da meia-noite para terminar a última etapa da jornada de uma semana pela Floresta da Água Gélida. Geralmente chego a Hampstead Loch — o vilarejo mais próximo da minha cabana e da Estrada Invernal —, por volta do nascer do sol, e termino meu dia em Silver Hollow ao meio-dia.

Mas, ontem à noite, acordei com Colden entrando pela porta na escuridão, sozinho e cansado da viagem insana para me alcançar, tudo para me dar o que considero notícias menos que confiáveis.

— Já ouvimos rumores do Leste ao longo da cadeia de espionagem antes — eu o lembro. — Em nenhuma das vezes eles eram reais.

— Sim, mas esse boato é diferente. — Colden estende a mão gelada sobre o calor crescente do fogo, um esforço inútil para afugentar o frio que vive em suas veias. — Só existe uma razão para o Príncipe do Leste quebrar o acordo de paz do Rei Regner comigo, e é se ele souber que sou muito mais valioso como arma contra Fia do que como aliado.

Fia. Sempre penso na rainha das Terras do Verão e me pergunto se ela se preocupa com Colden do jeito que ele se preocupa com ela.

— Tudo o que fiz foi pensando em Fia e em toda Tiressia — declara ele. — Se o príncipe souber meu segredo, eles virão atrás de mim. Você sabe que sim. E eles destruirão qualquer um que encontrarem no caminho.

— Nossas fronteiras estão protegidas — digo a ele pelo que parece ser a centésima vez. — Mesmo sem nossos Bruxos Caminhantes, as planícies da Terra do Gelo e a cordilheira leste são intransitáveis nesta época do ano. Os Habitantes do Leste nunca sobreviveram e nunca sobreviverão navegando pelas Marés Brancas, nem podem passar pela frota das Terras do Verão para entrar pelas Correntezas Ocidentais. A costa é bem fortificada. Você está seguro, Colden.

E Fia está segura. Nenhum rei – e certamente nenhum príncipe sem nome – a superou ainda. Ela não precisa lidar com o Príncipe do Leste colocando as mãos em seu ex-amante, mas se existe alguém que pode cuidar de si mesma é a Rainha do Fogo.

Colden atravessa aquele olhar de ônix pelo cômodo e arqueia uma sobrancelha perfeita.

— Você me conhece, realmente acha que temo os Habitantes do Leste por mim mesmo? Se eles vierem atrás de mim, transformarei seu exército em estátuas de gelo para decoração de pátios, pendurarei as bolas geladas do Príncipe do Leste nos portões da Vila Invernal e dançarei nos cacos de seus patéticos ossos congelados. — Ele se volta para o fogo como

se alguma resposta para nossa situação estivesse nas chamas e nas cinzas.
— É com o povo das Terras do Norte que estou preocupado, Alexus. Não posso estar em todos os lugares ao mesmo tempo.

Suas palavras soam seguras, mas são mentiras. A verdade que Colden não admite é que o Príncipe do Leste o assusta. Dizem que o príncipe carrega as manchas de andar pelo Mundo das Sombras – outro boato no qual não acredito. Faz séculos desde que alguém cruzou as costas escuras do Mundo das Sombras. Ele não era um homem comum, e não teria sobrevivido se o fosse. Ergo as mãos, simulando defesa.

— Só estou tentando aliviar sua mente. É boato. Não há necessidade de revolta até que tenhamos mais evidências.

Ele se joga de qualquer jeito na cadeira ao meu lado, e sua expressão irritada se transforma em preocupação.

— Também me preocupo com *você*. Tive uns sonhos. Não, não eram sonhos — esclarece, com a testa franzida. — Pesadelos. Já faz um tempo.

Estamos discutindo essa situação desde que ele chegou, mas esta é a primeira vez que ele menciona pesadelos.

Faço um gesto de incentivo com as mãos.

— Continue.

— É como se os Anciões estivessem me avisando que o perigo está chegando — explica —, mas não sei como impedir. Tudo o que sei é que temo que os Habitantes do Leste tenham descoberto o que escondi e que você não precisa ir para o vale esta noite.

Embora eu considere perguntar o que ele viu em seus sonhos para levá-lo a tais conclusões, me inclino e descanso a mão em seu joelho saltitante. Seu pé cessa o movimento.

— Você não pode ter as duas coisas, meu amigo. Não podemos saber a verdade sem um Vidente, e não podemos consultar um Vidente se eu não for ao vale. Tenho que pegar a garota. É a única maneira de acabar com essa preocupação.

A garota sem voz e sem marcas de bruxa. A intitulada *Vidente*.

Raina Bloodgood.

De todos os nomes que eu poderia ter escrito na minha lista, o dela nunca foi uma possibilidade. Não até esta manhã, agora que Nephele decidiu transformar sua irmã em um ativo.

Nephele sempre foi honesta comigo, ou assim eu acreditava, mas, embora ela tenha me falado muito de sua irmã mais nova, nunca mencionou esse talento valioso e oculto. Em vez disso, ela fez tudo que estava ao seu alcance para proteger Raina de fazer a jornada comigo pela Estrada Invernal. Sempre entendi e concordei em deixar Raina em paz. Na verdade, nunca senti um poder forte o suficiente dentro dela para que ela fosse útil — não uma marca de bruxa. Mas os deuses sabem que uma Vidente seria uma adição preciosa à Vila Invernal.

Por que Nephele negaria a todo o reino uma proteção tão rara? E se a garota é tudo o que Nephele afirma, por que seu poder não é visível?

Lembro a mim mesmo que Raina já é uma mulher há muito tempo, não uma menina. Uma mulher cujo rosto permanece em minha mente quando não há razão para isso.

Colden aperta a mão contra a boca por um longo momento, os nós dos dedos apertados e brancos como neve.

— É bom que ela valha o risco que estou correndo ao permitir isso.

Puxo minha mão para longe de seu joelho.

— Você não confia na palavra de Nephele?

Não posso culpá-lo se não confiar. Até eu me pego duvidando dela, embora o pensamento torça minhas entranhas. A verdade que não posso ignorar é que, se Raina tivesse esse tipo de poder, sua pele o mostraria.

A menos que haja uma magia maior em ação.

— É claro que confio em Nephele — Colden responde. — Mas o tempo borra a realidade, ou você já esqueceu como é? As irmãs estão separadas há muito tempo. O que Nephele se lembra de Raina pode não ser a verdade que existe agora.

Colden não está mentindo sobre os desejos de Nephele — eu sentiria se ele estivesse —, mas ajudaria se Nephele estivesse aqui. Depois de oito anos jurando pela minha vida poupar Raina do destino do dever na Vila Invernal, não sei como me sentir quanto a quebrar minha palavra.

Passo a mão na barba.

— A questão é que você está disposto a ignorar a possibilidade de Raina ter a Visão, graças a um mau pressentimento e um sonho ruim? Se ela *é* uma Vidente, e se o boato de que o Príncipe do Leste vai trair seu acordo tem um pouco de verdade, então precisamos dela. A preocupação injustificada com a minha segurança não pode impedir isso. Já enfrentei coisas muito piores do que mais um Dia da Coleta. Serei cuidadoso.

— Eu poderia ir com você — oferece Colden, os olhos desprotegidos. — Sozinho, você é formidável. Juntos, somos uma força da natureza.

— Não, de jeito nenhum. Se houver perigo, nós dois estaremos mais seguros se você estiver em casa, e toda Tiressia estará mais segura se você estiver sob a proteção dos Bruxos Caminhantes. Por favor, não vamos discutir este ponto. Você não vai ganhar.

Ele se inclina para frente, descansando a testa nos dedos unidos em forma de campanário, e exala um longo e gelado suspiro que paira no ar antes de flutuar para longe. Conheço o dilema dele. Posso sentir sua agitação. É impossível não se preocupar com alguém com quem já se compartilhou tanto. Afinal, somos como duas metades de um mesmo todo.

— Vá, então. — Ele ergue a cabeça. — Seja rápido. Vá direto para Silver Hollow. Encontre a garota e volte para a floresta o mais rápido possível. Não quero você no vale depois de escurecer.

Ele gosta de pensar que me governa, mas nós dois sabemos que ainda estou aqui porque ele precisa que eu esteja.

— Sim, meu senhor e poderoso rei. Nasci para conceder todos os seus desejos. — Com o máximo de sorriso que posso reunir, me levanto e faço uma falsa reverência, esperando com isso melhorar seu humor antes de partir. Quando me endireito, meio que espero que Colden revire os olhos, ridicularizando essa travessura, mas seu rosto ainda está sério, talvez mais. Todo humor da minha voz desaparece. — Muito bem. Mas me diga que você vai voltar para a Vila Invernal. Não espere por mim. Eu quero você tão seguro quanto você me quer.

— Sei que quer. — Ele olha para mim de um jeito que conheço bem. — E sim, eu vou. Não vou gostar, mas vou.

Nós nos encaramos por um longo tempo, então apago o fogo e começo a amarrar meu talabarte, bainha e lâminas.

— Pelo menos tudo que você deve fazer é pegar a garota. — Colden se levanta, parecendo estar se convencendo. — Tarefa bastante fácil.

— Essa é a esperança. Não consigo imaginar a mulher de quem me lembro me causando problemas.

Colden dá um meio-sorriso sombrio.

— Se ela for parecida com a irmã, você pode estar muito errado.

Saímos, montamos em nossos cavalos e nos encaramos sob a luz fraca filtrada pelo dossel da floresta.

Colden envolve aqueles punhos mortais nas rédeas de seu animal.

— Antes de ir, instruí Nephele e os outros a focar a atenção nos limites do pôr do sol. Se alguém entrar na floresta, meus Bruxos Caminhantes saberão. Se eles sentirem uma ameaça, vão garantir que o inimigo se arrependa de ter pisado em nosso vale. — O gelo se ramifica ao redor das tiras de couro que ele segura. — Eles não vão deixar a Floresta da Água Gélida, pelo menos não até que tenham me enfrentado.

Seus olhos estão escuros como fuligem; seu rosto, como pedra. Qualquer vulnerabilidade que ele permitiu rastejar sob sua pele momentos antes agora está enterrada em seus ossos.

Colden Moeshka, o implacável Rei do Gelo, está de volta.

— Vejo você em breve — digo a ele, e depois que ele bate um punho no peito, sua maneira de dizer "Até o próximo encontro", nos separamos.

Cravo os calcanhares nas laterais do meu cavalo e me preparo para o passeio furtivo.

— Como o vento, Mannus. Vamos encontrar Raina Bloodgood.

4
Raina

Com a faca afiada e a bainha roubada enfiadas no bolso, volto para a cabana e passo o resto da manhã ajudando mamãe a se preparar para o banquete da colheita. Depois de despejar as últimas maçãs em uma panela, eu a coloco sobre o fogo.

— Tenho certeza de que os caçadores estão bem. — Mamãe se levanta da cadeira e enxuga as mãos na toalha presa à cintura. Com uma leve carranca, ela olha pela janela. — Provavelmente apreciei um pouco demais a cerveja e o vinho na noite passada.

Algumas horas atrás, eu teria concordado, mas estou menos segura a cada minuto que passa.

Deuses, preciso ficar sozinha com meu prato premonitório. A ideia de procurar o pai de Finn me veio várias vezes, mas minha mãe está o tempo todo ao meu lado. Não posso arriscar que ela me pegue, mesmo agora. A dor que ela sentiria – a dor da traição ao descobrir tudo o que escondi dela – pode minar minha determinação.

Mais tarde, ocupo minhas mãos nervosas fazendo-me útil lá fora. Ajudo o sr. Foley a carregar lenha para as fogueiras e ajudo a velha Mena a arrumar as pedras para o nosso círculo de cerimônias. Mena se mudou de Penrith para cá há muitos anos, depois que perdeu a filha no Dia da Coleta. Ela não tem mais uma família, mas ela e eu sempre compartilhamos uma espécie de parentesco.

Enquanto pressionamos as pedras no chão, ela me olha com mais atenção do que eu gostaria. Sua pele pálida e enrugada está coberta de marcas de bruxa — azuis como veias, cintilantes como escamas de peixe. Com a idade, sua habilidade se desenvolveu, mas o grau de magia supostamente exigido na Vila Invernal é considerado muito esgotante para os velhos. Tenho que pensar que isso significa que o Rei do Gelo acha os anciões inúteis porque a única outra opção é que ele e o Coletor de Bruxos realmente se importam com o povo das Terras do Norte.

Sei bem como é.

Mena vai até a carroça, e estendo minhas mãos sujas para pegar outra pedra, mas ela hesita.

— Suas mãos estão me chamando. — Ela pisca.

Mena lê mãos, algo que a deixei fazer algumas vezes. Ela sabe que estou relutante e não pressiona, mas gosta de provocar. Ela é uma amiga querida, então eu tolero sua mente curiosa.

Pego uma pedra do carrinho e coloco no chão, dando a ela um sorriso alegre.

— *O que elas dizem?*

— Que você precisa aprender duas coisas. Ou, talvez, não *aprender*, mas aceitar. A primeira — ela se aproxima, sorri e me dá um tapinha no nariz — é que você é mais capaz do que acredita, querida. Sua força está em seu coração. E a segunda... — Ela se ajoelha ao meu lado e empurra o cabelo que cai sobre meu ombro, deixando a mão descansar ali. — A vitória só vem através do sacrifício, Raina. Não sei o que está pesando em você, mas sei que está em crise. Posso ver o fardo. As batalhas são duras. Para ganhar, é preciso perder alguma coisa. Não tema perder. Você nunca seguirá em frente se não deixar algumas coisas para trás.

Chorar é a última coisa que quero fazer agora — já chorei o suficiente por toda Silver Hollow —, mas, mesmo assim, as lágrimas brotam espontaneamente.

Respiro fundo e pisco para contê-las.

— *Obrigada* — é tudo que consigo pensar em dizer. Não sei o que as palavras dela significam para mim, mas provavelmente são as últimas palavras de sabedoria que vou tirar de Mena, então as guardo. Algo dela para guardar para sempre.

Pouco tempo depois de Mena e eu terminamos com as pedras, Finn finalmente chega com Tuck correndo ao redor de suas pernas. Juntos, colocamos tochas e bandeiras Tiressianas ao redor do gramado, mas Finn está quieto, com uma carranca perpétua. Eu o conheço tão bem. Atrás daquelas sobrancelhas pesadas, sua mente está analisando as hipóteses. Também sei que — embora grande parte de sua preocupação seja comigo e com o que teme que eu possa fazer hoje — a maioria de suas preocupações são com o paradeiro do pai. Quer ele admita ou não.

Se eu pudesse ter um momento sozinha para vidência, poderia aliviá-lo. Mas o gramado da vila está cheio de gente e a nossa casa está invadida, os amigos da minha mãe entrando e saindo. E Finn? Ele é minha sombra.

O sol está quente o suficiente para fazer evaporar a maior parte do orvalho, então, quando todas as tarefas são finalizadas, nos sentamos na grama, ombro a ombro, joelho a joelho, olhando para o céu do meio-dia a oeste. Depois de um tempo, Tuck se aconchega ao meu lado, e deslizo meus dedos por seu pelo, embora o ato não tenha o efeito calmante habitual. Meus pensamentos sobre os caçadores de banquetes se dissipam, substituídos por uma ansiedade crescente que faz meu coração começar a bater firme contra minhas costelas.

— Eu te amo, Raina — Finn diz do nada.

Meu coração pulsante quase para. Viro a cabeça, procurando seu rosto bonito de menino. Por que ele está me dizendo isso *agora*?

No segundo em que esse pensamento me atinge, percebo que sei por quê.

— Senti que você precisava ouvir isso antes de fazer algo precipitado — revela. Ele pega minha mão e dá um beijo carinhoso na ponta dos meus dedos. — Eu te amo, Raina Bloodgood. Para todo o sempre.

No começo, não sei como responder. Eu quero ficar tonta, como ouvi-lo dizer que me amava *costumava* me fazer sentir. Quero me emocionar tanto a ponto de sua confissão me fazer mudar de ideia. Porém isso não acontece, e não sei o que pensar sobre minha reação.

— *Também te amo* — sinalizo e descanso a cabeça em seu ombro. Essas palavras são verdadeiras, e preciso que ele saiba que são, mas não posso olhá-lo com essa outra verdade que, sem dúvida, brilha em meus olhos. Aquela que diz que nosso amor não é suficiente.

Nunca foi.

— Você quer saber por que odeio o Coletor de Bruxos e o Rei do Gelo? — pergunta ele.

Assinto. Suas palavras desta manhã não saíram da minha mente. *Eu os odeio também*, ele disse. *Mais do que você acredita ou jamais saberá*. As razões de Finn para odiar os dois homens são claramente diferentes das minhas. Ele ainda adora Neri, e não consigo entender por quê. Mas também ninguém da família de Finn foi levado. Ele não sabe o quanto dói ou o quanto a necessidade de culpar todos os responsáveis pode abalar a fé mais forte e endurecer o coração mais devoto.

Ele se aproxima e baixa a voz.

— Porque eles tiraram *você* de mim. Talvez não fisicamente, mas não podemos ficar em paz graças a eles.

Ergo a cabeça e seguro seu olhar.

— *Então por que não me ajuda? Por que não lutar? Por que não...*

Ele cruza a mão em volta dos meus dedos, me silenciando.

— Porque eu preferiria ter *esta* vida, com *você*, me arriscando em uma terra que conheço, a uma vida lá fora — ele balança a cabeça para o sul —, onde não tenho ideia dos perigos que enfrentaríamos. Você acha que quer liberdade, mas nunca considera que talvez o tipo de liberdade que você deseja nem exista. — Ele inclina a cabeça, como se nada que tivesse a ver comigo fizesse sentido. — Você e eu não temos magia o suficiente para o Coletor nos escolher, Raina. É preciso ser o mais talentoso do vale para proteger os confins das fronteiras do norte. Isso não somos nós. No entanto, você está disposta a se afastar de tudo. Por um sonho.

Arranco as mãos das dele, o momento de ternura perdido.

— *Você não sabe quem ele vai escolher. E você é complacente. Disposto a se afastar de mim pela segurança de uma prisão. O medo te governa.*

— É claro que o medo me governa — retruca. — Não existe amor sem medo, Raina. Você entenderia isso se pensasse em alguém além de você e no que *você* quer.

Suas palavras me atingem com a força de um soco. Nós endurecemos, e os dois centímetros entre nós se tornam um abismo.

Fixando os olhos lacrimejantes no horizonte novamente, faço o meu melhor para não pensar em tudo que eu posso perder. Não estou fazendo isso apenas por mim – por um *sonho*. Estou fazendo por Finn, Hel, Saira e por todos que estão suando de pavor enquanto esperam o Coletor.

A Faca Divina está amarrada à minha coxa, e está tão fria que queima. O corpo quente de Tuck a pressiona contra minha pele, gelada como uma estaca de gelo. Eu gosto do lembrete frio de que ela está lá. O frio me concentra. A qualquer momento, o Coletor de Bruxos vai cavalgar pelas colinas a oeste, e, se eu for forte o suficiente, se eu conseguir superar Finn e o Coletor de Bruxos e qualquer outra pessoa determinada a me impedir, tudo vai mudar.

Para melhor.

Mas o meio-dia chega e desaparece sem nenhum sinal do Coletor de Bruxos.

Finn e eu ficamos sentados por um longo tempo, olhando os arredores da vila para o vale além. Todos no gramado também olham. Uma aldeia prendendo a respiração.

— Onde será que ele está? — as pessoas perguntam. — Ele nunca se atrasa.

— Tem algo errado — outros sussurram. — Primeiro os caçadores, agora o Coletor.

Mesmo depois que o sol se põe no céu, ele ainda não chegou. Nem os caçadores.

As famílias *halflings* e humanas se cansam de esperar pelo espetáculo do Dia da Coleta e começam a se preparar para a ceia da colheita. Os Bruxos Caminhantes ainda se deixam ficar, observando o horizonte com uma mistura de exaustão e esperança nos olhos.

Saio do meu torpor, dou um beijo na cabeça de Tuck e me levanto.

Finn olha para mim com os olhos semicerrados, a expressão dura.

— *Preciso de um tempo* — digo a ele. — *Sozinha*.

Ele olha para sua família sentada a alguns metros de distância; há tanta preocupação nos rostos de Helena e Betha que meu peito aperta.

— Eu também — responde ele.

Localizo minha mãe e a evito enquanto passo pela multidão e sigo em direção à cabana. Lá dentro, pego meu prato de adivinhação na mesa de trabalho e o encho com água limpa da chuva coletada no balde do jardim. Com um gesto rápido, espeto a ponta do dedo usando uma agulha de costura e espremo uma única pérola vermelha no líquido, concentrando-me na primeira pergunta.

— *Nahmthalahsh. Onde está Warek, o pai de Finn?*

A água só me mostrará o presente — não o passado e nunca o futuro. Eu também devo saber o que estou procurando. Exatamente.

Olhando para a superfície cintilante, evoco um pensamento sobre Warek. A água fica violeta, então ondula como uma poça rompida por uma pedra. Uma imagem se forma, e solto uma respiração profunda. Warek está sentado perto de seu cavalo, de costas para uma grande pedra. Ele está apagado, as pernas estendidas, e um frasco vazio, a centímetros de sua mão, está tombado na lama. Mamãe estava certa. Bebida demais.

Pelo menos essa é uma preocupação que posso esquecer. Por enquanto.

Depois de trocar a água, espeto outro dedo e faço o ritual simples novamente. Desta vez, imagino o homem que pretendo sequestrar e eventualmente matar.

— *Nahmthalahsh. Mostre-me o Coletor de Bruxos.*

O redemoinho violeta se retrai e muda, estendendo-se por toda a borda, até que a superfície fique imóvel e plana, refletindo minha resposta. O Coletor de Bruxos e seu cavalo escuro cavalgam pela Floresta da Água Gélida, a cabeça sempre escondida sob o manto preto. Ele se aproxima da clareira do lado de fora de Hampstead Loch, e está cercado pela luz do dia e pela cor do outono nas árvores.

Com um suspiro trêmulo, jogo a água pela janela e me preparo para a noite enquanto a raiva silenciosa ganha vida dentro de mim. Eu me apego a isso. Eu me alimento disso.

Porque o Coletor de Bruxos está chegando.

É só uma questão de tempo.

5
Alexus

Os Bruxos Caminhantes que guardam a Floresta da Água Gélida permitem minha passagem e reconstroem a brecha na fronteira no momento em que Mannus toca com todos os quatro cascos o lado do vale da floresta. Até pensei em obedecer aos desejos de Colden e ir direto para Silver Hollow. Seria mais rápido, e eu evitaria a escuridão que se aproxima e que está caindo sobre o vale em uma luz turva, mas não posso, mesmo com as preocupações de Colden quanto à minha presença no vale esta noite. Estou atrasado e devo aos aldeões o alívio de saber que, pelo menos por hoje, eles estão a salvo de mim.

Quando chego a Hampstead Loch, as pessoas correm pelo gramado. Eu abaixo meu capuz, levanto minha mão e ando por entre as massas.

— Está tudo bem — falo mais alto do que suas vozes murmuradas. — Só estou aqui para dizer que não levarei ninguém da sua aldeia este ano.

As cerca de quatrocentas pessoas presentes parecem congeladas, embora descongelem assim que minha intenção é registrada. Alguns colocam a cabeça para fora das portas, a descrença em seus rostos se transformando em euforia.

Um ancião se aproxima, com as mãos fortemente marcadas juntas e apertadas em agradecimento.

— Meu senhor, junte-se a nós para a celebração da colheita. Deixe-nos alimentá-lo. Dar-lhe um lugar para descansar.

A oferta é tentadora. Ele não pode saber o quanto. Estou cansado de uma semana nas costas de Mannus e pouco descanso graças à visita noturna de Colden. Um olhar ao redor me faz considerar, mas eu sei o que é o melhor a fazer.

— Muito obrigado, mas não posso ficar — digo a ele.

Um garotinho de cabelos claros aparece aos meus pés – uma criança *halfling* que provavelmente foi ensinada a me temer, mas é muito jovem para entender o porquê. Com um sorriso radiante e olhos verdes brilhando, ele puxa minha bota, trazendo lembranças preciosas que tomam conta do meu pensamento racional. Antes que eu pense melhor, desmonto, pego o pequeno e o giro no ar como se eu fosse o pai e ele, meu filho. É uma ação tola. A *mais* tola.

Desacelerando até parar, meu sorriso desaparece. Uma mulher está ao meu lado, o rosto alarmado pálido e tenso. Ela é a mãe do menino, presumo, e minha presença não é uma visão bem-vinda. Eu entrego a criança.

Os aldeões ficam boquiabertos enquanto a confusão distorce suas expressões, mas seu vislumbre do meu verdadeiro eu rapidamente se dissolve de suas mentes. Trovões rolam ao longe perto do lago, seguidos pela cacofonia repentina de cavalos relinchando.

A aldeia inteira olha para o oeste.

A princípio, não há nada além do som terrível dos animais e um batimento cardíaco estranho no ar. Mas logo a fumaça sobe dos estábulos, a terra treme sob nossos pés e flechas com pontas de fogo caem em arcos ardentes pelo céu machucado.

Eu pisco, certo de que isso não pode ser real. Não há como negar, no entanto. Não quando as pessoas começam a chorar, a palha queima e os guardas correm para salvar as criaturas nos estábulos incendiados.

Subo em Mannus e grito pelos anciãos e guardas restantes, mas eles não podem me ouvir por causa das vozes frenéticas de quatrocentos aldeões. Viro-me para a mulher com o menino. Seus olhos estão arregalados e aterrorizados.

— Corra! — grito. — Vá para onde é seguro!

Enquanto a mulher foge, cavalgo para o oeste, determinado a encontrar o destino que me espera, até que uma parede de guerreiros das Terras do Leste a cavalo aparece na borda sudoeste da clareira.

Vestidos com couros bronze-escuro da cabeça aos pés, um bando de corvos grasnando os acompanha, uma nuvem uivante que encobre o céu. Alguns soldados carregam tochas feitas de nós de pinheiro e dúzias de bandeiras de seda carmesim bordadas com asas douradas e um olho sempre atento balançam.

O símbolo do velho rei misturou-se com o do novo príncipe.

A maioria dos soldados das Terras do Leste carrega espadas, machadinhas ou arcos, apontando suas lâminas e flechas com precisão mortal. Liderando o ataque estão três homens e uma mulher cujos rostos não consigo identificar, mas eles cavalgam rápido e com força.

Dou um puxão nas rédeas de Mannus para voltarmos para a aldeia. O estrondo promissor de cascos atinge a terra, e o eco sinistro de mil asas bate nas minhas costas.

As rédeas machucam minhas mãos enquanto o conduzo com força, parando, incerto. Hampstead Loch é uma flor solitária em um campo cercado por um enxame de abelhas. Não há tempo. Não há como correr ou chamar quem for antes que os guerreiros e seus predadores invocados estejam sobre nós.

E, de repente, eles estão.

Uma sombra barulhenta de corvos voa baixo sobre a aldeia, bicos rasgando carne, arrancando cabelos e olhos. Atrás deles cavalgam centenas de cavaleiros, espalhando-se pela aldeia como uma praga.

Por um momento, não vejo nada além do lampejo de lâminas, não ouço nada além de gritos e de espadas encontrando carne, lembrando muito bem a melodia da batalha, a melodia da guerra.

Mannus se ergue nas patas traseiras. Voltando aos meus sentidos, eu me agarro às rédeas com uma mão e luto contra um corvo com a outra.

No segundo em que os cascos do meu cavalo tocam o chão novamente, um soldado das Terras do Leste passa por ele, tinta de guerra vermelha cobrindo seu cabelo grisalho trançado. A lâmina de sua faca curvada pega meu braço direito e corta minha capa de viagem. A dor é lancinante e chocante, mas não mais do que a cena que se desenrola ao meu redor. Há sangue. Morte. Fogo.

Muito fogo.

O soldado das Terras do Leste volta, os olhos prateados focados. Ele é importante — um dos quatro líderes. Uma armadura modesta cobre seus ombros e peito, e seu cavalo usa uma barda com a bandeira vermelha e dourada de sua terra pendurada sob sua sela. Eu me livro do meu torpor e cavalgo rápido em direção a ele, derrubando todo inimigo que eu conseguir enquanto me aproximo.

Ele troca a adaga curta por uma espada e, quando nos encontramos, a golpeia em minha direção. Bloqueio seu ataque, mas o cabo da minha arma gira na minha mão. Ainda assim, dou um golpe forte com a parte plana da espada, onde sei que ele vai sentir.

A parte de trás de sua cabeça.

Ele dá um pulo para frente e cai do cavalo. Eu deveria desmontar e matá-lo, mas não há tempo, e ele será pisoteado em breve.

Eu giro Mannus e dou de cara com outro soldado — um homem ruivo e feral que me encara tão incisivamente que quase sinto uma pitada de familiaridade. Sua espada está levantada, mas a lâmina não tem sangue. Ainda.

O sangue bombeia em minhas veias. Tenho certeza de que estamos prestes a entrar em conflito, que serei seu primeiro ataque, mas o guerreiro faz algo inesperado.

Ele se vira e vai embora.

Estou quase ordenando que Mannus se movimente para poder pegar o homem por trás, mas os gritos de socorro das pessoas prendem minha atenção. Somos tão poucos. Aldeões de todos os tipos estão lutando, e os Bruxos Caminhantes cantam, mas temo que seja tarde demais para virar a situação a nosso favor.

No caos, vejo a mulher de antes tentar entrar no abrigo de uma pequena cabana. Ela protege o filho o tempo todo, mas dois soldados os encurralam. Viro Mannus para essa direção.

Corremos em meio à multidão, e eu corto com a espada o pescoço do primeiro guerreiro. O sangue respinga e sua cabeça cai, sendo chutada por um ancião em fuga. O segundo cai com a mesma rapidez, já que o ancião encontra sua bravura e atravessa o inimigo com uma lâmina.

Com medo de que ela não aceite ajuda, alcanço a mulher. Ela hesita um único segundo, então agarra meu antebraço. Não sei o que pretendo fazer com eles, mas coloco ela e o menino no meu cavalo e os aninho na minha frente. Não posso deixá-los neste desastre.

O ancião agarra meu pulso e aponta para o leste.

— Meu Senhor! Você *deve* avisar aos outros. Você deve!

— Não vou deixar vocês! É melhor morrer aqui do que abandonar os inocentes.

— Você estará abandonando mais dois mil se não for! Agora! — Ele entoa magia no ouvido de Mannus e dá um tapa no traseiro do animal. O garanhão foge da aldeia em ritmo acelerado, ignorando meus comandos para voltar. Agora, o ancião controla Mannus.

O vento arranca lágrimas de raiva dos meus olhos, e a devastação me atinge. Outrora um grande conforto para mim, Hampstead Loch está sendo reduzida a cinzas — seu povo com ela —, enquanto eu me dirijo a Penrith, carregando uma mãe e um filho chorando em meus braços. Eu os salvei? Ou apenas adiei sua execução?

Enquanto Mannus atravessa o vale, congelo diante do entendimento de tudo aqui.

Este é o suposto ataque. É por isso que Colden não conseguia desviar o olhar do fogo.

Estou no pesadelo dele.

Os soldados do leste *vieram* e não vão parar até chegarem à Vila Invernal.

Hampstead Loch e as torres de vigia de Penrith estão vazias porque é Dia da Coleta. Tenho certeza de que todas as torres de vigia do vale estão desocupadas.

Quando chego a Penrith, envio um jovem mensageiro para avisar as outras aldeias, e reúno mulheres e crianças, incluindo a mãe e a criança de Hampstead Loch. Elas são guiadas por um grupo de guardiões para a segurança de Littledenn.

Um grupo de Bruxos Caminhantes ainda patrulha a orla da floresta, cantando magia, tentando manter a barreira forte, mas ordeno que outro grupo forme uma proteção ao redor da vila. Por causa disso, Penrith está preparada, embora mal, quando os soldados das Terras do Leste rompem os limites de suas terras.

Não é o suficiente.

Os arqueiros das Terras do Leste — e seus corvos diabólicos — penetram o véu de magia dos Bruxos Caminhantes como se nem estivesse lá. O povo, ao lado de seus guardas, deve lutar.

É um esforço valente, que reduz os números do inimigo e, por um curto período, tenho fé de que podemos sobreviver. Mas logo estou cavalgando com um bando de aldeões em direção a Littledenn — os soldados das Terras do Leste e o bando voador da morte em nosso encalce, Penrith queimando em nosso rastro.

Os passos de Mannus comem o chão, e olho por cima do ombro. O crepúsculo caiu para a escuridão total, mas o céu atrás de nós brilha, o horizonte em chamas. As tochas dos soldados estão por toda parte, espalhadas pelo vale, perseguindo-nos como um fogo feroz em um campo seco.

Alguns rumam para o norte em direção à floresta, um pensamento que faz subir um calafrio pelas minhas costas. Os Bruxos Caminhantes que controlam a barreira estão prestes a ser massacrados. A Floresta da Água Gélida ficará vulnerável.

E não há nada que eu possa fazer para impedir.

Com o coração acelerado, a fúria acende meu sangue e aperto as rédeas com mais força. Ir ou ficar. Colden e Vila Invernal? Ou as pessoas inocentes do vale?

Murmuro uma prece para os Anciões, esperando com todas as fibras do meu ser que Nephele e o restante tenham feito o que Colden pediu, e que seja o suficiente para evitar que os soldados invadam a floresta. Devo acreditar que sim. Conheço seus poderes e determinação. Conheço seus corações.

E conheço a magia deles.

Littledenn está pronta quando chegamos. Suas crianças, junto às de Penrith e Hampstead Loch, estão escondidas no porão da aldeia. No entanto, meu mensageiro de Penrith e um soldado das Terras do Leste jazem mortos no meio do gramado da vila.

Agarro o capuz de um ancião que passa.

— Você enviou alguém para avisar a Silver Hollow?

Ele empalidece quando o alarme o atinge de uma vez.

— Não, meu senhor. Nós... — Ele esfrega o rosto, as lágrimas caindo. — Fomos ultrapassados demais. Tínhamos tanto a fazer. Falhamos com eles!

É tarde demais para enviar alguém, porque, no segundo em que tiro o olho dele, os soldados estão chegando.

Os números de Littledenn são pequenos em comparação com os das outras aldeias. Ainda assim, eles se mantêm firmes, incendiando todo corvo selvagem que se atreve a cruzar seu caminho. Arqueiros altamente habilidosos – empoleirados em cima de cabanas – atiram flechas nos corações dos inimigos enquanto outros lutam com espadas, lanças e até mesmo ganchos. Eles estão em vantagem suficiente para eu olhar para o leste, Raina Bloodgood pesada em minha mente.

Nesse ritmo, o povo de Littledenn pode aniquilar o restante deste exército, mas não posso arriscar que não o façam. Os soldados estão aqui para matar, embora também possam fazer prisioneiros, e a possibilidade de um Vidente cair em mãos inimigas é um pensamento muito perigoso. O Príncipe do Leste tem planos de destruição maiores do que este. É o que parece. Não vou facilitar para ele.

Quero salvar todos em Littledenn, mas não posso. Eu *posso* salvar os familiares de uma amiga querida, uma amiga que me resgatou da minha própria escuridão tantas vezes antes.

Então faço uma torção nas rédeas de Mannus e me coloco na direção de Silver Hollow e Raina Bloodgood.

O problema é que não estou sozinho.

6
Raina

A lua cheia paira como uma pérola no céu noturno, e o cheiro de fumaça flutua pesadamente no ar. Tochas crepitam sob o brilho prateado da noite, um círculo de calor brilhando ao redor do gramado frio da vila.

As mesas compridas estão enfeitadas com flores do final do verão e ostentam mais comida do que já vi nos anos anteriores. No centro do gramado, onde fica o buraco onde a carne é assada e que *deveria* estar vazio, um javali está pendurado no espeto — graças à má decisão do animal de fugir das colinas a oeste e seguir para Silver Hollow pouco depois do pôr do sol.

Ao redor do buraco estão barris de cerveja e vinho, homens cantando e fazendo música, e uma multidão de aldeões perdendo os sentidos para a bebida. Todos estão vestidos com o que têm de mais elegante, nosso tradicional tecido especialmente manufaturado para esta noite do ano. Alguns estão felizes, e outros estão tristes, preocupados com os entes queridos que não voltaram da caçada.

Vou até uma mesa vazia e me sento. Um pouco antes, quando voltei para encontrar Finn, ele e a família já tinham ido embora. Eu queria aliviar sua preocupação com o pai, assegurar-lhe que Warek está bem, mas Finn está amargo comigo, e não posso culpá-lo. Estou indo embora, e acho que ele sabe.

Os acontecimentos do dia me deixaram enjoada, mas os aromas doces de pão feito na pedra e maçãs assadas despertam minha fome. Parto um pedaço do pão, mergulho-o na fruta macia e saboreio o sabor quente.

Eu me viro para observar um grupo de crianças correndo por trás de mim, rindo e brincando de guerra. Uma criança pega uma tocha e elas desaparecem na escuridão do vale. Minha mãe se aproxima sorrindo em direção às crianças e coloca sua tigela de madeira com pudim ao lado de um buquê de flores de gota de estrela e jasmim.

— Você está linda. Eu sabia que ficaria linda de azul. — Ela passa a mão pela manga do vestido que fez para mim e começa a trançar algumas flores no meu cabelo. — Pronto. Perfeito — diz ela quando termina. — Fica tão bonito o contraste do branco em seu cabelo escuro.

Olho para ela, para seus olhos ternos e rosto gentil. Estou fazendo a coisa certa?

Ela aperta meu queixo.

— Tente ser feliz, Raina. Parece que você carrega a lua em seus ombros. Este ano não haverá coleta, e esta noite despedimo-nos da luz, uma noite de festa e equilíbrio. Vamos mostrar aos Antigos nossos agradecimentos pela época farta. Eles nos abençoaram.

Ela está errada, mas não posso lhe dizer isso.

No ritmo da música, ela dança ao redor da mesa e em direção ao centro do gramado, onde mergulha uma caneca em um barril de vinho. A fumaça das tochas e da fogueira gira em torno dela enquanto pequenas brasas brilhantes piscam e flutuam em direção ao céu noturno.

Minha mãe é toda sol e brisa cálida, sempre reconfortante, e esta noite, em seu vestido branco, com os cabelos grisalhos caindo pelas costas, ela brilha mais do que a lua ou o fogo. Sua alegria é uma coisa viva. Observo com espanto enquanto os aldeões se encantam com sua risada e alegria. Ela é vida, luz e amor, e, por um momento, faço o que ela pediu. Sorrio e me permito alguns segundos de verdadeira felicidade. Porque se eu sou grata por alguma coisa, é por ela.

O olhar de minha mãe encontra o meu, e ela vê meu sorriso. Ela alcança uma segunda caneca, enfia uma ânfora no barril e vem dançando até mim.

— *Aí* está ela. — Com o rosto brilhando, ela enche a caneca com um líquido rico e cor de rubi. — Beba, minha menina.

Olhar para a superfície calma do vinho me faz pensar no meu prato premonitório e no que eu *deveria* estar fazendo agora — observando o Coletor de Bruxos e Warek. Quando levanto o olhar, noto Helena e a família Owyn andando com Tuck pelo gramado lotado, e minha culpa só aumenta. Finn fica conversando com amigos, mas Helena me vê e segue em minha direção.

Como ela está linda em seu vestido dourado, o tecido de seda drapeado envolvendo sua silhueta escultural. Sua adaga está embainhada em um cinto de couro preto e dourado que tenho certeza de que Emmitt, o filho do curtidor, fez exclusivamente para Helena.

Enquanto ela caminha em minha direção, uma imagem passa pela minha mente: Helena usando uma coroa de ouro. É uma imagem apropriada. Se eu não conhecesse os pais dela, não teria dúvidas de que ela é meio deusa, meio guerreira, fruto de uma linhagem de ancestrais.

Seu rosto está virado para baixo, porém, sua aflição e concentração são óbvias. Eu deveria espetar meu dedo a cada hora, pedindo para ver o pai dela. Em vez disso, estou em uma festa, usando um vestido extravagante, com uma bela pintura nos lábios e nos olhos, e uma adaga queima gelada contra minha perna enquanto encho a barriga. Sou uma pessoa horrível, porque salivo no segundo em que o aroma do vinho faz cócegas no meu nariz, e eu tomo um gole.

Helena desliza para o banco na minha frente.

— Pegue. — Minha mãe entrega a Hel sua caneca de vinho e acaricia suas costas. — Parece que você precisa disso mais do que eu. Vou deixar vocês duas conversarem.

— *Ainda nada sobre seu pai?* — pergunto assim que mamãe se afasta.

Helena bebe um gole de vinho e balança a cabeça.

— Nada. — Ela baixa a voz. — Estou pensando em ir para o sul para procurá-lo mais tarde. Antes do amanhecer. Antes que mamãe acorde. Quer ir?

Deuses. Eu iria, e essa é a única maneira que eu deixaria Hel ir para as terras abertas do Norte sozinha, mas não pretendo estar aqui.

Eu me inclino para frente.

— *Hel, dê mais tempo a Warek.*

— Não *posso*, Raina. — Ela olha ao redor com cautela. — Jurei que, se não fosse escolhida para a Vila Invernal este ano, convenceria meu pai a me levar a Malgros para me alistar na Patrulha. Se acontecer alguma coisa com ele... Se ele não voltar... — Ela coloca a caneca de lado e segura o rosto entre as mãos. — Não posso deixar minha mãe e minhas irmãs.

Minha caneca bate na mesa com mais força do que eu pretendia. Preciso de duas mãos para responder.

— *A Patrulha? Não está falando sério. Por que você só está falando disso agora?*

No momento em que as palavras saem de minhas mãos, percebo que não tenho o direito de castigar Hel por não compartilhar essa novidade. Por mais que eu não entenda, é uma escolha dela. Uma que sei que ela fez de boa vontade.

— Não mencionei porque eu sabia como você reagiria. — Ela faz um gesto na minha direção. — E eu estava certa.

— *A Patrulha é uma vida difícil* — sinalizo. — *Meus pais viveram isso. Você nunca sabe quem ou o que pode navegar para o porto. É uma vida de constante preocupação e medo.*

Ela encolhe os ombros.

— Só se você tiver medo dos soldados das Terras do Leste ou das Terras do Verão.

Arregalei os olhos.

— *Como qualquer pessoa deveria ter.*

— Eu não espero que você entenda — diz ela. — E tudo bem se você não entender. Mas acredito que posso encontrar propósito em proteger minha terra e meu povo. Posso aprender muito em Malgros. Ninguém vai olhar para mim e pensar em me manter segura me limitando a viver atrás de uma forja, nos campos ou colhendo maçãs. É importante que a minha vida seja mais do que Silver Hollow, Raina.

Não duvido disso, mas ainda não sei o que dizer. Toda semana nós treinamos no riacho, Helena me dando aulas secretas de luta, e, ainda assim, eu não tinha ideia de que ela queria nada disso. Eu sou uma das pessoas que a quer protegida, mas posso entender. Sei o que é querer uma vida diferente. Mas enquanto quero uma vida de paz, Helena quer uma vida de dever.

Por um rei que não merece.

Emmitt caminha até nossa mesa com um brilho nos olhos castanhos. Seu sorriso é como um relâmpago em sua pele de ébano.

— Raina. — Ele inclina a cabeça em saudação, depois se vira para Helena e estende a mão calejada. — Se importa de andar comigo, Hel? A fogueira está quente.

Helena toma um último gole de vinho e desliza a mão na dele.

— Claro. Por que não?

Eles caminham em direção ao fogo, deixando-me chafurdar no vinho. Encharcar meu corpo com bebida parece tolo, mas necessário. Estou cansada dos últimos dias me preparando, mas também temo que possa precisar de coragem líquida para o que está por vir, especialmente quando meus olhos travam com os de Finn. Vestido com uma jaqueta verde-floresta, túnica branca e calça escura, ele se afasta de seus amigos e caminha em minha direção como um homem com um propósito.

Viro a caneca e bebo tudo, saboreando o sabor terroso. Depois de enchê-la novamente até a borda, tomo tudo em um único gole.

Finn caminha ao redor da mesa e pega minha mão. Com a mecha de cabelo perpetuamente sobre seus olhos, ele inclina a cabeça em direção ao gramado onde minha mãe e outros Bruxos Caminhantes se movem ao som da música.

— Venha. Dance comigo.

Todos os meus músculos ficam tensos de irritação. Não é uma pergunta, mas uma ordem, e eu não gosto de ordens. Ainda assim, me pego seguindo-o em direção ao círculo de pedra que ajudei Mena a construir.

Helena está junto ao fogo com Emmitt e alguns de seus amigos. Ela desvia o olhar tempo suficiente para me dar um pequeno sorriso e arquear uma sobrancelha na hora que eu passo. Reviro os olhos e foco na parte de trás da cabeça de seu irmão.

É apenas uma dança.

Paramos em frente a uma das tochas que acendemos hoje, uma cuja chama está morrendo.

— *Fulmanesh* — Finn sussurra, e a chama volta à vida.

Eu deveria ter aproveitado o poder da magia do fogo. Eu poderia simplesmente ter queimado meu caminho para a Vila Invernal.

Finn me puxa para perto, e depois de um ou dois segundos de rigidez, eu relaxo em seus braços. Começamos a nos mover do mesmo jeito que todos os outros, corpos arqueando e balançando no ritmo, com suavidade no início. Mas seus movimentos se tornam mais dominantes.

Ele me vira de costas para seu peito, deleitando-se com a música e o ar fresco da noite. Tirando uma gota de estrela do meu cabelo, ele arrasta as pétalas brancas sobre a delicada renda no topo do meu corpete antes de roçar a flor macia contra minha pele sensível.

— Você está deslumbrante, Raina.

Minha respiração fica mais rápida, e não consigo evitar um arrepio. Ele desliza a mão para baixo, sob o meu corpete, me aconchegando ao peito dele.

Algo no meu estômago se contorce como uma pergunta que precisa de uma resposta – algo que não deveria ser afetado por Finn Owyn. Faz tempo que fomos mais íntimos, mas reconheço o tom sensual de sua voz, a maneira familiar como seus dedos desenham círculos abaixo do meu umbigo, a maneira como seu corpo se molda ao meu.

Um calafrio sobe quando sua voz corre quente em meu pescoço.

— Tão linda — sussurra, pressionando um beijo.

Eu quase o puxo para ainda mais perto, quase o incentivo, mas, de algum lugar no fundo da Floresta da Água Gélida, um lobo branco solta um uivo ecoante, como um sinal para a celebração realmente começar. Tiramos os sapatos, e nossa dança se torna algo mais. A música muda de cordas dedilhadas para tambores suaves, e a folia dá lugar à cerimônia.

Helena, Emmitt e vários outros Bruxos Caminhantes se juntam. A mudança em cada mente reverbera dentro de mim, o instinto tomando conta, nossos corpos fluindo em um círculo ao redor do fogo. Pela primeira vez em muito tempo, me sinto livre.

Fecho os olhos, balanço e giro, fazendo minha dança acompanhar o ritmo dos tambores e o batimento cardíaco interno da terra, até alcançar as estrelas para chamar a lua. Finn desliza contra mim. Eu estaria mentindo se dissesse que o contato não fez meu coração disparar e meu sangue esquentar.

Mas sob a lua, com o ritmo pulsante da vida batendo em minhas veias, o mundo desmorona, e qualquer pensamento sobre o Coletor de Bruxos vai junto com ele. Através do ritual, nós, bruxos, estamos conectados, condutores entre os Anciões cujo poder irradia através do solo até a sola de nossos pés e as divindades nos céus que brilham acima de nós. Por um tempo, isso é tudo que sinto. Não há nenhum Finn. Nem vontade. Nem ansiedade. Nem frio.

Nada. Apenas conexão.

Não dura, no entanto. De além da minha consciência, a preocupação escorre pela minha espinha, me atraindo de volta ao aqui e agora. Um cheiro flutua no vento — familiar e enjoativo.

Piscando para as estrelas, eu danço mais forte, tentando me reconectar, me recusando a deixar qualquer coisa envenenar o momento. Tudo vai acabar em breve, e talvez eu nunca mais passe por isso.

No limite da minha visão, vejo Helena beijar Emmitt e o leva para a escuridão a leste. O par desaparece nas sombras, de mãos dadas.

Viva. A palavra se forma em minha mente, mas eu a envio através da aldeia para minha amiga. Talvez uma de nós encontre o tipo de paz permanente esta noite.

Por fim, a realidade escurece mais uma vez, até que estou tão perto de uma conexão profunda que não vejo nada além de um caleidoscópio de cores e luz, não sinto nada além de poder e do toque de Finn, e um estranho calor irradiando pela minha coxa.

As mãos de Finn estão por toda parte, mas então ele está discretamente juntando e levantando minhas saias entre nós, as pontas dos dedos fazendo cócegas na parte de trás da minha coxa, vagando...

A conexão se rompe, o calor desaparece e Finn me solta. Por um momento, é como se eu estivesse caindo, descendo de uma altura que eu tinha esquecido que existia.

Então eu sinto — a ausência. A fonte do calor que sentia se esvai. Eu me viro, e vejo Finn Owyn escapulindo no meio da multidão.

Com minha faca.

Ele olha por cima do ombro. Um sorriso curva um lado de sua boca enquanto ele balança rapidamente o punho de granito branco da lâmina agora escondida no bolso de sua jaqueta.

Venha e pegue, ele murmura. Então corre em direção aos pomares, desaparecendo em uma massa de aldeões.

Fecho as mãos em punhos. Maldito seja aquele homem. Este *não* é um momento para provocações ou jogos. De acordo com o que vi na água e com o tempo que leva para ir de vila em vila, o Coletor de Bruxos deve chegar dentro de uma hora. *Preciso* pegar aquela faca.

Sigo na direção de Finn, mas, em uma única respiração, tudo muda. Sobre as batidas dos tambores e as gargalhadas uivantes, um som estranho quebra a noite.

Eu paro. Ouço.

O som se mistura com a folia e os cânticos da cerimônia, mas logo se transforma em um clamor que paralisa todos — até os músicos e dançarinos.

Com o coração martelando, afasto meu cabelo do rosto molhado de suor e olho para o céu noturno a oeste. Minhas mãos ficam úmidas com um medo frio que se agarra à minha pele como a névoa rolando em torno de nossos pés. Conheço aquele som, aquelas vozes.

As crianças — as mesmas que brincavam de guerra. Elas estão chorando.

Pequenas figuras gritando irrompem da escuridão nos limites da aldeia, rostos vermelhos manchados de lágrimas e esculpidos em pânico, mãos acenando como se quisessem nos empurrar para longe.

Cada pessoa no gramado tropeça, atordoada e confusa, seja por cerveja, vinho ou pelo transe. Ainda assim, muitos pais se enchem de força e avançam na direção de seus filhos que choram. Todo mundo está focado nos pequenos, em suas palavras sem sentido, mas eu volto a olhar para a escuridão. Desta vez, presto atenção no cheiro que satura o ar.

Morte.

Algo se move nas sombras do lado de fora da aldeia. Além, ao longo do horizonte, brilha o que parecem vaga-lumes gigantes na curva profunda do vale. Minha mãe está do outro lado da fogueira. Ela se eriça com energia, sua pele brilhando ao luar. Eu impulsiono cada grama de emoção que posso em meu rosto e me viro para o oeste.

— Anciãos! Guardiões! — grita. Os tendões de seu pescoço se contraem com o esforço, mas as pessoas encarregadas de proteger nossa aldeia estão sentadas à mesa com expressões perdidas.

— Olhem! Lá! — Uma garotinha aponta para a cabana do ferrador.

Um cavalo, escuro como a noite, avança para a luz; seus cascos batem no chão com tanta força que pedaços de grama e terra se soltam atrás dele. Os aldeões fogem de seu trajeto. É como se o cavalo pretendesse invadir o gramado.

Mas o cavalo tem um cavaleiro — um cavaleiro que puxa as rédeas e faz parar o animal que se aproxima.

Um cavaleiro escondido sob um manto preto.

O Coletor de Bruxos chicoteia a fera.

— Levem seu idosos e crianças para o pomar! — Sua voz é tão profunda e dominante que todo aldeão bêbado fica sóbrio, inclusive eu. — Guardiões, reúnam seus cavalos, armas e todas as tochas que puderem encontrar! Bruxos Caminhantes, preparem sua magia! Encham cada balde e jarra com água dos cochos! Encharquem a palha! — Ele empunha uma espada manchada de sangue e aponta a lâmina para as luas ardentes cor de âmbar que crescem a oeste. — Os Habitantes do Leste estão chegando! E eles vão incendiar esta aldeia! Apressem-se!

Os pais pegam seus bebês e os guardas finalmente correm para buscar suas lâminas e animais. Anciões e Bruxos Caminhantes cantam os primeiros refrões de cânticos de proteção enquanto correm para os cochos para encher baldes. Famílias se espalham pela noite, algumas indo para o pomar e os vinhedos, enquanto outras cambaleiam desnorteadas.

Mamãe corre em minha direção e me pega pelos braços.

— Temos que ajudar! Vamos ao poço!

Começamos a atravessar o gramado, mas olho por cima do ombro. O pânico rasteja pela minha garganta e aperta meu coração enquanto procuro Finn no mar de rostos, mas não o vejo. Preciso daquela maldita faca. Também preciso *dele*. Preciso saber se ele está seguro, mas há tanta desordem, tanta confusão.

Deuses, eu deveria ter consultado as águas. Eu deveria ter permanecido fiel. Eu poderia ter visto. Poderia ter impedido.

Não posso ir ao poço. Devo ficar e lutar.

Mamãe me encara confusa quando eu a faço parar. Olho ao redor, procurando não por um balde, mas por qualquer coisa para usar como arma. Não há nada além de instrumentos musicais, recipientes para bebidas e muitos pratos. No entanto, sei onde encontrar o que preciso.

Algo afiado. Algo mortal.

Com esse pensamento, agarro as mãos da minha mãe, com muito medo de perdê-la de vista, e corro descalça em direção à nossa cabana.

7
Raina

Atravesso a porta dos fundos e corro pelo jardim até o pequeno anexo onde guardamos as ferramentas de colheita. Com o coração batendo forte, pego minha foice do suporte, me viro e dou de cara com minha mãe boquiaberta.

— Não. — Ela ergue as mãos como se só isso fosse me parar. — Você não é uma guerreira, Raina.

Ela está certa. Não sou uma guerreira. Sou uma bruxa, e não muito boa em muitos aspectos, mas não sou incapaz. Durante toda a minha vida, até morrer, meu pai me ensinou a usar uma foice nos prados próximos. E embora ninguém saiba, Helena também me ensinou muito no último ano. Hel *é* uma guerreira, se alguém se importasse em prestar atenção na filha do ferreiro. Suas lições por si só me tornaram habilidosa o suficiente para que eu não tenha medo de enfrentar uma espada se for preciso.

Descansando a foice na dobra do braço, junto minhas mãos.

— *Eu posso manejar uma lâmina* — sinalizo. — *Uma arma extra pode significar salvar nossa casa. Não posso ficar parada enquanto você canta magia esperando não encontrar magia maior.*

Penso nas histórias que papai costumava me contar, nas lições sobre o mundo além do vale. De todos os reinos, o que eu menos quero combater são os Territórios da Terra do Leste. Os guerreiros das Terras do Verão, brutais como são, lutam pela vida e pela terra, mas os Habitantes do Leste lutam por ganância, por uma posição de puro privilégio e dominação ostensiva. Seu soberano, o Príncipe do Leste, é mais uma figura mítica do que um verdadeiro líder. Meu pai sempre me garantiu que ele existe; um homem que, de alguma forma, rouba vida e magia para garantir sua própria imortalidade e poder para seus desejos sombrios.

Um homem feito de sombras, almas e pecado.

Mesmo assim, os exércitos das Terras do Leste nunca invadiram as Terras do Norte, e não consigo imaginar por que o príncipe os mandaria para cá agora.

A dor passa pelo rosto da minha mãe. Ela abre a boca para protestar, mas os cascos ressoam, acompanhados de gritos de guerra. Corremos até a cabana, onde ela pega uma de suas facas de cozinha e voltamos para o gramado, que se rendeu à desordem.

Girando em um círculo, sondo cada rosto aterrorizado mais uma vez e solto um assobio familiar. É um pequeno canto de pássaro que Finn me ensinou para que eu pudesse convocá-lo de uma curta distância. Mas ele não corre para o meu lado. Ele não está por perto.

Certamente, Hel e ele fizeram o mesmo que eu. Certamente, com todas as suas armas, eles vão resistir ao que está por vir. Eu só rezo para que fiquem seguros.

Mena lidera um coro de vozes, cantando uma cortina de magia ao redor de nossa aldeia, enquanto os Bruxos Caminhantes tiram água do poço. Mamãe enfia a faca no cinto, pega um balde e se junta à multidão na música. Infelizmente, a construção protetora luta para se erguer, um véu prateado levantado por bruxos angustiados.

Um vento ocidental sopra sobre o construto enfraquecido. Enterro o nariz no cotovelo, quase engasgada com o fedor da morte. Cheira como mil almas desvanecidas.

Deuses. Estou sentindo o cheiro das mortes de outras aldeias?

Olho para as muitas chamas bruxuleantes chegando cada vez mais perto, um pulso estranho batendo no ar, trazendo uma sensação de destruição que eu nunca vivenciei.

Então eu o vejo — o Coletor de Bruxos. Ele passa direto por mim, sua cabeça descoberta virada para o outro lado.

Um olhar para ele e toda a mágoa, dor e medo dentro de mim se transformam em raiva e ódio. Exércitos não atacam pessoas inocentes sem motivo. O Rei do Gelo deve ter feito alguma coisa para causar o ataque. Mais perdas que posso colocar na conta dele.

O Coletor de Bruxos vira seu garanhão de um lado para o outro, vasculhando a vila como se estivesse procurando alguém. Ele grita com um homem que dá de ombros e balança a cabeça antes de fugir. Ele grita com outro homem que passa correndo, mas há muito barulho para que eu consiga ouvi-los.

Uma ideia flutua em minha mente. Eu dobro os dedos ao redor da foice e endureço minha espinha. Estamos tão próximos, o Coletor de Bruxos e eu. Apenas alguns metros entre nós.

E ele está distraído. Eu poderia matá-lo agora, um golpe por trás. Livrar o mundo de sua presença terrível.

Com a mandíbula apertada, dou um passo para mais perto. Outro. E outro. Uma garota aponta para mim, e meu último passo é curto. O Coletor de Bruxos gira em sua sela e encontra meu olhar. Eu juro que o ar entre nós fica cheio de eletricidade.

Com o coração aos pulos, congelo quando sua atenção se volta para minha foice. Ele me lança um olhar penetrante e inclina a cabeça escura. Os olhos verdes se estreitam, brilhando sob as tochas ardentes e a luz da fogueira. Eu nunca tinha visto o rosto dele. Sua cabeça está sempre escondida por trás do capuz da capa. Mesmo que pudesse vê-lo, sempre tive muito medo de olhá-lo nos olhos.

Helena estava errada. Ele é muito mais jovem do que eu imaginava, menos de uma década mais velho do que eu. A barba é curta e bem-cuidada, e seu rosto é cheio de ângulos perigosos e linhas definidas. Ele é bonito de uma maneira perversa e sombria. Lindo mesmo. Quando levou Nephele, ele devia ter um pouco menos da idade que tenho agora.

O momento entre nós se estende — fino, tenso e insuportável. Seu olhar é tão penetrante que é como se ele estivesse espiando minha alma, bisbilhotando pelos cantos cheios de teias de aranha que não mostro a ninguém. Eu pisco e me lembro de que ele é o inimigo e que ele está *bem* ao meu alcance. Um golpe no pescoço é tudo o que a morte exige. Ele nunca tiraria de nós novamente.

A realidade toma conta de mim. O rei o substituirá, e, se sobrevivermos a esta noite, terei assassinado minha única maneira de encontrar Nephele. Mais do que isso, o Coletor de Bruxos é treinado, um guerreiro armado e, portanto, muito provavelmente nossa melhor defesa.

A sobrevivência deve vir em primeiro lugar. A vingança fica para mais tarde.

Resignada a lutar ao lado dele, pelo menos por enquanto, formo o sinal da paz diante de meu peito. Ele pode não saber o que o gesto significa, mas balança a cabeça como se entendesse.

Dou um passo para trás e coloco a foice aos meus pés. Voltando-me para as colinas a oeste, fecho os olhos em oração e levanto as mãos para cantar, formando cada letra com cuidado, para não cometer erros.

As vozes dos Bruxos Caminhantes se elevam o mais alto que podem. Concentro-me nas palavras de Mena que irradiam com mais clareza, até que sinto a parede de magia subindo sobre nós.

Meus movimentos desaceleram, meus dedos relaxam e abro os olhos. Uma cúpula de proteção paira acima, brilhando sob o luar. Por um breve momento, me sinto segura, acreditando que podemos impedir que os Habitantes do Leste entrem em Silver Hollow apenas com nossa música.

Mas a primeira flecha flamejante logo cruza o céu e perfura o véu.

Depois outra, e outra, até centenas de bolas de fogo encherem a noite.

O céu escuro muda, como se a escuridão pudesse ganhar vida. De dentro daquela escuridão, um enxame de corvos desce, seguido por flechas esfaqueando a palha das cabanas, ressecada pelo calor do verão, incendiando nossa aldeia como uma pilha de gravetos secos. Com eles chega uma horda de Habitantes do Leste a cavalo, carregando a morte em seus olhos.

8
Alexus

Eu deveria pegar Raina. Pegá-la e correr.

Olho para além dos pássaros loucos que chovem sobre a aldeia, para onde as batidas dos cascos do inimigo batem alto e com determinação, onde os primeiros incêndios acendem e se espalham. É um único momento de indecisão, mas, quando eu volto o olhar, Raina se foi.

— Malditos deuses! — Guio Mannus para girar ao redor e balanço minha espada em direção aos corvos, procurando por ela. O cabelo comprido e o vestido azul. Os olhos de safira. É como se ela tivesse se dissolvido.

Olho para o oeste, onde os Habitantes do Leste nos atacam direto, a escuridão que vive dentro de mim crescendo como uma tempestade. Anseio por deixar uma fração vazar, deixá-la cair sobre mim como uma segunda pele. Uma armadura mágica. Mas tal coisa é impossível, e, mesmo que não fosse, faz tanto tempo desde que eu experimentei esse poder.

Eu poderia matar todo mundo.

Em vez disso, puxo minha espada, o som do metal enviando adrenalina pelo meu sangue. O homem em mim terá que ser suficiente.

Os Habitantes do Leste invadem Silver Hollow como um vento flamejante, são muito numerosos e rápidos em seus poderosos cavalos em relação aos guardiões, que nem conseguiram chegar aos estábulos. Manejo minha espada na barriga de um Habitante do Leste, derramando suas entranhas, em seguida enfio a lâmina na boca de outro e a puxo de volta para acertar um golpe fatal no pescoço de mais um.

Ao redor, os aldeões lutam de pé, se esforçando para conter os corvos e os Habitantes do Leste ao mesmo tempo. Bruxos Caminhantes correm, lutam e cantam o tempo todo, mas não adianta. As flechas dos Habitantes do Leste, lançadas com uma magia forte o suficiente para penetrar o véu, os atingem e os matam de uma maneira que eu estava em pânico demais para notar nas outras aldeias. Digo a mim mesmo que talvez nelas não tenha acontecido assim. Certamente eu teria visto tanto terror.

Ao meu lado, um homem cai de joelhos. Uma flecha de fogo está alojada profundamente em seu abdômen. Chamas ondulantes não naturais saem de sua boca, derretendo a pele e os tendões dos ossos, queimando-o vivo de dentro para fora. Corvos se reúnem e bicam sua carne antes que o corpo exploda em pó como se fosse feito de cinzas.

Magia de fogo — do tipo devastador que apenas antigos Habitantes das Terras do Verão, como Fia Drumera, conhecem. Está acontecendo por toda parte, um após o outro, aldeões abatidos e incinerados. Nem mesmo as crianças que não conseguiram fugir são poupadas.

— Cuidado! — Um jovem coloca uma bandeja de madeira na minha frente, interrompendo uma flecha disparada na minha direção antes que ela penetre no meu peito. Uma garotinha soluçando de medo se agarra à perna dele. Ao redor deles um cão pequeno late e gane assustado. O jovem me encara. — Você não merece viver, seu grande filho da puta. Mas estou te dando uma chance de redenção. Agora, você me deve.

Encaro o pequeno bastardo corajoso. Já vi a garota e ele antes — os filhos do ferreiro.

O menino joga a bandeja de lado. Com uma das mãos, ele protege e segura a irmã, e com a outra, golpeia com uma adaga um Habitante do Leste que se aproxima. Ele erra e sua lâmina cai.

Uma maldição sai de seus lábios, e o medo torce seu rosto enquanto o Habitante do Leste avança.

Eu vou pela diagonal, cortando o guerreiro ao meio antes que seja tarde demais. Com um olhar atordoado e fixo, o corpo do Habitante do Leste desliza para longe, as duas partes tombando no chão.

A garotinha solta um grito doloroso que corta a noite. O ferreiro a puxa em seus braços, escondendo seu rosto na curva de seu pescoço. Ele olha para mim, olhos arregalados e úmidos, queixo para cima, sua túnica fina cor de musgo e calças escuras pintadas com o sangue do morto.

— *Agora* estamos quites. — Eu ranjo os dentes cerrados.

Não sei o que há nesse garoto, mas não consigo decidir se estou impressionado com sua bravura ou se não o suporto.

— *Nunca* estaremos quites. — Seu rosto escuro endurece, e ele está tremendo, de medo ou raiva, não consigo saber do quê. Ele olha ao redor, o olhar cheio de desespero, então solta uma respiração trêmula e acrescenta: — Eu tentei. De verdade. Mas preciso deixar minha família em segurança.

Essas palavras desesperadas são para persuadir a si mesmo a ir embora, e não consigo imaginar por que ele ainda está aqui, então balanço a cabeça em direção às colinas.

— Vá para o sul ou o oeste. Vai ser mais fácil.

Ele encontrará a ruína de qualquer maneira, dependendo de como os Habitantes do Leste chegaram aqui. Mas a morte o espera em Silver Hollow, não em Littledenn, Penrith ou Hampstead Loch – nem mesmo no vale ou perto das montanhas do sul. Enviei todos os outros aldeões para o leste mais cedo, para os pomares, um erro cometido no calor do momento. Agora, um bando de assassinos – liderados pelo general grisalho com quem lutei em Hampstead Loch – cavalga naquela direção, em busca de sangue fresco.

Eles o encontrão, graças a mim.

O menino corre com a menina e seu cachorro. Os três desaparecem em meio a uma nuvem de fumaça e corvos grasnando. Por toda a aldeia, o fogo corre de telhado de palha para telhado de palha, consumindo qualquer pedaço de madeira que toque.

Na neblina cinzenta que logo se instala sobre o verde, vejo Raina novamente. É impossível não olhar. Em todos os anos em que olhei para o rosto dela, só testemunhei nervosismo. Temor. Medo. Até repulsa, e talvez ódio.

Como esta noite.

Esta noite, ela olhou para mim como se pudesse me matar. Brutalmente.

Mas nunca a vi envolvida em raiva pura. Rola para fora dela, quente e brilhante como o fogo ao nosso redor, iluminando-a como uma virago. Uma fúria entre os homens.

Um balanço para cima de sua foice atinge um Habitante do Leste no queixo, um final horrível. Ela gira, e seu próximo golpe cai na curva do pescoço de um guerreiro. Na mão *dela*, a foice de um fazendeiro é mortal como qualquer espada, seus movimentos rápidos e precisos me deixam momentaneamente hipnotizado, mesmo em meio a tanta devastação.

Sou tirado da minha admiração por um flash prateado no ar. Eu me viro para escapar da espada de um Habitante do Leste, mas não antes que ela corte profundamente a carne do meu braço ferido.

A dor alimenta minha raiva, e embora o peso da minha arma faça parecer que estou segurando o mundo nas pontas dos dedos, giro a ponta para cima e golpeio, perfurando a garganta do Habitante do Leste onde tenho certeza de que vai acabar com ele.

Eu me retiro, e ele desliza de seu cavalo, sem vida, como o saco de ossos que é.

Meu braço da espada cai flácido. As feridas queimam e latejam enquanto o sangue corre para as pontas dos meus dedos. Mannus vagueia pela borda do gramado, confuso com a fumaça espessa e gritos de socorro. O número de corvos e Habitantes do Leste diminuiu, mas os aldeões ainda estão lutando, e muitos jazem mortos ou morrendo, queimados ou queimando.

E não vejo mais Raina.

A poucos metros de distância, um enorme Habitante do Leste luta para sair do torpor. Ele fixa os olhos em mim. Com um gemido, puxo meu braço ferido para cima e embainho a espada antes de alcançar minha adaga da bota. Não sei como vou ganhar essa luta se ele vier na minha direção.

Olho para o muro de pedra a leste, onde mais inimigos cavalgam, seguidos por um bando de corvos mortais. Será que Raina está ali? Ajudando os desamparados? Se ela for como Nephele descreveu, isso é algo que ela faria.

Com a mão boa, puxo as rédeas e viro Mannus para o leste, mas a visão da mãe de Raina e Nephele de pé no meio do círculo da cerimônia, cercada por uma nuvem de fumaça translúcida, me para. Reconheço o cabelo grisalho prateado e o rosto adorável. Ela é a versão mais velha de Raina, embora eu veja Nephele em suas feições também. O poder que emana de seu corpo é a única coisa que *não* reconheço.

Os lábios se movem com seriedade enquanto ela canta magia, mãos e olhos erguidos em oração. Pássaros mortos caem a seus pés, e os incêndios violentos que tragam as cabanas próximas se apagam. As faíscas voadoras desaparecem, a fumaça se dissipa e uma nuvem de chuva ressoa no alto.

Dentes dos deuses. *Ela* está fazendo isso. Sozinha.

Em todos esses anos, nunca senti tanto poder nesta mulher, assim como nunca senti em Raina, e apenas uma vez em Nephele — o ano em que a escolhi. Agora acho que entendi o porquê.

Ophelia Bloodgood fez o impossível. Ela escondeu o poder de sua família.

Um Habitante do Leste caminha em direção a ela, dentes à mostra e adaga levantada; e logo atrás dela, outro assassino aparece. Ele se forma de uma nuvem de fumaça vermelha, um espectro sorridente saindo de uma sombra escarlate, testando o peso de uma lança em sua mão. A escuridão gira em torno dele, e um corvo está pousado em seu ombro direito.

Conheço essas sombras e conheço este homem. Nos encontramos uma vez, depois que o Rei Regner morreu. Ele parecia tão inocente na época. Nunca imaginei que veria o rosto dele neste vale, muito menos com a morte queimando em seus olhos. Ele é o homem que surgiu do nada e de lugar nenhum e de ninguém para se tornar o líder de um continente inteiro.

O homem que quebrou sua palavra.

O homem sem nome verdadeiro.

O Príncipe do Leste.

9
Raina

A guerreira que esmaga meu pescoço com o cotovelo é tão forte quanto um urso, mas sou escorregadia e rápida. Giro e dou uma joelhada em sua barriga, e ela cambaleia para trás o suficiente para que eu me liberte de seu domínio.

Fico agachada, com os braços abertos, na frente de Mena. Ela está sentada atrás de mim, entoando sua magia no canto cheio de fumaça de sua casa. Ela é poderosa, mas sua magia é muito fraca para tecer algo agora.

Ela está sangrando. Por onde, não sei. Não tive tempo de olhar. Eu só sabia que tinha que ajudá-la quando vi essa gigantesca mulher do leste empurrá-la para dentro de sua casa. A mesma mulher que agora bloqueia a porta aberta e a trajetória da minha foice.

Ela pega minha lâmina e, com um rosnado, investe contra mim. No mesmo segundo, ela congela, sem expressão. Leva um momento para entender a razão.

A mulher cai de joelhos e desaba de cara no chão de ripas. O sangue flui de um ferimento na parte de trás de sua cabeça loira. Atrás dela está Helena, espada ensanguentada ainda levantada, em guarda.

Abaixando sua arma, Hel passa por cima da Habitante do Leste, joga o braço em volta do meu pescoço e dispara apressada suas palavras:

— Eu estava com tanto medo de não te encontrar! Vá até os campos de pousio! Finn e eu nos encontraremos lá. Antes tenho que encontrar minha mãe e as gêmeas!

E assim ela se foi, uma onda de seda dourada manchada de sangue voando pela porta.

Eu me viro para Mena e me ajoelho diante dela, sem saber o que fazer.

— Me deixe. — Ela ergue a mão de um corte em sua barriga. — Minha hora chegou.

Mas não precisa ser. Há tanta morte no ar que não posso dizer se a dela está tão perto quanto ela acredita ou não.

Não me importando se ela vai descobrir meu segredo, começo a sinalizar minha música.

— *Loria, Loria, una wil shonia, tu vannum vortra, tu nomweh ilia vo drenith wen grenah.*

Estas são as palavras para a cura, para quando a morte não estiver muito perto.

Começo a repetir a letra, mas ela agarra os dedos da minha mão direita.

Um leve sorriso curva seus lábios.

— Eu *sabia* que havia mais em você. Mas não vou deixar você desperdiçar sua energia comigo. — Ela aponta com o queixo em direção à porta. — Vá. Encontre sua preciosa mãe. Vá para os campos.

Eu a ignoro e tento novamente.

— *Loria, Loria, una wil shonia, tu vannum...*

— Vá, Raina! — grita ela. — Sua mãe precisa de você mais do que eu. Vá!

Algo no tom de sua voz me faz parar. Não quero deixá-la dentro da cabana para acabar queimada, mas não consigo carregá-la, e ela não me deixa curá-la. Se eu a arrastar para fora, alguém certamente a matará.

Ela balança a cabeça.

— Você não se lembra do que eu te disse? Não existe vitória sem sacrifício. Estou pronta. Agora vá.

— *Eu vou voltar para te buscar* — digo a ela. — *Juro.*

E é o que farei, assim que tiver certeza de que mamãe está segura.

Determinada a ser rápida, saio da cabana de Mena e abro caminho para o gramado. A cada choque de lâminas e a cada golpe de minha foice, lembro que minha vida pode acabar a qualquer minuto. Embora eu deva tanto a cada pessoa em Silver Hollow, a morte não pode vir para mim ainda. Não posso permitir.

Como a arma em minhas mãos, estou inebriada e afiada, e meus movimentos são severos enquanto mato golpe após golpe. Os incêndios — eles estão se extinguindo? E isso é um trovão? A chuva poderia apagar as chamas restantes e nos dar uma chance.

A visão de minha mãe prende meu olhar. Ela está no meio do círculo de pedra, ainda cantando sua magia. Começo a me mover para ir até ela, mas cada músculo do meu corpo se contrai quando um Habitante do Leste aparece no canto da minha visão, espreitando através da fumaça no lado oeste do gramado. Seus passos largos são calculados e seguros.

Olho para a adaga enganchada em sua mão e percebo para onde se dirige. A fúria corre em minhas veias.

Reunindo minhas saias, saio correndo, invocando o poder da lua que ainda flui dentro de mim, e subo em uma das mesas do banquete em dois saltos. O terceiro salto me leva para o outro lado, e com um movimento para baixo da minha foice, dou um golpe que faz a cabeça do Habitante do Leste rolar nas brasas do assador.

Mamãe não se mexeu, seu olhar ainda está voltado para o céu, e o alívio me atinge como uma onda quebrando.

Eu a salvei.

No próximo segundo, uma lança se projeta por trás de seu estômago. O tempo para.

Não posso me mover. Não consigo respirar.

Seus olhos encontram os meus, e ela agarra a lança. Uma expressão de confusão torce suas belas feições.

— Não. — Isso é tudo o que ela diz enquanto o sangue jorra de sua ferida, manchando o vestido branco que costuramos no verão passado. Eu li a única palavra em seus lábios, pouco antes daqueles lindos olhos dela, com uma luz tão brilhante, escurecerem.

A descrença me perpassa, quente e crua. Mamãe desaba no chão, o cheiro de sua morte iminente atravessa o espaço entre nós, e uma enxurrada de tristeza profunda me inunda. A morte da minha mãe cheira a ela. Cravos, folhas caídas e frieza esfumaçada emaranhados com a lembrança do sol e brisas quentes.

O assassino pressiona a bota contra as costas dela e arranca sua arma como se ela não significasse nada.

Então ele foca em mim.

Culpa *minha*. *Minha*. Eu poderia tê-la salvado. Tirá-la daqui. Tirar *todo mundo*. Todas as criancinhas. Finn. Helena. Betha. Saira. As gêmeas. Tuck. Emmitt. Sr. Foley. Mena.

Quero arrancar meu cabelo, esmurrar a terra, golpear a dor do meu coração. *Por todos os deuses*, por que não monitorei as águas? Por que não fiquei de olho no Coletor de Bruxos o dia todo?

O Habitante do Leste se aproxima de mim, lança na mão e um corvo empoleirado em seu ombro. Com um movimento de seu pulso, o pássaro voa para longe. Respingos de sangue decoram o couro de suas roupas. O sangue do meu povo, da minha mãe, e se ele conseguir, o meu.

Eu pisco, limpando as lágrimas dos meus olhos e o choque da minha mente. Há algo perturbadoramente diferente nesse guerreiro. Fios de sombra carmesim se contorcem ao redor dele como se estivessem tentando fugir, ficando cada vez mais vermelhos à medida que ele se aproxima. O cabelo curto está penteado para trás, bem no lugar, e é perceptível quando seu rosto e olhos ficam vermelhos também. Até suas mãos seguram orbes de sombras cor de sangue, como vazamentos de malevolência de todos os seus poros. Todo ele se torna uma coisa tão sinistra de se ver que tenho certeza de que ele é o mal encarnado.

Recuo e vacilo sobre minhas saias, minha foice arrastando no chão.

As chamas das cabanas se reacendem, rápidas e devoradoras, e a nuvem de tempestade se desintegra. Já não vibro com o poder ou a esperança da lua ou mesmo a raiva implacável. Em vez disso, estou entorpecida de culpa e tristeza.

Nesse intervalo, não me importo de sobreviver. Ao meu redor jazem mortos e moribundos. Guerreiros invadem o pomar e os vinhedos. Eu ouço o bater dos cascos de seus cavalos, os gritos desvanecendo daqueles que se esconderam no bosque, vejo a fumaça ondulante das fogueiras a leste, mesmo enquanto minha aldeia — *minha casa* — queima até as cinzas.

O Coletor de Bruxos cavalga nas margens do gramado, lutando como um demônio. Porém, ele é apenas um homem, e está ferido, o braço direito balançando enquanto luta para refrear um gigante Habitante do Leste com uma adaga.

Isso aconteceu com as outras aldeias? É por isso que o Coletor de Bruxos se atrasou? Todo o povo do vale sofreu essa brutalidade? No meu íntimo, eu sei que sim.

Eu caio de joelhos, engolida pela magnitude da perda e da devastação. E pela morte. Na rapidez do voo de uma flecha, este vale foi apagado. O misterioso Habitante do Leste se aproxima. Eu quero dizer a ele que me matar vai assombrá-lo, que ele vai ver meu rosto em seus pesadelos, mas há um brilho perturbador em seus olhos e ele sorri, girando a lança na mão.

— Qual é o seu nome? — Ele inclina a cabeça, me estudando com curiosidade.

Algo se aperta dentro de mim, algum instinto que grita para eu me levantar e lutar. Mas é muito tarde. Ele está tão perto, perto o suficiente para que eu cuspa nele.

Ele ri.

— Coisinha flamejante, é isso? Perdoe o jogo de palavras. Não resisti.

Que criatura desprezível. Ele não é o tipo de homem que será assombrado por qualquer uma das vidas que tirou.

— É uma pena matar uma guerreira como você — acrescenta. — Mas, por mais que eu queira ver você acorrentada, você seria apenas uma distração.

Um arrepio percorre minha pele assim que ele mira e levanta o braço para trás. Respiro fundo e olho para além dele, precisando de um último momento com minha mãe. Seu rosto é uma máscara em branco, seus olhos estão vazios de vida, mas...

Seu rosto, pescoço e mãos estão cobertos de marcas de bruxa, brilhando com uma luz suave, como nada que eu já tenha visto, especialmente nela. Devo estar imaginando coisas...

Mas não. As marcas estão lá, e seu olhar morto está fixo em mim. E sua boca... Está se *movendo*. Seu esforço é fraco e minguante, mas ela está entoando magia.

Se ainda restar um leve sussurro de vida, posso trazê-la de volta à luz.

Assim que o Habitante do Leste baixa sua lança em direção ao meu coração, eu convoco força suficiente para balançar minha foice uma última vez e cortar a ponta mortal de sua arma. A ponta quebrada atinge meu esterno como uma arma de cerco batendo na porta de um castelo, me derrubando no gramado.

O ar sai dos meus pulmões, me deixando totalmente sem fôlego, até que eu consigo puxar um pouco do ar cheio de fumaça que me força a me dobrar e tossir em torno da dor pungente.

Através da neblina âmbar e cinza que enche a noite, vejo o Coletor de Bruxos. Ele fica entre mim e meu atacante, de costas, sua espada embainhada. Seu braço direito pende frouxamente ao seu lado, mas ele segura uma adaga na mão esquerda.

— Você não vai ficar com ela!

Ele manobra a lâmina em um arco amplo e rápido. O Habitante do Leste recua e se esquiva do ataque.

— Olá para você também. — Ele ri, e desta vez é um som horrível, baixo e profundo, mas sombreado por gritos agudos enfraquecidos, como se demônios vivessem dentro dele. Ele joga o que resta de sua lança de lado.

— E não a *quero* — diz ele. — Não de verdade. Eu quero *matá-la*. São coisas muito diferentes.

O Coletor de Bruxos se aproxima, com a lâmina pronta, mas, em uma agitação daquela capa preta, de repente ele está de frente para mim. O Habitante do Leste o segura pelo do pescoço, a adaga do Coletor de Bruxos em sua mão.

O Habitante do Leste sorri como um bastardo doente.

— E agora? Mato você também, velho amigo? Faz tanto tempo.

Uma expressão perplexa passa pelo rosto do Coletor de Bruxos.

— *Não somos* amigos. — Ele range as palavras, apertando a mandíbula.

— Tem razão. Isso significa que não tenho que ser bonzinho. Que a diversão comece.

O Coletor de Bruxos me encara com olhos tão verdes que brilham na noite sombria.

— Corra! — grita ele, e o guerreiro enfia a lâmina em seu flanco. Uma, duas vezes, com uma torção entre as costelas.

Gritando, o Coletor de Bruxos cai no chão — assim como minha mãe — e, novamente, o Habitante do Leste se aproxima de mim. Desta vez, não há nenhum brilho doentio e brincalhão em seus olhos. Apenas ira e determinação.

Eu me forço a ficar de pé e pulo para cima dele, quase acertando a borda oscilante de sua adaga roubada. O Coletor de Bruxos está ajoelhado, apoiando o peso moribundo de seu corpo em uma mão. Ele não tira os olhos de mim, perplexo, enquanto eu o arrasto e pego sua espada de seu talabarte. A arma é mais leve e elegante do que eu imaginava, então me enfureço e empurro a lâmina em direção ao peito do Habitante do Leste. Espero ter ferido o coração dele.

Com aquele sorriso maligno, ele explode em uma rajada de fumaça carmesim. Eu corro através dele, ou o que *era* ele.

Tropeçando, caio de joelhos, e o punho da espada machuca minha mão quando aterrisso. Uma sensação estranha toma conta de mim. Um tipo de liberação, como uma pressão antinatural — algo que parece sempre ter estado comigo — se solta. Uma onda de poder corre através de mim, pesada, consumidora e totalmente estranha.

Minhas mãos. Parecem com as da minha mãe. Cobertas de marcas de bruxa que eu nunca tive antes. Eu pisco, ofegante, certa de que estou sonhando. Que eu sonhei *tudo* isso.

Mas também porque, bem ali na grama, bem ao meu alcance, está a Faca Divina, como se Finn a tivesse deixado naquele lugar de propósito.

Uma presença nas minhas costas faz o cabelo da minha nuca se arrepiar.

— Sentiu minha falta? — As palavras do habitante do leste voam pelo meu ouvido.

Pego a Faca Divina e me viro, golpeando, rezando para pegar qualquer parte dele com a ponta da lâmina. O sangue jorra do corte que se abre em seu rosto, da têmpora esquerda até a mandíbula direita, passando pelos lábios. Ele quase uiva, o som é uma coisa profana.

— Meu Senhor! — alguém grita.

O homem montado em mim apenas levanta a mão para silenciá-los.

— Vá! — esbraveja ele.

Não sei o que espero do dano da Faca Divina. Esse assassino já se transformou em fumaça diante dos meus olhos, mas imagino que ele possa morrer como os aldeões que ele e seus homens mataram com a magia maligna que possuem.

Espere. *Meu Senhor. Ele e seus homens*. Ele é um líder. Mas... deuses. Este não é um Habitante do Leste normal. Não um comandante. Nem mesmo um de seus feiticeiros.

Acabei de destruir o rosto do príncipe deles. Talvez até o tenha matado se a Faca Divina for tão mortal quanto meu pai afirmou.

Tem que ser.

O príncipe pressiona a mão na bochecha que sangra, segurando o rosto no corte. Com olhos escuros iluminados com violência, ele olha para a Faca Divina, a lâmina lustrosa de seu sangue. Tudo nele muda, o vermelho profundo de todo o seu ser escurece.

Ele tenta pegar a faca, mas eu a seguro com força. Ele agarra meu pulso e bate minha mão no chão, mas não a solto, meu punho está rígido com o de um morto.

Com um último rugido perverso, ele aproxima seu rosto hediondo a dois centímetros do meu. O sangue pinga de seus lábios abertos no meu queixo, na minha boca.

— Nós nos encontraremos novamente, Guardiã — murmura. — E, quando isso acontecer, vou enfiar essa faca em seu coração e inalar sua pequena alma patética.

Não vai mesmo, se estiver morto.

Empurro a lâmina em direção ao coração dele, mas novamente ele se transforma em gavinhas de escuridão e desaparece.

Fico ali, piscando para o céu fuliginoso. Onda após onda de choque me atravessam. A Faca Divina está tão estranhamente quente, quase zumbindo na minha mão.

Esse é o poder da Faca Divina? Apagar o Príncipe do Leste da existência? Ou ele apenas desapareceu? Ele vai morrer da ferida no rosto? Como posso saber?

Sinto dor para me sentar, mas me forço. Não há mais Habitantes do Leste à vista. Guardo a faca no meu cinto e luto para ficar de pé, passo tropeçando pelo Coletor de Bruxos e vou para o lado da minha mãe, onde caio de joelhos. Seus lábios não se movem mais, mas essas marcas...

Tenho que ajudá-la.

Com os olhos ardendo pela fumaça emergente, imploro aos Anciões:

— *Loria, Loria, anim alsh tu brethah, vanya tu limm volz, sumayah, anim omio dena wil rheisah* — lanço a canção da vida na noite como tantas orações, invocando a lua da qual descendo, desejando que minha magia repare o dano causado à alma gentil de minha mãe, tudo para dar vida de volta ao sangue de sua bruxa.

Sinto o poder dentro de mim, sinto que ele cresce.

— *Loria, Loria, anim alsh tu brethah, vanya tu limm volz, sumayah, anim omio dena wil rheisah.* — Imagino minha linda mãe vivendo, rindo, dançando, e me esforço muito para tecer os fios brilhantes de sua preciosa vida novamente. — *Loria! Loria! Anim alsh tu brethah! Vanya tu limm volz! Sumayah! Anim omio dena wil rheisah!*

Ela não se mexe.

Fico ali sentada, atordoada e angustiada. Não há nenhum som além do estalo e rangido de madeira queimando e o silvo e o rugido do fogo se espalhando de um lugar para outro. Lanço um olhar cheio de lágrimas pela aldeia.

Ninguém se move. Em lugar algum. Nem mesmo nas sombras ardentes. Se Mena ou qualquer outro aldeão permaneceu nas cabanas, foram queimados e agora nada mais resta dessas pessoas.

Com a agonia apertando meu coração, me forço a ficar de pé e correr pela noite. A fumaça é tão espessa que não consigo ver a lua, muito menos o muro de pedra nos arredores da aldeia.

Mas eu poderia encontrar o caminho para a loja de Finn até com os olhos vendados.

Está queimando, como todo o resto. O templo. O curtume. Os pomares e as vinhas. São tantos mortos, e o mundo inteiro está em chamas.

Lutando para respirar, cubro a boca com a manga do vestido e vasculho a área em busca de qualquer sinal de vida. Qualquer sinal de Finn ou sua família ou até mesmo do doce Tuck.

Corro em direção à casa de Finn, tentando assobiar, rezando para que ele ouça meu chamado, mas vejo três corpos caídos perto da porta, queimados.

Eu cambaleio para trás, lágrimas escorrendo pelo meu rosto. Dois dos corpos são tão pequenos.

Betha e as gêmeas.

Depois de um gemido terrível, a casa cai sobre si mesma. Uma família, uma história, pessoas que eu amava — mortas.

Mas então eu me lembro.

Helena. Finn. Os campos de pousio.

Eu me viro e corro naquela direção, mas, quando chego à clareira, não há nada além de terra vazia e um manto de fumaça. Não sei quanto tempo fico ali — olhando, esperando — mas, por fim, entorpecida, volto para a aldeia. Meu peito dói, vazio, uma caverna onde meu coração costumava estar. Não consigo me livrar do pensamento doloroso de saber que a morte pelas chamas é também como Finn e Helena provavelmente encontraram seu fim. Deuses, eu mesma os teria matado para poupar tal tortura. Eu teria feito qualquer coisa.

Mas não fiz o suficiente, não é?

Exausta e engasgada com fumaça e lágrimas, volto para o lado da mamãe. Não sobrou ninguém. Apenas eu. Pelo jeito, este era o plano do Príncipe do Leste quando decidiu me poupar da morte, me punir com o destino do vazio e da solidão total. Tirar *tudo* de mim, menos minha respiração.

Alguém toca meu ombro. Eu me contorço, com a Faca Divina erguida, preparada para ser abatida como todos os outros.

Os olhos verde-vale do Coletor de Bruxos encontram os meus. Ele está de joelhos, segurando o lado que sangra. Ele abre a boca para dizer algo, mas desmaia antes que qualquer palavra saia de seus lábios.

Pouco depois, rastejo para mais perto e pressiono a Faca em seu pescoço, a lâmina pronta para cortar pele e osso — exatamente para o que Finn a preparou. Estou com tanta raiva, tão devorada pela dor em meu coração. Deuses, eu quero culpá-lo.

O Coletor de Bruxos ergue o queixo, olhando para mim de um jeito que faz a culpa girar em meu estômago. Não consigo parar de chorar, e detesto que ele esteja me vendo desse jeito – consumida pela dor. Eu passei toda a minha vida aterrorizada com o Coletor de Bruxos, e agora tenho a chance de matá-lo. No entanto, sob o brilho dessa terrível luz do fogo, não vejo um homem a ser temido ou destruído, apenas... um homem.

Ele luta para respirar, e cada respiração borbulha em sua garganta. Ele olha para o breu do céu, mas seu olhar encontra o meu novamente, e ele pede o impensável.

— Cante para me manter vivo. — Ele olha para minha mãe. — Eu vi você. Ouvi você. Eu sei que você pode. N-não... me deixe morrer aqui. Não podemos... deixar que eles... vençam. Cante para me manter vivo.

Ele me observa com uma súplica impotente escondida dentro das linhas finas que se espalham pelos cantos de seus olhos. Ele é a última pessoa que eu deveria salvar, mas ainda carrega o sopro da vida, e estou cercada pela morte, e só quero que outra pessoa esteja comigo quando o sol nascer.

Mas esta não é outra pessoa qualquer. É o Coletor de Bruxos.

E assim, com um coração que parece duro como pedra, me levanto e me viro para ir embora.

10
Alexus

Por um instante, tenho certeza de que Raina Bloodgood pode me ajudar. É uma falsa esperança, porque, um segundo depois, ela se levanta e vai embora.

Ela não é apenas uma Vidente. Ela é uma Ressuscitadora.

E vai deixar que eu morra.

Pelo menos a última coisa que meus olhos vão ver nesta longa vida é uma mulher poderosa cheia de beleza e fúria. Uma alma delicada, mas selvagem, tão profundamente terna, mesmo que ela deseje minha morte.

Nos últimos anos, quando visitei Silver Hollow no Dia da Coleta, não consegui evitar que meu olhar se demorasse em seu rosto, embora ela nunca tenha erguido o queixo para me olhar nos olhos. Não posso culpá-la. Em outra vida, eu teria tentado conhecê-la. Eu a teria admirado e leria para ela os poemas escritos por mim. Eu teria caminhado com ela por campos de gotas estelares, dançaria com ela no riacho.

Esta não é outra vida.

Ela se vira e lança um longo olhar por cima do ombro. Eu a observo em seu vestido ensanguentado e manchado de fuligem, o vento arrancando as flores gotas de estrelas de seus longos cabelos, as pétalas brancas flutuando na fumaça como flocos de neve.

Se eu pudesse falar, diria a ela que vim até aqui para ajudá-la. Para ajudar a todos nós. Eu diria a ela que não sou mau. Que não sou inteiramente bom, mas que nunca quis deixá-la triste. Eu diria a ela que estou apavorado com o que minha morte significa, e que estou preocupado em deixá-la sozinha, porque ela ainda não se deu conta do quão sozinha ela realmente está ou o mal que ainda está por vir.

Eu diria a ela para ir para Littledenn. Para ver se todas aquelas mulheres e crianças no porão sobreviveram. Eu diria a ela para tirá-las do vale, embora eu não consiga imaginar para onde elas podem ir.

Temo que a guerra esteja chegando, um combate como o Povo do Norte nunca viu. O Príncipe do Leste realmente andou no Mundo das Sombras. Ele também tem poderes que não deveria ter, ele é um amálgama vivo de todas as coisas que as pessoas clamam: sombras, almas e pecado.

Na verdade, minha morte enfraquecerá as chances de sucesso dos Habitantes do Leste na conquista das Terras do Verão, e digo a mim mesmo que estou pronto para sacrificar tudo.

Mas o que vou deixar para trás que Tiressia deve temer. Eu sou salvação e a condenação. Não pode haver um sem o outro.

Algo nos olhos de Raina muda do escuro para o claro. Ela volta para perto de mim e se ajoelha na grama, as cinzas caindo ao redor. O conflito gira em suas íris, mas, quando os últimos suspiros de vida estão escapando do meu corpo, ela ergue as mãos esbeltas e, com os movimentos mais graciosos que já vi, começa a cantar.

11
Raina

Abro os olhos por um instante e não vejo nada além de um céu cheio de fumaça. Dói respirar. Estou deitada ao lado de um corpo que se dobra ao redor do meu, quente e reconfortante, e, por um instante, acho que é minha mãe. Mas um pouco de morte bate no meu peito, aninhado em um canto profundo do meu coração. Não é ela, e esse pensamento traz uma tristeza avassaladora que me leva de volta à escuridão. Pelo menos a morte roubada parece estar exatamente no local ao qual pertence.

Dentro de mim.

Uma voz profunda chega aos meus ouvidos.

— Venha, minha linda — sussurra, e eu estou vagamente consciente de que estou sendo levada, as cinzas do que um dia foi minha aldeia desaparecendo de vista.

Abro os olhos uma segunda vez e uma capa preta e longa está em cima de mim como um cobertor. O mundo não queima mais, e acho que estou no vale, a luz pálida da manhã rompendo as nuvens. Estou em cima de um cavalo, braços fortes me acalentam enquanto segura as rédeas. Ouço o tilintar de uma rédea, o baque suave de cascos, e um balanço inconfundível me embala de volta ao sono.

Antes de sucumbir, olho para o rosto barbudo do homem que me segura, e ele encontra meu olhar. Minha cabeça repousa em seu ombro, sua boca tão perto que o calor de sua respiração flutua sobre meus lábios.

— Está tudo bem. Descanse.

Meu coração bate forte, algo dentro de mim grita *Vá embora*, enquanto outra parte de mim quer estar mais perto. Eu não deveria estar com ele, mas estou, e me sinto muito cansada para questionar para onde estamos indo. Meus olhos se fecham — não tenho controle sobre eles — e eu me deixo levar, me aconchegando ao calor do Coletor de Bruxos.

O murmúrio suave do córrego que flui ao longo dos arredores de nosso vale me acorda pela terceira vez. Estou deitada em um leito de grama alta esmagada sob a copa de um grande carvalho. Suas folhas esvoaçam e farfalham no alto. Estou enrolada em uma capa escura que cheira a especiarias e sândalo, e talvez zimbro e gordura de ovelha usada para proteger o material da chuva. O tecido também carrega o aroma de fumaça e mil mortes, um cheiro que desperta meu cérebro.

Eu me endireito e me encolho, colocando a mão no esterno. Meu peito dói como se um deus tivesse batido nele com o punho.

Cautelosa, observo os arredores. Um cavalo de guerra — negro como uma noite sem lua — bebe do riacho que se move preguiçosamente como sempre, como se o resto do mundo não tivesse noção da devastação que aconteceu durante a noite.

E na beira da água está o Coletor de Bruxos.

Seu cabelo azeviche — úmido e desamarrado — pende em ondas pelas costas. Ele usa calças justas de couro, rachadas pelo tempo, e uma túnica de linho solta marcada por rasgos e manchas de sangue desbotadas na lateral e na manga. Ele é uma contradição — esse é o pensamento que flutua em minha mente. Um Coletor imponente e intimidador — duro, imparável e inflexível. No entanto, aqui no vale, ele se ajoelha, ombros largos suaves, cabelo bagunçado pela brisa. Essa cabeça escura se inclina em reverência e em sua mão repousa um maço de gotas estelares colhidas.

Eu penso no jeito que Finn me tocou com uma das flores que mamãe trançou no meu cabelo e ergo a mão para senti-las. Elas sumiram.

Uma a uma, o Coletor de Bruxos lança pétalas na água sem pressa, e centenas de flores flutuam para o rio.

— Uma gota de estrela para cada alma — diz ele, sussurrando as palavras como uma oração. Não me escapa que ele está realizando um ritual do *meu* povo. Em Silver Hollow, Littledenn, Penrith e Hampstead Loch, é costume fazer uma oração aos Anciões pelos recém-mortos e uma simples oferenda da flor mais amada do vale.

Ele se vira para olhar para mim, e uma carga acende o ar entre nós novamente. Embora eu desejasse que não fosse assim, um arrepio dança em minha pele. Eu quero descartar essa sensação com nojo, mas seria uma mentira.

São os olhos dele. Tem alguma coisa neles que me faz querer olhar mais de perto, como se fosse possível ver um universo inteiro se eu examinasse com minúcia. Mas é só a cor. Achei que ela não poderia ser mais ousada, mais penetrante. No entanto, aqui no vale, com a luz do dia nascendo, os olhos dele brilham como esmeraldas.

— Como você está se sentindo? — Sua voz é suave e gentil, em um tom diferente de quando ele gritou avisando a aldeia do perigo.

Não sei responder. Sinto que estou flutuando em um sonho. A qualquer segundo, alguém vai me acordar. Será na manhã seguinte ao Dia da Coleta, e meu mundo despedaçado vai se recompor. Mas minha garganta está em carne viva e seca de fuligem, e meu vestido azul está da cor de um céu tempestuoso com manchas marrons cobrindo a saia e o corpete.

E minhas mãos...

Elas estão tremendo, e estão cobertas de cinzas e sangue velho. Sangue dos guerreiros que matei. Sangue da minha mãe. Sangue de um príncipe vil.

O Coletor de Bruxos troca as gotas estelares por uma tigela de madeira meio chamuscada cheia de água do riacho e me alcança em três passos largos. Eu tremo mais. Mamãe costumava dizer que a dor sempre surge quando menos esperamos, e que raramente percebemos como aqueles que amamos habitam até as partes aparentemente mais irrelevantes de nossa vida. São nesses momentos que a dor de sua ausência atinge muito mais fundo, porque o tempo que tínhamos como certo, de repente, brilha em nítido relevo.

Como agora — enquanto olho para o prato da mamãe.

O Coletor de Bruxos coloca a tigela na grama e desembainha uma faca de sua bota. Ele corta uma tira da bainha de sua túnica, devolve a faca ao esconderijo, mergulha o pano na água limpa e lava meu rosto com um toque terno.

— *Shhh*. Pronto, não chore. Acabou. Você está segura. — Sua voz ainda é tão quente, tão gentil. É o tipo de voz em que uma mulher pode encontrar consolo, uma voz que pode conquistar até a pessoa mais determinada.

Eu deveria me afastar dele — de seu toque, ajuda, proximidade —, mas minhas lágrimas fluem ferozmente, incontrolavelmente, e o tremor...

Matei tantas pessoas.

O Coletor de Bruxos afasta o cabelo do meu rosto e olha fundo nos meus olhos, me ancorando.

— Venha para a água. Podemos limpar suas mãos.

Com um braço em volta da minha cintura, ele me ajuda a ir até o riacho, onde nos ajoelhamos ao lado das flores abandonadas. Já limpa, a pele dele tem um aroma fresco e terroso. Ele deve ter tomado banho enquanto eu dormia.

— A magia te deixou esgotada — diz, esfregando minhas mãos nas ondas. — É preciso muita força para salvar uma vida à beira da morte. Acordei de madrugada e você estava caída ao meu lado.

De todas as pessoas para descobrir meu segredo, tinha que ser ele. Este homem aparentemente bondoso que minha mente nem consegue compreender está aqui — vivo —, e por causa de uma coisa que *eu* fiz.

Aqueles olhos verdes investigadores da alma, levantam e seguram meu olhar.

— Obrigado pelo que você fez. Te devo a minha vida. — Ele se volta para o riacho, ainda lavando minhas mãos com delicadeza, mas o sangue e a fuligem não parecem sair.

Atordoada, me afasto da água e olho para minha pele. Ela está cheia de redemoinhos prateados gravados com toques de carmesim, violeta e videira dourada ao longo das costas das minhas mãos, do pulso à ponta dos dedos. As mangas do meu vestido são apertadas, mas eu as puxo para cima, tanto quanto posso, e encontro detalhes mais intrincados. Assustada, me sento e puxo a saia para cima. Minhas pernas também estão cobertas.

Marcas de bruxa — eu nunca as tive antes. Vagamente, lembro-me de tê-las visto quando o Príncipe do Leste veio atrás de mim. Ouro para a magia da vida, vermelho para a magia de cura, prata para a magia comum — como a magia protetora que construímos no limite da floresta. A violeta deve ser para a Visão.

Tudo o que posso fazer é olhar, incrédula.

— Foi sua mãe — diz o Coletor de Bruxos. — Ela era muito mais poderosa do que qualquer um sabia. Ela escondeu suas marcas, assim como as dela, mas... — Ele faz uma pausa, e a compaixão enche seus olhos quando ele pega minha mão fria e a envolve com sua mão aquecida. — Quando ela morreu, a magia se desfez e suas marcas ficaram visíveis. Eu as vi aparecer ainda no gramado, Raina.

Meu corpo está tão pesado e minha mente, tão lenta, como se meu pensamento precisasse se atualizar por um momento. Nada do que ele disse faz sentido. Ele chamou minha vida inteira de mentira, minha mãe de mestre da enganação e a mim de tola.

Mas também...

Tiro minhas mãos das dele. O Coletor de Bruxos conhece os sobrenomes, mas mesmo esses devem ser difíceis de lembrar. Os Owyn. Os Bloodgood. Os Foley. Existem centenas de sobrenomes em todo o vale. Mas nomes próprios? De uma mulher sempre negligenciada?

— *Como você sabe meu nome?* — imito as palavras com a boca o melhor que posso e forço a pergunta em uma expressão enquanto toco seu pescoço e lábios, balançando a cabeça, certificando-me de que entenda que não posso falar.

Ele ouviu minha mãe me chamar?

Deve ser isso.

Ele estuda meu rosto antes de fazer a coisa mais estranha: ele move as mãos e os dedos do jeito que mamãe me ensinou.

— *Sei o seu nome há muitos anos* — sinaliza.

Fico de pé e cambaleio para trás vários passos, até me firmar contra o carvalho. O Coletor de Bruxos também se levanta, de mãos erguidas.

— Está tudo bem — diz ele e volta a falar com as mãos. — *Você não tem motivos para confiar em mim. Pode até me odiar. Mas, por favor, não corra. Não há mais para onde ir.*

Minha coluna fica rígida, e um longo momento se passa antes que eu coloque minhas mãos para trabalhar.

— *Como... como você conhece esse idioma?*

A resposta rasteja em minha mente antes que ele responda. Ele coletou dezenas de Bruxos Caminhantes do nosso vale ao longo dos anos, mas há apenas uma que poderia ensiná-lo a falar comigo tão habilmente. Ainda assim, assisto fervorosamente enquanto sua mão direita soletra a palavra.

N-E-P-H-E-L-E.

Meus pensamentos se enfurecem, assim como o resto de mim. A palavra *mentiroso* grita em minha mente. Eu o acuso, empurrando seu peito. E embora pareça que esbarrei em uma parede e ainda esteja tão fraca, ele vacila. Nesse meio-tempo, localizo seu talabarte e espada descartados. É muito longe, então eu me atiro para pegar a faca embainhada em sua bota.

Ele se contorce para fora do meu alcance, e quando começo a atacá-lo, agarrando-o, ele segura meus pulsos e me leva de volta ao carvalho.

Prendendo meus braços contra os galhos baixos e grossos, ele pressiona o peso de seu corpo contra o meu — peito com peito, quadril com quadril, coxa com coxa. Eu me contorço para me libertar, mas rapidamente mudo de ideia. Estamos respirando com tanta dificuldade. A fricção entre nós é insuportável e indesejada, então empurro minha cabeça para frente e dou uma cabeçada nele. Ele se afasta, mas acerto sua boca com a testa antes que ele saia de perto.

Com o lábio inferior sangrando, ele me olha como se eu fosse algum tipo de selvagem. Talvez eu seja, pelo menos neste momento.

— Você precisa se acalmar — diz, rangendo os dentes e pressionando a testa na minha, mantendo até mesmo essa parte de mim acuada. — Eu *não* sou seu inimigo. Não sou mais. Se quer respostas, sugiro que pare de tentar me matar e me deixe explicar.

Pressionados contra mim mais uma vez, seus músculos se contraem, um movimento para pontuar suas palavras. Isso só me deixa muito consciente do corpo que está tocando o meu. Sua respiração quente em meus lábios, aquelas pernas longas, fortes e firmes, aquele peito musculoso subindo e descendo rente ao meu, as mãos ásperas e poderosas me segurando firme.

Nenhum de nós se move pelo que parece uma eternidade enquanto um calor indesejado e inesperado se espirala entre nós. Ele intensifica a força de sua pegada, embora isso não provoque dor. Eu desdobro meus dedos, estabilizo minha respiração e deixo a tensão em meus músculos relaxar, suavizando e dando todos os sinais de que cedi.

Porque, se alguma vez precisei de alguma coisa, preciso que ele me solte.

Agora.

Por fim, ele afasta a cabeça e olha para mim, seu grande corpo ainda prendendo o meu. Minha rendição é registrada em seus olhos.

Ele vira a cabeça e cospe sangue no chão.

— Sem chutar, sem bater, sem morder, sem atacar. Vamos conversar. É isso. Tudo bem?

Faço que sim, e ele me solta e dá alguns passos para trás. Olhando para mim, ele limpa a boca na manga de sua veste, parecendo um pouco abalado. Talvez ele também precisasse de distância.

Por muitos longos momentos, ele me estuda novamente. Desta vez, seu olhar traça todas as minhas linhas. Devagar. Por fim, ele desvia o olhar, passa os dedos pelos cabelos compridos e suspira.

Por que estou olhando para ele? Observando cada movimento que ele faz?

Esfrego meus pulsos onde seu toque ainda perdura e me afasto da árvore com as pernas trêmulas. Estou apenas exausta, amarga e de luto, com a mente e o corpo esgotados pelo que passei e por salvar sua maldita vida. Isso é tudo. Não estou pensando com clareza.

— Obrigado por não se comportar como um animal selvagem. — Ele geme quando toca o lábio ferido com o polegar. Ele passa a falar com as mãos. — *Faça suas perguntas. Tenho certeza de que você tem muitas.*

Deuses, ele não tem ideia. As perguntas se formam tão rápido que tenho que contorcer os dedos no vestido enquanto minha mente decide o que perguntar primeiro. Uma expiração estremece fora de mim.

— *Por que Nephele te ensinaria minha língua?* — Moldo cada palavra com força.

— *Porque ela é minha amiga* — sinaliza. — *Por mais difícil que seja para você acreditar.*

Amiga? Minha irmã é *amiga* desse homem? Este homem – este Coletor de Bruxos –, aquele que tememos a vida inteira? Mais impossibilidades.

— *Nephele me ensinou anos atrás, para ela foi uma maneira de passar o tempo* — sinaliza ele, movendo as mãos com precisão impecável. — *E porque ela sentia sua falta. Ela me fez jurar que nunca escolheria sua irmã no Dia da Coleta. Sua mãe precisava de pelo menos uma das filhas para cuidar dela depois que seu pai se foi. Eu prometi que Raina Bloodgood nunca deixaria Silver Hollow. Não pela minha mão.*

Suas palavras são um choque para todo o meu ser. Eu nunca fui escolhida — não por causa das poucas habilidades e marcas de bruxa, mas porque minha mãe me protegeu e minha irmã pediu ao Coletor de Bruxos para me poupar. Não posso lidar com nada disso. O pensamento de que mamãe sabia do que eu era capaz e que minha irmã poderia pedir minha proteção ao Coletor de Bruxos e ter seu desejo atendido parece muito errado.

— *Bem que eu poderia ter desconfiado* — sinalizo, julgando com minhas mãos, cada solavanco fazendo meu peito dolorido latejar. — *Além de todas as coisas horríveis que soube sobre você, também é um mentiroso.*

A forma ameaçadora como ele me encara em advertência e a forma como todo o seu corpo endurece quase me faz estremecer. Mas eu fico firme.

— *Tenha certeza, eu sou muitas coisas.* — As veias em suas têmporas e antebraços se destacam com cada palavra afiada. — *Mas não sou mentiroso.*

Aponto para o vale ao nosso redor.

— *No entanto, aqui estamos. Do jeitinho que você prometeu.*

É uma acusação fraca. Ele poderia ter ignorado o acordo com minha irmã e me deixado nas ruínas da aldeia, sozinha. Minha raiva precisa ser liberada, porém, e ele é o único alvo que tenho.

— Sim — zomba. — Aqui estamos. — Outro momento infinito passa, seu olhar uma coisa dura e afiada. — Eu devo à sua irmã te levar até a Vila Invernal sã e salva — continua. — Mas, como eu disse, não sou mentiroso, e estamos ficando sem tempo, então devo ser honesto com você sobre o que está acontecendo. Na semana passada, chegou à Vila Invernal a notícia de que o Príncipe do Leste planejava quebrar o tratado do Rei Regner com as Terras do Norte. Para ter certeza de que a notícia estava correta, precisávamos de um certo tipo de magia. O tipo que só você possui. Você seria minha escolha para o Dia da Coleta porque sua irmã afirma que você tem o verdadeiro dom da Visão. Mas cheguei tarde demais.

Ele olha para o oeste, onde o céu azul se transforma em cinza nublado enquanto as brasas moribundas de Littledenn, Penrith e Hampstead Loch soltam seus últimos suspiros.

Eu pressiono os dedos em minha têmpora. Muitos pensamentos giram dentro da minha mente. Por um lado, rezo para ter enviado o príncipe de Terras do Leste para o Mundo das Sombras — para sempre — para que ele não possa prejudicar mais ninguém em qualquer busca maligna que o tenha possuído. Espero que aquele bastardo seja reduzido a nada mais do que um espectro das sombras, espreitando pelos poços mais profundos e escuros dos Confins Inferiores.

Mas, em segundo lugar, a parte que não consigo fazer meu cérebro processar é que Nephele *enviou* o Coletor de Bruxos para me pegar. Contou a ele meu segredo. Mesmo se ela me superestimou, ainda revelou algo que juramos nunca contar — para o nosso maior inimigo, principalmente.

Ela deixou a aldeia pouco tempo depois que eu soube que podia ver as coisas através da vidência. Era apenas um jogo, uma brincadeira, até que as águas falaram comigo. Nós não entendemos de fato o que era aquela magia, e eu precisei de um tempo para aprender as regras. Ela se foi há oito anos, mas será que mudou tanto a ponto de vender a alma de sua irmã ao rei?

Olho para o Coletor de Bruxos.

— Ela nunca faria uma coisa dessas.

Mas claramente ela o fez, mesmo que a Visão não seja tão facilmente manejável como ela fez parecer.

O Coletor de Bruxos dá um longo passo em minha direção. Sua túnica de linho rasgada ondula na brisa, revelando um braço grosso e definido e os músculos flexionados cobrindo suas costelas, onde deveriam existir terríveis facadas. Em vez disso, vislumbro uma pele perfeita e levemente bronzeada — graças a mim.

— Com o seu dom — diz ele —, poderíamos ter previsto um ataque. Talvez pudéssemos ter encontrado uma maneira de parar o exército do leste antes que se tornasse uma ameaça. Talvez tivéssemos salvado todos no vale. Nephele sabia disso e sabia que tinha que nos dizer do que você era capaz. Ela só estava fazendo o que qualquer um que ama sua terra natal faria. Ela estava tentando te proteger. Não a culpe.

Meu temperamento inflamado esfria e congela em uma bola de gelo enquanto assimilo suas palavras com profundidade. Os Habitantes do Leste não foram ao vale para matar aldeões e partir. A questão nunca foi destruir as aldeias. Apenas estávamos no caminho. Um simples impedimento para remover. Uma ameaça para silenciar.

— *Eles querem chegar à Vila Invernal* — sinalizo. — *Por quê?*

Os músculos da mandíbula do Coletor de Bruxos ficam tensos, e os olhos ficam duros como pedras desgastadas pelo rio.

— Eles querem o Rei do Gelo. Estão a caminho para capturá-lo. Eles invadiram a floresta ontem à noite.

Sem saber sobre a qual emoção crescente me agarrar, olho para Floresta da Água Gélida à distância. Na verdade, não me importo com a segurança do Rei do Gelo. Mas minha irmã e todos aqueles Bruxos Caminhantes… eles são os mais fortes do vale. Suas vozes serão suficientes contra os Habitantes do Leste? Ou eles serão mortos por proteger um rei indigno?

— Eram tantos — continua o Coletor de Bruxos. — Eles destruíram Hampstead Loch. Os anciãos e guardas de Penrith reduziram o número de Habitantes do Leste, mas o inimigo só havia sido reduzido pela metade quando chegaram a Silver Hollow. E não porque todos caíram pela lâmina. Em Littledenn, o exército se dividiu e a maior parte do esquadrão foi para a floresta. Os Bruxos Caminhantes que controlam a fronteira foram massacrados.

Mais uma vez, olho para a floresta e para o Coletor de Bruxos. Meu pulso acelera e minhas palmas umedecem.

Dou um passo raivoso em direção a ele.

— *Por que estamos* aqui*, então? Temos que ajudá-los. Os Habitantes do Leste estão muito à nossa frente.*

Uma pontada de tontura faz o mundo girar.

Nós.

Não posso acreditar que o Coletor de Bruxos e eu estamos do mesmo lado. Há apenas um dia, eu planejava seu fim. Imaginei tudo. Provei a doçura da vingança e fiquei em dúvida se eu seria corajosa o suficiente para tirar a vida de um homem que ameaçou tudo o que eu amava. Agora estou aqui com a morte de dezenas marcadas em minhas mãos, falando com uma das três pessoas que mais odeio neste mundo, forçada a ser sua aliada porque compartilhamos um objetivo comum.

Pelo menos, eu acho que temos.

Eu pisco para firmar a tontura e passo por ele. Ele me bloqueia, os olhos verdes brilhando na luz do sol filtrada pelas folhas. Ele é tão alto e largo, que fico à sua sombra.

O instinto envia minha mão para minha coxa, alcançando a faca na qual não pensei até agora. A Faca Divina não está lá, e sua ausência me atinge fortemente. Não me lembro de quando a segurei pela última vez.

Imagens mudam de uma para outra na minha mente. Elas são nebulosas, como se meu cérebro as estivesse apagando da memória. Eu olho de volta para a capa no chão. Talvez esteja lá.

— Ouça — diz o Coletor de Bruxos, e eu o encaro. Seus olhos disparam em direção à minha mão, que ainda está pressionada contra a bainha vazia. — Nephele e os outros se protegeram e à Vila Invernal — continua. — Eles iam encantar os limites ao redor da terra do rei para que, se alguém se infiltrasse em seus limites, uma jornada difícil fosse assegurada. Esses Habitantes do Leste podem viajar pela floresta implacável por um curto período, mas, em algum momento, eles encontrarão uma magia como nunca viram, e vão se arrepender de terem vindo para cá.

Eu inclino a cabeça e arqueio uma sobrancelha.

— Você não imagina que os Habitantes do Leste possam desvendar a magia de Bruxos Caminhantes? Uma armadilha? A magia de Silver Hollow não era páreo para eles. Eles nos aniquilaram como nada mais do que um aborrecimento.

Espero que, no mínimo, os Habitantes do Leste estejam agora sem seu líder. Eu o *cortei* com a Faca Divina.

— Os Bruxos Caminhantes de Silver Hollow tiveram apenas alguns minutos para entoar os cânticos — responde. — Não tiveram tempo para andar com a magia pela vila para fortalecê-la. Tenho certeza de que Nephele e os outros estão cantando e tecendo uma magia vasta desde ontem à noite ao pôr do sol. Não duvido dos bruxos do rei. Conheço a habilidade deles.

Magia vasta? Esse conhecimento deveria me acalmar, mas não. Uma coisa é um grupo de anciões esperando perto da barreira para desfazer uma pequena porção de magia para que o Coletor de Bruxos possa passar e depois montá-la novamente. Outra é um grupo de bruxos controlar sua magia a quilômetros de distância. A magia vasta é uma forma arcana de poder. Eu nunca vi isso. Nunca houve ninguém no vale habilidoso o suficiente para ensiná-la. Essas ideias são lendas — as histórias de bruxos projetando sua magia e vontade através do espaço e do tempo.

Não sei até que ponto os bruxos da Vila Invernal se tornaram experientes, aparentemente o suficiente para aprender formas inescrutáveis de habilidade mágica, mas se a tradição estiver certa, a magia vasta tem limitações. A magnitude e o número de vozes necessárias limitam o controle. Mesmo além dessa preocupação, algo que papai costumava dizer continua valendo: *com as mãos certas, quase qualquer mágica pode ser desfeita.*

— *Não sou tão talentosa quanto minha irmã* — confesso —, *mas nunca ouvi falar que a magia vasta seja seletiva. Se a floresta é difícil de transpor, também enfrentaremos sua magia.*

Ele quer me levar para a Vila Invernal, e eu quero ir, mas o que vamos suportar para chegar lá? Os Habitantes do Leste também são habilidosos, mas pelo menos há uma boa chance de eles não terem mais o Príncipe do Leste ao seu lado. Algo me diz que ele possuía o tipo de magia que todos nós provavelmente deveríamos ter temido mais do que o fazíamos.

Com as mãos apoiadas nos quadris, o Coletor de Bruxos se aproxima.

— Não vou deixar nada de mau acontecer com você, Raina. A floresta nos deixará passar. A magia dos Bruxos Caminhantes me conhece, especialmente a de Nephele. — Seu rosto escurece, e uma sombra escura passa por suas pupilas. — Não posso dizer que será fácil ou rápido, mas um caminho se formará. Sua irmã é mais capaz do que você acredita.

A irritação rola dentro de mim. O Coletor de Bruxos tem um vínculo com minha irmã, o tipo de vínculo que eu já tive, mas que se desvaneceu.

Porque ela foi *roubada* de mim.

Empurrando meu ódio o mais profundo possível, me concentro em Nephele e na necessidade de salvar a única família que me resta. Minha cabeça parece confusa, feita de nuvens, mas eu passo por ele, sem saber muito bem o que pretendo fazer — roubar sua fera e fugir para uma floresta encantada?

Não vou longe. Seu garanhão parece estar a mais de um milhão de quilômetros de distância, e o mundo se inclina, bem quando meus joelhos se dobram no meio do passo.

O Coletor de Bruxos cruza os braços em volta da minha cintura e me vira para encará-lo, me segurando contra seu corpo. O movimento me deixa mais tonta e, instintivamente, agarro sua túnica.

Ele olha para mim e então para minha boca, seu pomo de adão se movendo em uma engolida forte. Quando ele fala, a voz sai de seus lábios com arestas mais suaves.

— Temo que não vamos a lugar nenhum até que você possa criar magia novamente. Não podemos entrar na Floresta da Água Gélida sem ela.

Com as pálpebras pesadas, balanço a cabeça, sem entender, e sinalizo as palavras:

— *Por que não?*

— Tentei entrar na floresta depois que saímos da aldeia. Os Habitantes do Leste ergueram uma parede ao longo do perímetro. Não há entrada, a menos que você possa convocar energia suficiente para romper a construção. — A pressão de sua mão na parte inferior das minhas costas me faz encolher e aquecer ao mesmo tempo. — De alguma forma — continua —, não acredito que esteja pronta para a tarefa ainda, por mais que você provavelmente gostaria de discordar.

Ele me deita em sua capa, pairando acima de mim. Não sei por que noto, mas seus lábios – embora o inferior agora tenha um corte inchado – são um arco escarlate perfeito aninhado dentro de sua barba curta e escura.

— Você precisa se recuperar — diz ele. — Vamos cavalgar assim que você puder e rezar aos deuses para que não seja tarde demais.

Quero discutir, porque preciso encontrar minha irmã. Agora. Em vez disso, solto sua túnica enquanto o mundo ao meu redor escurece. Luto para me agarrar à consciência, mas sou pressionada pela escuridão impossível.

Nephele é o último pensamento que tenho enquanto minha consciência é levada por uma maré incontrolável.

12
Raina

Na manhã seguinte, ando pela beira da água, aguardando o retorno do Coletor de Bruxos. A lembrança não é clara, mas me lembro dele ajoelhado ao meu lado, o cabelo solto e escuro emoldurando seu rosto. Atrás dele, o céu estava dividido com os primeiros raios de luz da manhã. Ele disse algo sobre ir a Littledenn para comprar comida e roupas e que voltaria em breve, mas eu ainda estava muito sonolenta para entender suas palavras.

Envolta em sua capa, procuro a Faca Divina na grama, sem sucesso, depois observo o sol nascer enquanto a névoa fina rola sobre o vale. Já estive neste riacho muitas vezes, olhando para a terra enquanto a fumaça da lareira subia das chaminés a oeste. Por muito tempo, olho para o horizonte, desejando que aqueles cachos e mechas grisalhas subam a colina mais uma vez. Quando o céu clareia, a única fumaça à distância é o que resta das fogueiras dos Habitantes do Leste.

Cansada de tantos lembretes do ataque, removo o cinto de adaga de Finn da minha coxa, tentando não pensar em seus últimos momentos vivo, e entro no riacho no ponto mais profundo atrás de duas pedras. Estou ansiosa, querendo ir embora, mas estou presa aqui, esperando quando não há tempo para esperar.

A água é fria, mas lava bem o cheiro de fogo e morte do meu vestido e cabelo. Enquanto tomo banho, fico maravilhada com as novas marcas colorindo minha pele. Todo esse tempo, mamãe estava me protegendo, escondendo o que sou de todos. Eu entendo, mas gostaria de poder compartilhar minha magia com ela e aprender sobre minhas habilidades sem a ameaça de ser escolhida pairando sobre nós como uma nuvem escura.

Com um último mergulho, finalmente me sinto acordada, com os pensamentos mais claros, e com a tristeza e a negação desaparecendo. Agora, no lugar, reside apenas determinação. Se eu planejo encontrar Nephele, há magia para quebrar, então preciso me concentrar.

Se ao menos eu pudesse me lembrar do que fiz com a Faca Divina. Lembro-me de cortar o rosto do Príncipe do Leste, e lembro que ele desapareceu enquanto eu segurava a arma. Mas, depois disso, tudo o que vejo é morte, fogo e... o Coletor de Bruxos.

Quando termino o banho, torço o cabelo e as roupas, desejando que estivesse mais quente. Pouco tempo depois, minha inquietação volta, então pego a tigela de madeira da minha mãe e a mergulho no riacho. Se os Habitantes do Leste estão presos na floresta, e eu rezo para os Antigos que estejam, talvez possamos contorná-los e chegar primeiro à Vila Invernal — *se* a magia vasta dos Bruxos Caminhantes nos deixar passar.

Pico com um espinho bem na ponta do meu dedo e, assim que meu sangue gira na água, concentro todos os pensamentos no paradeiro dos Habitantes do Leste.

— *Nahmthalahsh. Mostre-me os Habitantes do Leste da noite passada.*

Uma cena desbotada se forma na superfície violeta da água, um bando de homens cavalgando em uma estrada estreita através do que parece ser a escuridão da noite em uma floresta. A cautela flutua sobre eles. Eles parecem confusos ou perdidos, e eu sinto magia — magia forte.

Inclino a tigela e a imagem permanece. Pelo menos não vejo o Príncipe do Leste, e seus guerreiros não estão invadindo um castelo ou fortaleza — ainda. Só isso me alivia.

Limpo a tigela e preparo a água novamente.

— *Nahmthalahsh. Mostre-me a Faca Divina.*

Embora não consiga ver a lâmina preta, consigo distinguir o cabo branco. A faca está cercada pela escuridão, e é difícil discernir onde ela está. Acabou no fogo? O osso de deus pode queimar? Está enterrada nas cinzas de Silver Hollow? Como vou encontrá-la se estiver nas ruínas de Silver Hollow?

Frustrada, jogo a água fora e olho para a tigela. Eu poderia procurar Finn e Helena, mas a ideia me aterroriza. Eu sei o que vou ver — pilhas de cinzas ou algo muito pior — e ainda me sinto muito ferida. Não consigo suportar as imagens do sofrimento deles impressas em minha memória. Então decido procurar o príncipe. Ele não estava com aquele bando de Habitantes do Leste, mas preciso saber se a Faca Divina funcionou, se vale a pena procurá-la. Eu acreditava que valia.

Uma terceira vez, encho a tigela e sangro na água.

— *Nahmthalahsh. Mostre-me o Príncipe do Leste.*

A água gira mais demoradamente do que o normal, e a claridade tingida de violeta fica nebulosa. Sombras e fumaça rolam sobre a borda da tigela como uma névoa sangrenta. Eu me inclino para mais perto, o pulso acelerado.

Certamente verei um homem morto.

Seu rosto se forma e me encara com olhos arregalados e sem piscar. Eu não posso dizer se ele está vivo e me observando do outro lado das águas ou morto em algum lugar, olhando para o nada. A visão de sua ferida aberta me faz estremecer, e novamente jogo a água fora, observando enquanto a névoa esfumaçada flutua pela grama e derrete.

Morto, digo a mim mesma. O poder do Faca Divina é real.

Estou de pé sob o grande carvalho torcendo minhas saias novamente quando o Coletor de Bruxos retorna, cavalgando em ritmo acelerado. Embora ele esteja conduzindo uma égua branca de aparência forte atrás de seu garanhão preto e brilhante, algo em mim morre quando ele se aproxima. Seu rosto está pálido e a expressão sombria, os ombros largos não são mais tão altos e fortes.

Mais cedo, enquanto eu observava o nascer do sol, abandonei qualquer fé de que ele pudesse retornar com sobreviventes, mas posso ver que ele foi para Littledenn com um fragmento de esperança em seu coração.

Ele desmonta, e eu o ajudo a conduzir os animais até o riacho.

— Mannus, coma. — Ele passa uma mão reconfortante pela lateral do cavalo e estala a língua. As orelhas do animal se erguem para trás, ouvindo, e ele faz o que foi dito, mastigando tufos de grama.

O Coletor de Bruxos não diz nada para mim, no entanto. Estou um pouco nervosa com o silêncio dele e o fato de que não me olhou desde que chegou.

Comecei a inspecionar a égua de temperamento calmo que ele me trouxe para que possamos viajar. Acariciando sua cabeça, decido que seu nome é Tuck. Soletro o nome perto do ombro dela, precisando do conforto de algo da minha vida antes desse desastre. Ela levanta o focinho do riacho e pressiona o nariz contra minha coxa, quase como se o reconhecesse. Acaricio suas costas, confiante de que ela vai proporcionar uma viagem segura.

O Coletor de Bruxos encosta sua espada no grande carvalho e se ajoelha na grama. Com mãos rápidas, ele tira de um cobertor amarrado com cordas, roupas e botas, uma lamparina a óleo com armação de ferro com vidro âmbar nas laterais, uma pequena caixa de isca, um par de odres de água, um frasco (provavelmente de uma bebida forte o suficiente para derrubar um javali), uma caneca de lata, várias maçãs e um pedaço de pão amanhecido. Isso me faz pensar na bolsa que escondi debaixo da minha cama.

Ao acaso, ele pega uma túnica e a segura entre nós. Por fim, olha para cima, e seus olhos travam nos meus.

Um momento depois, seu olhar desliza pelo meu corpo como um toque.

— Você está molhada. E calma.

Ele diz isso como se eu fosse algum tipo de criatura esquisita.

— *Tomei banho* — respondo, o cabelo úmido secando em uma brisa fresca. — *E consultei as águas.*

Seu olhar se fixa no prato da minha mãe, e ele abaixa a túnica.

— Você viu alguma coisa?

Assinto.

— *Os Habitantes do Leste não chegaram ao castelo. Ainda. Eles estavam viajando. Em uma estrada escura. Perdidos. Preocupados. Confusos. A magia os cercava. Magia poderosa.*

— E o príncipe?

Hesitando, considero contar a ele sobre a Faca Divina e que tenho quase certeza de que matei o príncipe. Mas o que ele faria se soubesse que a Faca Divina existe? Que, com um corte, ele e seu senhor imortal poderiam ser destruídos? Mesmo com a pequena chance de que a lâmina não seja tão poderosa quanto meu pai contava, o Rei do Gelo não arriscaria ter uma arma dessas perdida por aí, pronta para ser usada. Provavelmente mais de um de nós estaria tentando descobrir como encontrá-la, então guardo essa informação para mim.

— *Perdido como o resto deles* — minto.

Com as mãos pressionadas nas coxas, o Coletor de Bruxos relaxa, como se um jugo tivesse sido retirado de seu pescoço.

— Pelo menos a floresta está guardada e ainda temos tempo — diz ele. — Isso significa muito.

Ele não está errado. A imagem dos Habitantes do Leste é a única coisa que me mantém tranquila.

Pigarreando, ele aponta para a túnica.

— Para você. Não consegui encontrar nenhuma armadura que suas costas possam suportar. Mas trouxe um perponte acolchoado. É um pouco grande, mas melhor que um vestido.

— *Eu luto bem de vestido.*

Um pequeno sorriso curva um canto de sua boca.

— Isso é verdade. Não tem como argumentar. Mas uma túnica e calças facilitarão a montaria.

Eu pressiono a mão no meu peito machucado. A espinha que minha mãe costurou no corpete me dá suporte. A túnica de linho de verão é fina e folgada. Muito fina e solta para uma mulher usar enquanto passeia pelo vale e pela floresta. Quanto ao perponte, parece feito para um gigante. Engoliria até o Coletor de Bruxos. Ainda assim, a armadura mais suave fornecerá proteção modesta contra lâminas e flechas, se for necessário.

Mas não posso andar com esse traje.

O Coletor de Bruxos parece entender meus pensamentos. Suas bochechas coram, e um estranho tipo de inocência terna enche seus olhos.

— Está certo. — Ele larga a túnica no chão, senta-se de cócoras e estuda meu vestido.

Depois de um momento, pega um par de calções da pilha — muito parecido com o dele, embora menor e menos usado —, provavelmente pertencente a um menino que esperava um dia usá-lo. Outro pensamento que faz meu coração doer, mas também atiça minha fúria.

O Coletor de Bruxos joga a peça em minha direção e diz:

— Vista isso. Tenho uma ideia.

Ele desvia o olhar, e eu corro para longe. Uso calções quando trabalho nos campos e pomares ou quando treino com Helena. Este é confortável e um pouco comprido, mas perfeito.

Com meu vestido cobrindo o couro, eu me aproximo dele, me sentindo estranha quando ele me encara e olha para cima, ainda de joelhos. Ele puxa uma faca da bainha interna de sua bota e começa a cortar uma linha no meio das minhas saias. É um trabalho tedioso. As camadas de lã e linho são grossas e estão encharcadas, apesar de meus esforços para secar tudo.

Mais uma vez, penso na Faca Divina. O Príncipe do Leste desapareceu enquanto ela estava na minha mão, e quando me levantei para ir até mamãe, não havia ninguém por perto, exceto o Coletor de Bruxos, mas ele estava morrendo. Será que eu a carregava comigo, então? Deuses, preciso que minhas lembranças voltem.

Estudo o corpo do Coletor de Bruxos. Suas costas largas em forma de asa esticam o tecido de sua túnica, afinando para uma cintura estreita. O tecido gruda nele, não só porque ele enche a roupa completamente, mas também porque uma brisa fresca cola o linho em sua pele. Suas longas pernas estão dobradas e a roupa de couro abraça cada músculo e curva como uma segunda pele. Não vejo nenhum lugar onde ele possa esconder outra faca, talvez em sua outra bota. Certamente não há cinto escondido debaixo da camisa.

Será que eu estava com a Faca Divina quando fui para perto dele? A última imagem da arma em minha mente é a lâmina apertada em minha mão, o osso pingando com o sangue do príncipe e ele prometendo um dia me matar.

O Coletor de Bruxos deixa a faca de lado na grama e me encara, apoiando as mãos nos joelhos. Ele chegou até a metade das minhas saias.

— Estou tentando ser gentil, mas às vezes usar um pouco de força é melhor.

Eu respiro fundo.

— *Faça o que deve fazer, Coletor de Bruxos.*

Lágrimas ardem na parte de trás dos meus olhos, e eu engulo o nó que se forma na minha garganta. Minha mãe fez este vestido para a ceia da colheita. Ela trabalhou tanto colhendo a *isatis tinctoria* e extraindo o corante. Além do prato de madeira, é tudo o que me resta dela.

O Coletor de Bruxos pega o tecido de cada lado do corte e, com um grunhido, rasga as camadas até a parte inferior do corpete. Eu tropeço sob sua força, agarro seus ombros, e ele segura a parte de trás das minhas coxas para me firmar.

Nossos olhos se encontram, e ele estuda meu rosto, sem dúvida vendo minha tristeza. Mais uma vez, estou muito consciente dele, dos músculos tensos ao redor de seus ombros sob minhas mãos, da sensação firme de seus dedos agarrando minhas pernas, de como é reconfortante estar perto de outra pessoa.

Até dele.

Nós nos soltamos como se tivéssemos tocado em algo muito quente e nos afastamos o máximo possível. O Coletor de Bruxos pega a faca novamente e começa a separar minhas saias do corpete.

— Pode se virar? — pede, e eu obedeço.

Meu coração traidor palpita quando ele desliza as pontas dos dedos ao longo da pele nua acima dos calções.

Quando ele termina, estou modelada de uma maneira que acho que não pode ser melhorada, mas então ele se levanta, pega um par de botas e meias que deixa cair aos meus pés descalços e se move para ficar atrás de mim. Ainda um pouco nervosa por estar perto dele, olho para trás enquanto ele afasta meu cabelo e o apoia por cima do meu ombro.

Seus dedos calejados roçam minhas costas e provocam um calafrio ao longo dos meus braços assim que ele começa a afrouxar as fitas do corpete.

— Para que você possa respirar melhor — explica, e tenho que desviar o olhar.

Meus seios se soltam e meus pulmões e costelas se expandem em uma inspiração feliz. Nas minhas costas, no entanto, ele se inclina mais para perto. Quando ele fala, seu hálito quente roça a curva do meu pescoço, e tudo que consigo fazer é não tremer.

— Meu nome é Alexus. Alexus Thibault. *Não é* Coletor de Bruxos. — Ele se coloca na minha frente, me encara e diz seu nome de novo, desta vez com as mãos.

Com as bochechas queimando, também sinalizo o nome dele. A sensação é tão estranha na ponta dos meus dedos quanto seria na minha língua.

Depois de dar um pequeno sorriso de aprovação, ele se vira, me deixando ali, encharcada de sensações estranhas e esmagadoras que preciso ignorar. Porque, por tudo que é mais sagrado, eu não confio nele. Nem um pouco. Mas estou começando a pensar que poderia, e essa é a ideia mais insondável que já imaginei.

Enquanto ele junta nossas coisas, carrega a bolsa em seu cavalo e pendura a lamparina na sela, calço as botas e as meias muito pequenas e amarro o perponte na égua. Devolvo o manto ao Coletor — quer dizer, a *Alexus* —, que o aceita, mas passa o manto em volta dos *meus* ombros em vez dos dele.

— Ele combina com você. Assim como isso. — Ele pega o cinto de adaga de Finn e coloca uma arma com a lâmina chamuscada pelo fogo que ele deve ter tirado de Littledenn. — Você é boa com uma foice. Espero que também seja boa com uma lâmina pequena.

Boa o suficiente para abrir o rosto do Príncipe do Leste, um ato que suponho que Alexus não poderia ter visto de seu ponto de vista durante o ataque.

— *Por que eles querem o rei?* — O pensamento escapa de minhas mãos e eu pego o cinto e a arma para prendê-los na minha coxa.

Ele olha para mim, cabelo preto voando ao vento.

— É uma longa história. Basta saber que os Habitantes do Leste precisam dele, então se conseguirem colocar as mãos nele, não vão tirar sua vida. Ainda não. Mas há uma excelente chance de nos arrependermos se permitirmos que isso aconteça.

Quero dizer a ele que minha última preocupação é o Rei do Gelo. Que ele poderia derreter em uma poça, e eu não sentiria nada além de satisfação. Só estou curiosa para saber por que os Habitantes do Leste querem o rei *agora*, já que tudo ficou em silêncio por tanto tempo.

— Nós poderíamos fazer uso do seu dom com as águas antes de sairmos. — Ele estende a tigela entre nós. — Para saber onde está o rei.

Respiro fundo, temendo minhas próximas palavras. Outro vislumbre de esperança brilha nos olhos de Alexus, e estou prestes a destruí-lo.

— Temo não poder ajudar. Não dessa forma.

Ele arqueia as sobrancelhas.

— Explique.

Sacudo meus dedos cansados.

— Não posso ver o que escolho. Preciso formar uma imagem em minha mente, e só vejo as coisas como estão acontecendo. Com Nephele, por exemplo. Não me tornei habilidosa em vidência antes de um ano depois que ela foi levada. Eu dominei a arte, mas a imagem dela não combinava mais com a mulher que ela se tornou. Então eu não podia vê-la.

Ele vacila, e, na verdade, eu também. Tudo faz sentido, agora que eu disse. Nephele realmente *mudou*, e isso aconteceu logo depois de deixar Silver Hollow.

Isso me faz desprezar ainda mais o Rei do Gelo.

— Eu nunca pus os olhos naquele bastardo frio que você chama de rei — acrescento. — *Não sei o que procurar quando se trata dele. O máximo que posso fazer é observar os Habitantes do Leste e torcer para ver o grupo certo.* — Estou divagando, e minhas palavras claramente abalaram sua fé, então abaixo as mãos.

Alexus esfrega o rosto, sufocando um gemido.

— Tudo bem. Vamos fazer isso, então. Uma última olhada antes de irmos.

Pego o prato e me agacho na beira do riacho para enchê-lo. Desta vez, uso minha nova adaga para perfurar o dedo.

Meu sangue corre para a água e, mais uma vez, a floresta à noite aparece. O brilho fraco de um bosque nevado delineia as silhuetas de galhos de árvores, cavalos e homens. Posso sentir a angústia dos Habitantes do Leste, seus corações acelerados.

Alexus olha por cima do meu ombro, claramente curioso.

— Não consigo ver os rostos, mas pelo menos um grupo de guerreiros ainda está na floresta — digo a ele. — *Com frio e preocupados em nunca*

sair de lá.

Ele olha para mim.

— Você pode dizer o que estão sentindo?

— *Às vezes.* — Dou de ombros, esvazio o prato e me levanto.

— Isso é... normal para você? Ler as emoções das pessoas?

Ergo uma sobrancelha.

— *Por quê? Isso te preocupa?*

Alexus abre a boca para falar, mas balança a cabeça, como se estivesse claramente pensando melhor nas palavras que tentassem sua língua. Ele se inclina para me ajudar a montar na égua.

Depois que ele monta em seu cavalo, nós nos posicionamos de frente para a linha de árvores ao longe. Olho para ele, ainda atordoada por estarmos nesta situação, juntos. O peso de todas as coisas que nenhum de nós diz sussurra entre nós.

— *Para a floresta, então* — sinalizo.

Ele acena com a cabeça uma vez, os olhos brilhando com uma luz nova e reveladora.

— Sim. Para a floresta.

II
NA FLORESTA

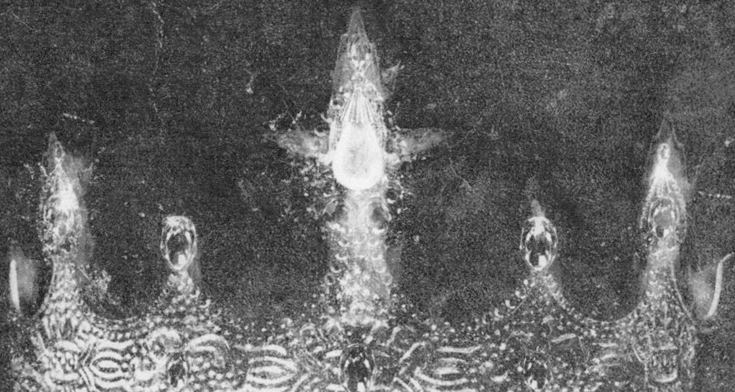

13
Raina

Exceto pelas flechas mágicas, nunca vi feitiçaria do leste. Na verdade, nunca vi feitiçaria dessa magnitude.

Estamos a menos de um quilômetro de distância, em Borier Hill, com vista para a nebulosa Littledenn, olhando para um complexo emaranhado de árvores e galhos espinhosos que se estendem de leste a oeste por quilômetros. A Floresta da Água Gélida abrange toda a extensão do vale, desde a base das montanhas nevadas perto de Hampstead Loch até a clareira abaixo da escarpada cordilheira leste que pode ser encontrada a uma curta viagem de Silver Hollow. Toda a floresta agora está cercada por essa barricada farpada e malévola. Embora semelhante à construção dos Bruxos Caminhantes do vale, esta parede é diferente porque é tangível. Nossa barreira era uma força que tínhamos que manter dia após dia, uma fronteira repelente que tornava a passagem impossível.

Esta é real, criada a partir do nada — a menos que os Habitantes do Leste tenham usado a floresta em alguma forma de alquimia mágica. Tal coisa não é impossível. Apenas não é algo que eu já consegui fazer.

Também não há ninguém ao redor para evitar que a construção se desfaça em uma pilha de gravetos e urzes, a menos que haja dezenas de Habitantes do Leste do outro lado do bloqueio — outra possibilidade, embora improvável. Não havia sobrado Habitantes do Leste suficientes para essa tarefa, o que torna este nível de habilidade ainda mais aterrorizante. Alguém deve estar mantendo essa magia.

Engulo em seco e olho para o céu. Uma nuvem escura se move acima de nós, e o sol nos banha no calor suave do meio-dia enquanto consome a névoa rastejante.

Alexus aperta os olhos.

— Isso é obra de um feiticeiro. Um poderoso feiticeiro. Ou talvez mais de um.

Não pode ser o Príncipe do Leste. Continuo dizendo a mim mesma que a Faca Divina acabou com ele.

Tinha que ter.

— Você pode romper tal monstruosidade? — Alexus pergunta. — Você pode vencer a morte, ver através do tempo e sentir as emoções das pessoas a quilômetros de distância. Talvez esta não seja a tarefa que eu temo.

Enrolo os dedos em torno de palavras não ditas. Salvá-lo foi a maior magia que já fiz. Salvei uma corça, Tuck, o cachorro, um pássaro e algumas outras criaturas pequenas, e realizei algumas curas minúsculas, mas roubar a morte de uma pessoa? Ontem à noite, graças ao desespero, eu tinha fé suficiente de que poderia salvar mamãe e Alexus, mas não havia nenhuma garantia.

— *Vamos ver* — é a minha resposta.

Meia hora depois, cavalgamos pela margem espinhosa da floresta, em direção a Littledenn. Passamos por tantos corpos de Bruxos Caminhantes que paro, querendo enterrar os mortos, ou pelo menos construir uma pira cheia de corpos e cinzas e rezar a Loria por suas almas.

Alexus diminui a velocidade de seu cavalo e me olha longamente, uma pitada de tristeza cobrindo sua testa.

— Sinto muito. Vai contra tudo o que sou deixá-los aqui, mas não temos tempo para isso.

Sei que não temos, mas meu coração se quebra em pedaços novamente, formando uma fenda em minha alma que pode nunca cicatrizar.

Alexus desmonta e recupera uma bandeira pisoteada que está

amarrotada e suja no chão. A bandeira de Neri — azul-gelo e branca como a neve, com um lobo branco costurado em fio de prata. Ele me entrega, uma oferta, um pedaço da minha casa que ele acha que eu gostaria de manter. Cuidar.

Eu aceito, mas pego a adaga que ele me deu e a enfio no tecido, rasgando com a lâmina de uma ponta à outra, de novo e de novo, até que o material não seja nada além de farrapos, e a dor crescente dentro de mim tenha diminuído.

Uma lágrima solitária escapa pelo meu rosto, mas Alexus me observa, então eu a ignoro. Em vez de limpá-la, jogo a bandeira no chão e sinalizo para ele.

— *Eu odeio Neri.*

Ele coloca as mãos nos quadris e ergue as sobrancelhas escuras.

— Percebi.

Uma ponta de preocupação aparece em seu rosto, e algo mais também, mas ele se vira e monta em seu cavalo antes que eu possa identificar. Tenho certeza de que ele acha que sou uma profanadora, mas não me importo.

— *Procure falhas* — digo a ele. — *Galhos quebrados. Vinhas finas. Amoreira faltando.*

Ele olha a barreira espinhosa com diligência enquanto seguimos, mas a parede está perfeitamente intacta, a magia foi trabalhada com precisão impecável. Para Bruxos Caminhantes, se um refrão é cantado errado ou uma letra não é dita, isso se manifesta como um fio danificado no tecido de nossa construção. Não consigo imaginar uma horda de guerreiros criando magia com tanta segurança, sem uma única imperfeição.

Logo me lembro de que *nada* é perfeito.

Encontramos um ponto fraco na barreira ao longo dos arredores de Hampstead Loch, um lugar onde os galhos grossos estão separados o suficiente para ver através deles, proporcionando um vislumbre da extensão verde e marrom que é a Floresta da Água Gélida. Desmonto, vou me sentar na beira da floresta e começo a tentar tudo que posso com minha magia — o que, decididamente, não é muito — para entrar.

Primeiro, tento conjurar uma praga que come madeira. Certa vez, quando Finn e eu éramos jovens, conseguimos lançar uma doença no arbusto florido favorito de Betha, e tudo porque ela nos fez colher os botões para fazer sabão, e nos cansamos de ficar com as pontas dos dedos sangrando por causa dos espinhos. Mal tínhamos dez anos e não dávamos a mínima para coisas como se perfumar. Mas isto não é um arbusto, e Finn não está aqui para criar sua parte na música.

Meu coração aperta em torno do lugar vazio que ele costumava habitar, e me esforço para não chorar.

Mais tarde, quando o sol da tarde está mais baixo no céu e tentei o punhado de mágicas que do meu arsenal, estou pronta para desistir.

Então penso em relâmpagos.

As trovoadas sempre me atraíram. A forma como o ar pulsa com poder antes da água cair me fazia sentir que, se eu ficasse ao ar livre por tempo suficiente, poderia absorvê-lo. Às vezes, tempestades rasgam o vale no meio do verão, deixando para trás um rastro de destruição para nós curarmos. Mas outras vezes — as vezes que mais me emocionam — relâmpagos cruzam o céu, luz branca quente tingida de lavanda, quebrando noites febris, selvagens e inquietas como eu.

Infelizmente, nunca consegui capturar relâmpagos. E quando eu tento ao máximo criar uma música formada por palavras antigas, implorando a Loria que absorva meu espírito com um raio de energia — o tipo que pode dividir até os céus, para que eu possa abrir essa parede esquecida por Deus —, nada acontece.

Nem uma maldita coisa.

Alexus se agacha ao meu lado, observando a pequena construção da minha magia desmoronar. Ele ficou em silêncio enquanto eu tentava e falhava e tentava de novo, o que é muito, já que precisávamos atravessar a parede horas atrás.

Sentindo sua crescente decepção, deixei os últimos fios prateados do meu feitiço desmoronar, minhas mãos junto com eles.

Ele baixa a cabeça e solta um suspiro silencioso. Quando volta a me olhar, diz:

— Posso ajudar com algumas instruções?

Estou quase revirando os olhos, mas lembro quem ele é. Este é o Coletor de Bruxos, um homem que – por mais que me doa admitir – parece realmente conhecer os Bruxos Caminhantes sob seus cuidados, bem como o talento deles. Ontem, a ideia de permitir que ele me ensinasse qualquer coisa provavelmente me faria implodir do puro absurdo de tudo isso. Mas agora eu assinto, irritada e envergonhada por minha falta de habilidade ser tão dolorosamente visível, independentemente das marcas que decoram minha pele.

— Você está pensando demais. — Ele bate no peito. — A magia pode ser criada a partir de uma música, mas não é necessária. Na verdade, a magia mais poderosa é conjurada das partes mais profundas de nossa alma, não com vozes, mãos ou qualquer outra coisa. Não importa como um conjurador cria suas construções mágicas, elas devem sair do coração. Sabe do que estou falando? Nasce da emoção, do amor, da esperança, da tristeza, do desespero, tudo ligado aos antigos mandamentos dos antigos deuses. As palavras são fáceis. Alcançar a emoção que é difícil.

— *Fáceis?* — Olho para ele, incrédula. — *Você não imagina o quão difíceis as palavras são para mim.*

Tudo sobre a antiga língua de Elikesh é diferente de como falamos em Tiressia, até a forma como as palavras são ordenadas em cada frase. Eu não tenho o luxo de poder imitar o som. A ênfase em certas sílabas também deve estar correta, algo que faço com movimentos precisos, senão a construção inteira falha.

É *tudo*, menos fácil.

Olho para baixo, mas Alexus inclina meu queixo, me forçando a fitar seus olhos infinitos.

— Me perdoe. Foi errado o que eu disse. Só quis dizer que eu poderia lhe dar as palavras. Não tenho mais poder no meu sangue, mas conheço Elikesh como ninguém nas Terras do Norte. Sei as palavras certas, se você puder traduzi-las.

Assinto, afastando o queixo de sua mão. Eu nunca tinha pensado que tipo de magia o Coletor de Bruxos poderia possuir. Nunca importou. Ele é o homem do rei, o que lhe dá poder de qualquer forma. Até aquele momento, nem tinha certeza se ele tinha magia. Não há marcas em sua pele, o que me deixa curiosa. *Não tenho mais poder no meu sangue*, ele disse.

O que significa que ele, uma vez, já teve. O que teria acontecido?

Guardo essa pepita de informação e a pergunta no fundo da minha mente para mais tarde.

— Você me salvou por causa de todos os sentimentos que inundaram sua alma. Temor. Raiva. Pesar. Sofrimento. — Ele enfia um dedo na parede. — *Esta* magia não é diferente. Os criadores dessa barreira a fizeram com seus corações, por mais corruptos que sejam. Ódio, ganância e vingança não devem ser ignorados. Os Habitantes do Leste entendem como aproveitar essa emoção e canalizá-la em seu trabalho, como Bruxos Caminhantes infundem sentimento em música. — Ele bate no meu peito e, por mais que eu saiba que deveria, não recuo com o contato ou me afasto. — Você tem que ouvir sua alma, Raina. Ouça as emoções que fervem lá dentro, profundamente, e *use-as*. — Ele se levanta e estende a mão para mim, movimentando os dedos. — Fique de pé.

Ele fica me encarando enquanto eu hesito, e, deuses, seu rosto é persuasivo de uma forma que eu gostaria que não fosse.

Eu deslizo a mão na dele e me levanto, olhando-o nos olhos, tentando não pensar na força de suas mãos envolvendo as minhas ou na maneira como ele dobra os dedos com delicadeza ao redor dos meus. Ele me solta e, com um toque firme, me pega pelos ombros e me coloca de frente para a área com falhas na parede. Reprimo um calafrio quando ele, de pé atrás de mim, se aproxima.

— Como eu disse, posso lhe dar as palavras. — Gentilmente, ele agarra meus pulsos e junta as palmas das minhas mãos. — Feche os olhos e mantenha-os fechados. Agora pense naquela noite. Pense no que os Habitantes do Leste fizeram com seus amigos, sua família, sua casa. Pense nos incêndios. Lembre-se da devastação. Você vê?

Não quero me lembrar, mas, conforme ele vai falando, algumas imagens aparecem em meus pensamentos. Chamas e fumaça. Mamãe sangrando. As pessoas mortas. Alexus me encarando enquanto a morte se aproximava.

— Como você se sente, Raina? Ouça o seu tormento. Ouça a sua raiva. Se está com raiva, deixe ferver. Se está com o coração partido, deixe seu coração quebrar. — Seus lábios roçam minha orelha, provocando um arrepio bruto por toda a minha espinha. — E se você odeia, odeie com o fogo de mil sóis.

Meu pulso bate forte, e as lembranças entram e saem da minha mente, um evento horrível após o outro, até que a fúria cresce dentro de mim, como as tempestades que eu sempre desejei poder controlar.

— É isso — sussurra Alexus. — Agora teça sua magia. *Lunthada comida, bladen tu dresniah, krovek volz gentrilah.*

Bladen. Eu conheço essa palavra. Significa espada.

O canto antigo sai de seus lábios com tanta naturalidade e beleza que os pelos minúsculos do meu pescoço e braços se arrepiam. Escuto enquanto ele repete cada palavra, memorizando as entonações e movimentos suaves de sua língua, sua voz agitando meu sangue. Este cântico, que sai de seus lábios, canta para mim.

Formo a canção assombrosa que agora ecoa em meu coração, não mais tentando dar vida a um raio fraco de esperança, mas o que sei que é uma espada de intenção.

— *Lunthada comida, bladen tu dresniah, krovek volz gentrilah.*

Alexus me acompanha, ainda recitando as palavras, e imagino a parede de espinhos e madeira diante de nós, bloqueando nosso caminho. Não consigo impedir um vacilo e ficar tensa.

— Relaxe. Estou com você. — Ele corre as mãos ásperas para cima e para baixo em meus braços e, com leveza, envolve meus pulsos com os dedos.

Engulo em seco e construo *minha* música, focando nos fios prateados da minha magia, misturada às palavras que ele ainda está recitando com a boca quase grudada em meu cabelo.

Então sua boca toca minha orelha.

— Pense nas palavras. Leve a música ao seu coração. Ouça o que ela diz. Não deixe cair no silêncio.

Um estremecimento involuntário passa por mim, mas me agarro às palavras, mesmo quando os dedos de Alexus se entrelaçam com os meus, parando meus movimentos.

Estremeço. Finn sempre me silenciou assim, e embora eu não sinta que é isso que está acontecendo neste momento, a realidade é que não posso fazer mágica sem minhas mãos.

— Confie em mim, Raina — sussurra Alexus. Eu tento. — Ouça a música. Cante em sua mente. *Lunthada comida, bladen tu dresniah, krovek volz gentrilah.*

Com um toque firme e estável, ele começa a guiar meus movimentos de maneira diferente. Até parecia que ele estava me ensinando a empunhar uma lâmina contra samambaias e vegetação rasteira. Um arco descendente. Um golpe para cima. Os mesmos movimentos, repetidas vezes, seu corpo flexionando e tenso atrás do meu, um movimento fluido após o outro. Uma dança que sinto em meus ossos. Uma conexão que não posso negar. Estou começando a me sentir como me senti na ceia da colheita, ligada a algo muito mais poderoso, vibrante e vivo do que quando sou apenas um canal.

Chegamos a um impasse. Meu coração dispara enquanto ouço a música, meu corpo todo envolvido por Alexus Thibault.

— Abra os olhos. — Sua voz é suave e quente na concha da minha orelha.

Assim que seu toque se afasta, obedeço. Então descubro que estou segurando uma espada feita de luz ametista.

Fico tão admirada que interrompo a música em minha mente. De imediato, a arma mágica evapora como poeira estelar em uma brisa. No entanto, sou tomada por uma sensação de alívio, e observo a floresta ao redor.

Eu me viro e vejo que Alexus está ladeado por nossos cavalos, os lábios fechados tomados por um sorriso orgulhoso. A muralha dos Habitantes do Leste ainda está atrás dele, uma obra verdadeiramente poderosa, só que agora existe uma trilha aberta entre espinhos escurecidos e árvores retorcidas.

— *Eu... eu fiz isso* — sinalizo, quase sem acreditar.

O sorriso de Alexus se ilumina, e uma covinha mergulha profundamente em sua bochecha esquerda, não obscurecida por sua barba. Mordo meu lábio e silenciosamente o amaldiçoo, porque aquele sorriso é uma visão adorável que gostaria de odiar, mas, de alguma forma, não consigo.

— Orgulhe-se — responde ele e então sinaliza: — *Você conjurou a música perfeita e sua magia nos libertou.*

Por mais que eu queira me sentir poderosa e animada, a emoção de subjugar o muro desaparece. Por um lado, eu realmente não conjurei a música perfeita. Ele cantou para mim. Além disso, tenho a sensação de que a parte difícil da jornada ainda está por vir.

Com um olhar preocupado, estudo a paisagem ao nosso redor, sentindo-me pequena e insignificante se comparada a ela. Nunca vi a imensidão da floresta por dentro. Sempre foi um reino misterioso à beira do meu mundo. Bruxos Caminhantes nunca cruzam a linha das árvores, nunca pisam na sombra da floresta. A Floresta da Água Gélida é tão estranha para mim quanto a Vila Invernal será.

Se chegarmos lá.

As árvores aqui parecem tão antigas quanto Tiressia, colossais e quase sempre verdes, embora haja muita madeira mostrando as sombras polidas do outono, com galhos que logo ficarão nus. Milhares de árvores se estendem até onde a vista alcança, criando uma sensação desordenada que, tenho certeza, poderia reter qualquer um neste lugar.

Embora seja intimidante, a visão é maravilhosa. Raízes retorcidas se espalham pelo chão da floresta, torcendo-se sob o musgo macio e serpenteando em torno de samambaias verdejantes com as folhas começando a se contrair em tons de marrom para o inverno. Está mais escuro e mais frio, o sol lutando para se esticar através do dossel espesso da floresta. Resquícios da geada sobrevivem em galhos expostos e dunas varridas pelo vento em meio a folhas caídas.

Não sei o que eu esperava, mas não era isso. Talvez árvores monstruosas que ganham vida ou sombras que podem engolir uma pessoa inteira. Beleza, quietude silenciosa e mistério arcaico não descrevem o que eu imaginava.

Alexus se ajoelha e pega um pedaço de pau.

— Estamos atrasados um dia e meio em relação aos Habitantes do Leste, e, sem o encantamento para nos impedir, estamos a uma semana da Vila Invernal. — Ele limpa uma faixa de musgo para revelar o solo e começa a desenhar um mapa tosco que não significa absolutamente nada para mim. — Nephele e os outros farão o possível para manter os Habitantes do Leste longe da Estrada Invernal. — Ele desenha uma linha dupla com cortes afiados na terra para representar a estrada. — É para onde precisamos ir se planejamos viajar para o norte com algum senso de direção. Só precisamos evitar a ravina.

Estrada Invernal. Outra parte do meu mundo que parece mais um mito do que realidade. É supostamente a única rota clara entre o vale e o rei.

— *E se cruzarmos o caminho dos Habitantes do Leste antes de chegarmos à Estrada Invernal?* — pergunto.

A magia dos Bruxos Caminhantes não vai nos prejudicar, mas o inimigo é outra história.

— É uma possibilidade — responde Alexus, desenhando outra linha estranha e um X para marcar algum ponto aleatório na floresta sem fim. — Mas significa que precisamos de armas melhores do que as que temos. — Ele faz uma pausa e esfrega a testa. — Mas não posso resolver isso até chegarmos à Estrada Invernal. Temos que torcer para que o melhor aconteça até lá.

Torcer para que o melhor aconteça? Todas as covinhas sensuais do mundo não parariam minhas mãos depois de ouvir isso.

— *Maravilha. Parece um ótimo plano.* — Desta vez, reviro os olhos.

Minha observação cínica o faz arquear uma sobrancelha.

— Não tenho certeza do que você quer de mim, Raina. Estamos entrando em um jogo de azar. Estou tentando te dar uma ideia da direção para onde vamos, caso aconteça de nos separarmos. — Ele esculpe uma torre e espeta a vara no chão antes de se sentar de cócoras. — Já pode ser tarde demais para impedir que o Príncipe do Leste e seus homens cheguem ao castelo. Não tem como saber. Não temos ideia se sua visão está nos mostrando o único bando de Habitantes do Leste ou se existem mais. Mais de um grupo entrou na floresta ontem à noite. E essa parede? Esta parede e a magia do fogo que vimos no vale podem ser o mais simples de seu poder. O príncipe está infectado com o Mundo das Sombras. Não tem como sabermos o que estamos enfrentamos.

Palavras escapam dos meus dedos antes que eu tenha tempo de pensar nelas.

— *Pensei que você não tinha dúvidas em relação à habilidade de seus Bruxos Caminhantes.*

— E não tenho — retruca. — Entre eles e nosso rei, os Habitantes do Leste estão em apuros. Mas vi coisas no último dia e meio que nunca imaginei. Os Habitantes do Leste não conhecem esse tipo de magia, ou pelo menos não conheciam, e o Príncipe do Leste é... — Ele suspira. — Não sei mais o que ele é, mas não posso deixar de me preocupar com o pensamento de que nós o subestimamos muito.

Outro *nós*. Desta vez, ele se refere ao Rei do Gelo e ele, tenho certeza. E talvez Nephele.

— Se os Habitantes do Leste chegarem ao castelo e levarem o rei, há uma chance de conseguirmos interceptar o bando na viagem de volta.

Eu franzo a testa, questionando a estratégia e as habilidades de mapeamento desse homem, mas também nossa lógica.

— *Há mais de uma saída para as Terras do Norte* — eu o lembro. — *A Cordilheira Mondulak. As Montanhas Ocidentais. As planícies da Terra do Gelo.*

No segundo em que as palavras saem da ponta dos meus dedos, percebo que, se há outras saídas, há outras maneiras de entrar. Talvez devêssemos ter tentado outra rota.

— Se eles conquistarem a magia dos Bruxos Caminhantes e tomarem a Vila Invernal — responde, desenhando cordilheiras escarpadas com o pedaço de pau —, evitarão os trechos de montanhas quando partirem. Assim como nós. Há muitas passagens mortais em ambos os lados nesta época do ano. Quanto às planícies, nunca sobreviveriam à caminhada até as aldeias mais ao norte. Tenho certeza de que sabem disso. A Floresta da Água Gélida é a única maneira possível de entrar ou sair. — Ele faz uma pausa e olha para o céu antes de encontrar meus olhos. — Então o plano é simples. Chegamos à Estrada Invernal e salvamos nosso rei, de uma forma ou de outra.

Ele se levanta e se vira para me ajudar a montar na égua novamente, curvando-se com as mãos em concha. Eu não faço nenhum movimento, então ele se endireita e, com aquelas mãos grandes e fortes apoiadas nos quadris, estreita os olhos como se sentisse algo errado.

Algo *está* errado.

O Coletor de Bruxos e eu realmente acabamos do mesmo lado, mas agora que minha mente não está mais enevoada, temo que nossos objetivos sejam muito diferentes.

— O que foi? Diga o que você quer dizer. Seu rosto não esconde nada, Raina.

Como se eu não soubesse.

— *Seu rei* não *é o meu rei* — respondo. — *Ele nunca foi. Se depender de mim, ele pode apodrecer em um poço do leste. Não quero interceptar ninguém, muito menos quem possa ter sequestrado seu patético e indefeso rei. Quero ir à Vila Invernal buscar minha irmã, antes que ataquem o castelo e a matem como mataram minha mãe. Tem que haver uma maneira de contornar o exército. Eu pretendo encontrar esse caminho.*

Algo como raiva passa pelo rosto de Alexus, e ele baixa a cabeça, prendendo meu olhar.

— Você não deveria ser tão rápida em condenar um homem que não conhece. Você sabe pouco sobre ele.

Suas palavras não são tão afiadas quanto as minhas, mas o são mesmo assim.

— *Eu sei que por causa dele os Habitantes do Leste vieram à nossa porta. Eu sei que, se não fosse por ele, não teria passado os últimos oito anos sem minha irmã. Minha mãe ainda estaria viva. Eu ainda teria uma casa. Se os Anciões ouvem tudo, espero que deixem os Habitantes do Leste fazerem o que quiserem com ele.*

Alexus dá um passo à frente, fechando a distância que resta entre nós até que seu nariz esteja a menos de um dedo do meu.

— Você não tem ideia do que está dizendo.

— *Eu sei que vou encontrar minha irmã* — continuo, implacável — *e que não vou correndo resgatar o rei. Você vai me ver beijando o Príncipe do Leste bem em sua boca nojenta antes que isso aconteça.* — Faço uma pausa, estico os dedos e tento esquecer que acabei de trazer aquele bastardo assassino de volta à vida em minha mente. — *Agradeço sua ajuda* — acrescento —, *mas considere sua dívida comigo quitada. Vou seguir meu próprio caminho daqui.*

Ele me avalia com a expressão nublada de descrença.

— Você é tola. Nunca encontrará a Estrada Invernal sem mim. E saiba que só comigo você tem alguma chance de chegar à Vila Invernal. Além disso… — Ele balança a cabeça com uma risada, olhando para mim por baixo daqueles cílios escuros e macios — ... se os Habitantes do Leste sequestrarem o rei, que é tão patético e indefeso quanto você, minha querida, entenda que há uma grande chance de que sua Nephele, serva eminente e amante do Rei do Gelo, seja encontrada ao lado dele. Os amantes costumam ser protetores.

Sinto uma onda de náusea. Amantes? A palavra ricocheteia em meu cérebro, e pontos pretos nadam em minha visão. Fecho as mãos em punhos e sinto meus olhos formigarem e arderem de lágrimas cheias de raiva .

— *Você está mentindo. Ela nunca faria isso.*

Sinto que hoje isso é tudo o que tenho a dizer sobre minha irmã.

— Ah, ela faria, sim. — Ele sorri, e sua boca escarlate se fecha em uma linha fina e apertada. — Mas faça o que quiser. Pode seguir por conta própria, como uma criança desatenta. Você não só vai se perder, mas também vai arriscar qualquer chance de ver sua irmã novamente. Se os Habitantes do Leste levarem Nephele e o rei, *não* terei tempo para resgatar pessoas teimosas como você, o que significa que você pode acabar morrendo aqui. Sozinha. — Os tendões em seu pescoço enrijecem. — É você quem escreve seu futuro, Raina Bloodgood. Mas tem que ser agora. Decida.

Ele monta no cavalo e pega as rédeas, esperando minha resposta. Não parece que a paciência seja uma virtude de Alexus Thibault, ou talvez eu tenha testado seus limites. Porque depois de um escarnio aborrecido e um último olhar irritado, ele diz:

— Não tenho tempo para isso — e cavalga para dentro da floresta, ziguezagueando entre as árvores, deixando-me em uma floresta infinita com não mais que uma égua branca e uma decisão.

14
Raina

O dia passa com Alexus cavalgando bem à vista, um pontinho ao longe. Por mais quilômetros do que posso contar, ele nunca olha para trás. Decidi segui-lo o maior tempo possível, e depois descobrir como encontrar a Estrada Invernal, porque não posso deixá-lo vencer. Ele quase destruiu minha lembrança de Nephele. Temo não reconhecer minha irmã quando a vir de novo.

Ele também me deixou fraca. O Coletor de Bruxos é mais do que bonito, seu rosto, beijado e abençoado pelos próprios deuses, foi criado para matar com um olhar. O rosto, combinado com os modos gentis que foram liberados de todo aquele poder controlado, faz coisas horríveis em minha mente. Mesmo quando ele está com raiva de mim, meu corpo responde. Odeio tudo relacionado a isso. Sinto que voltei a ser uma menina, incapaz de controlar o que me incendeia o sangue. Mais do que tudo, não quero *precisar* dele.

Não quero precisar de ninguém, nunca mais.

Quanto mais viajo, mais meu plano se desintegra. As árvores espessas ficam ainda mais espaçadas, e o ar adquire um frio amargo conforme a luz tênue do dia cai no crepúsculo. Inúmeras vezes, se não fosse o vapor e a respiração de Mannus ou o tilintar das rédeas ou da lamparina a óleo amarrada à sela de Alexus, me senti perdida e não saberia qual caminho a seguir. Não sou uma rastreadora, e estava certa sobre uma coisa: a Floresta da Água Gélida é um lugar confuso, mesmo sem encantamento. Não importa para onde eu olhe, tudo parece igual, especialmente sob o manto cinza do crepúsculo.

Sombras rastejam e ganham vida, como se fossem fantasmas da floresta agachados, e se arrastam ao longo das bordas da minha visão. Sons estranhos soam atrás de mim, enviando um toque invisível ao longo da minha nuca, atormentadores o suficiente para me fazer estremecer. Muito em breve, o Coletor de Bruxos se derreterá na escuridão, e então eu estarei realmente sozinha.

Era o que eu achava que queria, mas, agora, com a noite caindo, devo admitir que estava... *estou*... sendo tola. Não posso fazer algumas coisas, e temo que atravessar a Floresta da Água Gélida seja uma delas.

Por mais que eu prefira comer casca de árvore o tempo todo que estivermos aqui, não tenho escolha a não ser seguir o plano de Alexus. Mas primeiro preciso alcançá-lo, enquanto ainda há um resto de luz.

Instigo Tuck a seguir em frente, mas perco Alexus quando ele faz uma curva fechada à esquerda em torno de um matagal emaranhado. Mannus, familiarizado com a floresta, cavalga forte e rápido, mas minha égua, mesmo obediente, é lenta e insegura a cada trote. Não posso culpar a pobrezinha. Parece que estamos seguindo direto para um mundo profano. Os galhos são recortados pela escuridão que se aproxima, e criaturas noturnas acordam e se agitam na vegetação rasteira e nas copas das árvores sombreadas. Quando uma brisa fria serpenteia pela floresta, uma fina geada cai sobre o mundo.

Não conseguiremos ir muito longe, Tuck e eu. Não antes de termos de parar e dormir no chão frio até de manhã. Até lá, talvez nunca mais encontremos o Coletor de Bruxos.

Enterro o nariz no capuz de sua capa, grata pelo calor, mas seu cheiro — uma mistura de especiarias finas, madeira escura e, talvez, mel — está em mim. Isso me faz instigar Tuck com mais força.

Quando faço a curva no matagal onde Alexus desapareceu, puxo as rédeas e faço Tuck parar bruscamente. Escuto os cascos de Mannus e olho ao redor da floresta escura em busca de qualquer vislumbre do meu antigo companheiro. Ele está longe de ser encontrado, e não tenho ideia de onde estou. Amarga, eu gostaria de poder dizer a Alexus que o desenho que ele fez da Floresta da Água Gélida era extremamente carente de detalhes e totalmente impreciso.

Um uivo terrível e sinistro ecoa pela floresta, causando uma explosão de corvos das copas das árvores. Ofegante, me abaixo, cobrindo a cabeça, e aperto minhas pernas no dorso de Tuck. Ela bate os pés e bufa.

Não tenho tanto medo de cair no chão ou do que parecia um lobo branco. O que temo são corvos enlouquecidos. Tinha me esquecido deles. Esses são os demônios alados do príncipe? Foram abandonados e ficaram sem seu mestre? Se for isso, eles não atacarão.

O grasnar desaparece, deixando um rastro de copas de árvores ainda trêmulas, e Tuck se acalma. Eu me ajeito na sela, com o coração acelerado, e observo a folhagem que bloqueia a maior parte do luar. Com um suspiro, passo uma mão trêmula pelo cabelo, tirando as mechas que caíram em meus olhos, e faço meu coração desacelerar. Herdei a cabeça quente do meu pai, uma característica que muitas vezes me deixou em maus lençóis, mas talvez nenhuma como essa.

— Não pensei que você seria uma aluna tão difícil.

Assustada, viro Tuck ao redor, e encontro Alexus sentado casualmente nas costas de Mannus, com as mãos apoiadas no punho de sua sela. Um raio de luz prateada estilhaça o dossel da floresta, iluminando-o o suficiente para que eu possa ver sua expressão presunçosa. Embora eu queira estrangulá-lo, não posso negar a sensação avassaladora de libertação que sinto em sua presença.

Cavalgo para a luz suave.

— *E eu não considerei que você seria um professor trapaceiro* — respondo com mãos rápidas —, *então suponho que nós dois estávamos errados.*

Alexus ergue uma sobrancelha escura e levanta o queixo. Ele me dá uma olhada que – se não me engano – tem um brilho de admiração, apesar de seus olhos mal conterem a irritação.

— Há fogo em você. Eu não desprezo isso.

Eu zombo, mas ele continua.

— Eu *não*. Prefiro ter uma lutadora comigo, mesmo que ela tenha *medo* da própria sombra.

Minha raiva aumenta e preparo minhas mãos para formar uma resposta dura, mas ele me para com um olhar.

— Não. Você precisa ouvir. Não gosto de ser desafiado quando estou apenas tentando ajudar. Suas ações não serviram para nada além de nos atrasar. — Ele pressiona os calcanhares nos flancos de Mannus e leva o animal para frente até que ele ficar do meu lado. Com um olhar penetrante, Alexus ergue o punho e estende o dedo. — Isso foi uma lição. A Estrada Invernal não deve estar longe, mas se sua cabeça estivesse onde deveria estar, você sentiria que a magia também não está longe. Não faço ideia do que estamos prestes a enfrentar, mas há uma boa chance de que não seja agradável e não seja algo que você queira enfrentar sozinha. Se a sua independência egoísta for um problema novamente, saiba que não serei tão gentil a ponto de correr em seu auxílio. As pessoas com quem nos preocupamos precisam de nós, e eu não serei mais dissuadido. Você entendeu?

Hesito em responder, e sua voz fica mais profunda.

— *Você entendeu*?

É difícil engolir o orgulho quando se trata dele, mas a escuridão se fecha ao redor, então eu cedo. Embora me matando por dentro, dou ao Coletor de Bruxos um único e rígido aceno de cabeça.

Um meio-sorriso irritante enfeita seus lábios.

— Que bom. Viu como foi fácil? Pode ser que eu consiga te domar. — Ele inclina o queixo para o oeste. — Agora vamos encontrar um lugar para descansar.

Do meu assento em um velho toco de árvore, enrolada em mim mesma para me proteger do frio, olho para Alexus Thibault e me pergunto se olhares podem matar. Não quero passar a noite com ele. Não quero nem estar na presença dele, e ele sabe disso. Eu também não queria parar de cavalgar, mas está muito escuro e os cavalos estão cansados. Sei que o melhor é dormirmos pelo menos algumas horas antes de enfrentarmos o que está por vir, mas, Deus, não estou feliz com isso.

Depois do que aconteceu mais cedo, não é como se eu pudesse argumentar.

— Olhe — diz ele de onde está agachado, com os joelhos bem abertos, enquanto adiciona galhos e gravetos ao fogo que construiu em uma pequena clareira. — Fui muito duro com você. É que, ao longo da minha vida, passei incontáveis dias e noites neste bosque. Mesmo sem estar encantada, a Floresta da Água Gélida não é um bom lugar para quem não percorreu seu território muitas vezes. Eu só queria que você ficasse em segurança, e você estava sendo impossível.

Um rubor corre pelo meu peito e pescoço. Gosto de pensar que eu poderia ter me mantido em segurança, mas, às vezes, quer eu queira admitir ou não, a experiência supera a ousadia.

— Além disso — continua —, há uma chance muito boa de sermos forçados a passar várias noites juntos, então você deveria se acostumar comigo. Eu não mordo. — Um lampejo de humor brilha em seus olhos. — Não é difícil, de qualquer maneira.

— *Hilário* — sinalizo, fazendo o meu melhor para manter meu rosto inexpressivo.

Um sorriso brota em sua boca.

— Só estou dizendo. Há muitas coisas perigosas nesta floresta além de mim. Lobos, javalis, cobras venenosas. Fantasmas, espectros. Você nunca sabe o que pode vir rastejando na escuridão.

Ele joga uma pedrinha aos meus pés, um movimento tão rápido que quase não percebo. Mas ainda meio que me assusto. A ideia de lobos, javalis e cobras me aterroriza, é verdade, mas pelo menos as outras criaturas que ele mencionou não existem. Não existem *mais*, na verdade.

— *Você é uma criança.*

— Pensei que fosse um professor trapaceiro. Um mentiroso.

— *Você é isso também. E mais.*

Ele sorri novamente, o que é tão irritante quanto devastador, mesmo com o lábio machucado. Sua covinha solitária também aparece, tornando as coisas ainda piores. É difícil desprezar alguém que ilumina o mundo quando sorri.

Maldito seja para os Confins Inferiores.

Embora eu esteja estranhamente feliz que a tensão entre nós tenha diminuído, e embora eu esteja lutando para parar de olhar para ele, não acho sua piada sobre a floresta engraçada. As folhas e os galhos de uma árvore próxima continuam farfalhando como se algo estivesse escalando ou andando por ela, me fazendo estremecer. Fui criada em um vale. Estou acostumada a todos os tipos de criaturas vagando pela vila, subindo no telhado de palha, entrando de súbito na cabana. Mas a floresta sempre foi um lugar que não podíamos ir. Ainda é muito nova para mim. Ainda parece proibida — por uma razão.

O pensamento me faz estremecer.

Deuses. A melhor coisa a fazer é dormir.

O chão é duro e gelado, mas me deito e me viro de lado, de costas para Alexus. No momento em que fecho os olhos, sua voz flutua sobre o fogo.

— Não tive a chance de lhe dizer que sinto muito pela perda de sua aldeia. E de sua mãe.

No momento em que ele fala essas palavras, eu a vejo sorrindo, tão real.

Eu me sento, o coração acelerado, e abraço os joelhos no peito. Depois de alguns minutos, eu o encaro. Não quero falar sobre a noite passada, especialmente com ele, mas ele parece sincero, e não tive tempo de processar a enormidade do desastre. A perda é tão grande que acho que ainda não a internalizei, como se a realidade chegasse em ondas crescentes.

Eu me lembro de como foi quando perdi meu pai. Ficava atordoada a maior parte do tempo, o fantasma dele me seguindo a todo lugar. Às vezes eu ouvia sua risada, o via de longe, ou corria para dentro de casa com notícias urgentes que precisava contar a ele, para em seguida me lembrar de que ele não estava lá.

— Você tinha um parceiro? — Alexus pergunta.

Balanço a cabeça, negando, então assinto e acabo negando de novo. Finn nunca foi meu parceiro, não como meus pais foram, mas, por um tempo, eu acreditei que ele era tudo.

— *Eu tinha alguém. Era... complicado.*

E isso é tudo que digo sobre o assunto.

— Perder todas as pessoas que amamos é algo que ninguém deveria ser forçado a suportar. Deixa uma marca indelével na alma. — Alexus olha para o fogo, mas depois encontra meus olhos. — Realmente sinto muito, Raina. Eu mudaria isso, se pudesse.

Mais uma vez, suas palavras são tão sinceras, como se viessem de um homem com muita experiência ou muita culpa. Ou talvez ambos.

Meu estômago se contorce em um nó apertado. Ele é parcialmente culpado pela minha perda. Ele levou Nephele, embora pareça que ela está vivendo bem na Vila Invernal. Ainda não consigo entender como isso é possível, e penso que talvez eu esteja sendo enganada. Se ela tem tanto poder sobre o Coletor de Bruxos e o Rei do Gelo, por que não voltou para casa?

— *Me fala sobre minha irmã?* — sinalizo, precisando tirar minha mente da noite passada. — *Como ela é agora?*

A princípio, ele parece não ter certeza de como responder, mas por fim o faz, com um sorriso divertido.

— Ela é um lobo em pele de cordeiro, isso é certo. Ela adora lutar com espadas; comigo, em particular. Às vezes, eu ganho, mas não vou mentir: na maioria das vezes, ela me bate de forma justa e certeira.

Suas palavras arrancam de mim um sorriso leve.

— *Nephele passava o tempo todo implorando ao papai que lhe ensinasse a usar a espada.*

O papai a ensinou. Eu era tão pequena — ela é seis anos mais velha do que eu —, mas me lembro bem. No entanto, à medida que crescíamos, deveres mais importantes tinham precedência, e a brincadeira de luta de espadas de mentirinha teve que ser deixada de lado.

Outra razão do meu sorriso é que Alexus fala dela com familiaridade e admiração. Isso me irritou no começo, mas agora me traz um pouco de conforto. Mesmo que eu ainda não conheça os detalhes da situação de Nephele, parece que ela tirou o melhor proveito disso.

— Nephele também cuida das crianças na Vila Invernal — continua ele. — Ela é professora. — Ele passa a sinalizar. — *Ela até ensina sua língua de sinais. Temos duas crianças deficientes auditivas que se beneficiam muito disso. Não sei dizer quantas vezes ela bateu em minhas mãos por ter feito algo errado.*

Sorrio, mas meu coração dói por uma razão que não consigo identificar. Estou feliz que ela teve essa outra vida. Uma vida rica, ao que parece. Realmente estou grata.

E que ela não tem sido infeliz como eu.

As estrelas estão apagadas, então me deito e olho para o céu, inesperadamente consciente da caverna vazia dentro de mim. Não tenho motivos para falar abertamente com Alexus e para confiar nele, mas o vazio dói demais e as palavras acabam escorrendo dos meus dedos.

— *Eu nunca tinha matado ninguém.*

Há um momento de silêncio. Não tenho certeza se ele estava me observando, mas então...

— Você fez o que tinha que fazer.

Ele *estava* me observando.

— *Mas não foi o suficiente* — respondo depois de um longo momento. — *Matei todos na minha aldeia.*

Ele se levanta e vem se sentar no toco ao meu lado, cotovelos nos joelhos.

— Isso não é verdade. Por que você pensa isso?

— *Eu poderia ter consultado as águas. Eu poderia ter visto você chegando, visto você lutando, visto os Habitantes do Leste te perseguindo. Eu poderia ter tirado as pessoas de lá.* — Cruzo as mãos trêmulas, e uma lágrima quente desliza pela minha têmpora. Eu a esfrego, mas outra toma seu lugar.

Esta é a crista da onda. Não posso deixar que isso me arraste para baixo, mas a verdade é que Finn estava certo. Eu só penso em mim.

Alexus se inclina sobre mim, o cabelo caindo sobre os ombros, e me olha fixamente nos olhos.

— Você não pode carregar essa responsabilidade. Todos nós enfrentamos momentos de decisão e, quando olhamos para trás, é tão fácil pensar no que poderíamos ter feito. Mas você não sabia que precisava consultar as águas, Raina. *Você não sabia.* — Ele faz uma pausa. — Se algum de nós é culpado, esse sou eu. Deixei uma aldeia inteira se defendendo sozinha.

— *Littledenn?*

Ele assente, e seu pomo de adão se move ao engolir em seco com força.

— Você e eu precisávamos de suprimentos, mas, quando te deixei no riacho esta manhã, saí também com a intenção de saber se eles tinham conseguido. Estavam todos mortos, e essa é uma perda pela qual nunca me perdoarei.

Deu para perceber quando ele voltou com os cavalos, e vejo a mesma tristeza nele agora. Por mais que eu quisesse culpar a ele e ao Rei do Gelo por tudo, a tragédia que vivenciamos no vale está nas mãos de um homem.

Um homem que rezo para que esteja morto.

Ficamos em silêncio por um longo tempo, até meus olhos ficarem tão pesados que não consigo mais mantê-los abertos. Eu quero dormir, mas está muito frio, e o chão é muito duro e desigual, por causa das raízes.

Alexus caminha até onde os cavalos estão amarrados, tira o perponte das costas de Tuck e pega o cobertor de Littledenn. Ele estende a armadura acolchoada perto de uma árvore caída e se senta, encostado no tronco, pronto para espalhar o cobertor sobre as pernas.

Com um gesto, ele acena para o espaço ao lado dele.

— Se você puder esquecer por um tempo a antipatia que sente por mim, nós dois podemos descansar um pouco. Os Habitantes do Leste estão muito à nossa frente, mas ainda vou ficar de olho. E serei sempre respeitoso.

De todas as coisas que eu poderia imaginar acontecendo nesta noite, esta não passou pela minha cabeça. Mas estou cansada, um corvo grasna e as folhas daquela maldita árvore farfalham mais uma vez. Em menos de um segundo, estou lá, a meio braço de distância do Coletor de Bruxos, grata ao gigante que possuía uma roupa tão abençoada como perponte.

Alexus estende o cobertor sobre nós e, embora não afaste completamente o frio, é o suficiente.

Eu me distraio observando as chamas do fogo dançarem. Quando fecho os olhos, um rosto aparece em minha mente. É distante e escuro, mas eu o conheço.

O príncipe paira lá, um pesadelo sangrento, me observando.

E do abismo do sono, ele sorri.

15
Alexus

A Floresta da Água Gélida é minha casa. Cruzei seus terrenos centenas de vezes, descansei sob sua sombra fresca, cacei em sua penumbra, atravessei seu chão em busca de ervas especiais. É tanto eu quanto eu mesmo.

E, no entanto, esta manhã, a floresta está estranha.

À frente está um túnel de árvores e espinheiros que só consigo discernir graças à luz fraca do amanhecer. Centenas de galhos entrelaçados cruzam um caminho coberto de folhas que leva à total obscuridade.

Ou assim parece.

A magia que irradia do túnel é tão forte que o poder arrepia minha pele. A entrada quase se contorce, como se os galhos só estivessem abertos para nos atrair.

Puxo as rédeas de Mannus, fazendo-o parar. Tanto esforço para chegar ao meu abrigo de caça para reunirmos armas melhores antes que as coisas fiquem problemáticas… Esta é certamente uma magia vasta — uma construção maciça aninhada na floresta.

Uma armadilha.

Como eu, Raina para sua égua. Os animais param com pouco esforço. Tenho certeza de que sentem a magia também.

— *Esta não é a Estrada Invernal* — diz Raina.

— Não. Não é. Acho que é a escuridão que você viu nas águas.

Ela assente, mas, quando os lobos uivam à distância, soando seu chamado de despertar matinal, ela se contorce na sela.

— Você não está feliz por não ter prosseguido sozinha? — pergunto. — Esta *é* a terra do lobo branco.

Eu preciso parar de voltar a este assunto, mas, mesmo depois de nossa conversa e algumas horas de sono, ainda estou indignado. Não foi o desafio de Raina que me irritou. Eu gosto do fogo dela – gosto até demais. O suficiente para me queimar, se não tomar cuidado. Foi a ideia de deixá-la à própria sorte que me abalou, e por nenhuma outra razão além de ela ser muito teimosa.

Ela olha para a direita e para a esquerda do túnel, onde a floresta parece comum e calma. Raios de luz solar suave fluem entre as folhas e galhos nus das árvores de folhas caducifólias, brilhando na geada agarrada às sempre-vivas. A manhã é marcada pelo canto dos pássaros e por animais saltitantes, mas tenho a sensação de que não continuará inocente assim que cruzarmos a construção.

— Suponho que você vai me dizer que não podemos seguir outro caminho.

— Só existe *um* caminho, e acabou — respondo. — Mesmo se tivéssemos seguido por caminhos separados, as chances de chegarmos neste mesmo lugar eram grandes. Apenas não estaríamos juntos. Esta é a parte da magia vasta que não pode ser alterada, se for feita para durar. A construção maior. São as coisas menores que os bruxos da Vila Invernal podem manipular enquanto passamos.

Conheço meus bruxos. Eles são astutos e estratégicos. Só espero que consigam manter essa construção tempo suficiente para exterminar os Habitantes do Leste. É um desafio sustentar a magia vasta por longos períodos. *Essa* é a verdadeira falha do plano.

Raina franze a testa com desconfiança, mas estou certo, e sei disso, então viro Mannus para a esquerda e o guio em direção à floresta pacífica – um ato de compromisso e educação. O túnel se move e impede que eu vá, uma caverna aberta e sem luz esperando para me engolir inteiro. Eu redireciono e sigo na direção oposta, mas novamente...

— O túnel está em toda parte — digo a ela. — Essa é a intenção da magia. Não dar aos Habitantes do Leste nenhuma outra escolha a não ser entrar na escuridão encantada do que seria uma tumba auspiciosa.

O rosto de Raina endurece, e suas mãos — adoráveis como são — se movem de maneira quase ameaçadora quando ela sinaliza.

— *Você disse que a floresta nos deixaria passar. Que a magia te conhece. Por que ela não permite uma passagem segura?*

— Eu também disse que não seria fácil ou rápido — respondo, mantendo a voz firme. — Mas *vamos* passar. Os bruxos da Vila Invernal estão tentando conter um exército de muitos quilômetros de distância. Sua construção não pode distinguir entre invasores e nós. Pelo menos não pode até que estejamos dentro. A magia deles deve nos provar primeiro para que os Bruxos Caminhantes saibam que estamos aqui e, mesmo assim, eles têm que nos destacar em meio ao caos desse tipo de construção e manipular os fios certos, dentre milhares, apenas para mim e você. Eles vão lidar conosco da melhor maneira que puderem.

Nada disso é mentira, mas o que não digo é que não estou preocupado com a magia dos Bruxos Caminhantes nos machucar.

É o inimigo à espreita dentro do túnel.

Ela olha para o túnel, depois para mim. Pelo olhar avaliador e a expressão irritada, minhas palavras foram pouco convincentes. Ela enrijece a coluna, coloca as mãos firmemente ao redor das rédeas e aponta o queixo para o caminho intimidador.

Os cavalos precisam ser impelidos para dentro do túnel, mas, no momento em que cruzamos o arco, um frio iminente cresce à frente. A saída segura começa a se fechar atrás de nós.

Raina espia por cima do ombro, atraída pelo rangido e gemido não natural da madeira, como se as árvores do túnel tivessem ganhado vida. Eu me viro também, mas não digo nada enquanto a observo. No canto da minha visão, uma massa de troncos começa a se trançar na entrada, fechando-nos e bloqueando lentamente a luz do dia.

— *A lamparina?* — sinaliza ela.

— Não. Se a construção ainda está de pé, significa que tem Habitantes do Leste presos aqui. Não podemos nos iluminar para que todos vejam, e estamos com muito óleo. A comunicação é mais difícil dessa maneira, mas vou chegar perto. Se precisar de mim, pode assobiar?

Ela sinaliza a palavra *Sim*, e assovia baixinho, suavizando a melancolia de suas feições. É um som tão adorável, como o trinado ou o gorjeio de um pássaro em nidificação. Ainda assim, ela parece tão desamparada.

Não tenho certeza do que disse para causar tal reação, mas dou a ela o melhor olhar tranquilizador que posso conjurar sob tais circunstâncias, e seguimos em frente, lado a lado, enquanto o túnel escurece.

Vamos nos aprofundando na construção, ainda encorajando os cavalos, e eu estudo um lampejo de movimento ao longo do caminho. Pequenas flores brancas — semelhantes a gotas de estrelas — brotam das folhas sinuosas de videiras, que abrem uma luz fraca e brilhante enquanto passamos. É apenas a iluminação suficiente para que os cavalos possam ver para onde estão indo, e as linhas do rosto e das mãos de Raina são delineadas em um brilho prateado diferente.

Quando ela me olha com admiração, eu sorrio.

— Eu te disse. A magia deles me conhece.

Ela revira os olhos com exagero, mas também noto um sorriso em seus lábios.

Continuamos em movimento.

Os troncos de árvores ao longo do caminho são tão numerosos que, se precisássemos encontrar um abrigo entre eles, não conseguiríamos. Arbustos densos cobertos de espinhos, longos e afiados como dentes de urso, crescem em cada lacuna. No topo das árvores, olhinhos nos observam, como pássaros empoleirados nos galhos, como os corvos na noite passada. Esta parte da construção deve ser obra de Nephele. Ao longo dos anos, ela desenvolveu uma tendência a fazer uma mágica mais... *intimidante*.

Não posso dizer que não aprecio essa característica.

Meus pensamentos vão para a espada mágica de Raina. É possível que ela consiga atravessar as paredes do túnel, mas me pergunto se isso seria de alguma valia. O túnel nos encontraria novamente.

Volto a prestar atenção no caminho. À medida que cavalgamos, a cobertura de outono muda, e a sujeira e a folhagem apodrecida ficam manchadas por veias ramificadas de geada cristalizada. O frio que nos aguardava nos atinge, arranhando o chão para nos arrastar para mais perto.

À frente, a neve leve rodopia em uma brisa que se aproxima, depositando um pó branco sobre uma floresta que antes apresentava apenas um pouco de geada. Com rajadas dançando, quase perco o segundo lampejo de movimento ao longo da beira do caminho.

Dou uma olhada por cima do ombro, e observo mais de perto enquanto passamos. A neve gruda em um trecho grosso de trepadeiras de urze que foram cortadas, deixando um buraco farpado grande o suficiente para um homem entrar se estivesse desesperado. Ali dentro, acho que vejo o branco dos olhos. Um animal talvez, mas não posso ter certeza.

Por prudência, envolvo os dedos ao redor do punho da minha espada e olho para baixo, enquanto Raina alcança a pequena distância entre nós. Ela segura meu pulso um momento antes das flores brancas começarem a murchar na videira. As flores lutam contra a morte indesejada, tentando se abrir novamente, esforçando-se para brilhar. A maioria perde a batalha, mas algumas permanecem fortes, mal iluminando o chão aos pés de nossos cavalos.

Apenas duas coisas podem estar causando este problema. Ou meus bruxos estão exaustos demais para manter uma mudança como essas flores, ou alguém está matando a luz.

Alguém capaz de lutar contra a magia vasta.

Engulo em seco e seguro um calafrio. O desconforto me atinge como um olhar que faz a pele arrepiar.

— Está tudo bem — sussurro, apertando a mão de Raina enquanto o mundo fica mais frio. Seu toque desaparece.

Com o tempo, as batidas suaves dos cascos de nossas feras mudam, o chão nevado rangendo sob seu peso. Concentro-me em guiar os cavalos. Eles vacilam e hesitam, sem dúvida sentindo a imprecisão, mas, graças aos deuses, obedecem e continuam.

Não há como saber o que está por vir. Não há lua no céu. Nem estrelas. Apenas noite e mais noite sem luz.

Meus olhos se ajustam e, embora nossos cavalos tenham uma excelente visão noturna, entrar em um abismo é inquietante. Muito tempo neste lugar levaria alguém à beira da aflição e do desespero.

Esse é provavelmente o ponto.

Raina agarra meu antebraço com força, cravando as unhas na minha pele. Mal consigo distinguir seu contorno, mas sinto sua energia. Ela pulsa em mim, e uma tensão inconfundível enche o ar.

Não estamos mais sozinhos.

Novamente busco minha espada, mas sinto o golpe gelado de uma faca sendo enterrada profundamente em minha coxa antes que eu consiga libertar minha arma. Atordoado demais para fazer qualquer outra coisa, eu rujo e envolvo a mão ao redor do punho saliente da lâmina.

Mannus recua, chutando loucamente. Tento recuperar o controle segurando as rédeas com uma mão, mas minhas coxas institivamente apertam seu flanco, e a faca cava mais fundo.

A dor não me deixa respirar. Por um momento, tudo o que penso é que estou cansado de ser esfaqueado. Porém, meu choque passa rapidamente e meus pensamentos se voltam para Raina. Eu grito o nome dela, mas o único som que chega aos meus ouvidos é o de dois corpos colidindo.

Ela está lutando com um Habitante do Leste, e não consigo vê-la.

As partes de mim que mantenho trancadas se agitam na prisão de minhas costelas, desejando a liberdade, provando uma luta, me tentando para que as libertem. Não permito, agarro o cabo da faca e a arranco do meu músculo.

O calor úmido do sangue fresco corre pela minha perna, mas não posso deixar um pequeno corte me atrasar. Eu me viro, pronto para sair das costas de Mannus, e rezo para que a lâmina em minha mão encontre o coração de um Habitante do Leste, e não de Raina.

Um som divide a noite, me congelando na sela. É um som que conheço muito bem — o corte liso da ponta de uma adaga rasgando a carne fina, seguido pelo borbulhar de sangue em uma garganta sufocada.

— Raina! — Seu nome sai dos meus lábios, e uma mão agarra meu joelho, fazendo meu pulso bater mais alto. Não sei se devo atacar ou me conter. Se é um Habitante do Leste ou Raina.

A escuridão ao meu redor é abrangente, e minha cabeça gira, mas me preparo para desferir um golpe mortal.

Uma inspiração suave de ar segura meu ímpeto. Mesmo com o pouco tempo de convivência, aprendi como Raina estremece ao expirar, e memorizei o doce sabor de seus suspiros. Eu reconheço essa respiração. Sinto. Sei.

Alcanço e encontro seu braço, então deslizo a mão até seus dedos trêmulos. Fico aliviado, embora me preocupe que possa haver mais Habitantes do Leste esperando nas urzes.

Penso em desmontar, ou talvez eu devesse puxar Raina para cima de Mannus comigo e cavalgar. Mas não tenho a chance de fazer nenhuma das duas coisas, porque, de repente, estou me inclinando, a cabeça leve como o ar, e caio do meu cavalo.

16
Raina

Não sei muito sobre Alexus Thibault, mas sei que ele é pesado como um boi.

Meu sangue ainda está em chamas pela luta com o Habitante do Leste, e embora eu tenha metade do peso de Alexus, consigo não apenas segurá-lo antes que ele caia no chão, mas também tenho força suficiente para empurrá-lo para cima até que ele esteja de bruços contra o pescoço do animal.

A única morte que sinto é o cheiro de terra do Habitante do Leste, o que significa que Alexus está apenas ferido, mas não sei onde. Sua mão está pegajosa de sangue, e estou tentando não entrar em pânico. Ele ainda não está morto, mas, se morrer — se eu não conseguir mantê-lo respirando —, ficarei sozinha. Exatamente o que eu esperava evitar estando com ele.

Calma, Raina. Pense.

Limpo o suor da minha testa e sinto a pulsação em seu pescoço. Está lenta e enfraquecida. Tenho que encontrar e estancar o sangramento, ou *vou* sentir o cheiro de sua morte.

Mas, deuses. É uma noite espessa demais, um oceano de tinta. Tudo o que consigo ver são contornos, graças aos poucos botões de luz lutando para permanecerem brilhantes na beira da estrada, e mesmo esses se distorcem, se eu olhar para um ponto por muito tempo.

Passo as mãos sobre o corpo frio de Alexus — a coxa poderosa, as costas largas, o tronco musculoso, o braço com veias salientes, o cinturão e o punho da espada. Deslizo a mão ao longo de seu peito também, de curva em curva, sentindo seu batimento cardíaco, mas não há sinal de sangue.

Vou para o outro lado e sou instantaneamente recebida pelo aroma metálico revelador. Ele se mistura com o cheiro da morte do Habitante do Leste, ainda persistente em minhas narinas.

Minhas mãos tremem mais. A pressa da luta se transforma em remorso por matar um homem, mas se dissipa em uma percepção perversa. As calças de Alexus estão molhadas, pegajosas e rasgadas. Passo as pontas dos dedos sobre o corte, avaliando a carne aberta onde o sangue pulsa livremente. A facada é profunda, talvez até o osso, e talvez muito perto de veias importantes. Ele vai sangrar até morrer se eu não fizer nada.

Suspiro. Quantas vezes vou salvar a vida do Coletor de Bruxos?

A resposta é um sussurro em minha mente: *Quantas vezes forem necessárias para chegar a Nephele.*

— *Loria, Loria, una wil shonia, tu vannum vortra, tu nomweh ilia vo drenith wen grenah*.

Formo as palavras, e com uma imagem da minha vontade — que é um Alexus inteiro —, começo a tecer os fios vermelhos brilhantes de seu ferimento para estancar o sangramento.

Mas algo chama minha atenção enquanto eu canto e teço. É tão incomum que quase paro, mas me forço a continuar. Os fios da carne são diferentes dos fios da vida ou mesmo dos fios de um feitiço. Geralmente são mais fáceis de controlar, embora, na verdade, eu só tenha trabalhado com ferimentos leves. Fechei minhas próprias feridas uma ou duas vezes, curei um pequeno corte na pata de Tuck, uma bolha horrível no braço de Finn enquanto ele dormia e costurei um corte de pergaminho no dedo da mamãe uma vez, quando ela não estava olhando.

O que é estranho é que os fios da carne de Alexus têm bordas desgastadas, algo que eu nunca vi antes. Ainda mais curioso é que juro que vejo vários fios, embora as duplicatas não sejam exatamente iguais aos originais. São mais como um vestígio, o resíduo de sombras cintilantes.

Seus fios de vida eram assim também. Tanta coisa aconteceu que minha mente não desenterrou o fato até agora, quando sua vida mais uma vez repousa em minhas mãos. Não tenho experiência em curar ou salvar pessoas da morte, e tenho que me perguntar o que isso significa.

Quando termino, descanso a cabeça no ombro de Alexus, lutando contra as pálpebras pesadas e a atração de um espírito das trevas. Salvei a vida dele, sim, mas também acabei com outra. Não tenho certeza se esse desastre em que ainda estou caminhando revelou que sou uma doadora misericordiosa da vida, uma assassina como o Príncipe do Leste, ou algo egoísta que fica no meio dessas duas coisas — como o Rei do Gelo.

Os redemoinhos de neve glacial se acumulando em meus cílios me fazem pensar nele. Desde que me lembro, imaginei Colden Moeshka como um homem corpulento com uma barba branca coberta de geada até a cintura que usa uma coroa congelada e fica sentado em um trono de gelo. Na minha imaginação, ele soprava um vento gelado pela floresta e sua respiração congelada caía no chão em cristais e flocos de neve. Parece ridículo, mas não sei como imaginá-lo mais.

Eu o vejo agora, na parte de trás das minhas pálpebras, mas seu rosto logo é substituído por outro — um adversário de sombra carmesim que nunca esperei.

Levanto a cabeça, afastando a imagem, e toco o lugar na perna de Alexus onde o corte estava, sentindo a pele lisa. Deslizo a mão até seu peito, tentando ignorar o quão perfeito e poderoso parece, e descanso a palma sobre seu coração. Sua pele está gelada de frio, mas o pulso está mais forte, vibrando contra meus dedos.

Ele vai viver. E, agora, isso é tudo.

Procuro a bolsa de Alexus na escuridão e pego o frasco que vi no riacho. O que quer que seja aquilo é tão forte que queima minhas narinas. Eu o abro mesmo assim. O líquido queima minha garganta e se instala em meu peito dolorido como um fogo quente, me revivendo e relaxando.

Minha mente fervilha com perguntas. Como o Habitante do Leste estava lá, esperando, como ele sabia que *nós* estaríamos lá? Ou será que ele estava apenas procurando uma saída? Duvido que algum dia saberei, mas o fato de ele estar *ali*, no momento perfeito, me perturba.

Depois de terminar o frasco, prendo Alexus a Mannus usando a corda de Littledenn. Sua espada faz com que ele penda para o lado, então eu a amarro na sela. Depois de cobri-lo com o perponte, conduzo os animais adiante.

A ideia de dormir um pouco me vem à mente, de me aconchegar com Alexus até que ele acorde, talvez até de manhã, mas é melhor continuarmos em movimento. Está tão frio, e a floresta parece impossível e aterrorizante de entrar.

A magia está *em toda parte*. Eu nunca andei dentro de uma construção, nem os cavalos. Esse fato — e a preocupação com o que pode estar além da pesada escuridão que nos cerca — preenche cada passo com expectativa. Nada de terrível acontece, porém, exceto por tremores e alguns grasnidos de corvo, e, felizmente, os cavalos não me dão muito trabalho.

Parece que se passaram eras até que a luz azulada tinja a floresta como um crepúsculo de inverno. O caminho se torna claramente visível, coberto de neve e geada. Uma curva suave emite um brilho abafado na escuridão.

Quando chegamos à curva, minhas mãos, meus pés e meu rosto estão tão gelados que mal consigo senti-los, mas esse desconforto é a menor das minhas preocupações. À frente, o caminho termina, e o que está além gela meu sangue.

Paro os cavalos, minhas pernas pesadas e dormentes. Meu coração se aloja na base da minha garganta.

Um lago congelado.

A densa parede de floresta do túnel se alarga, estendendo-se ao longo da margem do lago até onde a vista alcança. Isso deve ser uma distorção da magia, uma ilusão para os olhos, porque o lago se estende infinitamente, para o leste e para o oeste. Estranho, porque que eu saiba que não há lago na Floresta da Água Gélida.

Voltando para o trecho de gelo diante de mim, tento calcular a distância até o outro lado — são pelo menos algumas centenas de metros. Mas a distância não é o que me preocupa. Estive em Hampstead Loch no inverno, brinquei em sua extensão sólida e cristalina.

O lago está cheio de rachaduras. A lama gelada sob a superfície azul pálida e despedaçada luta para fluir, apenas esperando para engolir alguém assim que romper. A menos que eu consiga reunir a energia e o poder para separar um corpo sólido de água ou construir asas para nos sobrevoar, nossa única opção é atravessar.

Um vento assobiando chicoteia ao redor do lago e arranca meu capuz. A rajada é tão grande que quase abafa o gemido atrás de mim. Quase.

— Raina.

Não deixo de perceber que sou o primeiro pensamento de Alexus ao acordar. Eu luto com o sentimento que essa constatação provoca, como o som de sua voz faz com que eu sinta uma estranha segurança. Mas isso dura apenas um momento, porque ele começa a se debater de repente, o corpo largo lutando contra as cordas que o mantêm amarrado.

Corro para o lado dele, seguro seu rosto entre as mãos e o faço olhar para mim. No segundo que ele encontra meu olhar, seus olhos clareiam, e ele se acalma. O cabelo longo e escuro está desgrenhado, e os olhos verdes, sob a luz perolada e gelada, parecem de um jade prateado. O perponte caiu no chão, e a neve gruda na túnica e na barba.

Fechando os olhos, ele descansa o peso da cabeça em minhas mãos antes de olhar para mim mais uma vez.

— Você está bem.

Assinto, engolindo um aperto estranho na garganta, e afasto as mãos. Ocupo meus dedos congelados desamarrando as cordas.

Quando ele está livre, Alexus toca a coxa ferida, apenas para encontrar sangue congelado em seu couro, mas nenhuma marca.

Ele olha para mim, sobrancelhas franzidas.

— Eu não sonhei com o que aconteceu.

— *Não* — sinalizo e balanço a cabeça.

— Você... me curou, então?

Eu dou de ombros.

— *Era isso ou deixar você morrer.*

Ele me encara como se não soubesse o que pensar, como se tivesse brotado um chifre entre meus olhos.

— Então você não apenas vê coisas e vence a morte, mas também pode curar.

Algo que Nephele *não* disse a ele. Saber disso me dá uma ponta de esperança de que ela não estará totalmente irreconhecível quando eu chegar à Vila Invernal.

— *Eu posso* — respondo, com frio demais para sequer pensar em negar. Meus dedos não podem sustentar um argumento neste momento. Com uma mão rígida, faço um movimento em direção ao lago. — *E você disse que eu nunca sobreviveria a esta floresta sem você. Então, o que fazemos agora, oh, Grande Sábio?*

Ele desmonta, segurando as rédeas de Mannus com firmeza, para se apoiar. No início, seus movimentos são lentos e um pouco vacilantes. Ele *perdeu* uma boa quantidade de sangue. Acrescente o clima frio e tenho certeza de que ele ainda precisa de algum tempo para recuperar suas forças. No entanto, tempo é um luxo que não temos.

Estudando o gelo branco-azulado que parece uma folha de vidro quebrada, ele suspira.

— Droga. Não é bom.

Isso parece um grande eufemismo.

— Pelo menos temos um pouco de luz agora — acrescenta. — E não sou estranho ao gelo.

Essa é a única coisa positiva sobre nossa situação atual. Bom, isso e nenhum de nós estar morto ainda.

— *Você sabe que esta é uma armadilha armada por seus Bruxos Caminhantes, não é?* — pergunto. E embora eu não esteja nem um pouco feliz com o lago, admito que é um obstáculo inteligente para a terra do Rei do Gelo. Mas, pelo jeito, os Habitantes do Leste o atravessaram, porque não há sinal de que tenham estado aqui.

A menos que sejam a razão das fissuras no gelo.

— Claro que eu sei. Toda essa construção é uma armadilha. — Ele caminha até a beira da água e pisa em um bloco de gelo. — Mas não podemos ficar aqui. E nem pense em me pedir para voltar. Se a entrada fosse uma saída, aquele Habitante do Leste já a teria encontrado. Ele ficou aqui por um tempo.

Se é mesmo por isso que o Habitante do Leste estava lá. Mais parecia que ele estava esperando.

Como um caçador.

Deuses, eu tive sorte de ganhar a vantagem. Tive apenas um segundo para me preparar. Tudo depois se transformou em impulso e instinto puros, nascidos do medo.

Mesmo com frio, um calor sobe pelo meu pescoço e se espalha pelo meu rosto. Gotas de suor gelado brotam no meu lábio superior.

— *A magia vai nos deixar sair* — sinalizo, tentando não respirar tão forte. — *Como você disse. Vai dar um jeito.*

Penso em quando Alexus chamou este lugar de uma tumba auspiciosa e olho de volta para o gelo. Uma tumba para os Habitantes do Leste pode muito provavelmente ser uma tumba para nós também.

Alexus coloca a mão em volta do meu ombro.

— Vai *sim*, Raina. Eu juro.

Outro vento gelado sopra. Coloco o capuz do meu manto sobre a cabeça e me enterro o mais fundo possível dentro da lã, escondendo as mãos no leve calor sob meus braços. *Sou* uma estranha ao gelo – e ao frio tão severo também. Não consigo imaginar que vou sobreviver a esses elementos pelo resto da noite, muito menos à semana que levaria para atravessar a floresta e chegar à Vila Invernal em condições normais. Vai demorar mais agora. Mas quanto tempo? Qual o tamanho da construção?

Alexus pega o perponte do chão e o envolve em volta de mim. Estou tremendo muito, mas balanço a cabeça e me afasto. Ele pode estar acostumado ao clima rigoroso do inverno, mas isso não significa que deva ficar exposto aos elementos com não mais do que uma túnica fina e calças de couro ensanguentadas.

Ele ajeita a armadura macia ao meu redor, e eu transpareço cada pedaço da minha frustração em meu olhar. Ele se aproxima e segura a gola do perponte de cada lado, logo abaixo do meu queixo.

Com a cabeça inclinada e o cabelo escuro caindo ao redor do rosto sério, ele chega mais perto.

— Você salvou minha vida duas vezes, Raina Bloodgood. Sábio ou não, sou eternamente grato a você. O mínimo que posso fazer é mantê-la aquecida.

Suponho que não seja realmente horrível ter um homem como Alexus Thibault em dívida comigo, mas não quero nada mais dele do que ajuda para achar minha irmã. Certamente não quero essa intimidade ou a forma como estar próxima dele faz meu coração bater mais forte. Não quero agir como uma garotinha idiota do vale na presença de um homem bonito, sugada por seu olhar cativante. Sou adulta o suficiente para não cair nessa armadilha.

Faço questão de me lembrar disso e de que ele não é um homem qualquer. Mas devo estar delirando de frio porque, com ele me segurando assim, acho tudo relacionado a ele inebriante.

Corada, dou um passo para trás e ele me solta. Continuo com o perponte, mas só porque não quero que ele me toque novamente. No entanto, lembro-me do cobertor de Littledenn enrolado nas costas de Mannus.

Tiro o cobertor da sela com uma sacudida e arrisco um passo em direção a Alexus, com intenção de enrolá-lo em volta dele do jeito que ele envolveu o perponte em volta de mim. Eu hesito, porém, escolhendo manter distância, e entrego o cobertor a ele.

— Obrigado. Já me sinto melhor. — Ele coloca o cobertor sobre os ombros e olha ao redor mais uma vez, seu olhar verde pairando no lago. — Temos que atravessar para o outro lado. A menos que você tenha uma sugestão diferente. Sua magia, talvez?

Balanço a cabeça. Deslizo meus braços para dentro do perponte, deixando que o manto se enrole nas mangas, mas, embora a barreira ao vento seja boa, meus dedos ainda estão frios demais para formar letras.

Sua expressão me diz que ele entende que não há nada que eu possa fazer. Mesmo que ele me dê as palavras para um feitiço, minhas mãos estão duras e quase congeladas, e estou exausta de lutar, curar e andar neste clima insuportável – usando sapatos muito pequenos. Com a ajuda dele e depois de descansar um pouco, talvez eu pudesse pensar em algo para fazer, mas não temos tempo para esperar.

Alexus pega a corda que usei para amarrá-lo e acaricia o nariz de Mannus, enquanto as orelhas do animal balançam para frente e para trás com energia nervosa. Tuck também está agitada, batendo no chão como se quisesse correr, mas sem ter para onde ir.

— Levaremos os cavalos — decide Alexus. — Não posso deixá-los.

Meu estômago aperta com pavor. Ele está certo, e me destruiria deixar Mannus e Tuck para trás também, mas...

— *Teremos que convencê-los* — digo a ele.

O pensamento dos animais lutando contra nós ou pisando no gelo faz meu pulso acelerar. É perigoso, com o peso deles. Esse risco torna nossas circunstâncias muito mais temerárias. Há pouco a ser feito a não ser esperar que o gelo aguente, porque, uma vez lá, qualquer desastre não deixará tempo para magia.

Alexus acaricia a cabeça do cavalo e estende o carinho pelo pescoço comprido.

— Você pode tentar? Talvez um feitiço calmante simples?

Eu luto, ofegando com a dor em meus dedos. Meus dedos estão

rígidos de forma tão insuportável que parecem quebradiços. Felizmente, as palavras para trazer calma não são complexas, uma pequena construção de apenas três palavras que já usei antes.

Mala, mulco, calla.

Na terceira tentativa, meus dedos amolecem e se dobram em torno da forma da linguagem antiga e elegante, formando uma pequena bola de luz branca. Repito as palavras mais três vezes e empurro o encantamento descomplicado em direção aos cavalos.

A bola de luz se dispersa em fios brilhantes acima deles, escorrendo como chuva e dissolvendo em suas crinas com a neve que cai. Em segundos, eles se acomodam.

Abaixando as mãos, percebo que os olhos de Alexus estão fixos em mim, sem piscar, como se eu o tivesse enfeitiçado. Seus cílios tremem, e ele pigarreia.

— *O quê?* — Deslizo as mãos de volta para o calor sob meus braços.

— Nada — responde ele com um pequeno aceno de cabeça. — Sua magia é realmente linda.

Aperto meus dedos, sem saber o que responder, não querendo dizer nada porque minhas mãos estão muito frias. Felizmente, Alexus toma as rédeas e nos encaminha para a beira do lago. Lado a lado, estamos onde as pedras tombadas encontram a geada e o gelo, olhando para o terreno glacial. Compartilhamos um olhar, um momento de entendimento do que estamos prestes a fazer.

Então pisamos no gelo.

17
Alexus

Quando eu era menino, meu pai me levou para uma pequena aldeia nas montanhas onde hoje é chamado de Hampstead Loch. Lá encontramos um comerciante de peles, um homem que também negociava pele de foca. Ele nos guiou até um acampamento a muitos quilômetros de distância, e mais tarde fizemos a jornada até os confins da Divisa das Terras do Norte, onde uma floresta arborizada deu lugar às Planícies da Terra do Gelo.

A primeira coisa que me vem à mente sobre essa viagem é que caminhamos ao longo da costa, observando o mar escuro com suas cristas brancas se agitando em direção à costa. A segunda é que meu pé atravessou um ponto fraco no gelo, me enchendo de um terror absoluto que me engoliu inteiro.

Eu tive sorte. Meu diligente pai segurou minha mão e me puxou para um lugar seguro, mas não antes que a água chegasse à minha cintura. Ele me carregou por quilômetros, e me lembro de ter pensado que poderia perder as pernas por causa do frio.

Não as perdi, e embora viva nas Terras do Norte agora e tenha visitado as aldeias ao longo das planícies centenas de vezes, sempre evito os limites externos. Imagino que agora, entre as sombras, o destino esteja sorrindo, porque me deu mais uma chance de enfrentar o gelo.

Tentando muito acreditar em minhas próprias palavras — que a magia não vai nos prejudicar. Mas, neste momento, a fé é um esforço árduo. Ainda estou um pouco fraco e agarro as rédeas de Mannus com mãos quase congeladas. Ele segue atrás de mim, cauteloso, mas firme.

Talvez fosse *eu* quem precisasse do feitiço calmante, porque cada batida dos cascos dos cavalos me provoca um arrepio de ansiedade, especialmente quando nos aproximamos do centro do lago.

Falta ainda chegar ao outro lado.

— Pise de leve — lembro a Raina. — Cuidado com rachaduras e superfícies finas — alerto, mesmo sabendo que ela já é cuidadosa. Ela caminha à frente, conduzindo sua égua, uma figura escura e encapuzada flutuando pela noite tingida de azul. Posso alcançá-la mais facilmente se o gelo ceder.

A menos que derrube nossos cavalos e a mim também.

Esse pensamento é mais preocupante do que o vento frio, e eu silenciosamente me repreendo por pensar nisso. Nephele e os outros devem estar me sentindo. Eles não vão deixar o gelo ceder.

Mas o gelo racha, traçando uma linha que ziguezagueia entre mim e Raina, acompanhada por um ruído estilhaçado que faz meu estômago revirar.

Nós congelamos, e as rachaduras param. Por um longo momento, persiste apenas um silêncio ensurdecedor por todo o lago, até que nossa respiração ofegante e uma batida de coração retumbante enchem meus ouvidos. Raina vira um olhar lento por cima do ombro, olhos azuis arregalados.

Assinto.

— Continue.

Temos que continuar.

Cada passo à frente é dolorosamente lento e cuidadoso, a apreensão aperta cada músculo e cada movimento. Estou medindo mentalmente nossa distância para o outro lado — apenas mais cem passos ou mais —, quando Raina faz outra parada abrupta. Eu paro, meu coração trovejando.

— O que foi? — Não estamos muito afastados, mas, preocupado, chego muito perto dela. Ela se move lentamente e aponta para o gelo. — Está rachando? Não se mova.

Minha mente é um turbilhão de pânico. Estou pegando a corda enrolada ao meu lado e percebo que Raina está balançando a cabeça, ainda apontando.

Olho para baixo e dou um criterioso meio passo para perto.

O rosto de um guerreiro nos encara por baixo do gelo. Olho ao redor e vejo mais rostos e cavalos também.

A magia dos Bruxos Caminhantes criou uma tumba, tudo bem. Os Habitantes do Leste espreitam sob a superfície, suas últimas expressões de medo congeladas para sempre em seus rostos petrificados. Rezo aos Anciões para que esta parte da construção tenha engolido todo o exército do príncipe, inclusive ele.

— Saia desse pedaço de gelo, Raina. É muito fino.

Com cautela, ela contorna sua égua ao redor do cemitério congelado. Eu a sigo, guiando Mannus, tentando não olhar para os rostos. São os rostos do inimigo, mas houve um tempo em que os Habitantes do Leste eram bons. Um tempo antes que o amor de seu deus e sua velha ganância corrompessem a eles e seus reis. Algo de tolo em mim ainda espera por um retorno à paz.

Uma paz de verdade.

É uma longa caminhada, mas, por fim, depois de um tempo, saímos da tumba gelada dos guerreiros e estamos a poucos passos da margem oposta do lago. Estou confiante de que Nephele nos sente agora. Se não nos sentisse, o gelo teria aguentado?

Puxando a égua consigo, Raina caminha para um solo mais seguro. Estou logo atrás, liderando Mannus, grato por sentir as rochas e a neve sob meus pés.

Minha fé é restaurada até que uma mulher, soltando um grito de guerra, sai da escuridão perto das árvores e se lança direto para mim.

Antes que eu consiga evitar seu ataque ou até mesmo pensar em pegar minha espada, ela está em cima de mim como um cachorro faminto. Caio no gelo e deslizo pelo lago de costas.

A mulher está montada em mim, com os dentes à mostra e os olhos selvagens. Sua pele morena-clara, coberta de cortes rosados, brilha com uma camada de suor frio quando ela aponta uma faca para meu rosto.

Minha adaga — não senti quando ela a pegou.

Eu agarro seu pulso para impedi-la de cravar a lâmina em meu crânio, e ela força a adaga para baixo. Ela é forte. Poderosa o suficiente para dificultar meu gesto.

O controle é fundamental, então eu envolvo uma perna ao redor da cintura da mulher e a viro, prendendo seus braços contra a água congelada abaixo de nós. Seus punhos apertam a adaga com mais força, e ela a empurra contra o meu aperto.

Bato seu pulso no gelo repetidamente até que ela cede, o que percebo pelo som da minha arma patinando e raspando no lago.

Maldito seja tudo. Ela me fez suar.

Ela empurra os quadris, mais uma vez mais fortes do que parecem, e eu sou mais fraco do que acreditava. Minhas mãos estão tão dormentes que afrouxam, e minha mão esquerda desliza no gelo escorregadio.

Percebo um movimento no limite da minha visão, e rapidamente ela me dá um soco. Seu punho se conecta com minha têmpora, um golpe tão forte que me joga para trás, nas pernas de Mannus. Assustado, ele relincha e dispara para a terra, levando minha espada com ele.

Ao tentar me levantar, olho para o gelo, diretamente nos olhos mortos de um guerreiro afogado. Vejo o contorno da bandeira vermelha e dourada do Leste, com aquele olho sempre atento no centro.

Mas o lago não levou todos eles. Pelo menos dois sobreviveram, o bastardo que enfiou a faca na minha coxa e essa mulher feral.

Quando encontro seus olhos brilhantes, ela pisa na frágil camada de gelo com uma bota pesada, uma e outra vez.

— Sua jornada termina aqui, Coletor de Bruxos — ameaça, com uma voz que faz minha pele se retesar.

Eu me levanto e fico agachado, sentindo o gelo rachar sob nosso peso. Dentro de mim, minha escuridão desperta, ansiando por liberdade, cantando promessas de ajuda. Eu desligo e foco, liberando meu medo e baixando a cabeça para atacar.

Se eu vou cair, essa vadia vem comigo.

Nós colidimos, e a respiração deixa seu corpo em uma lufada. O impacto nos faz deslizar novamente, desta vez em direção à margem.

Em direção a Raina.

Ela está a alguns passos de distância, imóvel dentro do perponte, o peito arfando. O capuz está jogado para trás, e, paralisada, ela segura a adaga. Seus olhos estão brilhantes de alarme, pupilas brilhando como se um fogo a queimasse por dentro.

Sempre a virago.

Abro a boca para dizer o nome dela, para proibi-la de se aproximar do gelo, mas a mulher do leste enfia a palma da mão no meu queixo.

Vendo estrelas, eu me esforço para ficar de pé, agarrando um punhado de seus longos cabelos escuros. Eu a faço ficar de joelhos e aperto sua cabeça dentro do meu braço, sufocando-a.

Nunca vou esquecer que isso é parte do meu passado, meu corpo operando a partir da memória muscular, naturalmente um assassino. Uma torção rápida é o suficiente para acabar com ela.

Mas, quando minha visão clareia, hesito.

A mulher cheira a morte, e seus olhos estão leitosos e nublados. Com os dentes à mostra, ela agarra meu antebraço e me fita com um olhar tão penetrante que é como se ela estivesse se derramando dentro de mim.

Um olhar sombrio e inquietante cruza seu rosto, mas, pela primeira vez, posso ver ao redor mais do que minha cabeça abalada. Ela pode estar usando botas, mas também está usando os restos de um vestido. Não está de couro bronze. Ela é deslumbrante e jovem; um punhado de anos mais nova que Raina. Quando olho além das feridas dos espinhos e daquele sorriso de escárnio feroz, há algo familiar ali, mas também algo totalmente errado.

Um som prende minha atenção, e eu olho para cima, assim que Raina derrapa pelo gelo. Ela bate no meu lado e tira a garota selvagem de debaixo do meu braço. O golpe me tira do chão. Eu caio de costas com um baque forte, expulsando a respiração dos meus pulmões em uma torrente.

Pelos colhões dos deuses, já deu por hoje.

Eu me levanto e fico de joelhos, pronto para reagir, mas vejo que Raina e a diabinha que tentou me matar estão abraçadas. A garota olha na minha direção e se assusta, como se só agora estivesse me vendo. Seus olhos não estão mais embaçados; agora estão escuros como a noite. Ela pisca, confusa. É como se estivesse acordando de algum tipo de transe.

Raina solta a garota e sinaliza tão rápido que não consigo entender as palavras. Quando termina, elas admiram as mãos uma da outra — as marcas de bruxa de Raina são brilhantes, mas as mãos da garota não mostram nenhum sinal de seu ofício. Raina alisa o cabelo preto emaranhado da garota, suas bochechas brilhando com lágrimas de felicidade. Eles batem os antebraços e pressionam as testas juntas. A garota sussurra algo que não consigo ouvir, e Raina pressiona um sinal no peito da garota.

Raina sorri. *Realmente* sorri. O tipo de sorriso que ilumina todo o seu rosto. É uma coisa rara, e a visão faz meu coração apertar, quase dolorosamente.

Deuses. Ela é tão bonita.

Ela me encara, sobrancelhas levantadas em uma expressão doce e inocente, agarrando-se aos ombros fortes da outra garota como se ela estivesse me mostrando um prêmio. O alívio e a alegria que emana de ambas é inegável.

Percebo quem é a garota selvagem, agora que não estou na defensiva. Suas marcas de bruxa desapareceram, embora costumassem brilhar prateadas com bordas cor de ferrugem. Alguma coisa está errada, mas não consigo identificar o que pode ser, algo mais sombrio do que essa garota deveria emanar.

É uma guerreira, mas não é uma Habitante do Leste. Ela é de Silver Hollow. A filha do ferreiro.

18
Raina

Não consigo processar a garota que estou vendo. Helena está aqui. Na floresta.

Viva.

Sentamo-nos amontoadas debaixo de uma árvore que nos protege da nevasca com galhos densos, repletos de agulhas verdes macias e flocos de neve. Enrolo Hel no perponte para aquecer seus ossos. Ela ainda está usando o vestido dourado que ficou tão bonito na noite da ceia da colheita. A roupa está esfarrapada, fiapos de tecido imundo incapazes de proteger sua pele do congelamento, embora esteja usando um par de botas que pegou em algum lugar ao longo do caminho. Ela não está cheirando bem, algo que grudou a ela na floresta ou talvez na aldeia.

E tem os cortes. São muitos. De espinhos, eu acho. Vou curá-los quando ela estiver dormindo, ou talvez eu deva apenas dizer a verdade e acabar com isso. Quanto às marcas de bruxa desaparecidas, nenhuma de nós tem uma explicação. Pela primeira vez, cores brilhantes pintam minha pele antes sem marcas, e a dela está lisa e em branco como um novo pedaço de pergaminho.

Enquanto os cavalos descansam por perto, no alcance mais distante da proteção da árvore contra a forte nevasca, Alexus espreita a margem do lago e a floresta ao redor. Olho para ele, agradecida por ele estar dando privacidade para que Helena e eu possamos conversar.

Eu me viro para ela, embora sinta a energia nervosa de Alexus à margem da minha atenção; sinto isso a cada pisada dele na neve. Estou no limite também, minha pele zumbindo de expectativa e choque — e não consigo me livrar dessas sensações.

Estrelas dos deuses, ele quase matou Helena. Sei que não percebeu quem ela era e, na verdade, ela o atacou como um animal raivoso, mas não consigo parar de pensar no que quase aconteceu.

Quase a perdi. Duas vezes.

— Eu estava com Finn e Saira — conta ela —, e então, no segundo seguinte, eles se *foram*, engolidos por fogo e fumaça. Foi um caos, Raina. Procurei e procurei por eles, e por mamãe e as gêmeas, mas um Habitante do Leste grisalho, aquele que eles chamam de general Vexx, começou a lutar comigo e… — Ela toca um corte fundo em sua sobrancelha, com sangue velho seco, e dá uma respiração instável. — Ele me bateu e tudo ficou escuro. Quando acordei, estava pendurada no lombo do cavalo de outro Habitante do Leste. Um homem grande, mas jovem, com cabelo como fogo. Minhas mãos estavam amarradas. O exército tinha acabado de cruzar para a Floresta da Água Gélida, e nós cavalgamos até aqui porque não havia outro caminho. Essa magia… — ela examina a construção — … é diferente de tudo que eu já vi.

— *É Nephele* — digo a ela. — *E os bruxos da Vila Invernal. Eles aprenderam uma magia vasta e estão protegendo o rei. Alexus diz que a magia deles nos reconhecerá, que permaneceremos seguros.*

Minhas palavras são destinadas a aliviá-la, mas minha fé no que digo ainda não é forte. Se a magia nos conhece, por que a neve se acumula sem dó ao nosso redor? Por que está tão frio que mal conseguimos nos mover? Por que nenhum abrigo? Nenhum caminho claro através desta floresta?

Hel olha por cima do ombro com um brilho cauteloso nos olhos.

— Agora consigo entender. O gelo só… rachou. Estava estável e, do nada, começou a rachar. A água sugou a maioria dos Habitantes do Leste, mas não todos. Muitos conseguiram atravessar o gelo, incluindo Vexx. O guerreiro com quem eu estava é um gigante, e não sou uma mulher pequena. Fiquei com tanto medo de que o gelo quebrasse e nos sugasse também que não fiz nada, só fiquei olhando os outros caindo, o lago se fechando ao redor deles e congelando novamente. — Ela range os dentes, sua têmpora flexionando com o movimento. É como se ela estivesse bloqueando uma lembrança. — Eu odeio os Habitantes do Leste pelo que fizeram no vale, mas ver guerreiros batendo contra o gelo, implorando para sair... — Ela me olha com aqueles olhos escuros e assombrados. — *Nunca* vou me esquecer.

— Mas não foi culpa sua. Você não pode carregar o fardo das mortes dos Habitantes do Leste.

Pego suas mãos trêmulas e pressiono minha testa na dela. Gostaria de poder seguir meu próprio conselho, mas também carrego o fardo do massacre em nosso vale – dos inocentes *e* dos culpados.

Um pensamento me atinge.

— *Havia um homem com o rosto ferido?* — pergunto. — *O príncipe?*

— Não, não que eu tenha visto.

Alívio inexprimível corre através de mim. Não é uma certeza definitiva de que o príncipe está vivo ou morto, mas sua ausência é um bom sinal.

— Tem umas montanhas além daqui — continua Helena. Um calafrio a percorre. — E um caminho principalmente coberto de vegetação que diverge em duas rotas. À direita, montanhas. É um passeio horrível. Há m-muita neve e... lobos brancos. Por sorte, caí do cavalo do Habitante do Leste e corri. Ele me pegou, mas eu lutei com ele como um terror profano.

— *Mas você escapou.* — Eu me sinto grata por todas aquelas brigas que Hel e Finn tiveram quando estávamos crescendo, e ainda mais por seu amor pela lâmina.

Ela assente, franzindo as sobrancelhas.

— Mas eu acho que o Habitante do Leste me soltou. Não tenho certeza. Ele poderia facilmente ter me subjugado, mas falhou. Corri até ver a luz do lago, parando apenas t-tempo suficiente para cortar minhas amarras em uma rocha irregular. Voltei para cá. Enfrentei o lago, tentei v-voltar para casa. Mas havia um guarda parado l-lá, e a floresta não permitia n-nenhuma saída.

— *Você o viu?* — pergunto. — *E ele deixou você viver?*

Seus olhos ficam distantes, e ela morde o lábio.

— Não me lembro do que aconteceu. Não me lembro muito dos últimos dias.

Ela exala um longo suspiro, e o fedor que se apega a ela sai de seu corpo e respiração. Percebi o mau cheiro no momento em que nos abraçamos no gelo, mas agora, quanto mais fico perto dela, mais forte fica. Isso me lembra do velho pedaço de enxofre que meu pai encontrou perto de uma fonte termal ao sul de Hampstead Loch e que ele guardava em seu baú. A rocha âmbar, de superfície áspera com pedras de âmbar escarpadas, tinha esse fedor acre, embora o cheiro tenha desaparecido com o passar dos anos.

— *Você se lembra do que aconteceu depois que viu o Habitante do Leste?* — sinalizo.

— Eu voltei para cá e me escondi na floresta... — ela esfrega o rosto como se ele a incomodasse... — e tentei não congelar até a morte enquanto pensava no que fazer. Depois dormi por um tempo. Então acordei com o s-som de um cavalo bufando. Eu vi o que parecia ser duas pessoas e cavalos cruzando o lago. Tive tanta c-certeza de que era uma ilusão, que o frio finalmente tinha me pegado. Mas vocês chegaram mais perto, e eu reconheci você e *ele*. — Ela inclina a cabeça, apontando para Alexus, que está indo em direção aos cavalos. — E não sei, algo em minha mente... estalou. — Seus olhos brilham e seu queixo treme. — Mais uma vez, eu r-realmente nem me lembro disso. Tem certeza de que o ataquei?

Alexus faz um som de zombaria e puxa o cobertor sobre os ombros — sua única proteção contra o vento e a neve. Ele continua olhando para sua adaga congelada no lago.

Ignorando-o, eu assinto e acaricio a bochecha de Helena, chegando mais perto para aquecê-la, na esperança de acalmá-la. Ela está tão nervosa, suas palavras e fala tão quebradas. E esse fedor...

— *Você está em choque. Não é à toa que não consegue se lembrar.*

— Acho que eu não poderia perder mais ninguém. De novo não. E-eu sinto muito. — Ela joga essas duas últimas palavras por cima do ombro na direção de Alexus, e ele resmunga uma resposta de reconhecimento.

— *Eu entendo.* — Aperto a mão de Helena. — *Mas estou aqui, e Alexus está bem. Estamos* todos *bem.*

A parte distorcida desta situação é que, embora eu esteja tão feliz que ela tenha feito a coisa certa – pelo menos a coisa certa aos meus olhos –, estou igualmente feliz por ela não ter matado Alexus. Quando os vi lutando no gelo, o medo de que ela pudesse machucá-lo me deixou tão em pânico quanto quando o vi apertar o braço em volta do pescoço dela. Helena estava tão feroz, mais selvagem e mais violenta do que eu já a vi.

E, ainda assim, Alexus hesitou.

Helena se aproxima e brevemente olha em sua direção.

— Você o c-chama pelo nome agora? Na semana passada, você estava esfaqueando um espantalho imaginando que fosse ele. — Embora ela baixe a voz, a pergunta sai envolta em seu tom rouco habitual.

Alexus olha em minha direção, sem dúvida se perguntando o que vou responder a essa garota que não sabe o que pensar sobre o fato de que ainda não o matei. Embora eu não tenha contado a ela sobre meu plano, minha raiva pelos dois homens mais influentes das Terras do Norte nunca foi segredo. Certamente não escondia minha animosidade quando ela me dizia para fingir que aquele espantalho era ele.

— *Ele foi a única pessoa que sobreviveu. Era o que eu pensava. Eu precisava que ele me trouxesse para a Vila Invernal. Para encontrar Nephele.*

Ocorre-me que Helena provavelmente não sabe nada sobre o que está acontecendo entre os Territórios de Terras do Leste e o Rei do Gelo, e vou explicar, mas não agora. Neste momento, o clima está piorando. O vento aumenta, açoitando-nos com chicotadas amargas e granizo. Minhas mãos formigam como membros fantasmas, e meus lábios estão tão dormentes que é como se não estivessem mais no meu rosto.

Agarrando o cobertor em seu peito com uma mão, Alexus guia os cavalos para mais perto com a outra. Os animais puxam as rédeas, inquietos. Meu feitiço calmante está desvanecendo.

— Não podemos mais ficar aqui — diz Alexus. Seu rosto está levemente queimado pelo vento e os lábios estão com um tom mais pálido do que o vermelho habitual. — Vamos começar a perder os dedos das mãos e dos pés se não encontrarmos abrigo.

Helena vira a cabeça. Ela arrasta uma mão ao longo de sua coxa como se estivesse pegando uma espada que não está lá.

— Não há abrigo — rebate ela, cuspindo, com seu tom de voz mais profundo. — Eu estive além daqui.

Tuck sopra uma rajada de ar pelo nariz, e uma contração percorre suas costas. Mannus balança a cabeça e dá um passo à frente da égua como um guardião.

Algo não está certo. Há uma estranha tensão no ar. Até os cavalos sentem.

Olho para Hel, incrédula. Ela não é totalmente inocente, mas, na maior parte do tempo, é educada. As coisas mais desafiadoras que ela já fez foram praticar luta com a espada no mato perto do riacho e escapar de alguns jantares para deixar Emmitt sacudir seu mundo no palheiro de seu pai. Falar com o Coletor de Bruxos dessa maneira – um homem considerado a mão direita do rei imortal do continente – *não* é do feitio dela.

É do meu, mas não do dela.

Mais uma vez, eu lanço essa coisinha para o fundo da minha mente. Ela está apenas cansada, e os cavalos estão apenas abalados. Compreensível, dadas as nossas circunstâncias.

As narinas de Alexus se dilatam com as palavras dela enquanto ele estabiliza o garanhão e a égua.

— Você prefere ficar aqui e congelar até a morte? Ou se mover e viver?

Hel olha para mim, e eu detecto uma guerra se formando atrás de seus olhos quando não há necessidade de tal conflito. Suas íris escuras se iluminam, refletindo a neve que cai.

— *Devemos ir* — digo a ela.

Uma sombra estranha passa por seu rosto, e um bufo irritado escapa de seus lábios. Ela se levanta abruptamente, rígida, os ombros retos, o queixo erguido. Seu jeito de *ser* está diferente do normal; perdeu a graça elegante de uma espadachim talentosa que sempre a acompanhou em cada minuto de sua vida.

Ela enfia os braços nas mangas do perponte e aperta os fechos do pescoço à cintura com as mãos firmes. Ela age como se não estivesse mais com frio, nem um pouco.

Com o rosto duro, ela arranca as rédeas de Tuck de Alexus e balança uma perna longa para cima da égua.

— Raina vai comigo.

Outro tremor percorre Tuck da crina ao rabo, o branco de seus olhos visível. O olhar de Alexus muda, encontrando o meu, em questionamento.

Seu rosto parece dizer: *Está tudo bem aqui?*

Sinto-me insegura, mas também convencida de que Helena é apenas uma jovem passando por um trauma em meio a uma calamidade absoluta. Entendo isso muito melhor do que gostaria, então preparo outro feitiço calmante para os cavalos e pego a mão que minha amiga oferece.

19
Raina

Vamos morrer aqui.

Meu corpete e o manto de Alexus são as únicas barreiras entre mim e a precipitação invernal que cai cada vez mais pesada a cada hora que passa. Estamos cavalgando há pelo menos dois dias inteiros. Não posso dizer ao certo porque não há conceito de tempo aqui. Sem sol, sem lua, sem anoitecer, sem amanhecer. Apenas sofrimento e músculos doloridos que há muito congelaram.

Descansamos uma só vez, muitas horas atrás, antes de chegarmos a esta trilha. Agora, os cascos dos cavalos estão calçados no gelo, seus passos muito mais lentos e difíceis. A neve cai sobre meus ombros e a geada cobre meu rosto.

Tentei invocar minha magia, pensar em um feitiço que pudesse nos ajudar. Até me imaginei andando em um círculo de proteção, tentando conjurar uma cabana feita de galhos da floresta. Mas caminhar na neve profunda ao longo da beira do caminho seria traiçoeiro, e minhas mãos estão ainda menos flexíveis do que estavam no lago. É impossível realizar os movimentos intrincados necessários para um feitiço complexo.

Quanto à floresta, parece que a construção só permite duas passagens, assim como Helena disse. Diretamente para as montanhas ou ao redor delas.

— Aquelas colinas estão cheias de coisas sombrias — nos lembra ela, e Alexus concorda em ficar na floresta densa que contorna a cordilheira.

Agora concordo com ele em relação à minha ideia de *outras*

rotas. Montanhas já são difíceis o suficiente de enfrentar *sem* os perigos adicionais dessa magia congelada.

A velha lamparina a óleo que Alexus encontrou em Littledenn está pendurada em sua mão. A chama oscilante emite uma iluminação suave o suficiente através de seu vidro âmbar para que viajemos dentro de um orbe de luz dourada. A preocupação de um Habitante do Leste nos localizar já passou há muito tempo; nossa extrema necessidade de luz é a maior preocupação. O mundo fora de nossa pequena bolha é escuro, mas branco de frio. A neve e o gelo que cobrem cada galho, agulha e folha emitem um brilho leve e sinistro — uma floresta feita de prata e sombras.

A floresta está envolta em silêncio absoluto — linda, mas alarmante. De tempos em tempos, um bater de asas farfalha no alto das árvores, um grasnar rasteja de um ninho ou o uivo distante de um lobo branco se espalha pela floresta. Não consigo me livrar da sensação de estar sendo observada ou seguida, então fico de olho na trilha às nossas costas. É tudo parte da construção, diz Alexus, destinada a confusão, engano e medo. Como a escuridão quando entramos no túnel. Como o lago.

Missão cumprida, Bruxos Caminhantes.

Com os dentes batendo, eu seguro a cintura de Hel, aproximando nossos corpos enquanto cavalgamos. O calor é uma coisa preciosa, e me agarro a qualquer possibilidade. É difícil, no entanto. Seu odor pútrido pica minhas narinas, me fazendo pensar se estou imaginando o cheiro horrível.

Das costas de Mannus, Alexus olha para nós, pressionando os nós dos dedos sob o nariz antes de soltar uma tosse áspera que mais parece um engasgo.

Não sou só eu.

Continuamos cavalgando. Eu forço meus olhos a permanecerem abertos, procurando sinais de um lugar que possamos nos abrigar. Não importa o quão longe viajemos, porém, tudo o que tem ali são árvores densas e emaranhadas subindo alto no céu em ambos os lados do caminho sinuoso.

Por fim, desisto e fecho os olhos, descansando a cabeça no ombro de Hel. Estou tão terrivelmente gelada, congelada da medula aos ossos, que temo não acordar se adormecer.

Meus pensamentos vão para Nephele.

Tuetha tah, se você me ouve, nos ajude. Nos conduza através desta floresta, nos conduza para a Vila Invernal. Por favor, não me deixe morrer aqui.

Repito as palavras em minha mente como uma canção. O que mais posso fazer para que ela me ouça? Essa construção está muito além da minha compreensão. Não há fios pendurados no éter ou mesmo ao alcance da minha mente. O funcionamento interno dessa magia está escondido, tornando impossível alcançá-la apenas puxando alguns fios.

Mais tempo passa, talvez uma ou duas horas. É tão difícil ficar acordada, então, de vez em quando, recito mentalmente meu apelo à minha irmã. Ter uma tarefa, mesmo que apenas em minha mente, me ajuda a não desistir. Dormir parece ser um grande conforto. Um grande alívio.

Fecho os olhos, e, por muito tempo, eles ficam fechados.

Um rosto desvanece no olho da minha mente, à beira de um sonho. Antes bonito, ele tem um corte aberto.

O Príncipe do Leste me encara de olhos semicerrados e curiosos, me estudando.

Nada está além dele, apenas um halo escarlate de sombras rodopiantes.

Os cantos esculpidos de sua boca se transformam em uma carranca profunda.

— Olá, Guardiã — diz ele. — Eu te vejo.

Eu acordo, com o coração acelerado, e pisco para mandar a visão dele para longe. Deuses, parecia tão real. Sua voz soou tão clara.

Mas foi apenas um sonho.

Não foi?

Engulo em seco, me lembrando um ponto tênue. Algo distante. O príncipe me chamou de *Guardiã*. Certamente sonhar com ele é apenas minha mente conjurando aquele momento, remodelando-o em uma nova tortura.

Um longo suspiro sai de mim, deixando uma nuvem de respiração congelada no meu caminho. Está nevando tão forte que mal consigo ver a luz pálida do lampião, e os cavalos estão se movendo a passos laboriosos.

Sem pensar, envolvo um pouco mais meus braços ao redor da cintura de Helena como um torno, e então afrouxo. Hel não parece notar. Ela também não treme como eu, e seus ombros não estão caídos por causa do meu peso. De alguma forma, o frio não a afeta, e ela está muito quente. Deve ser o perponte.

Sento-me mais ereta para lhe dar algum alívio e sinalizo em sua coxa:

— *Está tudo bem?*

Ela mal se encolhe e não responde.

É só o frio, digo a mim mesma. O tipo de frio que faz parecer que os dentes vão quebrar e deixa a pele e o cérebro muito dormentes para compreender algo como a pressão de um sinal.

— Tem um caminho aberto à frente — chama Alexus. — Estamos descendo. Está ficando impossível de ver.

Descer também parece impossível. Nesta tempestade de neve? E o que teria feito uma vereda grande o suficiente para Alexus ver seu caminho através da floresta?

Helena concorda, seu suspiro soando mais como um assobio. De qualquer forma, logo estamos conduzindo os cavalos para o declive entre as árvores, Alexus liderando com sua luz fraca.

Olho por cima do ombro de Hel, preocupada se os cavalos conseguirão atravessar os montes profundos. Tudo o que é visível à frente é uma névoa cinzenta e neve compacta, como se mais cavalos já tivessem pisado neste terreno — o que não alivia minhas preocupações. Nada relacionado a este cenário é sábio, de verdade, mas de que adiantaria? Não podemos dar meia-volta e ir para casa.

Alexus faz Mannus parar, e o círculo suave de luz da lamparina se move em direção a Helena e a mim. Quando finalmente consigo distinguir o rosto de Alexus, é como se ele tivesse sido retratado nos tons da noite, toda a cor desbotada pelo frio.

Ele olha para Hel e segura a lamparina no alto. Seu cabelo escuro chicoteia no vento nevado.

— Você tem magia de fogo?

Ela se arrepia e, depois de um momento, responde:

— Não sou boa em magia de fogo.

Alexus arqueia a sobrancelha.

— Não precisa ser boa. Só preciso que me ajude a acender o fogo. — Ele olha para mim e indica Mannus com o queixo. — Há uma saliência rochosa ali. Espero que isso seja obra de Nephele.

Ele se afasta, e Helena bufa.

— Homem tolo — diz ela de uma maneira que não é do seu feitio.

Alexus para, os ombros largos se enrijecendo, e se vira, levantando a lamparina novamente em direção a Helena.

— Sou mais sábio do que você pensa, garota. Seria bom que se lembrasse disso.

Algum tempo depois, os cavalos estão sob a parte mais alta de um abrigo de pedra, protegidos da neve e da maior parte do vento. Começo a limpar um lugar para uma fogueira a alguns passos de distância, sob a extremidade inferior da saliência, enquanto Alexus recolhe lenha e arbustos. Helena está sentada no chão, em silêncio.

Quando termino de limpar a neve, sento-me a poucos metros dela. Estou um pouco perturbada pela forma como a luz da lamparina projeta nossas silhuetas na parede de pedra às nossas costas e envia sombras ondulantes, semelhantes a dedos, que alcançam as árvores. Quero acreditar que este abrigo é um presente da minha irmã, mas não sinto a presença dela.

Alexus joga os gravetos no chão limpo e, protegendo a lamparina, trabalha para tirar chamas do pavio usando a lã da caixa de isca. Será um bom começo para uma fogueira se a madeira úmida pegar, mas um vento forte suga a chama roubada. Ele tenta de novo, e novamente o vento sopra a chama para o nada.

— Pela morte dos deuses — amaldiçoa ele, fechando a porta de vidro da lamparina. — Não posso arriscar perder a única luz que temos. — Ele se senta ao meu lado e observa minha amiga através da pilha de galhos e membros quebrados.

— *Fulmanesh* — diz ele depois de um tempo, dirigindo-se para Helena. — Essa é a palavra para convocar fogo. *Iyuma* se precisar de incentivo.

Ela sabe disso. Até *eu* sei, mesmo sem nunca ter lidado com um fio de fogo na minha vida. Os Bruxos Caminhantes nascem com habilidades específicas que se manifestam em diferentes momentos e de diferentes maneiras para todos nós. Mas muitas formas de magia podem ser aprendidas. Toda a família de Finn aprendeu magia de fogo. Eu nunca me interessei em aprender a manipular mais fios do que já precisava. Mas Helena adora magia de fogo, mesmo que não tenha se destacado. E, no entanto, mesmo com as palavras de Alexus, ela só fica ali, sentada, mordendo o lábio, olhando para o nada enquanto congelamos.

— Eu já disse, Coletor de Bruxos — responde ela com os dentes cerrados. — Não sou boa com fogo.

Seu olhar escuro se ergue sob os pesados cílios negros, e sua cabeça está inclinada de um jeito estranho. Sem dizer nada, ela se levanta, ainda enrolada no perponte, tão alta que — como Alexus — ela tem que se curvar sob o teto baixo do abrigo. Ela se dirige para a extremidade do refúgio pedregoso e se senta encostada nas rochas, se abaixa no chão e vira as costas para nós, como se fosse dormir.

Até agora, não pensei muito sobre o desaparecimento de suas marcas de bruxa. Elas as tinha da última vez que a vi e iluminavam sua pele como se ela tivesse fogo por dentro. Agora não há nada em sua pele visível, e ela está agindo mais do que estranha.

Preocupada, vou em direção a ela. Alexus agarra meu pulso, soltando em seguida assim que chama minha atenção.

— *Deixe-a descansar* — sinaliza. — *Talvez ela precise dormir para melhorar*.

— *Precisamos de fogo* — respondo. Meus dedos estão tão duros que doem, minhas articulações latejando.

Sei que minha amiga está sofrendo. Eu também estou. E ela nem se ofereceu para ajudar. Nem mesmo tentou.

— Vamos conseguir fogo, Raina. — Sua voz é tão suave quanto a neve caindo. — Mesmo que tenhamos que conjurar nós mesmos.

Depois de puxar o cobertor para estreitá-lo melhor entre os ombros, ele tenta acender uma fogueira com o conteúdo da caixa de isca novamente. O frio é tão intenso sem o calor de Helena e Tuck que a dor em meus dedos se espalha pelo resto de mim. Mesmo usando o perponte, não entendo como Hel consegue ficar deitada ali tão quieta. Até os dedos de Alexus tremem enquanto ele se atrapalha com a pederneira e a lã, sem sucesso.

Ele fecha a caixa de isca e esfrega os braços sob o cobertor.

— Posso te mostrar como invocar fogo. Você pode não gostar, mas posso te mostrar. Uma vez só, isso é tudo de que preciso. Depois disso, com alguma prática, você vai encontrar os fios de fogo por si mesma.

Estou tão gelada, mas um calor sobe dentro de mim, aquecendo meu rosto.

— *Eu sei o que deve ser feito para vê-los* — consigo sinalizar.

Muito em nosso mundo de magia é sobre conexão. Conexão com o universo, nosso eu interior, nossa paz interior, o mundo ao nosso redor.

E conexão entre si.

Alexus ergue as sobrancelhas.

— Mas você não sabe como invocar fogo? Quem te ensinou a ver os fios, mas não teve tempo para ensinar como dominá-los? Ou essa é outra habilidade que eu não tinha ideia de que você possui?

Ele me observa e então olha para Helena, e eu posso ler sua mente.

Mas não foi ela.

Eu nunca admitiria — ainda mais para Alexus —, mas ajudei Finn várias vezes, até perceber que ele poderia colher todos os fios de fogo de que precisava sem minha ajuda. Ele só queria uma desculpa para ficar perto de mim, e funcionou. Ele nunca se ofereceu para me ensinar nada.

— *Não é uma habilidade, e eu não posso vê-los* — esclareço. — *Só sei o que é necessário para fazer isso.*

— Ou você acha que sim — responde ele, ainda com uma sobrancelha levantada. — Temo que você possa ter passado por uma experiência inadequada. — Ele abre os braços, segurando o cobertor como asas, e estica as pernas dobradas. — Venha aqui. Vou te mostrar.

Deuses. Isso é tão ruim quanto dormir ao lado dele, e é a última coisa em todo o solo Tiressiano que eu quero fazer — exceto morrer. Então, com relutância em cada movimento, me levanto e vou até ele.

Alexus desliza até encostar na pedra atrás de nós, e eu me encaixo entre as pernas dele. Como se fosse a coisa mais natural a fazer, ele me envolve em seus braços, me cobrindo com o cobertor, que não protege muito do frio. Está coberto de gelo como todo o resto.

A princípio, acho que não tem como isso dar certo, mas logo um fragmento de calor se forma entre nós. Mesmo aquela lasca de calor é felicidade absoluta.

— Pode relaxar. — Sua voz é baixa e calma, para que Helena possa dormir. — É bem mais fácil se você não ficar rígida como uma árvore. Só não tente me esfaquear como fez com aquele espantalho.

Olho para ele, puxo a mão de debaixo de seu cobertor e sinalizo.

— *Estou congelada.*

O que eu não faria por uma pele de lobo agora?

Ele solta uma risadinha que ressoa em mim. Sabemos que meu desconforto não é apenas por causa do frio. Eu simplesmente não quero estar tão perto dele.

— Congelada ou não — sussurra ele —, para te ajudar a colher os fios, precisamos de calor ou fogo. Então é bom que você fique confortável. Calor do corpo é o que temos.

Olho para a lamparina e arregalo os olhos. Ela sim, parece ser uma ideia melhor para colher fios de fogo do que abraçar o Coletor de Bruxos. Eu descobri isso com Finn, embora não possa dizer que nossa proximidade em seus dias de iniciante em magia de fogo não nos levou a ser mais do que amigos.

— Sem lamparina — responde Alexus. — Se ela explodir, ficaremos na escuridão total, e, acredite em mim, coletar fios de fogo do calor do corpo não é algo que você queira fazer no escuro se sua preocupação maior é me tocar. Agora acalme-se e coopere. Quanto mais rápido juntarmos os fios, mais rápido você poderá se aquecer junto ao fogo e não vai precisar ficar junto de mim — ele se aproxima, baixando ainda mais a voz —, já que sou claramente tão horrível de estar perto. Sua amiga é uma desgraçada e cheira a penico cheio, e você preferiu fazer a travessia com ela mesmo assim. Não tenho certeza de como me sentir quanto a isso.

Olho-o por cima do ombro, mas ele apenas sorri e gentilmente pega meus ombros e me puxa.

— Vamos. Engula o orgulho. O tempo aqui fora está muito desagradável.

Vendo que eu ainda hesito, ele diz:

— Sou realmente tão horrível a ponto de você preferir morrer a ficar perto de mim?

Ele não sabe quem ele é para mim?

Com um revirar de olhos, cedo e me inclino para perto, mas apenas porque nosso calor compartilhado me deixa carente por mais. Nós dois estamos tremendo, mas o tremor diminui quando estamos mais perto.

Ele toca meu braço através da capa e esfrega a mão do meu pulso ao ombro, para criar mais calor. Eu me viro e faço o mesmo com ele, ainda rígida. Quero que isso acabe logo, mas à medida que o calor entre nós aumenta, a urgência de estar longe dele vai diminuindo.

Por fim, relaxo ao ritmo de sua mão fazendo círculos suaves nas minhas costas. Ao nosso redor, o vento uiva e, de vez em quando, flocos de neve rodopiam em nosso pequeno abrigo. Ele se curva todo protetor em torno de mim, me protegendo da nevasca, e eu odeio achar isso uma ação tão gentil.

— Feche os olhos e mantenha-os assim. — Sua voz ainda é baixa e profunda. — Depois toque no meu peito. Bem no coração.

Levanto a mão, mas paro. Finn e eu nunca fizemos isso. Ele sempre dizia que só precisava de proximidade, calor corporal. Claro, houve contato. Bastante. Não que eu me importasse na época.

Mas ele nunca falou nada sobre tocar o coração.

Depois de um momento de hesitação, descanso a mão no centro do peito de Alexus. Seu pulso bate constantemente sob o meu toque.

— Imagine cordas — diz ele. — Imagine que, se você mover os dedos delicadamente, como se tocasse harpa, pode atrair essas cordas direto da minha pele até os seus dedos. Você pode fazer isso com chamas também. Algumas bruxas, magos e feiticeiros aproveitam os fios de fogo das tempestades. Há muito poder no ar durante uma tempestade. Calor e luz. Fios de fogo podem até ser reunidos usando vidro e luz solar. Você apenas tem que se concentrar e convocá-los. Eles virão.

Minha magia sempre esteve tão escondida. É estranho compartilhá-la, principalmente com o Coletor de Bruxos. Estou deixando que ele me *ensine* e, embora nunca tenha me importado muito em expandir meu conhecimento, agora descubro que quero aprender, mesmo sob sua orientação.

Agito meus dedos no peito dele com delicadeza, da forma como ele explicou. O movimento é simples, não que eu já tenha tocado harpa, mas já vi ser tocada, então imito o fluxo através dos meus dedos, focando, notando como a conexão entre nós fica cada vez mais quente.

Olhando para Alexus, me lembro de quando cavalgamos juntos no vale depois do ataque, como seu calor me confortou naquele momento.

— Feche os olhos, pequena rebelde. — Um sorriso desponta no canto da boca dele, e quando a luz fraca da lamparina lança uma sombra em sua covinha, talvez um sorriso esteja em meus lábios também. — Agora, *fulmanesh* — sussurra ele. — *Fulmanesh, iyuma tu lima, opressa volz nomio, retam tu shahl.*

Meu pulso acelera ao som de sua voz, o jeito suave como ele canta o Elikesh. Esse cântico tem mais palavras do que Finn costuma usar, mas eu conheço cada uma.

— Pense no meu batimento cardíaco — continua Alexus. — A força vital dentro de mim. Alcance a parte mais profunda. Continue dedilhando, como você está fazendo agora. Em seguida, feche os olhos e repita essas palavras em sua mente. *Fulmanesh, iyuma tu lima, opressa volz nomio, retam tu shahl.*

Não confio em tentar ouvir as palavras. Isso ainda é uma noção tão estranha para mim. Então sinalizo as palavras em seu peito, repetindo-as várias vezes.

— *Fulmanesh, iyuma tu lima, opressa volz nomio, retam tu shahl.*

Fogo do meu coração, venha para que eu te veja, aqueça meus ossos cansados, seja meu lugar de descanso.

Na terceira vez, Alexus solta um suspiro, e descansa a mão que segura meu pulso.

— Você já viu os fios?

Eu vi. Esses fios são mais ousados do que qualquer fogueira. Eles são da cor da chama, bem impressionantes de se ver. Mas como todos os outros fios que pertencem a este homem, há mais do que deveria, e alguns estão danificados, rasgados nas bordas, como se tivessem passado por dentes mais do que afiados.

Assinto e ele sussurra:

— Que bom. Agora me dê sua mão.

Quando tiro a mão de seu peito, sinto seu calor, como se os fios estivessem presos às pontas dos meus dedos. Como se eu os estivesse desenhando de seu núcleo.

Ele solta outro meio suspiro e segura minha mão.

— Muito bem. Mais uma vez. Em sua mente apenas. *Fulmanesh*. Pense nisso.

Fulmanesh. Fulmanes, fulmanes, fulmanes. Iyuma.

Não recebo um aviso. Nenhuma onda crepitante de poder no ar. Nenhum calor brotando. Apenas um calor repentino no meio da minha palma.

Abro os olhos e me levanto, atordoada por ver o fogo bruxuleante dois centímetros acima da minha mão. Não é muito, não é maior do que a chama da lamparina, mas é alguma coisa. E, de alguma forma, não queima. Está ali, pronto para ser controlado.

Finn nunca fez isso. Nunca segurou fogo, não que eu saiba. Ele sempre queria que uma chama já feita queimasse mais alto.

De olhos arregalados, olho para Alexus. Ele pula, deixando o cobertor cair de seus ombros, e pega a isca da lata. De cócoras, ele a enfia entre dois pedaços de madeira.

— Agora. — Ele me olha incisivamente. — Esta é a parte difícil. Envie o fogo para cá. — Ele aponta o local com a mão.

Enviar para *lá*? Boquiaberta, olho para ele com o máximo de incredulidade quanto posso forçar em meu rosto.

Ele se levanta, atravessa o pequeno espaço entre nós e se acomoda atrás de mim, de joelhos. Mais uma vez, ele segura minha mão e a direciona para a pilha de galhos.

— É mental. Você *deseja* onde quer que o fogo vá. Como a maioria das mágicas, ela fará o que você quiser, assim que você a dominar .

Desejo. Já desejei vidas se reavivando. Eu posso desejar a trilha do fogo, com certeza.

Fecho os olhos e vejo a chama na minha mão pingando derretida sobre os gravetos. Imagino um fogo ardente subindo e que estou pairando sobre ele, aquecendo minhas mãos congeladas. Imagino brasas brilhantes se desintegrando em cinzas, o calor aberto dando origem a uma nova chama.

— Pense na coisa que você mais quer neste mundo — diz Alexus na minha orelha. — Isso pode fortalecer sua magia. É de onde vem o verdadeiro poder. Muitas vezes temos uma vontade maior para nossos desejos mais fortes.

Minha mente nunca está em branco, especialmente nestes últimos dias, mas, naquele momento, não penso em nada. Nada possível, de qualquer maneira. O que eu mais quero neste mundo são coisas que não posso ter. Minha mãe. Meu pai. Minha irmã. Minha vila.

Voltar no tempo.

O vento sopra mais forte, e uma rajada de neve chicoteia meu cabelo contra meu rosto, fazendo minhas bochechas e meus olhos arderem. Tento segurar o fogo como segurei a magia da espada, tento manter minha mente focada. Mas outra rajada cortante me atinge, e continuo sem ver nada em minha mente, a coisa que mais quero.

Já não sei o que mais quero. Vingança? Matar o Príncipe do Leste? Encontrar minha irmã? Viver? Morrer e me livrar deste mundo congelado? Tenho muitos desejos, e todos eles parecem longe de alcançar ou errados.

Oprimida, abro os olhos. A chama se foi. À beira do pânico, encaro Alexus, respirando com dificuldade.

— *Posso tentar de novo* — digo a ele.

Ele pisca para mim, flocos de neve caindo e morrendo em seu rosto.

— O que aconteceu? Você estava indo tão bem.

Eu estava, mas então...

Balançando a cabeça, eu me afasto dele e abraço meus joelhos no peito.

Ele passa a mão nas minhas costas.

— Está tudo bem, Raina. Ainda teremos muito frio nas próximas noites para praticar.

Ele volta para a caixa de isca e gravetos, e eu dou uma olhada em sua direção. Suas mãos estão tremendo com mais força, e o mundo fora do nosso pequeno forte de pedra é uma parede de um redemoinho branco. Ele é persistente, e isso é uma coisa boa, porque, por fim, depois de um tempo, a pedra risca e uma pequena chama pega e se mantém.

Ele trabalha incansavelmente, tentando aumentar as chamas enquanto penso nas palavras *Fulmanesh, iyuma* repetidamente. Mas não acredito que isso vai ajudar.

Por fim, temos fogo suficiente para que minha pele comece a aquecer. A pequena chama luta contra o vento e a neve e vence. Alexus apaga a luz da lamparina para economizar óleo, joga o cobertor sobre os ombros e se senta mais perto do fogo. Eu verifico Hel só para ter certeza de que ela está respirando. Ela está — mais duro e mais rápido do que o normal —, e sua mão está mais quente do que é possível naquele tempo. Eu me preocupo que possa ser febre, então curo seus cortes e feridas — incluindo o corte que o general Vexx infligiu acima de seu olho.

Quando termino, volto para o fogo e me sento perto de Alexus, estendendo minhas mãos na direção do calor enquanto um arrepio de exaustão me atinge. Estou preocupada com Hel, mas não tenho certeza do que mais posso fazer. Às vezes, mesmo com toda essa magia dentro de mim, me sinto tão impotente.

— *Desculpe* — sinalizo, meus dedos começando a descongelar. — *Tentei.*

Alexus me cutuca com o ombro.

— Já disse. Está tudo bem. Nós vamos viver. — Ele aponta para o fogo com o punho coberto por um cobertor. — Você chegou tão perto. A magia de fogo é difícil. Mas você fez parecer fácil.

— Até que eu perdi.

Ele dá de ombros.

— Foi o que eu disse, viveremos para tentar outro dia.

— A magia do fogo teria sido útil no vale. Todos aqueles invernos.

— Tenho certeza de que sim. Mas magia como essa tende a se espalhar, ensinada de pai para filho, de amigo para amigo, de mentor para aluno. — Ele faz uma pausa, como se não tivesse certeza sobre suas próximas palavras. — O fogo em uma vila pode ser perigoso.

Mordendo o lábio, afasto a imagem que me vem à mente e concentro os pensamentos em outro lugar.

— Sua habilidade — diz ele. — Você é uma Vidente, uma Curandeira e uma Ressuscitadora? Como é isso?

Faço uma careta.

— Vidente, sim. Curadora, sim. Mas Ressuscitadora? Não. Existe tal coisa?

Ele ri, mas seu rosto fica mais sério.

— Mas, no gramado, eu vi você...

Ele faz uma pausa, embora eu saiba o que ele ia dizer.

— Eu curo, mas nunca trouxe nada nem ninguém de volta dos mortos. Salvei animais da morte, e também você, mas foi só isso. Não sou muito habilidosa. Pensava que minha magia era secreta. Eu ensinei a mim mesma.

A princípio, ele parece arrependido, como se percebesse que me fez pensar em mamãe, mas há uma pitada de surpresa em sua expressão também.

— Você fez bem em chegar até aqui com habilidades tão complexas sem um professor — rebate ele. — E sim, ser uma Ressuscitadora é outra coisa. Geralmente é um tipo mais sombrio de magia e uma forma de necromancia. Eu não tinha certeza sobre você. A linha entre a cura e a ressurreição é muitas vezes tênue. Parecia que era isso que você estava fazendo, ou tentando fazer, com sua mãe.

Ressurreição. Eu posso ver a tentação. Ser capaz de trazer de volta alguém que você ama? Resgatar sua alma do Mundo das Sombras?

Balanço a cabeça, afastando esse pensamento, e deixo o momento passar. Não consigo dormir, cansada como estou, e um estranho desejo de continuar conversando com Alexus toma conta de mim.

— *Você ainda acredita que a magia dos Bruxos Caminhantes não vai nos prejudicar?* — pergunto.

Tenho todas as dúvidas sobre essa teoria neste momento.

— Sim. Acho que o problema é que parte disso não é a mágica deles. Como as flores morrendo quando entramos na floresta. Meus bruxos também não permitiriam que tivéssemos de suportar condições tão miseráveis. A menos que os Habitantes do Leste estejam mais perto do que pensamos.

— *Então quem está fazendo isso*? — Fecho os dedos e mordo a bochecha. Como já aconteceu, sei o que ele vai dizer antes que as palavras saiam de seus lábios.

— O príncipe, provavelmente. A questão é: como ele sabe que estamos aqui? Foi ele que deixou aquele Habitante do Leste aguardando para nos matar? Ou foi um confronto infeliz com um guerreiro desonesto?

Fecho os olhos por um momento. Não é o príncipe. Os Habitantes do Leste devem ter um feiticeiro no meio deles. Deve ser isso. Alguém com uma tremenda quantidade de habilidades.

— *Helena mencionou um general. General Vexx?* — Soletrei o nome. — *Pode ser ele.*

Alexus inclina a cabeça e seus olhos revelam um pensamento contemplativo.

— É possível. Infelizmente, acho que não podemos saber até ficarmos cara a cara com quem quer que seja.

Não quero pensar nisso, então, novamente, mudo de assunto. Há uma pergunta queimando dentro de mim que eu tenho que fazer, e não tem nada a ver com o príncipe.

— *O que aconteceu com a sua magia?* — sinalizo. — *Por que não pode mais usá-la?*

Imagino que ele seria letal se pudesse. Ele conhece Elikesh com tanta intimidade, tão completamente, com tantos detalhes, como se tivesse estudado cada palavra de todos os ângulos.

Depois de um suspiro pesado, ele diz:

— Ela morreu. Muito tempo atrás.

Eu nem sabia que magia *podia* morrer.

— *Quando você era criança?*

Ele me encara, e ali, sob a luz do fogo, algo se move em seus olhos. Juro que às vezes vejo escuridão em seu olhar, sem fundo e líquida.

Sobrenatural.

— Algo parecido. — Ele se inclina para trás e se deita no chão frio, olhando para a saliência de pedra acima de nós. — Agora chega de perguntas. Você deve estar cansada. Descanse enquanto pode.

Por mais que eu queira, não o pressiono para obter mais informações sobre sua magia ou seu passado. Estou curiosa, ainda mais graças à sua resposta enigmática, mas ele está certo. Estou exausta, minhas mãos também. E, mesmo que não estivesse, tenho quase certeza de que ele acabou de encerrar nossa conversa.

Quando me deito, o chão está tão miserável quanto o esperado. Pode haver calor esta noite — ou hoje, seja lá o que for aqui —, mas sem o perponte não haverá conforto, e tenho certeza de que não vou conseguir descansar desse jeito.

Além do nosso abrigo, um corvo grasna e um lobo uiva, provocando um calafrio na minha pele. Posso ouvir a respiração de Alexus, mesmo estando a alguns passos de distância. O ritmo constante me acalma, e penso no que ele disse, repetindo cada sílaba em minha mente, agitando meus dedos como fiz quando desenhei fios de seu peito. *Fogo do meu coração, venha para que eu te veja, aqueça meus ossos cansados, seja meu lugar de descanso.*

Em poucos minutos, depois de tantas horas acordada, coloco o braço sob a cabeça e adormeço, com a sensação do batimento cardíaco de Alexus Thibault latejando na ponta dos meus dedos.

20
Raina

Então eu acordo, e só porque ouço um rato no porão.

Abro os olhos e leva um momento para me orientar. Não estou em casa, e esse som não é de rato. Não há mais porão. Estou em um mundo escuro e nevado onde o tempo não é nada e a sobrevivência é tudo.

Também não estou na cama com minha mãe. Estou no chão frio, encolhida no aconchego dos braços do Coletor de Bruxos, em seu cobertor. Minha cabeça está aninhada em seu peito musculoso, meus braços apertados ao redor de sua cintura. Até nossas pernas encontraram o caminho uma da outra durante a noite, entrelaçadas como se tivéssemos dormido juntos por anos.

Eu já estava parada — estava meio adormecida —, mas fico ainda mais imóvel, travando cada músculo, até mesmo parando minha respiração, como se pudesse encolher a partir deste momento sem que ele percebesse.

— Bom dia. — A voz profunda rasteja sobre mim, através de mim, e algo firme pressiona meu estômago.

Deuses! Fecho os olhos e aperto as pálpebras com força. Uma das risadas de Alexus — um tipo de riso baixo e profundo — irradia em mim, enviando uma sensação estranha direto para o meu estômago, fazendo-o se revirar.

— Respire, Raina. Está tudo bem. O mundo não vai desmoronar porque você me tocou. Muito, devo acrescentar, mas ainda assim. — Inesperadamente, ele baixa a cabeça, sua barba e lábios fazendo cócegas na minha orelha. — Além disso, você é muito quentinha, e eu gostei bastante da sua companhia, se isso não for óbvio, mas, agora que está acordada, você poderia, por favor, desembaraçar suas pernas das minhas? Se eu não for mijar, nós dois estaremos em apuros.

Meu rosto nunca queimou tanto como agora.

Mortificada, eu me afasto e me sento, esfregando as bochechas, e já dou de cara com o olhar gelado de Helena do outro lado do abrigo. Ela cutuca as cinzas com um graveto, empurrando o que sobrou. O cheiro doce de fumaça de madeira paira no ar, mas não mascara o aroma sulfúrico que emana dela.

Curvado para proteger a cabeça, Alexus envolve o cobertor nos meus ombros, dando-me os últimos resquícios do nosso calor.

— *O quê?* — sinalizo para Helena assim que ele fica de costas e sai andando em direção à floresta. — *Você me abandonou.*

Ela ergue uma sobrancelha, não muito diferente de como sempre fez, mas sua falta de palavras é surpreendente. Ela geralmente está cheia de respostas espirituosas ou comentários sarcásticos, mas não há nada além de silêncio entre nós.

Alexus não pode ir muito longe — no máximo até a beira da luz do fogo moribundo. A neve está profunda além do nosso abrigo e, embora esteja mais claro do que quando adormecemos, ainda está escuro, como se fosse um anoitecer.

Esfregando meu pescoço, olho em sua direção, notando o afrouxamento de suas calças por trás.

— Ele é seu inimigo.

Viro minha cabeça, pega no meu voyeurismo, mas também surpresa com as palavras de Hel e o som de sua voz.

— *Estou plenamente consciente* — respondo.

Sua sobrancelha escura se arqueia mais alto, e suas narinas se dilatam.

— Está mesmo?

Alexus volta e verifica a lamparina.

— Não tenho certeza de quanto tempo dormimos — diz ele. — Parece uma eternidade. Devemos voltar à trilha enquanto não está tão escuro. Aproveitar a luz e avançar um pouco.

Ele se arrasta para a parte de trás da saliência onde a rocha encontra a rocha. Aglomerados de grama romperam as pedras ali, marrons e mortas. Ele as arranca de suas raízes com facilidade e vai alimentar os cavalos. Quando ele volta, tem nas mãos o frasco, uma maçã e metade do pão amanhecido. Cuidadosamente, ele aninha o pão e a maçã em uma pedra nas brasas para aquecer.

— Os cantis de água estão congelados, mas isso — ele sacode o frasco — deve estar bom.

Em pouco tempo, estamos saboreando nossa primeira refeição em dias. Pão torrado com mingau de maçã aquecido. Não é muito, mas é o suficiente para aliviar a dor no meu estômago.

Não quero deixar o calor. Na verdade, não gostaria de nada mais do que cuidar do fogo até que esteja rugindo, esquecer o comportamento estranho de Helena e me abrigar nos braços de Alexus. Não posso acreditar que estou pensando nisso, mas estou com frio e com fome, cansada de não ter um teto sobre minha cabeça, um ensopado na barriga ou uma cama embaixo das costas. Sinto falta de tudo da minha casa e do vale.

Tudo.

Eu não digo nada, porém, e logo estamos lutando através da neve profunda, os cavalos fazendo todos os esforços para voltar para a trilha. Eu vou com Helena, e Alexus lidera o caminho.

Não muito longe do acampamento, fica evidente o que tinha pisado na neve o suficiente para nos revelar a trilha.

Não foi Nephele.

Alexus para e desmonta. Cerca de uma dúzia de Habitantes do Leste e seus cavalos jazem meio enterrados na neve, espalhados sob as árvores. Não os tínhamos visto antes, mas agora, com mais luz, é impossível não ver. Eles devem ter se perdido, ou talvez estivessem molhados do lago e morreram congelados aqui. Eles parecem estátuas em tons de preto, cinza e branco, e deixam mais uma imagem da morte em minha mente.

Esses corpos poderiam ser os nossos. *Ainda* podem ser nossos corpos, enquanto estamos neste lugar.

Alexus cava na neve, procurando armas. Meu estômago se revira quando manchas de sangue e carne rasgada se tornam visíveis.

Ele olha para mim.

— Não olhe para cá. Os lobos estiveram aqui.

Enterro o rosto no capuz de sua capa e olho para o chão enquanto ele continua cavando, até encontrar algo. Ele acha uma faca curva e a enfia na bota, no lugar da adaga que perdeu no lago.

Então partimos, chegando à trilha mais rápido do que eu esperava. Mais uma vez, viajamos do jeito que Helena sugere, evitando as montanhas, mas, depois de várias horas, a nevasca borra o mundo mais uma vez, e o frio miserável retorna aos meus ossos.

Seguimos em frente, lutando para ver através da nevasca que gira ao redor. Alexus para e tenta acender a lamparina usando pederneira, aço e isca, mas não consegue fazer uma faísca pegar com um vento tão forte. Por fim — usando o cobertor para proteger a faísca do vento e da neve —, a lamparina acende, fornecendo uma iluminação suave. Seguimos em frente, mas não teremos essa luz por muito tempo. O óleo da lamparina está acabando.

Como antes, chamo Nephele na minha mente. *Tuetha tah, se você me ouve, nos ajude. Nos conduza através desta floresta, nos conduza para a Vila Invernal. Por favor, não me deixe morrer aqui.* Eu tento novamente, em Elikesh, cada palavra.

Nada acontece, e eu me pego lutando contra as lágrimas.

Um galho pendurado no caminho chama a minha atenção. A árvore a que ele pertence é maciça e entortada, dobrada com força para a direita, com casca nodosa que parece um rosto espreitando na neve. Eu já tinha visto este galho. É a mesma árvore.

Não sou a única que percebe.

— Estamos andando em círculos. — Alexus recua nas rédeas de Mannus. — Precisamos dar a volta por cima. Ir à bifurcação da trilha e seguir em direção às montanhas. Você andou nesse terreno, Helena. Pode liderar o caminho?

— Por que você não confere com seus bruxos? — Ela para a égua, puxando as rédeas com muita força, sua voz cortando como um fio de navalha. — Eu não sei como eles manipulam essa construção.

Observo Alexus por baixo do capuz, vejo-o erguer a lamparina para vê-la melhor. Seu olhar frio permanece em Hel, mas ele desliza os olhos na minha direção e fala comigo.

— Não vamos continuar dessa forma. — Ele levanta a voz sobre o vento assobiando. — Estou sendo mais do que paciente com nossa *guia*, mas isso acaba agora. Você está comigo ou não?

Alexus Thibault ainda é um estranho, mas sei, sem sombra de dúvida, que o que ele não disse é que, se *não* estou com ele, estou sozinha.

Antes que eu tire as mãos da cintura de Helena para responder, ela responde por mim.

— Claro que ela não está com você. Ela está *comigo*. E não vamos para as montanhas, Coletor de Bruxos.

Não consigo identificar o que me parece tão errado — suas palavras, obviamente, e o tom de sua voz. Mas muitos outros sinais de alerta tocam quando considero as últimas horas com Helena como um todo.

Então solto minha amiga e desço do cavalo. Minhas botas afundam na neve até meus tornozelos.

Uma expressão de surpresa irritada toma conta do rosto de Hel. O lábio se curva para um lado, as narinas se alargam e a pele ao redor dos olhos fica franzida.

— Volte para este cavalo, garota. — As palavras saem entre os dentes cerrados, palavras que Helena *nunca* falaria para mim.

Tuck bufa e balança a cabeça, pisando na neve espessa. Mas não é isso que enraíza meus pés naquele horrível chão congelante. Nem são os olhos de Helena, nublados por uma névoa branca que se move e desliza, engolindo suas pupilas.

São as sombras escarlates que vazam de seu corpo.

Espirais de escuridão suja de repente vazam de sua boca e nariz e irradiam de sua pele. Exceto pelo fedor, isso me lembra o Príncipe do Leste.

Dou um passo para trás, e outro, parando apenas quando um som metálico bate atrás de mim, seguido pelo baque de botas na neve.

De relance, dou uma olhada nervosa para trás e vejo a lamparina a óleo ainda acesa no chão e Alexus parado firme atrás de mim.

Ele desliza a mão pelos meus quadris até minha cintura e me puxa para perto enquanto o anel de sua espada assobia pela noite.

— Deixe a garota. Retorne ao Mundo das Sombras de onde você veio, espectro.

Meu coração gagueja. Não pode ser. Aparições são apenas histórias assustadoras contadas ao redor de fogueiras no verão. Não existem mais deuses caminhando no Mundo das Sombras para libertar tal abominação.

Exceto... talvez um deus não fosse necessário. Talvez o culpado seja o único homem feito de sombra.

A coisa dentro de Helena joga a cabeça para trás e ri, emitindo o som de um grito ensurdecedor.

— Meu *príncipe* não ficaria muito satisfeito se descobrisse que o desobedeci.

Não. Eu balanço minha cabeça. Não pode ser.

A sombra desmonta com o corpo de Helena daquele mesmo jeito desajeitado e rígido, vestindo sua pele como um manto. Ele se aproxima, sorrindo, então para e tira o perponte, jogando-o de lado. Ele desliza a mão de Helena ao longo de sua coxa, mas, desta vez, arrasta o vestido destruído de Hel por uma perna elegante e escura até a fivela de um dos cintos de adaga feitos por Finn aparecer.

Rápido como um batimento cardíaco, o espectro desembainha uma arma.

Um longo momento se passa enquanto internalizo o que estou vendo, tudo envolto em sombras, a razão pela qual as águas me mostraram tão pouco no riacho.

A boca do meu estômago se afunda, porque, de acordo com esse demônio, o Príncipe do Leste não está, de fato, morto.

Mas também porque seu espectro segura a faca do meu pai.

21
Alexus

Eu corro para frente — para fazer *o quê*, não tenho certeza —, mas Raina abre os braços, me bloqueando como um escudo. Eu tento passar ao redor dela — não sou eu quem está desarmado —, mas ela me empurra para trás, olhos selvagens e dominantes.

Ela bate um sinal contra meu peito, forte o suficiente para machucar. Eu cubro sua mão com a minha, sentindo as letras.

Obedeça.

Preciso de todas as minhas forças para ouvir e manter meus pés enraizados onde estou. Aparições das sombras são parte da história antiga de Tiressia e não pertencem mais ao nosso mundo. Aparições não vagam por nossas terras há séculos; a conexão com o Mundo das Sombras foi cortada por Urdin, Deus das Derivações Ocidentais. No entanto, estamos diante de uma, cumprindo as ordens de um homem perigoso.

Olho ao redor. Como o príncipe sabia que estávamos na floresta? Sua magia nos sentiu?

— Meu príncipe diz que não devo te matar, linda Raina. Sua hora ainda não chegou. Meu dever é te levar ao meu senhor. — A coisa aponta a adaga para mim. — Mas eu posso matar o Coletor, se for preciso. — O espectro dá um passo, levantando a sobrancelha arqueada de Helena e revelando um olhar felino. — E eu preciso.

Raina me olha pelo canto dos olhos e agita os dedos.

Instintivamente, eu sei o que ela está pedindo.

Minha espada.

Só existe uma maneira de destruir um espectro. Raina tem que matar Helena — rápida e precisamente — para prender o espectro dentro dela. Se ela falhar, se a garota se agarrar à vida por muito tempo, o espectro pode escorregar para dentro de um de nós.

A última coisa que preciso é de outra coisa dentro de mim.

Não temos palavras em Elikesh para enviar demônios de volta aos Confins Inferiores do Mundo das Sombras, então entrego minha arma a Raina. Isso é algo que devo deixar que ela enfrente. É a vida da amiga *dela*. Quem tem que matar este espectro é ela.

Mas, embora ela prepare a arma e a postura, ainda temo que não consiga fazer o que deve ser feito. O espectro também duvida dela. Ele ri, e o som vil ecoa pela floresta.

— Você nunca vai fazer isso — diz a coisa, a luz da lamparina iluminando Helena de uma forma que a faz parecer magra e sombria. — Você nunca matará sua querida e jovem amiga.

Ele faz uma inclinação anormal com a cabeça de Helena, e o olhar da garota muda. A tempestade branca que paira sobre suas pupilas se dissipa, e suas íris escurecem até adquirir o estado normal.

Mas, doces deuses, o rosto dela. Ele muda, contorcendo-se à beira de um grito crescente enquanto o resto do corpo permanece rígido e imóvel como gelo. Sua testa franze com medo frio, e o terror pisca em suas feições, arregalando seus olhos, tremendo seu queixo.

Quando enfim ela grita, rompendo o ar gelado da floresta tranquila, é Helena. O som — tão perturbador quanto agonizante — é totalmente ela, consciente e presente, ecoando sem um indício da possessão perversa que vive dentro da garota.

— Raina, por favor! Me ajude!

Lágrimas deslizam quentes e rápidas pelas bochechas escuras da garota enquanto ela se esforça, lutando contra a coisa que a mantém aprisionada. Ela se eriça, e seus ombros sacodem violentamente, os pés movendo seu corpo para frente com passos pesados, como se talvez ela estivesse vencendo a luta.

Ou talvez o espectro esteja nos provocando. Provocando Raina. Fazendo com que ela vislumbre o suficiente da amiga para tornar o fim necessário mais difícil.

Raina movimenta os dedos ao redor do punho da espada, o peito subindo e descendo rapidamente com respirações rápidas. Consigo sentir sua indecisão. Sua incerteza. A impossibilidade do momento.

Ela não sucumbe à isca. Apenas muda o peso de um pé para outro enquanto Helena se aproxima.

Este espectro não me deixará escapar facilmente, e não deixará Raina simplesmente ir embora. Ele usará Helena para atingir seu objetivo, seja ele qual for. O Príncipe do Leste quer que a ameaça de minha existência seja removida, mas ele também tem planos para Raina, ao que parece.

E isso não vai acontecer.

Enquanto o espectro desiste um pouco de seu domínio, eu me curvo, alcançando a foice na minha bota. Se Raina não pode parar essa coisa, eu vou.

Mas não tenho chance.

O espectro varre o braço de Helena pelo ar e, com pouco esforço, tira Raina do caminho, fazendo-a rolar pela neve. Os cavalos se assustam e partem na mesma direção, enquanto o espectro corre direto para cima de mim, como fez no lago. Ele embainha sua faca e agarra meu cobertor, pegando também minha túnica, e me joga no ar como se eu não fosse mais do que um galho irritante sob seus pés.

Eu bato em uma árvore na beira do caminho, e sinto a dor subir pela minha espinha e tocar meu crânio antes de cair de cara na neve.

Antes de conseguir levantar a cabeça, o espectro já está me virando e me prendendo ao chão pelos pulsos. O rosto de Helena olha para mim, os lábios puxados para trás em um rosnado faminto. Ela não é uma garota pequena, tem o porte de uma lutadora, mas ela não é *tão* forte.

Sombras sangram dela, enchendo suas órbitas oculares, narinas e boca com fumaça vermelha. Essas sombras escarlates se contorcem e se retorcem, enrolando e espiralando em minha direção.

Pressiono a parte de trás da minha cabeça na neve e movo meus quadris para empurrá-la para longe de mim, mas não há para onde ir, e ela não se mexe.

Em vez disso, ela se aproxima e me beija profundamente.

No começo, eu engasgo com sua língua invasora, os dentes mordiscantes, até mesmo com os lábios macios, mas famintos. Ela cheira e tem gosto de morte pungente e de entranhas de Confins Inferiores. Mas algo dentro de mim se transforma. O fedor que queima minhas narinas e minha garganta desaparece, assim como meu desgosto e fúria, e me encho de desejo.

Helena solta meus pulsos e agarra meu rosto, caindo sobre mim com mais força. Eu não luto mais contra ela. Não posso... porque não quero.

A necessidade cresce dentro de mim, uma necessidade de inalá-la, de deixá-la me inundar, preenchendo cada célula minha com sua presença. Querendo mais, deslizo as mãos por seu corpo e enfio os dedos na cortina preta de seu cabelo. Eu seguro o cabelo sedoso e a aperto contra mim, minha própria fome tomando conta, desejando algo escuro e carnal que só ela pode dar. Estou com sede, e sua boca é uma fonte, meu único alívio.

Ela arrasta os dentes pelo meu lábio inferior, tirando sangue da ferida que Raina me infligiu no riacho. Afastando-se, ela lambe o carmesim de sua boca, e, nesse pequeno espaço de tempo, fico com uma dor dentro do peito, misturada a um momento de realização.

— Ah, então *é* você — diz a coisa. — Eu não tinha certeza. Não acreditei. Mas provei da sombra dentro de você, feiticeiro.

O espírito do espectro se espalha em uma nuvem e se dobra ao meu redor como uma mão nebulosa. Quando ele usa Helena para me beijar novamente, estou impotente para lutar, embora sinta sua presença oleosa se derramando em mim, rastejando e se enrolando sob minha pele, obscurecendo toda a luz até eu cair, mergulhando em um abismo sem fundo.

Não é nenhum abismo, no entanto. Estou caindo para trás ao longo dos anos, uma longa vida de memórias passando tão ilusórias como sempre.

A queda diminui, e ali, naquele vazio, encontro as partes mais sombrias de mim mesmo. Estão iluminadas com uma luz ousada e de tirar o fôlego, os momentos da minha vida que certamente um dia me verão preso às profundezas do Mundo das Sombras, junto com todos os outros monstros.

Tento lutar, me libertar.

Não posso suportar.

Essa coisa não me dá escolha, porém, me forçando a assistir todas as vidas que já tirei da existência, incluindo a mulher que uma vez possuiu meu coração por completo, e o filho que ela teve em meu nome.

É como se eu estivesse lá de novo, de pé, coberto até os joelhos pelas colheitas do meio do verão, ouvindo seus gritos pelo vale. Eu corro, foice na mão, desespero apertando meu coração enquanto o sol quente bate nas minhas costas.

Eu vejo o corte das lâminas antes que possa alcançá-los, as fendas sangrentas sorrindo em seus pescoços, seus olhos vazios observando um céu azul pela última vez. Sinto o cabelo ruivo do meu amor em minhas mãos, o corpo minúsculo do meu filho embalado em meus braços.

Não os salvei. Eu sou a razão pela qual eles foram mortos. Um homem com magia que queria ser um agricultor anônimo, mas se envolveu com o rei errado. Com o tempo, esqueci os detalhes de seus rostos preciosos, mas, agora, nesta criação infernal de um espectro das sombras, eles me encaram com uma clareza excruciante.

A miséria jorra por todo o meu ser, intensa e violenta. A sombra envolve meu lado mais profundo, a parte que devo manter trancada a todo custo. Há uma prisão dentro de mim, e a sombra sacode a jaula, agitando a coisa que minha magia manteve cativa por tanto tempo.

Não. Não, não, não.

Não o agite, eu imploro. *Não me enfraqueça. Nephele, por favor. Eu te imploro. Onde está você?*

De algum lugar além, sinto dor, sabendo que ela não é minha. Está apenas misturada à minha consciência. De repente, estou caindo de novo, desta vez em direção a uma luz fraca, mas presente, cercada por sombras.

Abro os olhos e vejo que Helena ainda está em cima de mim. Uma careta de incredulidade torce seu rosto, e ela está com a mão levantada e sangrando, segurando ao redor do fio da minha espada, como se ela a tivesse erguido no meio de um golpe.

Foi o que ela fez.

Raina está acima de nós, mãos apertadas ao redor do punho da espada, raiva quente nos olhos. Com o gosto do Mundo das Sombras ainda grosso na boca, eu me levanto sobre os cotovelos, mas antes que qualquer um de nós faça outro movimento, os terremotos e a floresta além das sombras se movem.

Olho para a floresta fantasmagórica, sem saber o que estou vendo. Até mesmo o espectro da sombra olha por cima do ombro de Helena. Raina também olha.

A densa linha de árvores se abre, uma árvore após a outra se desenrolando do emaranhado, rangendo de volta ao seu lugar. Um gemido enche a noite, o som da madeira acordando, seguido por suspiros não naturais sussurrando pelo ar em um gemido abafado.

A terra treme de novo, com tanta força que o espectro cai de cima de mim. Os joelhos de Raina cedem, e ela cai ao meu lado. Enrolo meu braço ao redor de sua cintura, puxo-a para perto e seguro firme enquanto camadas profundas de neve se desprendem, as vibrações fazendo com que as camadas densas se separem e se acomodem, espalhando-se pela madeira.

Tentando ficar de pé, o espectro agarra os galhos estreitos de duas mudas a um braço de distância. O chão se acalma, mas o pânico paira como uma máscara no rosto de Helena, como se o espectro soubesse mais do que nós.

A coisa tenta correr, mas as mudas ganham vida, serpenteando em torno das pernas de Helena antes que o espectro possa levá-la longe, deixando o corpo da garota de joelhos aos meus pés.

Raízes retorcidas de uma dúzia de árvores se desprendem do chão e se agitam no ar, espalhando terra congelada pela floresta. As folhas caem dos galhos e os pássaros fogem de seus ninhos enquanto as raízes pousam como garras de madeira retorcidas, cravando-se na neve agora fina. Elas rastejam em direção ao espectro, quase provocando, como o demônio nos provocou.

Então eu a sinto — Nephele —, sua magia quente e reconfortante tocando minha pele. Raina olha para mim, de olhos arregalados. Ela a sente também.

Uma raiz coberta de terra se estende e se enrola na cintura de Helena. O espectro luta para se desvencilhar, chutando descontroladamente, mas, quando percebe que não consegue se libertar, olha para mim com o mal brilhando nos olhos de Helena. De repente, ele prende uma mão em volta do meu tornozelo.

Com força extraordinária e um gemido anormal, o espectro me tira dos braços de Raina, me levando com ele quando mais raízes se prendem ao corpo de Helena e nos arrastam para dentro da floresta. O espectro grita, um lamento que gela meu sangue.

Eu viro para a frente e agarro o chão, me ancorando a qualquer coisa até que paro de deslizar e as mãos de Helena me soltam.

Ofegante, eu me viro, e Raina corre para perto de mim. Ela agarra minha túnica e meu braço, sua respiração dura e rápida como a minha. À frente, naquela penumbra prateada, o espectro se ajoelha dentro de uma gaiola feita de raízes e mudas. Ele se debate contra uma trepadeira escura enrolada nos pulsos e na boca de Helena, uma trepadeira que abafa os gritos do espectro.

Mas não é mais o espectro prostrado diante de nós. É Helena. Ela está perto o suficiente para que eu possa ver o horror absurdo marcando linhas profundas em seu rosto, o pânico queimando em seus olhos. O espectro a deixou passar mais uma vez, para nos atormentar.

Mas, deuses, como deve atormentar Helena.

Raina cambaleia para dentro da floresta. Eu tropeço em meus pés e corro atrás dela, enganchando um braço ao redor de sua cintura um segundo antes que ela alcance a prisão improvisada de Nephele. Ela torce e gira, tentando se livrar, mas seguro firme.

Não há nada que possamos fazer por Helena agora, não se quisermos viver.

— Ouça-me, Raina. — Eu a viro e atraio seu olhar selvagem com um olhar firme. — Isso é coisa de Nephele. Sei que você a sente. Ela está fazendo isso porque Helena não é mais Helena. Ela teria me matado e levado você ao príncipe se Nephele não viesse ajudar, e você não tem ideia do que isso significaria para seu futuro.

Raina se empurra para fora dos meus braços.

— *O que ela é, então?* — sinaliza. — *Ela não é aquela coisa escondida dentro dela*. — Ela lança um olhar por cima do ombro para sua amiga, que soluça sentada impotente em sua jaula. Quando Raina volta a olhar para mim, lágrimas escorrem pelo seu rosto sujo. — *Já perdi tudo. Não posso perder Helena também. Não vou deixar o Príncipe do Leste levá-la de mim. Eu me recuso.*

Ela anda ao redor da floresta, estudando o chão, as copas das árvores, segurando os cabelos. Posso ver sua angústia, seu desespero para encontrar qualquer coisa, pensar em qualquer coisa, fazer qualquer coisa que possa ajudar Helena.

À medida que mais lágrimas fluem, seu choro inconsolável prende meu coração. Uma sensação de derrota pulsa de dentro de Raina, uma sensação de que ela está aceitando sua impotência nessa situação.

Quase me quebra.

Eu vou até Raina e envolvo seu rosto em minhas mãos.

— Pare. Olhe para mim. — Quando ela encontra meu olhar, seu furor diminui. A respiração continua irregular, mas suas mãos frias envolvem meus pulsos como se eu fosse a única coisa que a mantém presa a este mundo. Pressiono minha testa contra a dela. — Respire.

A respiração ofegante diminui, e a neve para de cair ao nosso redor. Juro que a madeira também está mais quente.

Momentos depois, faço uso do meu tom de voz mais calmo e suave.

— Se houvesse algum outro jeito de nos proteger, Nephele o faria. Ela pouparia sua amiga dessa tortura. Você sabe que sim. Esta gaiola é tudo o que ela pode controlar. Você deve acreditar que é o melhor. Aquele espectro não vai deixar Helena morrer. Precisa dela viva se planeja permanecer neste mundo. Nephele também fará tudo o que puder para aliviar as condições, embora ter um espectro dentro dela torne Helena muito mais tolerante aos extremos. Nós, no entanto, não temos essa vantagem. Não podemos ficar aqui e não podemos libertar sua amiga desta aparição de uma forma que não a prejudique. — Eu me afasto e limpo as lágrimas do rosto de Raina com os polegares, memorizando a sensação de sua pele, as curvas de seu rosto. — Mas *vamos* encontrar uma maneira — prometo a ela. — E voltaremos. Juro para você. Preciso que confie em mim. Por favor.

Ela me encara como se estivesse me vendo pela primeira vez. Entendo que ela sabe pouco sobre a sabedoria e os talentos dos bruxos da Vila Invernal, e sei que sou o último homem de quem ela pensou que teria que depender, mas preciso que saiba que posso ser o tipo de homem que é digno de sua confiança. Que já sou.

Depois de um segundo, ela balança a cabeça e se afasta das minhas mãos.

— *Por que ele está fazendo isso?* — pergunta.

Deixo escapar um longo suspiro e passo a mão pelo meu cabelo. A pergunta dela é vaga, e deixo que continue assim. *Isso* pode se referir a muitas coisas, coisas que não podemos discutir agora. Então dou a ela uma verdade vaga. É tudo o que posso fazer.

— Não sei. Eu nem sei *como* está fazendo isso, mas ele está.

Ele não deveria ter esse poder. Controlar espectros foi uma antiga prática dos magos das Terras do Verão. Alguns feiticeiros das Terras do Leste tinham a habilidade, mas isso foi séculos atrás, antes de Urdin selar o Mundo das Sombras.

— *Quero me despedir* — sinaliza ela.

Não posso deixar de observá-la com cautela. Sou eu quem precisa confiar, suponho.

— Seja cuidadosa. Esse espectro não tem ordens para te prejudicar, mas mantenha distância, de qualquer maneira. — Eu dobro minha mão, a pele ainda formigando por tocar Raina tão intimamente. — Vou reunir os cavalos.

Minutos depois, volto com Mannus, a égua, a lamparina quebrada e minha espada, preocupado demais para fazer qualquer coisa além de me apressar. Raina está sentada de joelhos na neve ao lado da gaiola enraizada.

— *Eu vou voltar para você* — Raina promete para a garota. — *Vou voltar, e vamos nos vingar. Juntas. O Príncipe do Leste vai pagar por isso. Por tudo. Dou minha palavra.*

Um estremecimento toma conta de mim quando ela desliza o braço por uma abertura nas raízes. O espectro ainda está enterrado, porém, e Helena apenas se inclina para mais perto, permitindo que Raina pressione em seu peito o mesmo sinal que elas compartilharam no lago. Só que, desta vez, percebo que não é um, mas dois sinais, de palavras antigas de Elikesh.

Tuetha tah.

Minha irmã.

A testa de Helena franze e um soluço sufocado ressoa de sua garganta. O mesmo desespero que vive dentro de Raina irradia de sua amiga, mas ela assente de leve, em um pequeno gesto de compreensão

— um que diz que acredita em Raina e nas promessas de salvação e retribuição.

Raina se esforça para se afastar da jaula e fica de pé, enxugando as bochechas.

Quando ela me encara, fervilhando, eu acredito nela também. Enquanto montamos nos cavalos, o espectro retorna.

— Vocês nunca escaparão dele! — Essa voz sinistra é um grito, um som que faz a pele da minha nuca formigar.

Raina e eu encaramos a gaiola de madeira enquanto o espectro pressiona o rosto de Helena entre dois galhos. A videira que cobria sua boca e seus pulsos momentos antes agora luta para rastejar de volta ao corpo de Helena, como se algo estivesse lutando contra ela.

— Chame seus bruxos o quanto quiser, Coletor. — O espectro tem um sorriso perverso. — Implore aos seus deuses antigos por ajuda. Mas é ao Príncipe do Leste que Tiressia fará suas orações. Ele vê. Ele sabe. Nem mesmo *seus* segredos estão seguros.

Com um olhar para o céu, me encho de pavor. *É você*, o espectro disse quando provou meu sangue.

Fecho os olhos. Se o espectro sabe quem sou, talvez o príncipe também saiba. Não tenho certeza do que isso significa para Tiressia ou para mim, mas não pode ser bom. O Príncipe do Leste pretende governar este império, e ele está executando seu plano – um que ainda não compreendi completamente.

E eu não tenho ideia de como pará-lo.

22
Raina

Cavalgo entre as pernas de Alexus, aninhada contra ele, a Faca Divina escondida na minha bota. Quando Alexus foi reunir os cavalos, vi a faca na terra revirada perto da jaula de Helena. Ela está quente agora, onde antes, por tanto tempo, sempre foi fria. Embora eu sinta essa mudança na arma, e ela pareça mais viva, não tenho certeza se a Faca Divina é tão poderosa quanto o papai sempre disse ou se a mamãe era a única que estava certa. Porque eu enfiei aquela lâmina no rosto do Príncipe do Leste, e, mesmo assim, ele vive.

Não por muito tempo, no entanto. De alguma maneira, de alguma forma, eu vou sair desse lugar, e, com ou sem Faca Divina, vou destruí-lo.

Faz tanto tempo desde que deixamos Helena. Três dias, pelo menos. Talvez mais. Minhas mãos ficaram frias demais para segurar as rédeas logo depois que nos encaminhamos para as montanhas, e minhas mãos são meu único meio de comunicação. E aqui estou eu, aconchegada em um homem que eu achava que odiava, deixando que ele me abrace forte, hora após hora gelada, me confortando com a curva de seu corpo, respirando seu calor em meu pescoço. Qualquer desconforto de estar tão perto dele desapareceu. A Faca Divina está a alguns centímetros da minha mão, mas não consigo mais imaginar usá-la para machucar Alexus. Não somos mais estranhos, e certamente não somos inimigos.

Compassivos como amigos. Ternos como amantes.

Estou aprendendo a forma do corpo dele. Como ele dorme. O som de sua respiração. E sou grata por tudo isso — a maneira gentil como ele passa as mãos pelas minhas coxas para me aquecer, a forma como aperta minhas mãos e as segura contra o peito quando elas tremem, como ele esfrega os lábios na curva do meu pescoço quando precisa aquecê-los. Não me incomoda. Em vez disso, parece estranhamente certo, como se nos encaixássemos em todos os sentidos.

E isso me confunde a ponto de eu ter que parar de pensar nisso.

O perponte não é grande o suficiente para nos envolver inteiramente e oferece pouco conforto enquanto lutamos para permanecer acordados. A pobre Tuck segue atrás, amarrada e coberta com o cobertor de Littledenn.

Nossa lamparina está quebrada, mas o céu fornece mais luz do que antes. É uma cor estranha, que me lembra do tom rosado suave das rosas da minha mãe; é como um nascer do sol, se o céu do nascer do sol nunca mudasse. Não temos como saber quantos Habitantes do Leste podem estar esperando na floresta ao redor ou que animais podem estar à espreita, então a luz é uma bênção.

De vez em quando, paramos para descansar por algumas horas, geralmente enrolados contra uma árvore. Depois voltamos ao caminho e seguimos em frente.

Não conversamos sobre o que aconteceu. O que quer que o espectro tenha feito com Alexus, o abalou. Ele cavalgou atordoado por várias horas, com a mente em outro mundo. Mas, quando a dor pela minha amiga se tornou muito grande, ele se livrou de seu próprio desconforto e me abraçou, enxugou minhas lágrimas e sussurrou gentileza em meus ouvidos.

Enquanto viajamos, Alexus preenche o tempo contando histórias sobre terras distantes que tenho certeza de que devem ser ficção, e ele fala comigo em Elikesh, recitando frases que soam como poemas e são tão bonitas que facilmente me embalam para dormir. Outras vezes, paramos a cavalgada para esticar as pernas e mordiscar o que podemos da bolsa. O frio estragou as maçãs, embora ainda tenhamos dado o mingau e as cascas aos cavalos. Já esvaziamos o frasco, deixando-nos ansiando pelo calor da bebida na boca de nossas barrigas.

Estamos nos desgastando rápido. Precisamos de comida de

verdade, sono e fogo, ou essa construção pode se tornar nosso local de descanso final.

Quando voltamos a cavalgar, imploro a Nephele que envie ajuda logo, que encontre algum encantamento que teça tudo o que precisamos nessa construção abandonada por Deus. A neve e os ventos extremos quase pararam, e Alexus jura que o frio cedeu, mas nós dois ainda estamos lutando. Meus olhos continuam se fechando por vontade própria, um destino terrível, porque, quando estão fechados, vejo todas as coisas que me trouxeram a este momento, começando com a Faca Divina sendo entregue na porta de nossa casa. Depois disso, vejo minhas intrigas e meus roubos, os preparativos ocultos e a pequena mentira inocente que contei à minha mãe na manhã do Dia da Coleta.

A partir daí só piora.

Quando fecho os olhos, também me deparo com a verdade devastadora de nossa circunstância. Três vezes desde que deixamos Helena na floresta, o Príncipe do Leste me encontrou. Nos sonhos, ele me encara como se não fosse de verdade, mas eu sei que ele está aqui, muito vivo, e sei que está assistindo.

Só não sei como, e não sei por quê.

Dois pensamentos giram em minha mente. *Guardiã*. Por que ele me chamou assim? A palavra se repete no fundo da minha mente, mas não tem nenhum significado. O outro pensamento me leva de volta ao riacho. Alexus disse que um boato chegou à Vila Invernal de que o Príncipe do Leste pretendia quebrar o tratado do Rei Regner e invadir as Terras do Norte, tudo porque ele quer o Rei do Gelo. Na época, eu não me importava com o que ele pretendia fazer com o rei, mas agora entendo que o Príncipe do Leste tem uma missão maior.

E preciso saber o que é.

Paramos novamente, e, desta vez, encolhida debaixo de uma árvore, não consigo dormir, embora Alexus me abrace forte, compartilhando seu calor. Eu aqueço minhas mãos entre nossos corpos até que sinto que posso falar algumas frases. É a mesma pergunta que fiz antes de deixar

Helena, mas desde então evitei, por medo de conjurar o inimigo. Mas não posso mais evitar.

— *Por que o príncipe está fazendo isso? O que ele quer com o rei? Quero uma resposta real desta vez.*

Alexus esfrega a testa.

— São duas perguntas diferentes. Eu realmente não posso dizer que sei por que ele está fazendo isso. Não sei seu objetivo final. Tenho hipóteses, mas, quanto mais tempo estou nessa construção, menos certeza tenho sobre qualquer coisa que pensei que sabia. Como Helena. Se ele a usou para nos desacelerar ou nos parar, não tenho certeza. O espectro queria me matar, não você, e não tenho certeza do que pensar sobre isso, o que o príncipe pretende fazer com você assim que a tiver. — Ele passa a sinalizar. — *A menos que ele saiba o que você é.*

Engulo em seco, e meu pulso acelera.

— *Você acha que ele sabe?* — Alexus acrescenta. — *Ele viu suas marcas de bruxa?*

Balanço a cabeça seriamente, mas então repito na minha cabeça cada segundo da nossa luta no gramado. Não me lembro de o príncipe ter olhado para minhas marcas quando elas se tornaram visíveis. Minhas mãos, pescoço e marcas no peito estavam descobertas, mas pelo menos uma mão — aquela em que ele se concentrou — estava encharcada em seu sangue. Quanto ao meu pescoço e peito, meu cabelo é longo e grosso.

Minha mente gira. E se o príncipe *souber*? Quando o vi enquanto cavalgava com Helena, ele disse *Olá, Guardiã. Eu te vejo*. Tive a sensação de estar sendo observada, seguida, mas não havia nada lá.

Ou tinha?

Um corvo escuro voa de árvore em árvore ao longo da beira da estrada, e seus olhos se fixam em mim. Eu me enrolo mais perto de Alexus e me afundo mais dentro de sua capa escura, grata pela proteção.

E se *esses* são os olhos que senti? E se seus corvos viram que curei Alexus? Ou Helena? Talvez ele tenha me sentido curando Helena através de seu espectro.

Deuses. E se eu acabar sendo levada pelo príncipe? Serei sua Curadora e Vidente pessoal?

Enquanto meus pensamentos se transformam em puro pânico, Alexus adormece, seu corpo amolecendo ao redor do meu. Já não vai mais responder sobre o rei... Mas não tenho certeza se posso lidar com mais informações.

Outro corvo esvoaça acima, mantendo os olhos em mim — cumprindo ordens para seu príncipe, tenho certeza. Não posso evitar que os babacas espiem, mas pelo menos sei que devo procurá-los de agora em diante. E eu juro que, em algum momento, vou matá-los com minhas próprias mãos.

Desta vez, quando meus olhos se fecham e o príncipe aparece, tenho a sensação de que ele está procurando algo mais do que eu.

— O que, em nome de Thamaos, *é* você? — sussurra ele, estendendo a mão através do tempo e do espaço para tocar meu rosto, me observando de deus sabe onde, mesmo enquanto eu descanso nos braços de Alexus.

O que eu sou?, envio a mensagem pela mente. *O que diabos é você?*

Abro os olhos e tremo com a lembrança de sua proximidade. Parecia que ele estava a meros centímetros do meu rosto, o calor de seus dedos permanecendo como um toque real. Ele perguntou o que eu sou porque ouviu Alexus e eu conversando?

A capacidade do príncipe de se projetar em minha consciência, e o fato de que ele pode desaparecer por capricho, me faz pensar se ele está dentro dessa construção. Não consigo imaginar por que ficaria aqui se pode simplesmente desaparecer no nada, ao contrário de nós, meros mortais, que não dominamos a escuridão.

Mas, então, se ele é tão habilidoso em viajar por este mundo como o vento, por que invadir o vale? Por que não ir direto para a Vila Invernal em busca do homem que ele quer e levá-lo para longe em uma nuvem vermelha de morte? Por que vem a mim assim, como um fantasma? Por que não pode só aparecer bem aqui neste caminho em toda a sua glória infestada de sombras?

É porque ele na verdade é um covarde? Ele está com medo de que eu possa fazer mais do que feri-lo desta vez?

Covarde. Eu penso na palavra, e a temperatura do meu corpo sobe com o calor da irritação e da raiva fervendo. *Covarde*, repito, e empurro o insulto o mais forte que posso no éter, rezando para que ele ouça e que eu o deixe com raiva o suficiente para me encontrar cara a cara.

O momento é quebrado, porém, porque algo do outro lado do caminho chama minha atenção: luz índigo iluminando uma teia trançada de magia que flutua no ar em uma clareira fina além da beira do caminho, quase escondida por árvores.

Fecho os olhos, preocupada por estar tão exausta a ponto de imaginar coisas.

Mas, quando os abro, a magia ainda está lá.

Respiro, excitada, dou um tapa no peito de Alexus e aponto para a floresta. Ele acorda, ainda abraçado a mim.

— O quê? O que foi? — Ele pega a espada.

Aponto novamente, e, desta vez, ele vê. Sente, assim como eu.

Nephele.

Ficamos de pé mais rápido do que nos movemos em dias, limpando a neve, conduzindo os dois cavalos em direção à clareira — em direção à magia. Estou tão rígida, mas me movo com passos rápidos, rápidos demais, excitados demais, especialmente para uma mulher com uma faca que supostamente pode matar qualquer um enfiada dentro de sua bota.

Não posso evitar — meu coração dispara com o reconhecimento. Consigo *sentir* minha irmã, quase como se ela estivesse naquela clareira esperando por mim.

Só que ela não está.

Mesmo assim, o que *está lá* me faz sorrir.

Sob os fios azuis brilhantes da magia, estão gravetos. Gravetos *secos*. Em uma pilha no meio de um círculo gramado, como um prado de primavera cortado de uma tapeçaria e colocado dentro deste mundo mágico coberto de neve construído por bruxas a quilômetros e quilômetros de distância. Dois grandes troncos são um convite para sentar e descansar, e arbustos de amora crescem ao redor. Sua fruta azul-clara está pronta para ser colhida, e as raízes contêm água doce que podemos beber.

Melhor ainda, um dos corvos do príncipe – uma coisa enorme – está sentado em uma árvore de galhos baixos, me observando com firmeza.

O suspiro de alívio de Alexus é mais como um gemido de êxtase, e não posso deixar de olhar para ele e sorrir. Vamos poder descansar, encher nossas barrigas e aquecer nossos ossos, e então vou sair dessa construção para que eu possa encontrar o Príncipe do Leste e acabar com isso.

É estranho como tudo mudou. Como meu ódio pelo Rei do Gelo foi a última coisa em minha mente por um tempo. Como agora estou sorrindo para o homem que eu queria sequestrar algumas manhãs atrás e ansiando pela morte de outro homem que acabei de conhecer. Agora, quando tento decifrar quem são meus verdadeiros inimigos neste jogo, não tenho mais tanta certeza. O jogo é maior do que eu jamais sonhei, e sou sua mais nova jogadora.

Caminho em direção ao habilidoso refúgio de Nephele e paro ao lado do corvo. Corajosamente, encontro seu olhar e espero até sentir seu mestre despertar por trás daqueles olhos redondos, curiosos como sempre.

Quando agarro o batedor chato sem alma, nenhum deles espera isso. Antes de quebrar seu pescoço – com minhas próprias mãos, exatamente como eu disse que faria –, envio uma mensagem pela minha mente direto para o príncipe das sombras, onde quer que aquele filho bastardo demoníaco esteja.

Obrigada pelo jantar, seu verme. Eu estou atrás de você.

Sua voz me alcança à beira de uma risada.

Boa sorte, Guardiã. Estou esperando.

23
Raina

— Pela morte dos deuses, Raina. Eu poderia te beijar agora mesmo. — Alexus está sentado do outro lado do fogo, meio escondido por suaves redemoinhos de fumaça cinzenta enquanto rói uma asa de corvo assada. Mesmo daqui consigo ver aqueles lábios carnudos, reluzentes da gordura da carne escura. Ele bebe de uma raiz de amora e me olha por cima das brasas dançantes. — Por matar o pássaro — acrescenta.

— *Claro* — sinalizo. — *Por matar o pássaro.*

Minhas bochechas estão quentes — e não é por causa das chamas bruxuleando entre nós. Sei muito bem que ele só está aliviado por ter algo para comer, um fogo ardente e um lugar para descansar nossos ossos cansados.

Não sei por que parte de mim deseja que fosse algo mais.

Enrolada dentro de sua capa, inclino para trás uma raiz de amora e a esvazio antes de colocar sua casca em uma pilha com as outras que drenei. Sou grata pelo líquido nutritivo que sacia minha sede, mas também pelas raízes carnudas com casca grossa. Se limparmos a polpa, elas serão um excelente armazenamento para as bagas, protegendo-as do frio. Talvez, assim como as frutas, nos impeçam de passar fome, o que tenho certeza de que era a intenção de Nephele.

Eu me inclino até encostar no tronco atrás de mim e solto um suspiro mais longo e profundo. A Faca Divina está enterrada sob um tufo de musgo ao meu lado, e a tigela da mamãe está em uma pedra perto do fogo, com alguns punhados de neve derretendo dentro. Elas são as duas coisas que simbolizam o que está cavando em mim desde que nos sentamos para comer. Quero checar os Habitantes do Leste e o Príncipe, e também Helena, mas agora até me sinto corajosa o suficiente para procurar Finn. Preciso saber o que aconteceu com ele, especialmente depois de tudo que passei com Hel.

Quanto à Faca Divina, não posso deixar de pensar que talvez eu devesse dizer a Alexus que ela existe. Esse nível de honestidade com ele deveria parecer tão estranho para mim, mas não é mais. Em vez disso, fico me perguntando se talvez ele saiba algo sobre essas coisas. Talvez ele possa me ajudar com algum esclarecimento.

Ou talvez contar a ele complique ainda mais as coisas.

Estou tão cansada, cansada demais para ter *essa* conversa esta noite. É um tipo de cansaço que meu corpo nunca experimentou, mas do qual não tenho o direito de reclamar. Antes de acender o fogo, curei o congelamento de nossos dedos, e depois que Alexus preparou o corvo e o colocou para assar, lavamos as mãos e o rosto. Ele tratava do pássaro enquanto eu cuidava dos meus pés e dos pequenos cortes nos cascos dos cavalos feitos pelo gelo. Mesmo esses pequenos atos de cura me esgotaram.

Embora agora me sinta com a energia restaurada, é difícil me sentir à vontade. Aqui estou eu com comida na barriga, esticada na grama quente que não tem como existir dentro desta floresta congelada, enquanto um bando de Bruxos Caminhantes trabalha incansavelmente para manter essa construção intacta, para que os Habitantes do Leste que restaram não invadam sua casa como fizeram com a vila. E tem Helena, que está no frio, sozinha, presa como um animal e sofrendo os terrores de um demônio. O calor em seu corpo deve vir do espectro, então ela provavelmente está a salvo de congelar, mas ainda me preocupo.

Não posso ajudar Hel ou os bruxos da Vila Invernal a menos que esteja inteira, então tento o meu melhor para afastar a culpa que sinto por essas horas de alívio.

Jogando minha cabeça para trás, fecho os olhos e me concentro em como o calor do fogo é maravilhoso, a forma como ele afugentou toda a dormência e a substituiu por vida. Mas um lobo branco uiva, e eu os abro imediatamente e me sento, os músculos ao longo da parte de trás do meu pescoço tensos.

Não consigo parar de me preocupar que posso ver o Príncipe do Leste novamente ou ser inundada com memórias de nossa aldeia em chamas e moribunda ou imagens de Helena lutando contra seu demônio ou homens mortos sob gelo e neve. Não tenho certeza se vou conseguir dormir de novo.

— *Helena está a céu aberto* — sinalizo quando Alexus olha para mim, limpando as mãos. — *Há lobos*.

— Ela está bem, juro. — Seus olhos são sempre a âncora, acalmando a agitação de preocupação dentro do meu peito. — Só aquele fedor já é suficiente para desviar uma matilha de lobos para outra direção. Mas também, *meu* cheiro está nela. É a única razão pela qual os lobos não nos incomodaram. Eles sabem manter distância. Ela estará segura. *Estamos* a salvo. — Ele se levanta e aponta para o chão ao meu lado. — Posso?

Concordo com a cabeça, e ele se senta com as costas contra o tronco, com os joelhos dobrados.

— Você deveria dormir. Dormiu pouco durante a viagem. — Ele aponta para o fogo onde o perponte está pendurado em duas varas. — Está seco agora, e quente. Faz uma boa cama, se você se lembra.

Como posso fazer outra coisa além de sorrir para ele como uma tola? Há tanto em que pensar, e ainda assim ele está preocupado comigo dormindo e tendo uma cama "boa".

— *Eu me lembro* — sinalizo.

Seria impossível esquecer.

Antes eu me perguntava como Nephele poderia ser amiga de Alexus, mas agora não é difícil imaginar. Não posso dizer que entendo por que ele leva as pessoas do vale e por que elas não o odeiam por isso, mas também não consigo odiá-lo, por mais que eu quisesse antes de tudo isso acontecer.

Reduzo o pequeno espaço entre nós e pego sua mão. Há um conhecimento profundo quando se trata dele, e por isso não me surpreendo quando as linhas que cruzam a palma de sua mão me chamam. Tenho certeza de que não estão me chamando do jeito que as palmas chamavam Mena, mas a necessidade de vê-las de perto é real.

Eu traço as linhas de Alexus em minha mente, alegrando-me quando ele estremece ao meu toque. Não tenho ideia do que significam, mas eu me pergunto.

— Você lê mão? — indaga ele. — Temos uma senhora na Vila Invernal, de Penrith, que sabe.

— *Não* — sinalizo. — *Não tenho ideia de como fazer*.

— Mentes?

Eu rio e desenho outro *Não* em sua palma.

Ele pisca e sorri, então deixa sua cabeça cair para trás enquanto faço cócegas em sua pele.

— Isso é provavelmente uma coisa boa. Embora eu aposte que você conseguiria, se tentasse.

Engraçado como ele se preocupa comigo sabendo o que ele está sentindo e pensando. Primeiro, perguntou se eu lia as emoções das pessoas, e agora isso.

Eu gostaria de *poder* lê-lo — suas emoções, sua mente, sua mão. Mena sempre disse que as linhas das mãos definem quem somos. Ela me definiu bem, me chamando de idealista com tendências voláteis e de alguém que luta contra uma existência mundana. Ela me chamou de impulsiva, impaciente e imaginativa, um ser inquieto que precisa de liberdade para florescer e amor para prosperar.

Acho que ela estava certa, mas temo que esses dois últimos requisitos sejam praticamente impossíveis.

Alexus solta o ar e relaxa, como se meu toque fosse tudo o que ele precisa para descontrair. É verdade que passamos os últimos dias aconchegados um ao outro, mas eu estaria mentindo se dissesse que não é bom tocá-lo fora do modo de sobrevivência, assim como foi bom quando nos tocamos no riacho. Suas mãos são grandes e calejadas, marcadas como as de um espadachim, fortes e quentes de maneiras que eu não deveria estar pensando.

Delírio. Deve ser.

Mas talvez não seja. Porque depois da nossa conversa antes de deixarmos Helena e da promessa que ele fez, não consigo parar de ruminar sobre o quanto confio em Alexus. Como eu já sentia que confiava nele. A confiança é conquistada e, embora ele não tenha tido muito tempo para isso, prova o tempo todo que é leal. Se eu tivesse que imaginar o que a leitura de sua mão me diria, seria isso.

Leal.

Se estou de luto, ele me conforta. Se estou com raiva, ele deixa que eu esbraveje, mas acalma minha fúria. Se estou com medo, ele fica bem ao meu lado, encarando o que quer que apareça no meu caminho. *E às vezes ele joga pedrinhas para me assustar.*

Sufoco um sorriso. Minha mente está emaranhada nele.

Balançando a cabeça, saio do feitiço e descanso sua mão no meu colo. Ele ainda tem algumas queimaduras de frio e bolhas das rédeas, então começo a curá-lo.

Ele estremece, se encolhe e até assobia uma ou duas vezes enquanto teço os fios esfarrapados de sua carne. Ele então se acomoda e observa minhas mãos enquanto canto e trabalho. Que mistério este homem, embora ele também pareça um livro aberto. Talvez existam páginas e trechos que simplesmente ainda não tive tempo de ler, capítulos para me perder. E que talvez eu não devesse querer.

Mas, deuses, eu quero.

Uma vez que os fios dos ferimentos estão entrelaçados, pergunto:

— *Mais alguma ferida?*

Ele torce a boca para um lado como se estivesse pensando se deveria me dizer alguma coisa.

— *Não tenha vergonha, apenas me mostre. São seus pés?*

Ele solta uma risada, como se o que eu disse fosse engraçado, mas estou sendo sincera. Meus dedos dos pés estão horríveis, com pontas pretas e cobertos de bolhas por causa dos sapatos muito pequenos. Os pés são ruins o suficiente sem todo esse dano.

— *Queimadura por frio?* — soletro, sufocando uma risada. — *Nos dedos dos pés?*

— Não. — Ele ri novamente. — Por incrível que pareça, meus pés vergonhosos estão bem. Mas isso... — Ele enfia o polegar na bainha da túnica e puxa o tecido pelo longo torso. — É outra história.

Engulo em seco. Não só porque há cicatrizes horríveis em ziguezague do umbigo à clavícula, mas porque eu *não* precisava ver tanto dele agora. Às vezes, eu gostaria que meu rosto não fosse tão expressivo.

Este é um desses momentos.

— *Quando isto aconteceu?* — pergunto, me distraindo dos pelos escuros do peito e da trilha ainda mais escura que desaparece dentro de sua calça. Então me lembro do que aconteceu para ele receber essas marcas, e ele vê a lembrança no meu rosto.

— A maldita coisa me arrastou. Rochas, raízes, gravetos e os deuses sabem o que mais havia sob a neve e o solo revirado. Mas isso cicatriza sozinho. Não precisa se exaurir ainda mais por alguns arranhões.

Empurro meus sentimentos agitados de lado e fico de joelhos.

— *Mais do que arranhões. Alguns são profundos, provavelmente dolorosos. Não é difícil de curar* — digo a ele, o que não é mentira. Não são feridas complexas, mas estão lá há dias e não parecem boas. Mesmo que eu sinta que poderia dormir por uma semana, comer e beber reabasteceram muito da minha força, então começo meu trabalho.

Seus fios estão se tornando tão familiares, e cada vez que o curo, a pequena escuridão de sua morte roubada zumbe, se agita e faísca, uma pequena tempestade de raios dentro do meu coração. Essa conexão é estranha, assim como esse alcance de energias, mas acho que gosto disso, de me sentir apegada a alguém que não seja eu.

Em pouco tempo, seus arranhões estão curados. Decido curar o corte que ainda está marcando seu lábio — o ferimento que *eu* fiz nele. Quando acaba, relaxo e abro os olhos.

Quero bocejar, mas minha mente desliga, optando por enviar minha mão direto para o corpo de Alexus antes que eu pense em me controlar.

Danço os dedos levemente em sua pele curada, onde, apenas alguns momentos atrás, havia um corte raso que ia da barriga ondulada até o fim de seu peito. Vejo outras cicatrizes e marcas estranhas, salientes e ásperas que me lembram runas, como se tivessem sido esculpidas com uma faca quente.

Sua barriga vacila ao meu toque, e ele move os quadris.

— Raina.

Congelo ao som de sua voz rouca, parando minha inspeção sobre seu coração.

Só que não era apenas uma inspeção. Era uma exploração. Minha mão acariciando, não analisando.

Quando olho para ele, meu pulso bate tão forte que é tudo o que ouço. Aqueles olhos verdes me encaram, escuros e promissores, e não me importo mais que ele é o Coletor de Bruxos. Tudo o que vejo é o homem que está comigo há dias, o homem que me carregou de uma aldeia em chamas, que lavou o sangue de minhas mãos, que pensou em mim e só em mim quando acordou da quase-morte, o homem que me manteve aquecida enquanto congelava.

Eu vejo um homem. Nada mais e nada menos.

E quero algo dele, embora não possa dizer se eu apenas desejo o conforto da proximidade ou se estou procurando algo mais.

Ele arrasta as pontas dos dedos ao longo do meu queixo.

— Seria melhor se você não me olhasse assim.

Eu me inclino para mais perto e lambo meus lábios.

— *Assim como?*

Ele me dá um olhar penetrante.

— Como se quisesse que eu te beijasse. Porque é o que vou fazer.

Suavemente, esfrego o polegar sobre seu lábio curado. Ele desliza a mão no meu cabelo, agarrando as raízes, com um convite agradável brilhando em seus olhos.

Ele segura meu cabelo com mais força, e o desejo desce pela minha espinha e se acumula na minha barriga.

Não me movo. Apenas sustento seu olhar, um desafio para o qual espero estar pronta.

Estou plenamente ciente de que estou testando as decisões que tomamos em relação ao outro, mas as barreiras que ergui em defesa do ódio não parecem mais necessárias quando se trata de Alexus Thibault.

Eu sei o que quero, mesmo que não devesse querer.

Mesmo que eu me arrependa depois.

E agora quero a boca dele na minha — delirando de exaustão ou não. Eu quero esquecer. Encontrar algum tipo de paz, mesmo que por pouco tempo.

Alexus desliza a mão pela lateral do meu corpo até a parte de trás do meu joelho. Em um movimento rápido, ele me puxa para ele, minhas pernas abertas em seus quadris. Ele remove a adaga e o cinto da minha coxa, jogando-os de lado, e tira o capuz da minha cabeça, desamarrando os laços em meu pescoço. As pontas dos dedos forjam um caminho de fogo pela minha clavícula, por cima do meu ombro.

Quando a capa cai, deixando-me sentada em couro e o que sobrou do meu vestido, um calafrio me percorre. O ar é uma mistura de frio, do calor escaldante do fogo e o conforto quente de um prado. Isso faz minha pele parecer viva e sensível, consciente ao extremo de cada toque sutil dele.

Com o torso ainda à mostra e as mãos descansando em meus quadris, Alexus olha para mim como se eu fosse algum tipo de encantamento. A hesitação dança em seu olhar também, e não tenho certeza do porquê.

— Você é tão tentadora — diz ele. — Mas precisa saber de uma coisa. — Ele pega minha mão e a aperta contra seu peito. — Há escuridão dentro de mim, Raina. Escuridão que você não vai gostar.

Arrasto a mão sobre a curva do músculo grosso, através de seu mamilo duro, abaixo de sua barriga, fazendo-o recuar novamente.

— *Também tenho escuridão dentro de mim* — sinalizo. — *Talvez nossas trevas possam ser amigas.*

Ele tem escuridão. Eu a vi, como estou vendo agora, movendo-se como um fantasma atrás de seus olhos. Eu ouvi o espectro também. Sei que Alexus tem segredos.

E não me importo. Mais do que tudo, quero que ele me toque, e quando ele finalmente o faz – quando corre aquelas mãos mortais pelas minhas coxas, pela minha cintura, viajando pelas minhas costelas até os meus seios –, a pressão de seus dedos provoca um desejo ardente que rasga meu sangue.

Alexus cruza o braço em volta de mim e me puxa para baixo, envolvendo o punho no meu cabelo novamente. Apoio as mãos no tronco atrás dele, mas ele me puxa para mais perto, até eliminar todo o espaço entre nós. Posso sentir cada centímetro rígido dele, e ele parece divino. É um momento inebriante, que me faz desejar muito mais do que um beijo.

Ele roça a boca na minha, um beijo sussurrante, de contato tão gentil, mas tão dolorosamente proibido. Ainda assim, tremo até os dedos dos pés quando seus lábios passam pelos meus, como se ele estivesse saboreando cada curva, preparando-se para devorar.

Ele encontra meus olhos novamente, insinuando outro lampejo de hesitação, de muitas considerações, mas a batalha travada em sua mente termina, e ele realmente me beija.

Não esperava sentir a fome crua que acende com o sabor doce dele, mas, no segundo seguinte, afundo as mãos em seu cabelo escuro, e sou *eu* quem está devorando. Não consigo pensar em nada além desse anseio dentro de mim, essa *pressa*, a maneira como seu calor e dureza me tentam além de qualquer razão, a maneira como sua língua deslizando na minha me faz ofegar.

A intenção era sequestrar, e não beijar, esse homem. Não está certo desejá-lo tanto, a ponto de mal conseguir respirar.

Tornamo-nos um emaranhado de mãos e beijos errantes, e qualquer indecisão sobre o que está acontecendo se extingue. Eu tiro a camisa de Alexus e me maravilho ao vê-lo. Aqueles ombros largos e fortes e braços que poderiam segurar uma mulher por dias. Então mergulho minha boca em seu peito, arrastando meus dentes sobre sua carne firme e cicatrizada em uma mordida suave. Ele geme, aquele som de êxtase que incendeia meus sentidos.

Odiei o desamparo dos últimos dias, sentindo-me impotente.

Mas agora, me sinto como uma deusa.

Habilmente, ele desamarra os cadarços nas minhas costas, um por um, me beijando o tempo todo até que a roupa se afrouxe. Eu me sento, tiro o corpete e a roupa de baixo fina, deixando tudo de lado. Minhas marcas de bruxa brilham à luz do fogo, tons de ouro, carmesim, violeta e prata.

Alexus descansa as mãos na minha cintura, me impedindo de me aproximar. Ele desliza as mãos quentes em minha pele nua, admirando minhas marcas, minhas curvas, cada mergulho e cavidade. Meu corpo responde, partes sensíveis de mim se contorcem, doem e latejam tão profundamente conscientes de seu olhar enquanto as mãos dele aprendem o que me tira o fôlego.

Ele respira com dificuldade, os lábios ligeiramente inchados, o cabelo despenteado. É uma visão adorável, mas digo a mim mesma que estou encantada porque preciso de um alívio que só ele pode dar. Isso não tem nada a ver com nada além disso. Nada a ver com meu coração.

Nada mesmo.

— Deuses, Raina. — Ele fecha a mão sobre o meu peito em um toque possessivo. — Quero você.

Não pretendo fazê-lo esperar.

Faz muito tempo desde a última vez que estive com um homem — com Finn —, mas o instinto se torna minha luz-guia. Eu me inclino, pressionando meu corpo nu contra o peito nu de Alexus, e arrasto a língua ao longo de seu pescoço. Em resposta, ele sussurra meu nome, um som engasgado e desesperado, como se ele não pudesse aguentar muito mais, mesmo que estivéssemos apenas começando.

Amo o jeito que meu nome soa em seus lábios. Eu quero que ele o diga cem vezes mais. Quero que ele implore por um beijo, implore para tomá-lo, implore para nunca parar.

Ele roça as mãos ásperas pelos meus ombros, curvando aqueles longos dedos em volta das minhas costelas. Arqueio e minha pele formiga quando seu toque desliza pelas minhas costas e pelos meus quadris.

Cavando os dedos em meu traseiro, ele pressiona toda aquela dureza entre minhas pernas, me fazendo estremecer, me fazendo *querer*.

Isso é desesperador, um desejo tão cativante que deslizo meus quadris com sofreguidão, exigente e gananciosa, sentindo como se eu pudesse morrer se ele não estiver dentro de mim em breve.

Ele desliza a mão entre nós, puxando os laços da minha calça. Quebrando nosso beijo, levanto os quadris, e ele desliza a mão por dentro do couro.

Fecho os olhos em um suspiro, deixando-o me tocar onde quero mais dele. Ele é hábil com essa mão e, em segundos, estou subindo em direção ao ponto sem retorno.

Isso não deveria estar acontecendo. Não deveria ser o Coletor de Bruxos tirando tanto calor úmido do meu corpo, deixando minha mente entorpecida para qualquer coisa além da dor que ele está alimentando como um fogo. Esse pensamento evapora quando ele pressiona os dentes no meu ombro, devolvendo minha mordida suave de antes, e mergulha sua boca faminta no meu peito. Eu me aproximo com o toque, perseguindo a promessa que vive no redemoinho febril de sua língua, na ponta áspera de seu dedo.

Ele arrasta os dentes do meu peito e beija um caminho escaldante até a minha orelha.

— Não pare. Pegue o que você precisa. — Seus lábios se movem quentes em meu pescoço e então se fecham sobre minha boca, engolindo meus suspiros.

Estou à beira da euforia, olhos fechados, boca consumindo, quando o rosto bonito de Alexus, impresso na parte de trás das minhas pálpebras, desaparece. Em seu lugar, flutua o rosto presunçoso e danificado do Príncipe do Leste.

Eu me afasto de Alexus, o prazer enrolado dentro de mim se desenrolando como os fios de uma vida moribunda, e o fogo dentro de mim se transforma em gelo. Mantenho os olhos fechados, mantendo essa conexão, determinada a fazer algo desta vez, embora eu não saiba o quê.

— Olha só — diz o príncipe —, você fica mais interessante a cada minuto. O que todas essas marcas adoráveis significam? — Ele balança a cabeça. — Esqueça. Terei tempo para aprendê-las mais tarde. Por enquanto, pensei em deixar você saber que descobri o que continua me puxando à sua mente. Era algo que eu não sabia que existia até que senti tudo em você, mas é algo que preciso terrivelmente de volta ao seu lugar, e pretendo fazer isso acontecer. — Uma risada sai dele, um som esfumaçado e obsceno. — Isso é um adeus, Guardiã, por enquanto. Eu odeio deixá-la nesta construção terrível, mas você estará presa em segurança até eu estar pronto para você. E você obviamente sabe como se divertir. Tem sido adorável. E eu realmente *quero* dizer *adorável*. Meus mais sinceros agradecimentos pelo show. — Ele se inclina e ergue uma sobrancelha maligna. — Mas, mais importante, obrigado pela Faca Divina.

24
Alexus

Em um momento, Raina está em meus braços à beira da felicidade. No segundo seguinte, ela está saindo de cima de mim, rastejando pelo chão seminua em direção a um corvo empoleirado em um tufo de musgo. O pássaro decola, as asas batendo descontroladamente, mas Raina se lança, a mão disparando como um raio, e agarra a criatura pela asa. Ela joga o corvo no chão, seu grasnado estridente o suficiente para acordar os Anciões, e antes que eu possa fazer qualquer coisa além de me sentar, ela está enfiando uma faca em seu peito grosso.

— Pelos colhões dos deuses, o que foi isso, pelas chamas sangrentas?

Eu me levanto e vou até ela. Ainda estou rígido e em uma névoa de luxúria persistente, mesmo que a mulher que quero tenha sangue de corvo respingado em seu peito nu.

Respirando pesado e rápido, ela puxa a faca para trás. O som da lâmina deixando o pássaro é um chiado repugnante na noite.

Eu não tinha visto Raina com uma arma desde nossos momentos no gramado da vila, exceto pela adaga Littledenn que lhe dei de presente — a que tirei de sua coxa minutos atrás. Mas a lâmina que ela segura neste momento não estava com ela quando a peguei na vila. Ou pelo menos acho que não estava. Na verdade, eu verifiquei se ela tinha armas e só encontrei um cinto vazio amarrado em sua coxa.

No entanto, Helena tinha uma faca.

Raina olha para mim, seu belo torso marcado pintado com sangue.

Os olhos estão vidrados, arregalados e duros, uma faca manchada de carmesim em uma mão, um corvo morto pressionado sob a outra.

Deuses. Virago, de fato.

E, no entanto, ainda estou estupidamente excitado. Talvez até mais.

Dissipando essa excitação o melhor que posso, chuto o pássaro morto para longe e, depois de alguns momentos, me agacho diante de Raina. Ela já baixou a lâmina, protegendo-a atrás das costas como se estivesse tentando escondê-la de mim. Ela respira fundo e se senta sobre os calcanhares, então solta um longo suspiro.

— Gostaria de falar sobre isso? — pergunto com um meio-sorriso, um esforço para tirar um pouco da energia crepitante e da tensão no ar. — Não tenho certeza do que se trata — aponto para o corvo abatido — ou onde você conseguiu essa faca, mas sou todo ouvidos se quiser me contar alguma coisa.

Ela olha para os seios ensanguentados e de volta para mim.

— Ah, assim não vai dar.

Pego um pano da bolsa que está junto à tigela de neve derretida ao lado do fogo; a tigela que ela disse pertencer à sua mãe.

— Vamos nos sentar ali? — pergunto e aponto para o tronco.

Com a faca ainda apertada em sua mão, ela se senta comigo. Está tremendo, embora não de medo. A raiva rola para fora dela, e imagino que vai me dizer o que há de errado quando estiver pronta.

É estranho lavá-la assim — seu rosto, mãos, *corpo* —, mas ela deixa, quase como se precisasse.

Fora o bizarro assassinato do corvo, ela ainda é a coisa mais linda que eu já vi. Deslizo o pano quente e molhado em sua pele morena-clara, ainda a desejando muito, mesmo com uma lâmina a seu alcance e fúria sombreando seus olhos.

Olho para a mão dela. Como os nós dos dedos dela estão brancos, como se não fosse largar aquela faca por nada. Colocando a tigela de lado, recupero o corpete e a roupa de baixo descartados. O calor do ataque provavelmente ainda está fervendo em seu sangue, mas o frio acabará se instalando.

Por fim, ela olha para a faca, depois para mim, e se vira para limpar a mão e a lâmina na água, secando a arma no musgo. Quando me aproximo novamente, ela aceita o corpete, mas mantém a faca ao seu lado, fora da minha vista.

Estendo a mão em espera.

— Posso segurar a lâmina para você.

Ela balança a cabeça, enfia a faca entre os joelhos e começa a lutar para vestir as roupas.

— Posso pelo menos ajudar com os cadarços?

Ela assente, e embora seja a última coisa que quero fazer, me sento atrás dela e a ajudo a se vestir. O momento que compartilhamos passou, e provavelmente é melhor que seja assim. Estamos no meio de uma situação terrível, em que as emoções podem facilmente se transformar em sentimentos irreconhecíveis. Há apenas alguns dias, ela colocou uma faca no meu pescoço e quase me deixou para morrer, a única outra pessoa no vale que ela sabia estar com um fio de vida. Essa luxúria, essa *atração*, levará Raina a um rude despertar quando estivermos seguros na Vila Invernal. Tem tanta coisa que ela não sabe sobre mim. Minha escuridão e a escuridão dela são muito diferentes. Não sou nada além de um grande segredo, longe do tipo de homem que ela precisa em sua vida.

Saber disso não me faz querê-la menos.

Depois que a última fita é amarrada, ela recupera o cinto da coxa, prende-o e troca a antiga adaga por esta nova lâmina.

Ela enfia a adaga na bota e volta para o tronco, me surpreendendo quando se posiciona entre meus joelhos, segura meu rosto entre as mãos e me beija de novo. É um beijo tão forte e profundo que fico sem fôlego e faminto por mais, então ela se afasta e pressiona a testa na minha.

Deuses, eu *sofro* por esta mulher em meus ossos.

— Você não pode continuar me beijando assim, ou talvez nunca deixemos este lugar — digo a ela. Meu coração dispara como se eu fosse um menino de novo, a escuridão e os segredos que se danem. — Pior ainda — acrescento —, talvez eu nunca descubra por que você odeia tanto os corvos.

É uma piada de mau gosto, dado o que aconteceu no vale, mas é preciso um momento de leveza.

Por fim, a tensão se dissipa, e um sorriso surge no canto de sua boca, embora não alcance seus olhos.

— *O Príncipe do Leste tem nos seguido. Observando. Seus corvos.*

Leva um momento para que eu absorva suas palavras, mas então...

Fecho os olhos com um suspiro, sentindo-me um maldito tolo. Claro que ele está. Claro que um príncipe que pode comandar um bando de corvos os usaria como espiões. Afinal, há um olho que tudo vê em sua bandeira.

— *Mas é mais do que isso* — acrescenta. — *Ele está* me *observando*. — Ela dá um tapinha no peito.

Franzo a testa, não gostando do caminho que esta história está tomando.

— Através dos pássaros?

— *Sim. E, quando eu durmo, ele vem até mim.*

Meu sangue fica frio.

— Por que não me contou? E o que quer dizer com ele *vem* até você?

Ela dá de ombros e bate dois dedos na têmpora.

— *Ele aparece. Em minha mente. Aconteceu agora. Ele perguntou o que minhas marcas significam, agradeceu o show e o...*

Estreito os olhos quando ela faz uma pausa.

— O quê?

Ela olha para a perna – para a faca – e, depois de um momento de hesitação, solta a alça de couro do cinto da adaga com a mão trêmula.

— *Esta lâmina pertencia ao meu pai. Ele a encontrou na costa Maloriana. Ele era um guarda bruxo. E a chamou de...* — Suas mãos ficam imóveis, e ela morde o lábio, demonstrando uma expressão de conflito interno.

— Você pode confiar em mim, Raina. — Ponho uma mecha de cabelo atrás de sua orelha. — Eu juro.

Ela desembainha a lâmina e a segura diante de mim com uma mão. Com a outra, ela sinaliza:

— *Uma Faca Divina.*

Minha mente tropeça em suas palavras, talvez porque eu ainda esteja dividido entre o desejo e a confusão total, mas...

Olho para a lâmina. *Realmente* olho para ela. Não está mais ensanguentada. Também não está sendo empunhada por uma mão adorável. Nenhuma mulher deslumbrante a esconde da minha vista.

Minha magia, enterrada e reprimida, geme como um animal em uma armadilha.

Tremendo, eu olho, e começo a suar frio. Faz tanto tempo que segurei esta faca pela última vez, tanto tempo que não a reconheci à primeira vista. Não a sinto mais. A lâmina ainda é de breu como a meia-noite, e a Pedra de Ghent ainda brilha, mas qualquer vínculo que eu já tive com esta criação parece quebrado – pelo menos para mim.

— Isso é impossível. — Instintivamente, eu me afasto dela. Meu coração tropeça e mal consigo respirar. — Só havia uma Faca Divina, e ela desapareceu há muitos, muitos anos.

Pressiono a mão no meu peito, sentindo um poder que não posso alcançar.

Raina pisca uma vez, observando minha reação bem de perto.

— *Mas* é *real* — diz ela. — *Você sabe o que é uma Faca Divina.*

Eu tenho que lutar para não zombar.

— Sim, eu sei o que é *a* Faca Divina. — Esfrego o rosto, certo de que estou congelado em um sonho. — Mas *você* não deveria, certamente não deveria estar com ela.

Num impulso, tento alcançar a faca, mas Raina é rápida demais. Ela está de pé e a dois passos de distância, então guarda a faca no cinto antes que minha mão se aproxime, e fico a dois centímetros do punho.

Para minha mente, ainda parece que caí em uma realidade quebrada, ainda mais quebrada do que a em que estamos, e tenta mover as peças de volta para os lugares corretos para que eu possa entender o que isso significa.

Uma das peças desliza no lugar.

— Foi essa faca que você colocou no meu pescoço? Você estava com ela esse tempo todo?

Ela assente, mas então balança a cabeça, como se estivesse confusa sobre como responder. Não há negação em seu rosto, e por que haveria? Ela não me deve nada, e certamente não me devia nada antes.

— Helena estava com ela. Achei que tinha perdido no fogo. Eu a peguei perto da gaiola dela.

Eu não tinha visto. Nunca tive tempo de notar. O espectro das sombras usou *minha* adaga quando me atacou no gelo, mas também a usou quando me atacou na floresta? Tanta coisa estava acontecendo, e tão rápido, que não consigo lembrar da faca que a garota segurava. Tudo o que sei é que o espectro teve permissão de seu príncipe para acabar com minha vida, me chamou de "feiticeiro" e provou a sombra dentro de mim. Essa coisa — e muito possivelmente o Príncipe do Leste — sabe mais sobre mim do que qualquer um.

Com o coração batendo muito rápido, eu me levanto, erguendo as mãos em apaziguamento, enquanto outra parte da nossa situação se aprofunda e se instala em minha mente, seguida por outra e outra até que estou imaginando todos os tipos de consequências. Raina não tem ideia do poder que está segurando, como essa arma pode mudar a maré de nosso mundo inteiro se cair em mãos erradas.

E as mãos erradas estão trabalhando muito, muito para adquiri-la.

— Então você está com a Faca Divina. — Mantenho a voz firme enquanto ordeno meus pensamentos caóticos. — E o Príncipe do Leste sabe que ela existe.

Ela assente, as sobrancelhas franzidas.

— E ele enviou um corvo para recuperá-la. Porque ele pode nos ver.

Mais uma vez, ela assente.

Cubro a boca com a mão e arrasto os dedos pela barba.

— *Talvez não importe* — sinaliza ela — *ou talvez a faca não seja tão real quanto eu acreditava.*

Eu a encaro, perplexo, embora perceba que não é culpa dela a falta de compreensão.

— *Eu cortei o príncipe com esta faca* — acrescenta. — *Depois que ele esfaqueou você.* — Ela desenha uma linha no rosto, da têmpora ao queixo. — *E ele ainda está vivo.*

Claro que está, embora eu não consiga entender por que ele não a tirou dela quando teve a chance.

Antes que eu pergunte mais, ela fala:

— *Ele disse que a sentiu em mim, que ela o atraía de volta para mim. Ele quer a faca de volta ao lugar que ela pertence.*

Não sei o que isso significa. A última coisa que o príncipe deveria querer é a faca de volta ao lugar que ela pertence. Desse modo, ela não tem serventia para ele.

— *Ele também disse que isso é um adeus, por enquanto. Que estamos presos até que ele esteja pronto para mim. Ele me chamou de Guardiã. Ele me chamou assim antes, no gramado. O que isso significa?*

Guardiã. Eu vasculho nos recônditos da minha mente por qualquer coisa que possa dar significado a essa palavra neste caso. Havia Guardiões nas Terras do Verão — no Salão dos Santos —, magos que protegiam os antigos pergaminhos e a sabedoria ali guardados. Raina não é maga, nem

Habitante das Terras do Verão. Assim como seus pais não eram.

— Eu realmente não sei o que isso significa. Talvez ajude se me disser como seu pai conseguiu a faca. Em detalhes.

Ela tenta explicar, mas o pai não revelou quase nada, e muito do que ele sabia sobre a faca foi poluído por séculos de conhecimento distorcido. No entanto, de tudo o que ele disse, uma coisa se destaca.

Sim, filha. Eu a mantenho. É um dever.

Estudo a lâmina mais uma vez, afastando meu choque para que eu possa me concentrar. À primeira vista, não há nada. Olhos desacostumados não veriam nenhum trabalho mágico — o feitiço na lâmina foi projetado dessa maneira, imagino. Exige concentração obstinada, mas consigo ver a magia que emana da arma quando olho com atenção suficiente. O encantamento é fraco e antigo, considerando os anos normais, para quase qualquer tipo de encantamento, mas posso lê-lo mesmo assim. Existem tantos feitiços de ligação no mundo da magia, e este é mais um.

Guardiã. Agora está começando a fazer sentido. Seu pai não tinha escolha quando se tratava da Faca Divina. Alguém o amaldiçoou com a tarefa de cuidar da lâmina, uma maldição que — embora fraca — se prendeu a Raina. O príncipe não a pegou porque não podia. Mesmo agora, quando olho para o éter ao redor da faca, tênues gavinhas de magia se agarram à linda mão e ao pulso de Raina como garras.

Foi por isso que o príncipe enviou o corvo. Raina estava distraída. Ela baixou a guarda. Colocou a faca de lado.

E ele viu.

Olho ao redor do acampamento, outra peça muito importante do quebra-cabeça se encaixando.

Helena.

Não sei como a garota conseguiu a faca depois do que aconteceu entre mim e Raina no gramado, mas o Príncipe do Leste soube que a faca estava com ela e tentou usar um espectro de sombra desajeitado para levar a lâmina para ele. Se ele está em busca do que acho que está, não vai parar até conseguir. Embora a afirmação de que ele a quer de volta ao lugar a que pertence ainda me confunda.

Raina dá um passo firme para mais perto.

— *Por que ele está fazendo isso? Sabe dizer?*

Esta é a terceira vez que ela pergunta, e não vou mais evitar responder — eu o farei assim que estivermos em segurança.

— *Eu vou te dizer* — sinalizo, para evitar que algo ou alguém nos ouça. — *Mas, primeiro, devemos sair do espaço aberto. Este acampamento foi um alívio. Presente de sua irmã. Ela sabia que precisaríamos de força para o que está por vir. Você frustrou os esforços do príncipe. Ele pode se certificar de que estamos presos aqui, mas também enviará algo pior do que um corvo atrás da faca. Não podemos nos sentar e rezar para que ele não retalie.*

A compreensão surge em seu rosto, e posso ver em seus olhos penetrantes que ela compreende a gravidade do momento, mesmo sem mais detalhes.

Então eu dou um passo firme para mais perto dela.

— Preciso que você me dê a faca, Raina.

Não sei se isso é sábio. Pode ser mais seguro que a faca fique com ela do que comigo, mas não consigo imaginar como, e só quero senti-la, para ver se a conexão está realmente perdida.

Ela dá um passo para trás, me observando com aqueles olhos afiados.

Mais uma vez, levanto as mãos.

— *Não podemos deixar o príncipe pegar a faca. Ela é a chave para muita devastação. E acredite em mim quando lhe digo que, de nós dois, minha escuridão é a escuridão que o Príncipe do Leste não vai querer enfrentar.* — Ela ainda hesita, então caio de joelhos, me rendendo diante dela. — *Você estava pronta para confiar em mim com seu corpo, Raina. Confie em mim com isso.*

A tensão em sua mandíbula diminui quando ela olha para mim, e a bochecha cerrada finalmente relaxa. Embora demore um pouco, ela estende a faca.

Estou tremendo como um potro recém-nascido quando envolvo a mão em torno do punho quente.

Meu sangue pulsa, atento, o calor da pedra enviando uma chama direto para o meu coração e através da minha pele. Isso não acontece há tanto tempo que a adrenalina é quase tão intensa quanto o prazer que eu teria sentido se Raina tivesse me arrebatado minutos antes.

Fecho os olhos e respiro fundo, ofegando ao redor do vínculo que zumbe e se forma novamente no meu sangue.

— *Olá, drallag* — a lâmina sussurra.

25
Raina

Voltamos a cavalgar pelo caminho nevado, nossa cautela uma vibração no ar. Eu conheci o medo. Aqueles momentos no gramado, esperando o ataque dos Habitantes do Leste, e o que aconteceu depois, quando a violência e o fogo levaram tudo, foram puro terror. Também me senti assim observando Helena consumida por um espectro de sombras. Quando empunhei a espada de Alexus, o conhecimento de que era ela ou nós foi um dos momentos mais dolorosos da minha vida. E agora me sinto da mesma forma, minhas entranhas tão retorcidas quanto algumas das árvores nesta construção. É como se eu estivesse no precipício de um pesadelo, tão perto de cair e nunca aterrissar.

Tudo que preciso é de alguém — ou alguma *coisa* — para me derrubar.

Um formigamento percorre minha espinha e olho por cima do ombro. Sinto uma presença. Começou um pouco depois que deixamos o refúgio, mas não há nada além de bosques escuros e neve. À frente, tampouco, nada além dos mesmos bosques escuros, da neve e das montanhas se agigantando.

E Alexus Thibault, um homem que eu não tinha certeza de que pudesse sentir medo genuíno até várias horas atrás. Agora o medo dele é o meu medo, porque, se ele está com medo, sei que devo estar também. Só não tenho certeza do que devo mais temer: o Príncipe do Leste, a preocupação com o que está por vir ou os segredos de meu companheiro.

Enterrada no perponte, mantenho meus olhos cansados abertos

para a linha das árvores, alternando o olhar para frente e para trás com uma espiada ocasional para o céu. Nas últimas horas, a cor mudou gradualmente do cor-de-rosa suave, que me lembrava das flores da minha mãe, para um vermelho profundo e sombrio — um tom que tristemente me lembra dela também. O mundo inteiro é lançado neste brilho sangrento do luar, refletindo na neve.

Os lobos brancos estão em algum lugar, rondando nas sombras, e os corvos nos seguem por entre as árvores. Já passei da exaustão e cheguei ao ponto em que estou questionando tudo. Isto é real? Ou algum tipo de ilusão, graças ao estado angustiado de minha mente e meu corpo?

A melodia profana de uivos e coaxos gorgolejantes, complementada por uma onda fria de vento, me lembra de que é muito real.

Também parece um aviso.

Contorço meus pés nas botas, a pressão reconfortante do aço aquecido. Na minha bota esquerda está a velha adaga de Littledenn. À direita, a lâmina curvada do Habitante do Leste que Alexus encontrou na neve. Ele me deu em troca da Faca Divina e do cinto da adaga. Foi a coisa certa a fazer, mas há momentos, como agora, ainda que breves e cortantes, em que questiono minha escolha.

Mas confio nele. Mesmo com suas palavras sombrias. Mesmo sabendo que ele ainda não compartilhou muitas coisas. E mesmo que ele seja o Coletor de Bruxos, sinto-me mais segura com ele liderando o caminho e a Faca Divina em suas mãos.

Mais do que tudo, acredito nele quando fala de sua escuridão. Não sei o que é, mas a verdade de sua existência é inegável. Quando Alexus viu a Faca Divina — *realmente* a viu —, o verde de seus olhos ficou preto e líquido, um olhar primitivo perfurando minha alma como se ele pudesse entrar em mim se olhasse o suficiente. Sobrenatural talvez fosse uma palavra adequada.

É mais do que isso, no entanto. Não consigo definir.

Ainda.

Chegamos a uma crista na floresta, e Alexus faz Mannus parar. Ele ergue um punho no ar para me parar também. Respiro fundo e sinto o aroma de madeira queimada.

Silenciosamente, ele remove a espada e a bainha e as prende nas costas de Mannus. Quando desmonta, é estranho o quão quieto está, como cada movimento e passo são tão silenciosos quanto a neve que cai.

Ele sobe a trilha com passos longos e cuidadosos – uma figura ameaçadora e encapuzada –, então caminha ao longo da beira do caminho, ladeando a encosta rochosa.

Fecho os olhos e concentro minha audição.

Vozes. Elas são fracas, como murmúrios ao redor de uma fogueira, mas estão lá.

É disso que Nephele esperava nos proteger?

Quando abro os olhos, Alexus se aproxima, ainda assustadoramente quieto. Ele cruza as mãos em volta da minha cintura e me levanta de Tuck. Segurando meus braços, ele se abaixa e me olha nos olhos.

— *Habitantes do Leste* — sinaliza. — *Cerca de vinte. Acampados no caminho. O príncipe não está com eles.*

— *Para a floresta* — digo, apontando.

Porque quais são as nossas opções? Quanto ao príncipe, estou preocupada que ele possa estar em qualquer lugar em um instante, então o fato de ele não estar aquecendo seus ossos com seus homens não é exatamente reconfortante.

Alexus balança a cabeça.

— *Eu sei onde estamos agora. Muito perto das montanhas. A paisagem é muito acidentada.*

Olho para trás, por onde viemos.

— *Não podemos voltar* — sinalizo.

— *Não.* — Suspirando de leve, ele balança a cabeça de novo, e deixa os ombros largos caírem. — *O único caminho a seguir é atravessando.* —

Gentilmente, ele pressiona a testa na minha e sussurra: — Eu vou cuidar deles. Apenas fique aqui.

Agarro sua capa antes que ele possa se afastar.

— *Eles não deveriam ter que morrer para nós vivermos.*

Meu estômago revira, enjoado por saber o que ele pretende fazer. Se ele até mesmo pode. Sozinho, ele não pode derrubar vinte homens, Habitantes do Leste, ainda por cima. Ou pode? A Faca Divina não provou ser a arma divina em que acreditei, embora ele pareça pensar que é uma peça crítica neste jogo em que estamos.

Ele inclina meu queixo, e mesmo sob a névoa vermelha, posso ver que o lindo verde de seus olhos ficou preto.

— Acredite em mim, esta é a última coisa que quero fazer — diz ele. — Mas você viu do que essas pessoas são capazes. Não vão nos poupar, Raina. Vão nos matar ou nos levar ao príncipe deles. Ou pior. Não se engane.

Ele coloca o capuz sobre a cabeça, sombreando seu rosto, e me beija. Não sei por que suas mãos em minhas bochechas ou a pressão de seus lábios são tão chocantes. Talvez porque também pareçam tão naturais – tão impossivelmente certas – quando eu deveria sentir qualquer coisa menos espanto e costume. É um beijo carinhoso, mas me deixa fraca do mesmo jeito, dispersando minha mente como eu tenho certeza de que ele sabia que faria.

— Faça o que eu digo — sussurra contra a minha boca. — Não me siga. Sua vida depende disso. Eu voltarei para você, mas não importa o que veja, não importa o que ouça, não me siga. Prometa.

Eu odeio tudo isso, mas pressiono a palavra *Prometo* em seu peito, e noto que seu coração bate como um tambor de guerra sob meu toque.

Acontece que sou mais mentirosa do que jamais imaginei, porque, minutos depois, a terra treme e estrondos soam como uma estrela caindo do céu e se chocando no meio desta floresta esquecida por Deus. Então estou amarrando nossos cavalos horrorizados a uma árvore, tirando o pesado perponte, liberando minhas duas lâminas e subindo a trilha gelada, assim como Alexus fez.

Uma luz branca momentânea divide a floresta, me parando no caminho. O horrível gemido das árvores quebrando e caindo — mil ao mesmo tempo — estilhaça a noite, seguido por gritos humanos desesperados.

O alarido cessa de uma vez, e a floresta cai em absoluto silêncio e quietude de um jeito que faz meu sangue congelar. Os lobos pararam de uivar e os corvos abandonaram as árvores.

A encosta rochosa empurra minhas costas, e pedras irregulares se soltam enquanto me movo. Uma delas prende meu corpete — debaixo do braço —, cortando o tecido que cobre minhas costelas. Estremeço com a dor aguda. Estou ferida, eu acho, mas estou mais preocupada com cada pedrinha barulhenta que cai, acelerando meu pulso. Sou uma mentirosa quebrando uma promessa, mas preciso saber se Alexus está bem.

Por fim, chego na beira do penhasco, ofegante por causa da ansiedade. É preciso tudo o que tenho para reunir minha coragem desafiadora e espiar ao redor das rochas.

Meu coração dá uma guinada no peito, parando por um segundo antes de acelerar novamente. O acampamento dos Habitantes do Leste — não, o caminho até ele e até mesmo parte da floresta — estão exatamente como minha imaginação conjurou.

Como uma estrela caindo na Floresta da Água Gélida.

Há uma cratera no meio da floresta, obliterando o caminho e a paisagem circundante. Quanto aos Habitantes do Leste, não há sinal deles, embora manchas escuras salpiquem a terra aberta, e pedaços de carne molhada pendam dos galhos de árvores quebradas.

No meio de tudo isso está Alexus, ajoelhado como um deus caído.

Mesmo daqui, posso ver que ele sente dor. Ele apoia seu peso em um punho enquanto a outra mão bate no peito como se estivesse enfiando uma estaca em seu coração. Ele engasga tanto que suas costas se curvam com o esforço.

Desço a colina apressada, tropeçando e deslizando até a cratera rasa. No momento em que chego embaixo, estou correndo. Quando o alcanço, derrubo minha arma e caio de joelhos, deslizando o braço em suas costas, esperando ajudá-lo mesmo sem ter certeza do que, pela morte dos deuses, aconteceu.

Ao meu toque, ele levanta a cabeça. Veias escuras marcam a pele pálida ao redor de seus olhos, que ainda são a mesma escuridão líquida, só que agora ocupam muito mais que suas íris. Até o branco de seus olhos foi tomado.

— Vá! — ruge Alexus, e o som profundo e reverberante de sua voz é de chacoalhar os ossos o suficiente para que o eco atinja meu núcleo em ondas sinistras. É tão impressionante que estou tremendo e quase obedeço.

Quase.

Eu sinto a magia. Não é a magia de Nephele. Nem a magia de Bruxo Caminhante. É diferente de tudo que já experimentei, e beija minha pele como aquela carga no ar nas primeiras vezes em que encontrei o olhar de Alexus Thibault. Só que mais forte.

Todos os pelos do meu corpo se arrepiam, e calafrios sobem e descem pelos meus braços, mas não por medo. A magia no ar é sedosa ao toque, fria e densa o suficiente para saborear. Tem o gosto dele — como mel e cravo — e como outra coisa. A floresta, talvez, onde a magia agora permeia o solo, as raízes, as árvores, as folhas.

Em reverência, Alexus pressiona a testa no chão, as palmas das mãos achatadas na terra crua, e balança para frente e para trás, cantando. Sua voz é muito baixa para eu entender as palavras, mas elas são Elikesh, antigas e belas, e eu conheço sua cadência.

Um apelo, não uma oração.

Não tenho certeza de quanto tempo ficamos ali sentados. Ele canta, e eu assisto e ouço, impotente, mas, por fim, seu balanço diminui, as palavras cessam e ele colapsa. Sua capa cai para o lado, revelando a Faca Divina, ainda embainhada com segurança em sua coxa dentro do cinto de adaga de Finn.

Eu o deito de costas e toco seu rosto, limpando os flocos de neve de seus olhos e de sua barba. As veias pretas ao redor dos olhos desapareceram, deixando para trás hematomas arroxeados, e sua túnica está desamarrada, revelando o peito avermelhado.

Depois de um momento, ele começa a piscar e segura minha mão, pressionando-a em sua bochecha. Espero que ele fique furioso e grite comigo de novo. Mas ele não fica, e não grita. Ele parece aliviado, como um homem que acabou de sobreviver a algo que eu não consigo entender.

— Você está bem? — pergunta ele, e eu assinto. — Que bom. Me ajuda a ficar de pé?

Eu ajudo, embora não tenha certeza do quanto posso suportar. Alexus dá dois de mim, e o que quer que ele tenha feito a esses homens o enfraqueceu muito.

Com o braço ao redor dos meus ombros e minhas lâminas presas nas botas, nós marchamos de volta para a colina, mas eu paro, inclinando-o contra a encosta rochosa quando chegamos ao cume.

— *Você matou vinte homens.*

Ele assente e esfrega os olhos, estreitando-os, como se queimassem.

— Sim.

— *Sozinho.*

— Sim.

— *De uma maneira não natural.*

Um meio aceno.

— Depende. A magia não é antinatural.

— *É sim se sua magia morreu há muito tempo.*

Magia que ele não empregou durante o ataque dos Habitantes do Leste, nem com o espectro, e eu tenho que me perguntar por quê.

— Sim. Eu ofereci um adiamento aos Habitantes do Leste. Eles não aceitaram. Então fiz o que tinha que fazer. — Ele suspira. — Você está me odiando de novo?

De novo. Porque eu claramente perdi aquela batalha em particular.

— *Não* — respondo, e estou falando sério, mesmo que haja restos de guerreiros mortos brilhando na luz carmesim pairando sobre a floresta, embora mais mortes desnecessárias sejam a última coisa de que preciso pesando em minha consciência já sobrecarregada. Éramos nós ou eles, e estou começando a entender toda a desgraça dessa situação.

Eles tinham uma escolha. Escolheram errado. Só estou feliz por não ter visto tudo acontecer.

— Que bom. — Ele estremece. — Eu também não odeio você por quebrar sua promessa e ver coisas que não deveria ver. Poderia ter se machucado. Poderia morrer. Podia ser você naquelas árvores, tudo porque você não escuta.

Ele me dá um olhar irritado, o mesmo olhar que usou quando me enganou antes de entrarmos na construção. Só que, agora, tem metade da intensidade.

Arqueio uma sobrancelha.

— *Mas eu não fui ferida ou morta. E exijo uma explicação completa. Não neste momento, mas em breve*.

Ainda respirando com dificuldade, ele olha além do caminho destruído.

— Que tal em uma hora? Há um trecho de cavernas à frente, na ravina que eu queria evitar. Mas talvez seja o melhor caminho. Estamos mais ao norte do que eu imaginava. Podemos sair de vista, nos aquecer, descansar, e eu lhe direi tudo o que puder.

Isso parece fácil demais, embora eu entenda claramente os limites: *tudo o que puder*.

Ainda assim, vou aceitar. Este homem tem segredos. Ele está disposto a falar, e estou cansada de ficar no escuro. Além disso, posso ser mais do que persuasiva.

Ele está um pouco mais estável, então seguimos pela neve em direção a Mannus e Tuck. Eu o pego olhando para mim, sem prestar atenção ao caminho à sua frente, um brilho de diversão em seus olhos vidrados que estão lentamente retornando ao tom normal.

— Você é sempre tão desobediente? — pergunta.

Eu apenas sorrio, e, por alguns minutos, enquanto caminhamos, eu me deixo viver na estranha sensação de normalidade que se instala entre nós, apenas Alexus e eu, ombro a ombro. Nenhum pensamento de magia, do príncipe, do rei ou dos Habitantes do Leste mortos às nossas costas. Nenhum sussurro em minha mente me lembrando de quem ele é e que há uma boa chance de que ele seja mais do que eu jamais sonhei. Somos apenas nós, a neve e a necessidade do comum, aquela existência mundana da qual Mena disse que eu estou sempre tentando fugir.

No entanto, neste momento, anseio pelo mundano, pelo sonho que tive no Dia da Coleta. Imagino estar em outro lugar, longe de todo esse horror. Eu, minha família, amigos, e talvez Alexus. Não quero lutar. Não quero entrar em conflito com um príncipe mágico e mítico que pode acabar comigo. Só quero o simples e fácil. Longas caminhadas e observação de estrelas em um mundo que não parece que vai desmoronar a qualquer momento.

Olho para Alexus novamente. Seu rosto está sério e, quando ele para, me puxa para si e me beija com o corpo tremendo com a pressa de uma batalha unilateral, e saboreio o que resta de seu poder. O sabor potente na minha língua é tão doce quanto o mel fresco.

Sombrio. Promissor. Ardente.

E eu sei, sem dúvida alguma, que caí de cabeça no pior tipo de problema.

E que tudo — *tudo* — está prestes a mudar.

26
Raina

A caminhada até as cavernas é perigosa, levando-nos a descer uma colina íngreme e a um desfiladeiro seco a nordeste de Hampstead Loch. Nós cavalgamos juntos nas costas confiáveis de Mannus, puxando Tuck atrás. Os animais estão tão cansados que a curta viagem é mais uma batalha. Quanto a mim, estou com dor na lateral do corpo, onde machuquei nas rochas, e acho que posso estar sangrando um pouco, mas realizar uma cura em um terreno tão traiçoeiro é impossível.

O terreno fica plano quando chegamos à ravina, tornando o passo mais fácil, embora o leito estéril do rio seja rochoso e cheio de pedregulhos. Acima, o céu parece estar pintado de sangue e salpicado de neve.

Um vento chicoteia e assobia através do azul e quase arranca o perponte, ao qual me agarro como um salva-vidas. Eu o puxo com força e coloco o queixo no peito para me proteger da rajada, impossibilitando que eu veja as veias de eletricidade logo acima. Mas ainda sinto o poder e vejo o lampejo de luz.

Nunca testemunhei relâmpagos em meio a nevascas, muito menos relâmpagos silenciosos, mas, de vez em quando, um relâmpago branco atravessa o céu vermelho. É o suficiente para me fazer estremecer a cada raio, mas, por fim, desaparece e o vento para, e eu me tranquilizo. O sono verdadeiro fugiu de mim por muitos dias, e meu corpo finalmente cede.

Quando acordo, demoro para ficar alerta. A primeira coisa que percebo é que acho que ouvi um lobo uivando. Em segundo lugar, percebo que estou numa caverna, deitada sobre o perponte. Um fogo quase apagado e o prato da minha mãe — cheio de neve derretida para vidência — esperam a alguns metros de distância.

Os braços de Alexus estão ao meu redor, um apoiado na minha cintura, me segurando firme contra ele, enquanto o outro descansa sob minha cabeça para dar conforto, nossos dedos entrelaçados. O velho cobertor nos envolve, e sua respiração quente e constante agita meu cabelo. Sua barba cresceu um pouco nestes últimos dias e faz cócegas na minha orelha. Essas pequenas coisas foram motivos para sorrir nos últimos dias, mas essa proximidade é tão calmante que abro um sorriso satisfeito.

O fogo que Alexus deve ter feito depois de me trazer para dentro da caverna se transformou em brasas, então acho que dormimos por um longo tempo. Não me sinto completamente descansada, mas também não sinto que possa morrer por falta de sono.

A caverna não é o que eu imaginava. Há luz — e não apenas do nosso fogo. O brilho fraco do céu carmesim brilha através de um pequeno espaço entre duas formações semelhantes a dedos que se projetam do teto. As entranhas da caverna são profundas e altas o suficiente para que Alexus pudesse trazer os cavalos para dentro. Eles descansam no fundo da caverna, deitados, exaustos.

Por último, me ocorre que o Príncipe do Leste não veio até mim enquanto eu dormia. Talvez ele realmente tenha ido embora, mas não tenho certeza de que ele teria ido embora sem a Faca Divina. Ele pensou que a tinha, mas Alexus estava certo. Eu destruí seu momento de regozijo. Ele não vai deixar isso passar em branco. Suspiro. Não consigo pensar no príncipe agora. Não *quero* pensar nele. Só quero ficar aqui, absorvendo o calor do corpo de Alexus, enquanto ele descansa, pensando na forma como seu coração bate nas minhas costas, ritmado com o meu.

— Você deveria estar dormindo. — Sua voz envia um arrepio delicioso por mim.

Aperto sua mão, não querendo soltá-la para falar.

Ele se inclina e dá um beijo carinhoso no meu pescoço, fazendo cada centímetro da minha pele ganhar vida.

— Preciso colocar mais gravetos no fogo — diz ele no meu ouvido. — Ou ficará muito frio muito rápido.

No entanto, ele relaxa e não se move. Suponho que nenhum de nós quer perder este momento de paz.

Certa vez, meu pai fez um globo de neve para minha mãe. Ele usou pétalas de gotas de estrelas e água do riacho, derramadas dentro de uma esfera de vidro soprado que ele cauterizou no forno. Lembro-me de sacudi-lo e observar as gotas estelares caindo como flocos de neve, desejando que toda a neve do mundo pudesse ser capturada dentro daquela pequena esfera. Com o tempo, as pétalas ficaram marrons e uma película escura revestiu o interior do vidro. Esse pedaço de solidão parece uma daquelas pétalas de gotas de estrelas, presas dentro de um globo de neve com um milhão de outros momentos que foram ofuscados pela morte, pelo medo, pela perda e até pelo desejo interrompido.

Não quero interrupções, então ficamos assim, enrolados um no outro.

— Seu pai era um Guardião — Alexus finalmente sussurra.

Eu me viro para ficar de frente para ele.

— *O quê?*

Ele mantém a voz baixa.

— A Faca Divina. Tem magia em camadas sobre ela. É velha e fraca, mas ainda está fazendo o que deveria fazer, que era amarrar a lâmina ao seu pai para que ele pudesse mantê-la segura e fora das mãos das pessoas erradas.

Não tenho palavras. Só posso encarar e piscar, atordoada. Nem sei o que é um Guardião, não realmente, mas ainda é uma revelação inesperada.

— Quando ele lhe disse que guardou a faca porque era um dever — continua Alexus —, não estava mentindo. Não sei se ele pediu ou não sabia, mas alguém amarrou a lâmina ao seu pai, e agora esse feitiço se agarra a você.

Pressiono a mão no peito. Isso não soa nada bem. Não quero ficar presa a nada que tenha a ver com deuses.

— Tenho quase certeza de que é magia das Terras do Verão — continua ele —, apesar de ser uma forma antiga. Talvez alguém tenha visitado o porto quando seu pai a encontrou? Um mago?

Aceno com a mão e dou de ombros. Não tenho esse conhecimento.

— Bem, independente disso, quebrei a cabeça sobre tudo o que aconteceu. Não era para o príncipe conseguir ler o encantamento das Terras do Verão na lâmina. A magia dos magos é uma das conjurações mais arcaicas do mundo, que remonta à própria Loria.

— Mas os Habitantes do Leste a usaram no vale — sinalizo. — *Nas flechas.*

— Sim, e eu ainda não consegui descobrir como. Uma coisa é aproveitar os fios de fogo. É uma magia totalmente diferente fazer com que o fogo incinere de dentro para fora. Apenas quem tem um conhecimento íntimo de sistemas mágicos antigos pode ler esses trabalhos arcaicos das Terras do Verão. Eles ensinam isso, na Cidade da Ruína, mas apenas para os muito dotados de magia. Mas acho que, de alguma forma, o príncipe viu o feitiço quando te atacou no gramado e sabia que não poderia pegar a faca enquanto estivesse com você. Caso contrário, ele teria tentado mais do que tentou. Claro que, mais tarde, a lâmina *não* estava com você porque Helena, de algum jeito, a encontrou, então ele a usou para que ela fosse até ele. E depois, quando você escondeu a lâmina no musgo, cortando a proteção, ele enviou um corvo em uma expedição de caça.

Se a magia de ligação era impossível para o príncipe ver, como Alexus poderia vê-la? E quando Helena se deparou com a faca? Ela não mencionou nada sobre isso quando contou o que tinha acontecido com ela. Mais importante...

Eu me afasto.

— Eu deveria ficar com a faca. Assim, ele não pode pegá-la.

— Calma. — Alexus se apoia em um cotovelo, esfregando meu

braço para me acalmar. — Está amarrada à minha coxa, e eu sou melhor proteção do que qualquer Guardião. — Ele pisca. — Até você.

Não tenho certeza se ele está certo.

— *Finn pegou a faca de mim* — conto a ele. Ela tinha sido amarrada à minha coxa na noite da ceia da colheita, e, ainda assim, Finn a tirou do cinto da adaga como o melhor dos ladrões.

Alexus estreita os olhos.

— Quem é Finn?

Calor floresce em meu peito e sobe pelo meu pescoço, seguido por outra onda crescente contra a qual luto com tudo o que tenho. Eu tentei tanto não pensar nele, mas aqui está ele, aparecendo como um fantasma enquanto eu me deito ao lado de outro homem.

— Finn é a pessoa especial que você perdeu? — Alexus pergunta. Eu nem preciso acenar para ele saber que era. — Sinto muito, Raina. Como ele pegou a faca? Por quê?

Desvio os olhos de seu olhar inquisitivo.

— *Estávamos dançando na ceia da colheita. Invocando a lua. Ele só estava me incomodando.*

— Então você perdeu sua conexão com o aqui e agora. Não tenho certeza de como Finn sabia encontrar a faca quando você não estava ligada à realidade, mas... que homem inteligente.

Finn não sabia. Tenho certeza disso. Ele só sabia que ainda poderia me deixar fraca o suficiente para me enganar.

Examino minhas mãos e penso no que Alexus disse sobre o príncipe.

— *Por que a magia se agarraria a mim se era meu pai que estava preso?*

Ele dá de ombros.

— Depende de como o feitiço foi criado. Magia desse tipo tem muitas nuances, e cada bruxo tem métodos diferentes, especialmente os Habitantes das Terras do Verão. Pode ter sido um dever lançado em seu pai e seus filhos e os filhos de seus filhos, e, quando ele faleceu, você foi a criança que reivindicou a magia. Se você não estava junto quando a faca foi encantada, esse é o meu melhor palpite.

Com a distância entre nós, o ar que entra na caverna fica muito frio.

— Uma ajudinha com o fogo? — Alexus pede, e eu assinto. — Boa parte da madeira que encontrei estava úmida, algumas muito molhadas, assim como as agulhas de pinheiro e as folhas. Tudo que você precisa fazer é invocar os fios das brasas. Sua magia vai lembrar o que fazer. Apenas use suas palavras.

Ele me deixa e joga o último arbusto recolhido no fogo, exceto pelo galho que ele usa como atiçador de fogo. Eu me sento e esfrego os olhos, ainda pensando arduamente nessa história de meu pai ser um Guardião. Então estou desenhando fios de fogo nas cinzas – bem mais ou menos –, mas é algo que nunca pensei que conseguiria fazer. Com *Fulmanesh, iyuma* repetindo na ponta dos dedos, no entanto, consigo acender um pequeno fogo em arbustos molhados e cinzas fumegantes.

Com uma expressão orgulhosa, Alexus vem se sentar comigo, com a bolsa na mão. Sempre cavalheiro, ele dobra o cobertor em volta de mim e se ajoelha para tirar minhas botas. Gentilmente, ele coloca meus pés em uma pedra plana perto do fogo, para aquecer. O calor e seu toque são tão luxuriosos que fecho meus olhos, só por um momento, e suspiro.

Sentando-se, ele pega a caneca de lata e um par de raízes de amora que embalei às pressas antes de deixarmos o refúgio de Nephele. Uma não é nada além de uma casca protetora cheia de frutas e a outra ainda está cheia de água doce, embora o líquido esteja congelado.

— Com fome? — Ele aponta para a raiz cheia de frutas. — Posso assá-las. Alimentei os cavalos com as últimas maçãs.

Dou um aceno rápido em resposta, mas, na verdade, mais quero respostas do que comida.

Alexus aninha a raiz de água doce entre duas pedras para descongelar, depois espalha a fruta em uma pedra plana e a desliza para perto das chamas. Ele segura a lâmina do Habitante do Leste sobre o fogo para limpar o aço antes de colocá-lo no círculo de pedras.

Ele continua olhando para a entrada da caverna. O que eu ouvi antes *era* um lobo. Uma alcateia inteira uiva à distância, provavelmente em busca do banquete sangrento deixado na floresta.

Pelo menos os corvos ficaram longe. Digo a mim mesma que estão muito assustados para chegar perto de Alexus Thibault de novo. Eu provavelmente deveria seguir o exemplo deles, mas estou mais presa do que nunca. E não é por causa da construção nem por causa do príncipe.

Alexus solta um gemido cansado, um som que está em algum lugar entre resignação e pavor.

— Não quer comer antes e falar sobre todas as outras coisas depois? Eu fico de olho nos lobos.

Ergo uma sobrancelha tão bruscamente quanto posso.

— *Sem chance. Como você fez aquilo? Por que não usou essa magia antes?*

Deixando a alcateia de lado, ele olha para a fogueira. Estudo seu perfil, a forma como a luz do fogo lança sombras ao longo das linhas nítidas de seu rosto e dança em seus olhos.

— Minha magia está contida — finalmente diz, colocando os cotovelos nos joelhos. — Dormindo, em certo sentido. Não consigo mais acessar com facilidade. Está... meio que emaranhada com outra fonte de magia. Um poder que eu nunca pedi. Quando libero esse poder, mesmo que em pequena quantidade, um pouco da minha velha magia vem com ele. Eu não sou bom em controlar a força de tal liberação, então nunca deixo que ela se solte, a menos que eu saiba não há problema em destruir tudo ao meu redor. Foi por isso que não empreguei essa habilidade em particular quando os Habitantes do Leste invadiram o vale, nem quando o espectro atacou. É também por isso que pedi para que você não me seguisse. Não tanto porque eu não queria que você soubesse, mas porque eu queria você segura.

Meu rosto aquece.

— *Se você tivesse dito* dessa forma, *eu teria ouvido.*

— Não teria, porque você é assim. É parte do seu fogo. — O canto de sua boca se curva, e ele me cutuca com o ombro. — Sua pequena rebelde.

Sorrio e coloco meu cabelo atrás da orelha. Gosto quando ele diz isso. Ele diz de uma forma que é... aceitando. Sem julgamento. Não vem com uma voz da razão tentando me convencer de que é melhor ser diferente e deixar de ser uma pessoa que nem sempre faz o que mandam. Ele diz como se tivesse aprendido a gostar dessa parte de mim. Ninguém mais — nem mesmo meus pais ou Finn — me fez sentir como se estivesse tudo bem ser falha, e até mesmo que talvez minhas falhas também pudessem ser pontos fortes.

— *Onde você conseguiu esse poder?* — sinalizo.

Seu rosto endurece e os olhos escurecem, mas não como da magia. Eles escurecem com a lembrança, como se ele estivesse vendo coisas que não quer revelar.

Ele passa a mão pelo cabelo comprido.

— Por onde começar...

— *Do começo.*

— Ah. Tão simples, mas você não sabe o que está pedindo. São tantos começos, Raina, e todos eles fluem em uma longa história.

— *Então me conte cada um* — respondo.

Uma pausa comprime o ar, mas finalmente seus olhos ficam distantes e ele começa.

— Suponho que um bom lugar para começar é com Colden Moeshka, e um conto dos deuses.

Não sei o que eu esperava, mas não era isso.

— Antes de agraciar o trono como Rei do Gelo, e muito antes das Terras do Norte se transformarem em um reino neutro, Colden Moeshka era um jovem guerreiro de Neri, Deus do Norte, nas Guerras das Terras, há pouco mais de trezentos anos. Na época, era apenas um menino. Tinha uns vinte anos, eu acho.

Eu pisco, confusa. Ele está me contando uma história sobre o Rei do Gelo. Deveríamos estar falando sobre Alexus. Ainda assim, por outros motivos, estou surpresa com essa informação. Tinha ouvido falar sobre as Guerras das Terras, apenas da história passada através de lendas, mas nunca imaginei o rei como nada além de um rei. Certamente não como um guerreiro e definitivamente não como um menino.

— *E como ele se tornou o temido Rei do Gelo?*

Alexus me dá um meio-sorriso e rapidamente volta a ser sério.

— Ele e um pequeno exército foram enviados para guardar os portões da rainha das Terras do Verão durante a guerra. Perto do fim, quando uma pequena frente ao norte foi conquistada, eles se viram lutando contra uma comitiva de Habitantes do Leste que tentava um ataque furtivo. Colden e seus guerreiros estavam em menor número, mas Colden é uma fúria e um líder. Seu pequeno bando do norte destruiu o inimigo fora dos portões da rainha. Quando acabou, a rainha mandou chamar os que ficaram, para agradecer. — Ele estuda suas mãos entrelaçadas. — As coisas não acabaram bem.

— *O que aconteceu?*

— Tudo. Veja, as Guerras das Terras nunca foram uma questão de território. Foram questões de ciúme, luxúria e amargura dos deuses. Neri queria Asha. E Thamaos, Deus do Leste, queria as amadas Terras do Verão de Asha. Neri ofereceu seu exército a Asha e sua rainha, mas a um custo. Ele não só se tornou um inimigo devoto de Thamaos, mas, em troca de ajuda, ele quis o coração de Asha. Ela concordou porque Neri era forte e bonito, e mesmo que ele não tivesse uma rainha ou um rei terreno para governar seus guerreiros do norte, eles o serviam de qualquer maneira. E até o adoravam.

Não consigo evitar de revirar os olhos. Algumas coisas nunca mudam.

— Asha sabia que esse tipo de lealdade seria uma vantagem para ela salvar as Terras do Verão de Thamaos — continua Alexus. — Então ela prometeu seu coração e corpo a Neri, tornando-se sua amante. E por causa disso muitos perderam a vida, e a vida de alguns mudou para sempre.

Embora estejamos a apenas alguns centímetros de distância, me aproximo dele. Eu gosto da história, mas estaria mentindo se dissesse que também não gostei do tom suave de sua voz.

— *Prossiga* — insisto, puxando o cobertor mais apertado em volta de mim.

— As guerras já estavam acontecendo muito antes de Colden ser enviado para lutar. O Povo do Norte e os Habitantes das Terras do Verão lutaram contra os exércitos do leste até que pouco restasse do inimigo. As coisas ficaram calmas por um tempo, e Asha, sendo a sedutora que era, se cansou de Neri. Então, quando a batalha final aconteceu fora dos portões da rainha, e Colden e os outros guerreiros do Norte sobreviventes foram levados ao trono no Monte Ulra, Asha estava lá, longe do olhar dominante de outros deuses, e, em sua solidão, um dos homens capturou a atenção dela.

Eu endureço.

— *Colden Moeshka?*

— Sim, Colden Moeshka. — Alexus vira nossa fruta com um galho. — Asha se apaixonou por ele na mesma hora. As relações entre deuses e mortais eram proibidas, mas Asha era tola. A rainha a deixou fazer o que quisesse com Colden, porque, mesmo que os Habitantes das Terras do Verão lhe devessem suas vidas, nenhum governante terreno ousaria desafiar o deus ou a deusa de sua terra.

“Então Asha seduziu Colden com a Febre Lilás, uma flor cujas raízes contêm os poderes do desejo. Os Habitantes das Terras do Verão trituram a raiz até formar um pó dourado e pintam os corpos dos noivos na noite de núpcias. A flor só solidificou seu desejo por ela, porém não o amor, porque Colden nunca entregou o coração a Asha. De fato, durante os primeiros dias no Monte Ulra, antes de Asha o seduzir para sua cama, sua alma se acendeu para a princesa em ascensão das Terras do Verão, uma jovem chamada Fia."

— *Fia Drumera? A Rainha do Fogo das Terras do Verão?* — Sinto que estou ouvindo fofocas reais, só que a ficção da realeza de Tiressia nunca foi tão intrigante.

Alexus levanta um dedo.

— Apenas espere. Não se adiante. Fica melhor.

Eu sufoco um pequeno sorriso quando ele se levanta e arranca a ponta da raiz de amora com os dentes, então espreme a água doce parcialmente descongelada na caneca de lata para aquecer.

— Quando não foi possível encontrar mais Febre Lilás — diz ele, voltando para o meu lado —, Colden caiu em si e não ficou feliz. Colden parece inocente, Raina. Na verdade, ele é primorosamente lindo. Você saberá o que quero dizer quando o vir. Sua aparência é enganosa. Ele não é um homem frágil para se brincar. Quanto a Asha, bom, ela calculou mal o homem que seduziu. Enquanto ele estava fascinado por causa das flores, ela fez uma coisa horrível. No que ela acreditava ser um poder infinito, ela tornou Colden imortal, um presente divino, para que ele pudesse estar com ela para sempre. E ele a odiava por isso. Tanto que quase a matou, mas, em vez disso, ele a acorrentou a um penhasco no Monte Ulra, em grilhões de ferro, para que ele pudesse fugir e retornar à proteção de Neri. Ele esperava que, se ela vivesse, talvez sua maldição pudesse ser desfeita.

De repente, é impossível não questionar tudo o que aprendi sobre o Rei do Gelo. Sempre me disseram que a imortalidade dele foi um presente de Neri. Não uma maldição de Asha.

Ele foi violado. Sua vida, roubada.

— *Por que grilhões de ferro?*

— Porque o ferro sufoca o poder divino. Quando colocado nas extremidades, pescoço, pulsos, tornozelos, ele se fecha. Pode até queimar a pele e penetrar nas veias de um deus, tornando-os tão inúteis quanto qualquer humano. — Ele ergue a sobrancelha novamente. — Colden escapou das garras de Asha, reuniu seus companheiros guerreiros e voltou para o norte, onde, em sua fúria, começou a construir uma vila. Um lugar onde ele pudesse se isolar do mundo.

— *A Vila Invernal.*

— Isso mesmo. Colden e seus homens trabalharam por meses no frio, bem sob os olhos vingativos de Neri. O Deus do Norte estava com ciúmes de Colden, embora não tenha deixado isso claro até mais tarde. Alguns anos se passaram. Nesse curto espaço de tempo, Colden considerou morrer, mas seus amigos o desafiaram a não tirar a própria vida.

Confusa mais uma vez, balanço minha cabeça e sinalizo.

— *Achei que ele fosse imortal.*

Depois de lamber as pontas dos dedos, Alexus pega a caneca ao lado do fogo e a coloca nas pedras para esfriar.

— A imortalidade é uma coisa curiosa. Pode-se viver para sempre até que alguém consiga matá-lo. A magia certamente pode competir com a morte, mas nada é eterno. Nem mesmo uma vida dada por uma deusa. E embora Colden detestasse sua situação, a ideia de perder uma vida que você amou é insuportável, especialmente por suas próprias mãos.

Pressiono a mão no peito, meu coração doendo com a decisão impossível que Colden deve ter enfrentado todos os dias de sua longa vida. Por mais que eu tenha odiado até mesmo pensar nele, posso ter pena disso.

— *O que aconteceu com Asha?*

— As Guerras das Terras terminaram. Por um tempo, claro. Os deuses tentaram forçar Asha a remover a maldição de Colden Moeshka, mas ela se recusou. E a punição por ela ter se deitado com um mortal e por conceder-lhe um presente divino foi que ela nunca conseguiria fazer com que ele a amasse, não importava que magia tentasse.

— *E ela ficou furiosa.*

— Muito. Mas o que ela poderia fazer?

Alexus resgata a pedra que segura as bagas assadas. Ele acomoda a pedra plana no chão e levanta meus pés, me virando para que minhas pernas fiquem entre as dele, nossos joelhos dobrados, ele envolvendo minhas pernas. Ele pega a faca curva e começa a cortar nossa fruta.

— Alguns anos se passaram — continua ele —, até que, um dia, a rainha recém-coroada, Fia Drumera, enviou homens ao vale para encontrar Colden e dar-lhe uma mensagem. Ela queria reparar os erros de sua deusa e celebrar Colden mais uma vez pelo sacrifício lançado sobre seu povo. Era essencial manter a paz com um homem que rapidamente se tornava uma espécie de líder no norte. A carta da rainha jurava que Asha não estaria lá; os outros deuses não permitiriam. Colden se recusou a ir, mas...

Ele faz uma pausa quando algo parecido com arrependimento passa por seu rosto, tão rápido que quase não percebo.

— Nos anos desde que esteve no deserto, ele fez um novo amigo. Alguém diferente de todos os seus outros conhecidos. Alguém que não lutou ao lado dele durante a guerra.

Com as mãos bem firmes, Alexus equilibra um pedaço de fruta quente e borbulhante na parte plana da faca e o leva à minha boca. Eu me inclino para frente e, com os dentes, aceito cuidadosamente.

— *Quem era o amigo?*

— Um jovem do vale. Eles se conheceram enquanto o homem estava caçando na Floresta da Água Gélida. Esse amigo disse a Colden que ele deveria ir à celebração, para pelo menos honrar seus companheiros mortos. Os deuses amarraram Asha. Ela não era mais uma ameaça, ou assim foi o prometido. Colden pediu ao amigo para acompanhá-lo, e o homem concordou, porque ele nunca tinha viajado tão ao sul, e essa viagem sempre foi um sonho distante. Então eles partiram.

Ele pega o copo de metal e o oferece. Eu aceito e tomo um gole, deixando o calor da lata aquecer minhas mãos.

— As Terras do Verão são desérticas, marcadas por oásis. Colden mostrou ao seu novo amigo tanta beleza, como seus olhos nunca tinham visto. — Uma sugestão de sorriso curva seus lábios enquanto ele dá uma mordida na fruta. — As pessoas eram gentis, a comida era doce e picante, e a água, clara e fresca. Então Colden e seu amigo chegaram à grande muralha que cercava a cidadela. Era impressionante, mas os portões, feitos de ouro e ornamentados com mais joias do que o deserto tem grãos de areia, deviam ter sido forjados pelos deuses. No interior, as cabanas de barro eram independentes, embora muitas fossem construídas em penhascos e sob saliências rochosas, em cavernas profundas e até na encosta do Monte Ulra. Por três dias, os Habitantes das Terras do Verão se reuniram para festividades. Havia música e risos, vinho e dança. — Ele me olha de lado. — E Fia.

Meus olhos se arregalam. Contos dos deuses e da Cidade das Ruínas são fascinantes o suficiente, mas aprender verdades sobre o Rei do Gelo e a Rainha do Fogo me deixa fascinada. Sinto-me tão extasiada quanto costumava me sentir quando meu pai me contava histórias quando criança.

Alexus corta mais um pedacinho de nossa comida fumegante.

— No momento em que Colden viu Fia, tudo o que ele sentia voltou; uma ideia tola para um homem que poderia sobreviver a todos que ele conheceria. Mas Fia sentiu o mesmo. Os dois foram inseparáveis nos primeiros dias de festa, e, na terceira noite, Fia dançou com Colden até que o pobre homem mal conseguisse enxergar além das estrelas em seus olhos. Ele reencontrou a alegria, e queria se agarrar a ela. Com o resto do mundo distraído, Fia levou Colden para sua residência.

— *Para quê?* — sinalizo. Instantaneamente, me arrependo das palavras, e recuo os dedos.

Alexus sorri.

— O que você acha? Ela o queria. — Ele me olha incisivamente. — Você sabe como o desejo pode ser. Totalmente devorador.

Meu rosto queima quando imagens e pensamentos involuntários cruzam minha mente, imagens e pensamentos que Alexus está, sem dúvida, assistindo passar em meus olhos.

— A história teria sido triste de qualquer maneira — continua ele — porque Colden estava apaixonado por Fia, e ele carregava uma maldição que só Asha poderia quebrar. E a rainha Drumera, bem, a nova rainha estava traindo Asha com o homem que a deusa ainda desejava, um homem desprezado por todos os deuses por sua imortalidade. Colden sabia que este era um jogo perigoso, mas não podia deixar os braços de Fia. E esse foi o destino deles.

O cabelo de Alexus cai em seu rosto enquanto ele tira outra lasca de amora e a desliza cuidadosamente em minha boca.

— Na terceira noite, Asha traiu o pedido da rainha Drumera e resolveu aparecer na festa. Rapidamente descobriu que Colden estava ausente, assim como Fia. Quando Asha os encontrou juntos, o Monte Ulra e todas as habitações ao redor tremeram. Colden foi até ela, numa tentativa de acalmar sua raiva, mas, em sua fúria e ciúme, Asha o rejeitou, proibindo-o de pisar na Cidade das Ruínas novamente para que ele não virasse pó. Ele nem teve tempo de dar um beijo de despedida em Fia, muito menos contar a ela o que Asha tinha feito. Mal sabiam eles que Neri se aproximava, observando sua antiga amante consumida por um mero homem. Mais tarde, Neri se aproximou de Asha e fez outra oferta a ela.

Com sua faca, Alexus aponta para mim e estreita os olhos de uma forma que deixa claro que está absorto em sua narrativa.

— Asha nunca poderia ter Colden Moeshka, e Colden Moeshka não poderia entrar na Cidade das Ruínas, mas quem impediria Fia Drumera de deixar seu trono e procurar o homem do norte? Então Neri fez um acordo com Asha. Se ela lhe desse seu coração mais uma vez, desta vez pela eternidade, ele faria o que ela não podia. Ele tornaria Fia Drumera imortal, mas, pior, ele lançaria dentro dela o elemento fogo, e em Colden Moeshka, o elemento gelo, para que eles nunca, por todos os seus dias infinitos, ficassem juntos novamente.

Sento-me, entristecida por essas pessoas que não conheço. Pessoas que até agora eram apenas lendas para mim. Minha irmã conhece a história de seu amante? E se conhece, ela não se importa de saber que o coração dele queimou com tanta intensidade por outra? Que ainda pode queimar?

— Os Habitantes do Leste conhecem esta história — continua Alexus. — Foi mantida em segredo por mais de três séculos. É a razão pela qual os deuses se destruíram. Graças à influência de Thamaos, Neri e Asha foram condenados e enterrados no Monte Ulra, onde poderiam passar a eternidade juntos em sua vergonha. Depois que eles morreram, Thamaos quis reivindicar suas terras, mas o único deus decente de Tiressia, Urdin das Derivas Ocidentais, culpou Thamaos por tudo. Thamaos sabia que Urdin seria um problema, então ele fez uma coisa que você e eu podemos lastimar, mesmo três séculos depois.

— *O quê? O que ele fez?*

Uma expressão solene aparece no rosto de Alexus.

— Thamaos, ao contrário de Neri, acreditava na escolha de um rei ou rainha para governar suas terras. Ele os tratou como servos, seu propósito era lidar com os patéticos Tiressianos em seu caminho. Ele colocou um homem chamado Rei Gherahn no poder.

Eu já ouvira esse nome, das lendas.

— E o Rei Gherahn — continua Alexus — empregou os feiticeiros da terra para as Guerras das Terras. Seu feiticeiro proeminente era um jovem da Tribo de Ghent. Eles o chamavam de Un Drallag.

Novamente, assinto, desta vez com mais urgência, reconhecendo o nome das histórias do meu pai. Estou começando a ver as diferentes histórias se entrelaçando.

— *Un Drallag* — soletrei o nome em Elikesh, embora nunca o tenha imaginado sendo um jovem. — *O feiticeiro que criou a Faca Divina* — acrescento.

Os olhos de Alexus se iluminam.

— Sim. Você conhece essa parte?

Dou de ombros.

— *Meu pai me contou um pouco. Que Un Drallag forjou a faca do osso de um deus morto há muito tempo. Thamaos.*

— Sim, mas Thamaos estava bem vivo quando a faca foi feita. Ele se cortou e arrancou a própria costela, oferecendo-a a Un Drallag para a criação de uma arma, para que ele pudesse derrotar Urdin quando chegasse a hora. Mas ele falhou. Uma batalha se seguiu ao longo do Rio Jade, perto dos portões de Fia Drumera. Thamaos pegou Urdin por trás e enfiou a Faca Divina em seu peito. Porém, antes de Urdin morrer, ele empurrou a lâmina através de seu próprio corpo, fazendo com que ela atravessasse suas costas e atingisse o coração de Thamaos. Os dois últimos deuses de Tiressia morreram naquele dia. Os Habitantes das Terras do Verão chegaram, e as últimas divindades de nossas terras foram enterradas no Bosque dos Deuses.

Um suspiro me deixa.

— *O Bosque realmente existe? Achei que era um mito. Todos nós achamos.*

Alexus passa a mão pela barba.

— É um lugar muito real. Antigo como Loria. Até deuses de outras terras estão enterrados lá. O Príncipe do Leste sabe disso, assim como outros governantes do leste antes dele, mas Fia Drumera conseguiu manter os Habitantes do Leste à distância. Agora, no entanto, eles aprenderam que a maior fraqueza da rainha pode ser o isolado Rei da Vila Invernal, que se transformará em nada mais do que areia do deserto se o trouxerem através do Rio Jade. É por isso que sou tão seletivo quanto a quem coleto no vale, e é por isso que não voltam para casa. Eles podem escolher, mas sabem que é melhor para toda Tiressia se ficarem, aprenderem e protegerem. Depois que são informados sobre a importância de proteger Colden, entendem por que não podemos contar a todo o vale. Alguns segredos podem mudar o mundo, e aqueles que mais amamos podem se sentir terrivelmente tentados a espalhá-los.

Enrolo meus dedos com força enquanto minha garganta fecha. Não posso dizer que eu seria tão nobre, mas saber disso me dá uma sensação de paz quanto ao assunto, e entendo por que Nephele nunca voltou.

— Colden Moeshka é sua própria força a ser enfrentada — continua Alexus. — Como retribuição, os deuses deram a Colden e Fia um certo grau de controle sobre seus elementos. Ele pode soltar uma névoa gelada. Congelar um inimigo com um toque. Se os Habitantes do Leste conseguirem pegá-lo, temo que o usem contra a Rainha do Fogo, para que possam acessar o Bosque e a magia que ela vem protegendo há tanto tempo.

— *O que o Príncipe do Leste poderia fazer?* — pergunto. — *Os deuses estão mortos.*

Franzindo a testa, Alexus passa a falar com as mãos.

— *No refúgio de Nephele, você me perguntou o que o príncipe queria com a faca. Dizem que um deus pode ressuscitar, Raina. Lembra-se do que eu lhe disse sobre a ressurreição?*

Tantas coisas passam pela minha cabeça ao mesmo tempo. As palavras de Alexus sobre a ressurreição, sim, mas também as palavras do meu pai sobre a Faca Divina. *Ela pode matar qualquer um e qualquer coisa, os abençoados e os amaldiçoados, os eternos vivos e os mortos ressuscitados, até outros deuses.*

Os mortos ressuscitados.

— Uma ressurreição foi realizada com um Ancião Um, séculos atrás — diz Alexus, calmamente. — A história menciona rituais e Curadoras, não muito diferentes de você, usando o cabelo de um deus morto para trazê-los de volta da vida após a morte. Alguns adoradores salvaram mechas das tranças do deus, sem saber que seu tesouro poderia ser usado em um rito para restaurar a vida. Para isso, só é necessário um remanescente de deus e uma sepultura intacta.

Um calafrio percorre minha pele quando olho para a Faca Divina amarrada em sua coxa.

— *Você está dizendo que... Thamaos poderia ser ressuscitado?*

— Temo que seja exatamente isso que o Príncipe do Leste planeja fazer, especialmente agora que a faca foi encontrada.

Minha mente salta de pensamento em pensamento.

— O que isso significa? Para nós? Se o príncipe for bem-sucedido?

— Thamaos queria o governo absoluto e não se importava com quantas vidas seriam destruídas para atingir seu objetivo. Tenho certeza de que está ainda mais zangado do que antes, tendo passado séculos nas profundezas do submundo. Se ele for ressuscitado, não vai parar até que todas as pessoas que vivem neste império despedaçado se curvem a ele. Ele começaria uma guerra em Tiressia, para primeiro derrubar Fia. Depois disso, eu não sei. O mundo é muito maior do que Tiressia. Há outras terras para conquistar, outros governantes para dominar, até mesmo alguns deuses vivos. Ele poderia mudar o mundo como o conhecemos, a menos que eu impeça o príncipe de levar Colden para as Terras do Verão e mantenha isso... — ele dá um tapinha na faca — seguro.

Um súbito sentimento de lealdade toma conta de mim. Por Tiressia e seu povo. Por Alexus. Mesmo partes do nosso mundo que são apenas histórias para mim. Posso encontrar minha irmã e ajudar Alexus também? Ajudá-lo a salvar Colden Moeshka e proteger uma rainha que eu nunca vi?

— Quando a batalha dos deuses acabou — continua ele —, o Rei Gherahn exigiu que Un Drallag viajasse para as Terras do Verão e recuperasse a Faca Divina. Dizia-se que estava perdida no Rio Jade ou nas areias onde talvez nunca mais fosse encontrada. O feiticeiro foi para a costa, mas, na verdade, estava cansado. Ele já tinha uma esposa e um filho a caminho. Queria uma vida que fosse mais do que aquela que ele viveu sob o domínio do rei como espião, assassino e arma. Então ele abandonou a única casa que conheceu e fugiu para o vale do norte, onde tinha sido espião uma vez. A Faca Divina nunca foi localizada, mas Un Drallag podia senti-la chamando por ele. Há tanto poder nesta faca, Raina. — Ele a toca. — Seria melhor se não existisse, mas não há deuses para destruí-la.

O medo se acumula em meu estômago.

— Meu pai disse que a lâmina remete ao ser do qual seu corpo foi feito. A lâmina está chamando Thamaos?

Esse pensamento me aterroriza, que eu possa estar carregando uma relíquia que invoca um deus morto e perigoso.

— Não, isso não é verdade — responde ele, inclinando a cabeça, olhando para mim como se precisasse de suas próximas palavras para afundar profundamente. — *A lâmina chama seu criador, Raina* — sinaliza.

Após um silêncio significativo, ele coloca a mão sobre a cabeça, agarra um bocado de sua túnica e a tira. Com o tecido amassado nas mãos, ele se inclina para a frente novamente, cotovelos nos joelhos, e puxa o cabelo comprido para o lado.

Suas costas são lindas, largas e afiladas como asas, como notei no riacho. Mas a pele, dos ombros à cintura, está marcada por cicatrizes, ásperas e salientes, como as do peito.

A luz do fogo alcança a pele prateada, brilhando. Encorajada, eu tiro o cobertor dos ombros e fico de joelhos. Ali, aninhada entre suas pernas, toco uma das runas em sua omoplata. Ele vacila no início, mas os arrepios aumentam quanto mais eu admiro.

Porque *é* admiração. Essas marcas parecem ter sido dolorosas de receber — marcadas ou esculpidas —, mas o deixaram parecendo um artefato, algo a ser estudado, entendido, decifrado.

Quero saber a história por trás de cada linha.

— Você as reconhece? — Ele olha para cima, procurando no meu rosto alguma resposta que eu claramente não tenho a oferecer.

Balanço minha cabeça.

— *Só sei que são runas.*

— Quão de perto você examinou a faca? — pergunta ele.

— *Eu sei de cor.*

— Não tenho certeza de que você sabe — diz, tirando a Faca Divina da bainha. — Deixe-me mostrar-lhe algo.

Ele me entrega a faca. Mais uma vez, a lâmina está muito quente ao toque.

— *Olhe para a pedra* — sinaliza ele. — *Segure-a contra a luz.*

Segurei a Faca Divina perto das velas na minha mesa de trabalho algumas vezes, o suficiente para saber como ela é. Eu nunca olhei profundamente no âmbar, porém, e quando o faço, estou mais perplexa do que nunca. Marcas fracas que eu nunca notei antes se escondem dentro da pedra. Espio mais e torço o cabo em direção à luz do fogo, rolando-o entre os dedos. Uma dúzia ou mais de runas estão gravadas no pomo ou forjadas na pedra.

Minhas mãos param, e uma onda de entendimento me atinge. As marcas são as mesmas do corpo de Alexus.

— *Essas são runas, sim* — sinaliza ele. — *Runas de Elikesh. O jovem que forjou a faca usou runas e seu próprio sangue para prendê-lo à lâmina. As runas podem agir como um...* — ele faz uma pausa, como se estivesse procurando a palavra certa para sinalizar — *... cerco* — diz, por fim. — *Elas prendem a magia necessária dentro dos objetos, como uma faca. Ou dentro... das pessoas. Também podem criar uma conexão.*

Já ouvi falar dessas coisas, mas só nas lendas. Eu até vi runas — elas estão gravadas em algumas das velhas pedras dentro do templo. Mas esses métodos de magia são antigos e arcaicos, coisa de quando os últimos deuses ainda viviam. Eu nem acho que deuses em terras distantes ainda usam runas.

Eu me sento nos calcanhares e toco a marca sobre o peito direito de Alexus. Ele pega a faca, embainha-a novamente e aperta minha mão na dele, pressionando minha palma contra sua pele aquecida pelo fogo.

— A Faca Divina chama Un Drallag, Raina — sussurra. — Ela vem tentando, todos esses anos, voltar para as mãos de seu criador. Seu refúgio, sua casa.

Uma pergunta flutua em minha mente, perseguida por uma resposta que tenho certeza de que já sei.

Com o coração acelerado, faço a pergunta mesmo assim, meus dedos vacilando em torno das palavras.

— *E conseguiu?* — sinalizo. — *Ela encontrou sua casa?*

Um nó se forma em minha garganta e meus dedos tensionam enquanto espero pela resposta.

Ele coloca a mão no meu rosto e traça a curva do meu queixo, olhando para mim com aqueles olhos sobrenaturais.

— Sim.

27
Raina

Alexus Thibault é Un Drallag.

O feiticeiro que forjou a Faca Divina. Um Habitante do Leste da Tribo de Ghent.

Um homem de trezentos anos.

Minha cabeça dói de todos os pensamentos que ricocheteiam em minha mente. Seus fios de vida. Eles são desgastados porque estão esfarrapados com a idade. E a magia das Terras do Verão na lâmina — ele pode vê-las porque tem idade suficiente para ter aprendido a lê-las, possivelmente nas Terras do Verão. E *agora* faz sentido a Faca Divina ter aquecido contra minha coxa nos minutos antes de ele atacar no gramado e todas as outras vezes que ele estava por perto.

Porque *sabia* que seu criador estava próximo.

Sento-me muito quieta, olhando em seus olhos tempestuosos, sem saber o que sentir. De alguma forma, eu senti sua antiguidade. Ele exala continuidade, segura e incessante como as estrelas no céu. Fui atraída por essa parte dele desde o momento em que nossos olhos se encontraram pela primeira vez.

— *Diga alguma coisa* — sinaliza.

Toco sua bochecha angulosa, acaricio sua testa forte com dedos trêmulos, então traço seus lábios macios. Ele segura meu olhar o tempo todo, me deixando estudá-lo, me deixando pensar.

— *Você deveria ser meu inimigo* — sinalizo.

Ele é um Habitante do Leste. Eles tiraram tanto de Tiressia. Tanto de *mim*.

— Sim. Se o local de nascimento decide quem é bom e quem não é, então você deveria me odiar.

Mas não é assim, e eu sei disso. Sei também que ele fugiu de uma vida que não queria, de um dever que não escolheu, tudo para construir uma vida melhor para si e sua família.

E eu, melhor do que ninguém, entendo isso.

Deslizando as mãos sobre seus ombros e subindo pelo pescoço até o cabelo, eu me inclino para mais perto. Não quero falar mais. Sua respiração é quente em meus lábios, e suas mãos fortes trilham até a parte de trás das minhas coxas. Posso sentir o quão rápido ele está respirando, a dureza de seu corpo contra o meu enquanto ele me puxa para perto.

Seus olhos se agitam em conflito quando ele olha para mim. Eu o beijo, e ele acolhe o contato, abrindo aquela boca adorável para mim, enfiando os dedos pelo meu cabelo, me puxando para mais perto até que meu corpo pressiona o dele.

Calor buscando calor.

Ele enfileira beijos ao longo do meu pescoço e abaixo, provando a carne macia no decote do meu corpete. Infelizmente, ele para de me beijar, e um gemido ressoa no fundo de sua garganta.

— Raina. — Ele alisa meu cabelo para longe do rosto e segura minhas bochechas. — Você não quer isso. Acha que quer, mas acredite quando digo que não. — Um lampejo de culpa passa por seus olhos. — Eu já deixei isso ir longe demais. Deixe-me terminar o que preciso dizer, e então você pode se decidir.

Meu coração afunda. O que mais ele pode dizer? Quantos segredos um homem pode guardar? Não quero mais verdades e revelações. Só quero que tudo isso vá embora, para não sentir que estou sendo empurrada para uma colisão horrível e inevitável.

Sento-me, desejando ter algum lugar para ir, mas não há. Então ele vira a mão, revelando mais cicatrizes na parte inferior do antebraço, e me sinto novamente cativada.

— Essas runas me ligam à Faca Divina. — Ele pega minha mão e pressiona meus dedos na cicatriz em seu peito mais uma vez. — Mas estas, e as marcas nas minhas costas, são para outra coisa.

Eu puxo minha mão, fazendo o meu melhor para manter a cabeça limpa. Se a colisão é inevitável, que venha.

— *Diga-me* — peço.

— Quando o espectro me prendeu no chão, quando ele me beijou, me mostrou todos os erros que já cometi. Foram *muitos* erros, mas juro que paguei dez vezes mais pelos meus crimes.

O tom de sua voz soa como um sino do juízo final dentro da minha cabeça.

— *Un Drallag*. — Ele soletra a palavra com as mãos. — *Você sabe o que esse nome significa?*

— *Não*. — Não tenho certeza se meu pai sabia o que isso significava.

— Significa O Coletor. Sob a ordem do Rei Gherahn, fui forçado a vagar pelo Território do Leste e reunir feiticeiros para o serviço do rei durante as Guerras das Terras. Aqueles que se recusaram... — Ele lança seu olhar em direção ao fogo. — Aqueles que se recusaram morreram. Ao meu comando.

Uma sensação de mal-estar gira na boca do meu estômago. Há histórias disso também. Não de Un Drallag matando seus companheiros feiticeiros, mas do rei ter seu próprio povo condenado à morte por não querer lutar em uma guerra que não significava nada para eles.

Alexus fez isso. Ele tirou a vida das pessoas. Não foram seus inimigos, e não foi roubando bruxos para outra parte do país. Morte — certa e definitiva.

— Ganhei meu título de Coletor de Bruxos — continua ele. — Mas, assim que foi possível, fugi dessa vida e vim para o vale com minha esposa e filho recém-nascido. Nós prosperamos por um tempo, até que o rei enviou caçadores para nos encontrar. — Ele encontra meu olhar lacrimejante. — Eles mataram minha família antes que eu pudesse fazer qualquer coisa para impedir. A aparição de Helena fez com que eu revivesse aquele momento e tantos outros.

Não posso fazer meus dedos se moverem, muito dilacerados pela emoção para responder. Não sei se devo odiá-lo por seu passado ou ter pena dele. A questão é que tenho a sensação de que ele não terminou, que este não é o momento do impacto.

Ainda não.

— Fica pior — diz ele, como se tivesse lido meus pensamentos. — Lutei depois que eles foram mortos e fiquei determinado a trazer minha família de volta à terra dos vivos. Passei meses viajando pelo mundo, de navio em navio e de costa a costa. Falei com magos, bruxas, feiticeiros e até com um deus, e finalmente senti que poderia tentar o impensável. E eu consegui. De alguma forma. Fui ao Mundo das Sombras, mas não saí sozinho.

Fecho meus olhos. O mundo está girando.

— *Sua esposa?* — pergunto, com as mãos trêmulas. — *Seu filho?*

Quando abro os olhos, ele balança a cabeça e toca a runa em seu peito enquanto algumas pequenas lágrimas perolam os anéis de cílios escuros que sombreiam seus olhos.

— *Meu corpo é uma gaiola, Raina* — sinaliza. — *Essas runas são uma armadilha. Foi preciso toda a magia que possuo, junto com esses limites rúnicos, para manter esse poder subjugado. Quando o canalizo para meu próprio uso, como fiz na trilha, existe o risco de que ele escape, e que eu não possa trancá-lo.* — Sua voz sai como um sussurro: — Já aconteceu de quase não conseguir conter essa força. Cem anos atrás, eu sabia manejá-lo melhor, mas não preciso dele há tanto tempo que estou mais fraco do que gostaria. Essa incapacidade de controlar esse poder é o motivo pelo qual eu lhe disse para me deixar. Eu estava com tanto medo de te machucar ou fazer minha magia entrar em colapso e deixar essa coisa solta, mas foi sua presença que me fez vencer a luta.

Eu o encaro, imaginando *o que* ele poderia ter trazido do submundo que causaria tanto dano. Possessão por espectros. Eles não devastam faixas inteiras de terra e qualquer outra coisa que esteja em seu caminho.

— *Apenas diga* — exijo, cada músculo do meu corpo ficando tenso. — *O que é essa coisa dentro de você?*

Sem hesitação ou preâmbulo, o choque finalmente vem.

— *É Neri.*

Minutos depois, estou andando pela caverna com meus pés enfiados em meias. Me sinto atocaiada, o suficiente para que o estupor de um rosto bonito, olhos misteriosos e um corpo lindo — um feitiço que eu tenho sofrido há dias — tenha evaporado. Eu quis saber tudo o que Alexus acabou de me dizer, até mesmo pedi. Mas minha mente não consegue mais entender as coisas.

Embora tenhamos descansado, ainda estou privada de sono e meio faminta, vivendo de um pouco de carne de corvo, pedaços de frutas e água doce. Meus nervos estão mais do que abalados e, embora me sinta mais lúcida do que há dias, minha mente está um caos absoluto. Alexus tem *Neri*, de todas as coisas possíveis, dentro dele. Mesmo que Neri seja apenas parcialmente responsável pelo governo do Rei do Gelo, ele ainda é um deus cruel e morto que deve ficar completamente esquecido nos Confins Inferiores.

Por vários minutos excruciantes, tenho certeza de que Alexus está mentindo, mas, quando pergunto se está sendo falso e ele nega, sinto a verdade nele.

Ele se levanta e se inclina contra a parede da caverna, os braços cruzados sobre o peito nu, me observando. Paro de andar e jogo sua túnica para ele.

— *Vista.*

Estou com raiva. Confusa. Chateada. Não sei o que isso significa, mas não preciso de todos esses músculos atrapalhando ainda mais meus pensamentos. Já aconteceu muita coisa errada. Não é à toa que ele parecia velho. Ele está vivo há três malditos séculos, e um deus — velho como um milênio — o habita.

Cubro meu rosto com as mãos e tento estabilizar minha respiração.

Pelo menos nós não...

Pelo menos ele não me deixou...

Neri poderia facilmente estar dentro de mim. Não tenho certeza de como isso funciona, se Neri saberia, mas, para mim, não haveria volta disso. Eu teria sentido sua terrível presença manchando meu núcleo pelo resto dos meus dias.

Eu me viro, minhas mãos sinalizando com violência.

— *Tem mais coisa. Eu sei. Diga.*

— Não tem. Tudo que você precisa saber foi dito, e aconteceu exatamente como eu pensei que aconteceria. — Ele ergue as mãos em defesa simulada, mas vejo uma pitada de irritação em seus olhos. — E com razão. Não posso te culpar por seu desgosto. Tive a sensação de que a verdade iria parar as mãos e os beijos errantes.

— *Então você deveria ter me contado antes! E eu não tenho mãos errantes!*

Com as narinas dilatadas e os tendões esticando o pescoço, ele se empurra da parede.

— Ah, sim. Você tem. E eu tentei! — Um momento se passa, e a tensão em seu corpo diminui um pouco. — Eu disse a você que tinha escuridão dentro de mim. Você queria que nossas trevas fossem *amigas*, se bem me lembro. Amigos muito *nus*, a propósito.

Ele encolhe os ombros em sua túnica, puxando o tecido para baixo de seu torso tenso. Apenas o encaro, confusa demais para saber o que fazer.

— Pare. — Sua voz corta o silêncio constrangedor. — Não olhe para mim como se eu fosse uma aberração da natureza.

— *Você é uma aberração da natureza.*

Seu olhar fica escuro e frio.

— Não sou. Sou a salvação e a condenação de Tiressia, coisa que também nunca quis ser. Mantenho Neri preso para que ele não cause estragos nas Terras do Norte ou em qualquer outra parte deste império. Três séculos atrás, saí do Mundo das Sombras com o coração partido, lutando contra uma maldita divindade que me usou para escapar de seu castigo eterno e estava pronta para destruir o mundo. — Seus olhos brilham à luz do fogo. — E eu ganhei. Um pequeno agradecimento seria bom.

Internalizo suas palavras, e fico imaginando o que teria acontecido se eu deixasse Alexus morrer no gramado. Neri teria morrido também? Ou teria se libertado?

— Depois disso, a vida vai seguir em frente — continua ele. — Você encontrará sua irmã e descobrirá seu futuro a partir daí. Se não for tarde demais para salvar Colden, o reino e o vale serão reconstruídos. Se *eu* chegar muito tarde, acho que partirei em uma missão para salvar este império, e você irá para os mares e acabará com alguém que fará de você uma mulher muito feliz. — Suspirando, ele passa a mão pelo cabelo e descansa a mão no quadril. — Nós apenas temos que sair dessa construção esquecida por Deus sem fazer coisas um com o outro das quais nos arrependeremos.

Ficamos ali, respirando com dificuldade, como se estivéssemos escalando os penhascos com nossas próprias mãos. Antes que eu possa responder, um uivo infernal rasga a noite. Os cavalos se erguem, as orelhas em pé, e Alexus e eu olhamos para o túnel.

Ele ergue uma mão apaziguadora.

— Está tudo bem. Os lobos estão apenas vagando, caçando sangue depois da bagunça que deixamos na floresta.

Sangue.

Deslizando minha mão sob o braço, enfio dois dedos dentro do buraco em meu corpete onde as pedras rasgaram minha pele. Estremeço. A ferida irregular pica ao meu toque, e está pegajosa e molhada.

Estendo a mão ensanguentada entre mim e Alexus e ergo o braço para mostrar a ele o corte.

Seu rosto empalidece, e ele imediatamente cruza a distância entre nós e inspeciona o ferimento, com a mão firme na minha cintura.

— Você disse que estava bem.

Limpo meus dedos na calça e me afasto dele.

— *Eu achei que estava.*

Outro uivo sobrenatural rasteja para dentro da caverna, seguido por outro e outro, como se os animais estivessem comunicando um aviso através da ravina.

— Eu já disse. Os lobos não vão nos machucar. Eu tenho o Deus do Lobo Branco dentro de mim, maldição. — Ele pega o perponte. — Vou dar uma olhada ao redor e juntar mais arbustos. Você deve curar essa ferida e consultar as águas para que possamos decidir o que fazer a partir daqui. Você sabe quem procurar.

Ele se move em direção à passagem que leva à entrada da caverna, mas hesita. Depois de um momento, ele dá meia-volta e recua, vindo direto para mim.

Quando me alcança, me pressiona contra a parede da caverna e me beija com tanto fervor como antes, independentemente de suas palavras sobre futuros e arrependimentos.

Eu deveria afastá-lo. Isso nunca vai acabar bem. Mas não consigo. Um toque de sua língua na minha, e nada mais importa além de nós.

Ele se afasta e passa o polegar sobre os meus lábios.

— Raina Bloodgood, sua boca será minha ruína. — Com ternura, ele beija minha testa, então se vira para sair. Antes de entrar na poça de escuridão que se derrama da entrada da caverna, ele olha por cima do ombro e ergue um dedo. — Estarei de volta logo. Fique. Aqui. — Ele inclina aquela cabeça escura. — E, por todos os deuses, obedeça desta vez.

No segundo que ele desaparece, pressiono os dedos na boca, desejando poder guardar a sensação de formigamento deixada para trás em cada um de seus beijos.

Estou. Tão. Tão. Encrencada.

Por um tempo, me sento perto do fogo, todas essas novas informações borbulhando e fervendo em minha mente. Fora as complicações com Alexus, o Príncipe do Leste pretende conquistar a Cidade das Ruínas e erguer Thamaos. Eu não era nascida quando os deuses governavam, e sempre fui grata por isso. Não quero viver em um mundo onde Thamaos reina, o que significa que tenho que impedir que isso aconteça.

Pego o prato da minha mãe. Alexus e eu não nos separamos há dias e, na ausência dele, sou grata pela distração da vidência. Mas, antes que eu possa começar, vejo a espada de Alexus encostada na parede da caverna.

Eu deveria levá-la para ele.

Não. Eu *vou* ficar aqui. Ele voltará em breve; sei que vai. Ele é leal, obstinado e uma série de outras palavras com as quais o pintei. E ele tem a Faca Divina.

Pego a lâmina do Habitante do Leste e furo a ponta do meu dedo. Uma gota brilhante de sangue se forma e a espero cair enquanto minha mente analisa minhas opções. Eu poderia checar Helena ou procurar por Finn, como eu queria antes que as coisas dessem errado, mas Alexus está certo. Sei quem devo procurar.

Com um giro da minha mão, meu sangue espirra na água.

— *Nahmthalahsh. Mostre-me o Príncipe do Leste.*

Desta vez, não há sombras, fumaça ou névoa, apenas uma imagem em movimento se desenrolando na superfície violeta da água.

O príncipe anda a cavalo, um manto vermelho ondulando em suas costas. Cerca de trinta guerreiros e um bando de corvos o seguem. Estão na floresta, mas não dentro desta construção. Pelo menos não *parece* que estão. Eles cavalgam duro — em uma estrada, não em uma trilha.

As árvores estão levemente cobertas de branco, suas folhas de outono e galhos agulhados embalando uma neve precoce. As rajadas de vento sopram suavemente e os últimos raios de um sol poente cortam o dossel da floresta, a luz quente e oscilante.

A pouca distância, atrás de um véu cintilante de proteção, fica um castelo, um bloco escuro que se ergue acima das sempre-vivas, projetando-se da terra como uma das montanhas a leste e oeste.

Meu pulso troveja.

O Príncipe do Leste está prestes a tomar a Vila Invernal.

Não tenho tempo para pensar no que fazer. O som de passos e de respiração pesada enche a passagem que leva para fora.

O mais rápido que posso me mover, pego a faca do Habitante do Leste e corro para a parede ao lado da entrada, onde a poça de escuridão se derrama na caverna. Pressiono as costas nas rochas e ergo minha arma.

Uma forma alta em um manto escarlate e couros cor de bronze rasteja das sombras, com um machado na mão.

Eu não hesito.

Com toda a força que resta em mim, golpeio com minha lâmina.

28
Alexus

A ravina da Floresta da Água Gélida corre ao norte e ao sul, a leste da Estrada Invernal e bem ao norte do meu abrigo de caça. Esta grande fenda branca — salpicada com o tom de bochechas febris — é principalmente rocha, embora arbustos perenes e mudas de pinheiros tenham brotado do antigo leito do rio graças a um início de verão chuvoso. A maioria dos arbustos está enterrada na neve, e eu vasculhei o que pude da vegetação que cresce por onde viemos, então caminhar para o norte é a única opção se quisermos ficar aquecidos.

Continuei nesse caminho, encarando os penhascos escarpados, pensando em tudo o que aconteceu entre mim e Raina, o que ela ainda não sabe sobre mim, e quão perto estamos do que parece ser a liberdade, embora não haja como ter certeza, a menos que eu caminhe até o final da construção. Não sei até onde o encantamento chega ou por quanto tempo os Bruxos Caminhantes do reino conseguirão manter sua magia ativa.

Ou o que acontecerá quando entrarmos no mundo real.

Tenho certeza de que a construção está enfraquecendo. Rachaduras silenciosas de relâmpagos prateados fraturam o céu vermelho profundo, deixando um hematoma escuro. Eu não ousaria contar a Raina, mas temo que o céu vermelho seja um reflexo da penúria que os Bruxos Caminhantes estão enfrentando, as fissuras um sinal de seu controle cada vez menor.

Podemos ficar livres mais cedo do que o esperado.

A neve ainda cai, mas não está tão frio quanto quando chegamos, parecendo cada vez mais como o frio de casa — fresco e calmante. O ambiente é pacífico, então vou no meu ritmo, dando espaço para Raina pensar sem que eu nuble seus pensamentos. Eu sei como é isso. Ela é tudo que vejo, acordado ou dormindo, e não é assim que tudo isso deveria acontecer.

Entrar. Pegar Raina. Ir para casa.

Negar meus sentimentos. Meu coração. Meu corpo.

Esse tinha sido o plano original e o novo plano.

E eu falhei em ambos.

De forma espetacular.

Quando me deparo com uma pequena aglomeração de arbustos, recolho todo o graveto que consigo encontrar e dou meia-volta para seguir em direção à caverna.

Algo bate em mim por trás, tirando o ar dos meus pulmões, me empurrando em direção a uma pedra coberta de neve. Leva uma fração de segundo para perceber que o que me bateu não é uma *coisa*, mas uma *pessoa*.

Os gravetos se espalham pela neve, e sou jogado na rocha, o peso de outro corpo me empurrando para frente enquanto meu braço é puxado para trás. Sem fôlego, eu me movo para me virar, para lutar, mas a pessoa que me segura enfia um joelho pontudo em meu rim, pressionando meu pulso em minhas costas, enquanto sua outra mão colossal agarra meu pescoço, me prendendo completamente contra a pedra.

— Fique muito calmo, muito quieto, e escute — o homem sussurra. — Estamos sendo observados. Não tenho muito tempo.

Minha mão livre está espalmada na pedra. Estico os dedos e levanto a palma da mão da neve, num esforço para mostrar um momento silencioso de rendição.

Ele se inclina para perto.

— Sou um espião do rei. Você não se lembra de mim. Eu era apenas um menino quando deixei a Vila Invernal com minha mãe para o Território de Terras do Leste. Ela era de Penrith. — Ele me segura com mais força e fala com os dentes cerrados. — Eu mandei o aviso de que o príncipe estava vindo. Por que você não deu a devida atenção?

Deuses. O boato.

Rostos passam pela minha mente, pessoas que se ofereceram para trabalhar na cadeia de espionagem que, na verdade, se tornou mais uma teia. Acompanhei dezenas de Bruxos Caminhantes, Habitantes do Gelo e até moradores das pequenas aldeias de mineradores da Cordilheira Mondulak até a Vila Invernal. Muitos outros ofereceram seus serviços.

Este homem pode ser qualquer um desses.

— O Príncipe do Leste está a caminho da Vila Invernal, então agora você deve enfrentar o general Vexx. E eu não conseguirei te salvar. — Ele faz uma pausa, respirando com dificuldade contra o meu rosto. — Estamos te seguindo desde que você explodiu a maldita floresta. O príncipe deixou outros guerreiros para trás, mas eles falharam, então ele ordenou que seu melhor batalhão, o meu, é claro, permanecesse neste lugar infernal e encontrasse a faca que vocês dois protegem tão pateticamente. — Ele solta um suspiro longo e irritado. — Os guerreiros estão descendo dos penhascos neste exato momento. Onde está a mulher? Só posso ajudar se souber onde ela está.

— O que você quer com ela? — Eu me esforço para me livrar de seu domínio, mas ele só aumenta.

— Eu? Porra nenhuma. Mas o príncipe a quer, ele deve estar querendo matar a garota. Ela abriu o rosto dele com um corte tão largo quanto esta ravina. Ele vai puni-la, tenho certeza, e acredite, você não quer que ela conheça a ira do príncipe.

A imagem que se forma em minha mente, de Raina nas mãos do príncipe, faz com que meus olhos se apertem. Eu o esfolaria vivo, o enforcaria em uma árvore e chamaria os lobos.

Ouço o ranger de botas na neve. O som se aproxima. Mais alto.

Seria tão fácil eliminar esses Habitantes do Leste, mas é provável que o efeito cascata de soltar e derrubar esta rocha enterre Raina viva. Tenho que protegê-la, mas não posso confiar neste homem para ser seu salvador.

— Quero ver seu rosto.

— Eles estão sentindo o cheiro do fogo, Thibault. Não estão vendo, mas conseguem sentir o cheiro. Eles estão farejando e chegarão a ela. A menos que eu chegue antes.

Cerro os dentes.

— Rosto. Primeiro.

Ele me vira e, depois de um momento, seu rosto entra em foco. Se ele era um menino quando partiu, e se me conhecia, já o esqueci há muito tempo.

Mas eu o reconheço. O Habitante do Leste ruivo que enfrentei em Hampstead Loch. O guerreiro com a lâmina sem sangue que me encarou e cavalgou para o outro lado.

— O nome é Rhonin. — Ele ergue os olhos, seu olhar afiado varrendo a ravina. Um segundo depois, ele levanta o punho robusto e encontra meu olhar. — Desculpe por isso, mas estou te fazendo um favor.

Acima dele, aquele estranho e silencioso relâmpago prateado divide o céu vermelho. Então seu punho desce como um martelo, e meu mundo escurece.

29
Raina

O Habitante do Leste gira, agarrando meu pulso com uma mão firme antes que eu possa alcançar minha marca. Respiro fundo e empurro com mais força, mas, por baixo da capa, um rosto familiar me encara de volta.

Não é um Habitante do Leste.

Helena.

O medo rasga através de mim como um fogo ardente, meu corpo travado na indecisão.

Espectro das sombras. Isso é tudo que consigo pensar enquanto seus olhos procuram os meus.

— Sou eu, Raina. Apenas eu. — É a voz dela, e os olhos estão vívidos e conscientes, seu espírito selvagem de volta. Não sinto o cheiro de podridão flutuando ao redor, seus movimentos não são nada antinaturais e a pele está tão gelada quanto a minha.

A tensão em meus músculos diminui, a descrença se agarrando a mim como um pesadelo.

As sobrancelhas dela se unem, lágrimas brotando em seus olhos.

— Você pode apenas me abraçar? — Ela pressiona a testa na minha, e eu vislumbro as marcas de bruxa tingidas de ocre florescendo por trás de sua gola. — *Tuetha tah* — sussurra ela, soltando meu pulso.

Deixo a adaga cair e envolvo os braços ao redor de seus ombros, apertando-a com tanta força que ela ri em meio às lágrimas.

— Você vai me quebrar — diz ela, e eu a solto, sorrindo tanto que minhas bochechas doem.

Pego as mãos dela e verifico se há pontos congelados. Tem alguns, mas não são graves. Eu posso curá-los rapidamente.

Aperto seu rosto. Ela parece exausta e sua pele está rachada e avermelhada pelo frio, mas, fora isso, ela parece... inteira. Saudável. E embora uma pitada de tristeza sombreie seus olhos, ela está *sorrindo*.

Eu estava preocupada que não restasse nada dela quando voltássemos, que o espectro tivesse tomado sua mente a ponto de ela esquecer quem era. O alívio dentro de mim é esmagador, então eu a puxo novamente para perto de mim e choro.

Depois de nós duas derramarmos uma série de lágrimas, eu me afasto.

— *Como?* — pergunto.

Ela dá de ombros e enxuga minhas lágrimas, depois funga e esfrega o próprio rosto.

— Não sei. Fosse o que fosse aquela coisa, partiu um ou dois dias depois de você. É impossível contar o tempo aqui. Senti que ele me deixava como se um vento o sugasse, e lá se foi, guinchando na floresta. Depois, a gaiola de raízes se desfez. — Seus olhos se arregalam de admiração. — Foi Nephele também? Como no lago?

Assinto, levantando as sobrancelhas, entendendo seu assombro, embora eu tema que esteja prestes a matá-la de espanto com todas as coisas que ela precisa saber. Em breve contarei meus segredos, e os de Alexus, além de histórias de espectros das sombras, do Rei do Gelo e Fia Drumera, deuses e a Faca Divina e do possível fim da vida como a conhecemos. Pode ser que em breve estejamos vivendo em uma era de deuses. Pelo menos a era de *um* deus.

Mas não vamos deixar isso acontecer. *Não* vamos.

Contanto que Alexus possa manter Neri contido, será assim.

— *Como você me achou?* — pergunto, atordoada com a coragem e a firmeza dessa garota, embora eu não devesse estar. Ela é jovem e ingênua às vezes, mas um fogo que poucos possuem vive dentro dela. Ela poderia ser uma guerreira inigualável. Só precisa de liberdade para deixar esse fogo queimar.

Acho que agora ela tem essa liberdade.

— Fui em direção às montanhas — responde ela — e encontrei um grupo de Habitantes do Leste mortos. Não foi divertido, e não foi bonito, mas eu peguei as roupas de um deles. Fui obrigada a fazer isso, ou ia congelar até a morte ali mesmo. — Ela esfrega um corte na testa. — Achei que o general Vexx estivesse entre os mortos, mas não foi o caso. — Ela ergue o machado. — Pelo menos roubei esta arma.

Os Habitantes do Leste que encontramos debaixo das árvores. Quase matei Helena com uma adaga que foi de um deles.

— Encontrei um acampamento — continua. — Muito fresco para pertencer aos Habitantes do Leste. Eles estavam mortos há dias. Depois disso, peguei seu rastro como meu pai me ensinou enquanto caçava veados. Havia apenas dois conjuntos de pegadas onde a neve não os cobriu. Eu tinha esperança de que fosse você. A certa altura, os rastros avançavam, mas houve um terremoto e eles desapareceram. Continuei, até chegar a um buraco aberto na terra. Havia apenas uma maneira de passar, então segui. Não muito tempo depois, entrei na ravina. Vi a fumaça subindo desta caverna. Poderia ser qualquer um, mas eu tinha que saber se era você.

Surpresa com tudo o que ela me contou, puxo meu cabelo sobre um ombro, pensando em como teria sido suportar a floresta sozinha, mas os olhos piscando de Hel chamam minha atenção. Com os olhos arregalados, ela toca o dorso das minhas mãos, meu pescoço, meu peito, como se só agora estivesse percebendo minhas marcas de bruxa. E suponho que seja isso mesmo.

— O que é isso, pelas estrelas dos deuses, Raina?

Eu aponto o fogo fumegante.

— *Venha. Sente-se. Precisamos conversar.*

Conto tudo a ela, começando pelas minhas habilidades. Mostro minha habilidade com magia de fogo e da cura, descongelando e dando nova vida aos dedos de suas mãos e de seus pés, eliminando cortes e contusões, bem como curando o corte na lateral do meu corpo. Feito isso, conto o que aconteceu durante o ataque e tudo depois. Explico como foi difícil ver aquele espectro levá-la para longe de mim. Quando conto sobre a Faca Divina e que Alexus é *o* Un Drallag do folclore do leste, ela me faz parar, deixando uma expressão inquieta tomar conta de seu rosto como se ela estivesse juntando coisas que eu não posso ver.

— Raina, os homens do príncipe estavam com aquela faca por minha causa.

Inclino a cabeça, e ela lê minha expressão, entendendo que preciso que explique.

— Depois que deixei você na casa de Mena, fui para os campos de pousio. Finn e Saira estavam comigo, mas em algum ponto nos separamos.

Lembro-me que ela contou algo assim quando nos encontramos no lago, mas sua memória foi prejudicada, provavelmente porque o espectro dividiu sua realidade.

— Cheguei à nossa cabana — continua ela —, mas minha mãe e minhas irmãs já estavam mortas. Comecei a ir em direção aos campos, mas dei de cara com Vexx. — Mais uma vez, ela toca sua testa, lembrando. — Quando acordei, ainda estava escuro. Corri para o gramado e você estava lá, mas pensei que estivesse morta. Você estava deitada tão quieta, ao lado do Coletor de Bruxos, e eu estava... desorientada. Havia sangue por toda parte. E aquela faca, aquela com o cabo branco, estava no gramado. Ela... me chamou. Pediu que a levasse. Não uma voz, mas um saber. Estava ao lado de sua mão, e eu queria uma parte de você comigo, então peguei.

Um suspiro me escapa, e pressiono a mão no rosto. Pela morte dos deuses. Não admira que eu não conseguisse lembrar o que fiz com a faca.

— Depois disso, fui para o leste e encontrei um caminho através da barreira que eles ergueram, uma abertura cheia de espinhos. Corri pela Floresta da Água Gélida até não poder mais. — Ela olha para as mãos, nervosamente mexendo em uma unha. — Eu estava devastada. Queria que alguém pagasse.

Chego bem perto dela e pego sua mão. Conheço esse sentimento. Sei o que ela passou.

— Encontrei os homens de Vexx na boca do túnel, e eles me capturaram. Quando Vexx viu a lâmina que eu carregava, ele a confiscou, mas acho que não sabia o que tinha em mãos até mais tarde. Não houve urgência até o dia seguinte, depois que passamos pelo lago. Ele saiu da floresta e ordenou a um de seus homens que lhe trouxesse a faca. Depois disso, viajamos mais e mais rápido. Eles queriam alcançar o príncipe, me lembro disso agora. Ele estava à frente com outro bando. Vexx queria me matar ou pelo menos me abandonar ali, mas há um guerreiro ruivo nesse grupo. Eles o chamam de Rhonin. Ele parece importante, embora não tão importante quanto Vexx. Ele exigiu que Vexx o deixasse ficar comigo.

— *E claro, Vexx concordou* — sinalizo.

— É claro.

A repugnância me invade. Quero matar os dois homens, e nem os conheço.

Helena olha para cima, e aquele fogo dela pisca em seus olhos.

— Percebi pela maneira como Vexx agia que a arma era importante. Só não sabia o quanto. Ainda assim, consegui pegar todos desprevenidos no meio da noite. Mesmo com as mãos amarradas, roubei a faca da coxa de Vexx e corri como o vento.

Ela sorri, e eu sorrio também.

— *E Rhonin deixou você ir?*

— Foi o que pareceu. Ele veio atrás de mim e chegou a ficar a poucos passos de distância, mas só me observou através das árvores. Ele poderia ter me capturado, mas não fez nada. — Ela encolhe os ombros. — Ele apenas me disse para correr.

— *E depois?*

Depois veio o espectro das sombras.

Helena empalidece. A respiração fica instável.

— Mas ainda não está claro. Eu me lembro de te ver. Estar com você e Alexus. E me lembro de quando o espectro foi embora.

O príncipe devia estar assistindo. Ele tinha que saber onde ela estava. Por que voltar para dentro da construção quando seu espectro poderia forçar Helena a devolver a faca? Por que colocar seus homens em perigo, ainda mais para uma caçada? Deixei a lâmina desprotegida, e ele deu um jeito de tentar pegá-la.

Até que Nephele o parou.

Fico feliz que Hel não se lembre; ela lutaria com essas memórias. Rezo para que fiquem enterradas para sempre.

Falando em rezar, conto a ela sobre Neri. Quando termino, ela se mantém em um silêncio chocado.

— Neri está *aqui* — diz ela. — Dentro do Coletor de Bruxos.

Me sinto culpada. As histórias de Alexus foram difíceis de assimilar, mas Helena está tendo que lidar com ainda mais. Eu menti para ela e para todos que me conheciam por anos, mas ela parece perdoar isso facilmente. Conciliar o que sempre acreditou sobre o Deus do Lobo Branco com a verdade contada por um homem que o conhece intimamente é o que parece destruir o que resta de sua crença.

— Neri tem sido uma parte tão importante da minha vida — fala ela. — Se o que Alexus diz é verdade, então...

Então Neri não era um deus tão bom e protetor.

— Neri era manipulador e ganancioso — sinalizo. — *Brincando com a vida do povo do norte por causa de seu desejo por uma deusa. Ele não nos deu o Rei do Gelo para nos orientar e ser nossa autoridade. Ele nos deu Colden Moeshka, um produto de sua vingança.*

Apoiando os cotovelos nos joelhos dobrados, Helena enterra o rosto entre as mãos. Não pressiono nem digo mais nada. Ela perdeu tanto. Agora está perdendo o deus vingativo para quem reza.

Ela olha para cima e suspira como se estivesse limpando a mente.

— Não podemos deixar o príncipe pegar aquela faca, e não podemos deixar que ele encontre Colden.

Meu rosto se entristece.

— O quê? — diz ela. — O que foi? Por que esse olhar?

Olho para o prato premonitório.

— *Antes de você chegar, eu vi o príncipe... ele está a caminho da Vila Invernal.*

— Bom, não podemos ficar paradas aqui. — Ela fica de pé. — Onde está Alexus?

— *Foi pegar gravetos, mas logo deve estar de volta.*

— Ele não estava ao sul. Eu teria cruzado com ele. — Emanando energia nervosa, ela se senta novamente. — Acho que vem uma tempestade. Não está trovejando, mas vi relâmpagos. Pode ficar perigoso, e precisamos dele.

O relâmpago. Tinha esquecido.

Agarrando o prato de minha mãe, corro para fora e volto com uma tigela de neve, que aninho nas últimas brasas que desvanecem. Rapidamente, invoco os poderes de *Fulmanesh* e, em questão de minutos, tenho uma tigela de neve derretida. Mais uma vez, espeto meu dedo e mexo meu sangue na água morna.

— *Nahmthalahsh. Mostre-me Alexus.*

A água gira e diminui, e uma imagem se condensa na superfície violeta.

Alexus. Inconsciente. O rosto inchado e sangrando. Ele está sendo arrastado pela gola do perponte através da ravina por homem que parece uma montanha vestida de couro cor de bronze — um homem com cabelos flamejantes.

Um suor frio brota na minha testa, e meu coração bate forte. Eu pisco, rezando para que essa visão esteja errada.

Outros homens com armas penduradas nos ombros os seguem. Eles sorriem orgulhosos, como caçadores depois de uma matança. Não sei para que lado estão se movendo, mas deve ser para o norte, como Helena disse, porque a ravina parece diferente do que me lembro.

— *Habitantes do Leste* — informo a ela, meu medo e preocupação se transformando em fúria. — *Eles... Eles o pegaram.* — Eu me levanto, não tendo certeza do que estou prestes a fazer, mas um ciclone de raiva se forma dentro de mim.

Os olhos de Helena brilham, não com lágrimas, mas com a promessa de uma luta.

— Bom, eles não vão ficar com ele, vão? — Ela se levanta e pega seu machado, minha lâmina e a espada de Alexus. — Com qual dessas você é melhor?

— *A faca e o machado* — respondo, como se ela não soubesse. Ela queria me dar uma escolha, mas eu lutei com ela o suficiente para entender que ela precisa da espada se cabeças estão prestes a rolar.

Ela me entrega as armas menores.

— Calce as botas e pegue sua capa. Vamos caçar.

30
Alexus

Acordo com o impacto esmagador de uma bota atingindo minhas costelas.

Os chutes por fim cessam, e uma tosse ofegante irrompe do meu peito, lançando sangue e neve no vento. Estou deitado a vários metros de uma fogueira. Algumas dezenas de homens estão sentados ao redor do fogo, rindo, assistindo e aplaudindo. Despiram meu perponte, e minha túnica molhada congela na minha pele. Não consigo ver com o olho direito, sinto como se duas mãos apertassem meu pescoço e meu corpo dói como se alguém tivesse me empurrado do penhasco e me deixado cair no fundo da ravina.

Dentro de mim, Neri se enfurece em sua jaula, chacoalhando meus ossos.

Outro chute rápido, desta vez na barriga, seguido por uma pisada na dobra do meu joelho, envia uma pontada fresca e quente irradiando por toda parte, o suficiente para que a dor quase me leve de volta à inconsciência. Ainda assim, com desespero, me agarro à consciência.

Raina. Ela está sozinha e vai me procurar.

Não posso deixar isso acontecer.

— Finalmente acordou — diz uma voz.

Uma bota cutuca a lateral de minhas costelas até que sou forçado a rolar, de costas para a neve. Eu grito. Minha perna está machucada e meu corpo, pesado.

Acima de mim, o mesmo céu vermelho paira enquanto rajadas giram e caem com violência. Uma figura se inclina sobre mim, obstruindo a visão, e eu pisco para afastar a neve e as lágrimas para vê-lo.

— Você deveria ter me matado quando teve a chance — continua ele. Um sorriso cruel ferve em seus lábios.

Fecho os olhos e os aperto com força, apenas para memorizar o arrependimento impiedoso que percorre meu corpo. Eu sabia que ele era importante – por sua armadura, sua bandeira, seu cavalo.

E, ainda assim, não acabei com ele.

Aquele cabelo grisalho comprido e trançado ainda mantém escassos restos de pintura de guerra, a laca vermelha lavada pela neve. Sua armadura se foi, mas ele usa os couros cor de bronze de seus homens e o fedor da morte.

Quando se agacha ao meu lado, instintivamente alcanço a Faca Divina. Mais uma vez, meu corpo não se move como eu gostaria, minhas mãos desajeitadas, meus movimentos contraídos.

— Procurando por isso? — Ele segura a faca, torcendo o pulso enquanto examina a lâmina. Ele dá um olhar de soslaio para mim com olhos da cor de uma tempestade de neve. — Desafio você a tentar tirar isso de mim. Não vou te matar até ter a faca *e* a mulher, mas vendo o que você fez com meus homens, estou me sentindo bastante implacável.

— Se viu o que posso fazer — gritei, cuspindo sangue em seus pés —, deveria estar apavorado.

Ele joga a cabeça para trás e ri.

— Não há nada a temer. Você está preso, Coletor.

Então sinto o peso frio em volta do pescoço, dos pulsos, dos tornozelos. Arrasto uma mão pesadamente até tocar meu pescoço e passo os dedos sobre o pequeno pedaço de ferro que pressiona meu pescoço. Amarras apertadas, ligadas por correntes, cortam meus pulsos e tornozelos.

Neri não está enfurecido. Está em desgraça.

E eu estou impotente.

— Eu sei quem você é, Un Drallag, e o que leva dentro de si — diz o homem, que deve ser o general Vexx. — O príncipe também sabe.

— Isso é impossível. — Mas obviamente não é.

— Você ficaria surpreso com as histórias que os espectros estão dispostos a compartilhar de sua terra natal. Como quando Un Drallag viajou para os Confins Inferiores na intenção de viajar aos Campos Empíreos e voltou com um deus entrelaçado em sua alma. Foi preciso que o espectro o testasse e entrasse em sua memória para ter certeza de que estava certo sobre quem você era. *Foi* há trezentos anos. O príncipe sentiu algo incomum em sua amiga, mas, uma vez que o espectro teve certeza de que você era Un Drallag, isso fez com que o Príncipe do Leste soubesse exatamente com o que estávamos lidando. Os mortos contam tudo, meu amigo.

O Príncipe do Leste sabe sobre mim. Sobre Neri. Tudo culpa de um maldito espectro.

O general se aproxima.

— Eu me pergunto que histórias você revelará quando cruzar as margens escuras dos Confins Inferiores. É para lá que vai. Você sabe disso, tenho certeza. O príncipe tem um plano, e ele não inclui a sua interferência, nem a libertação de Neri. Precisamos que ele retorne ao mundo ao qual pertence. O Mundo das Sombras. Felizmente, ele ainda está enjaulado, porque, de alguma forma, *você* sobreviveu ao príncipe. — Ele puxa a lateral da minha túnica. — Sem nenhum ferimento, devo acrescentar.

Minha mente se agarra a duas afirmações que ele acabou de fazer. Quando o príncipe falou com Raina sobre a necessidade de ter uma coisa que ele sentiu nas costas dela, não estava falando da Faca Divina, como eu acreditei. Ele estava falando de Neri. Ele sentiu Neri em Raina por minha causa.

Segundo...

— Que plano? — Mais uma vez, cuspo sangue no chão, e minha boca começa a encher no mesmo instante.

Ele sorri, como se soubesse que eu ia perguntar.

— O plano para o príncipe aproveitar a magia na Cidade das Ruínas. Os ossos dos deuses devem se reunir com suas almas. Vamos ressuscitá-los do Mundo das Sombras e contê-los enquanto o príncipe suga o poder deles. No entanto, eles não podem ficar mexendo em toda a criação de Loria, ou nunca os capturaremos. É por isso que devemos enviar Neri de volta para os Confins Inferiores. Por enquanto. *Há* um método na estratégia do príncipe. Em breve, teremos o Rei do Gelo, uma forma de enfraquecer Fia Drumera. A cidadela cairá, o Príncipe do Leste reivindicará o Bosque dos Deuses, e o império quebrado de Tiressia terá um governante.

— Um governante com o poder de Thamaos, Neri, Asha e Urdin. Você é tão tolo a ponto de pensar que isso é sábio?

— Eu não sou nada tolo — responde ele. — Um tolo acreditaria que Tiressia pode prosperar dividida. O príncipe pretende unificar as terras.

— Ou isso é o que ele lhe diz. O poder corrompe. E ele já está corrompido. O que acha que ele se tornará quando não tiver limites?

Depois de um momento ponderando, o homem se levanta, ignorando minhas últimas palavras.

— Levante-o. Vamos encontrar a mulher e acabar com isso de uma vez por todas.

Com o olho que ainda está bom, vejo o homem ruivo – Rhonin – caminhando em minha direção. De costas para o acampamento e para Vexx, ele enfia a mão no colarinho e tira algo de trás de sua jaqueta de couro bronze. Algo que pende de uma corrente grossa em volta do pescoço.

Nossos olhares se encontram, e ele pisca.

Uma chave de ferro.

— Se isso foi um favor — sussurro —, não me ajude nunca mais.

Rhonin deixa um sorriso tentar sua boca, mas então o mata e enfia a chave de volta no esconderijo. Ele e uma mulher me agarram pelos braços e me colocam de pé.

Engasgado pelo colar de ferro em volta do pescoço, vomito na neve.

É impossível evitar, uma vez que o mundo se inclina. Não sei quantas vezes Vexx me chutou ou o que causou no meu joelho, mas fez questão de que eu não o esquecesse.

E não vou.

Alguns guerreiros permanecem sentados perto do fogo, enquanto outros pegam espadas ou machados. Alguns alcançam as tochas que estão empilhadas. A maioria dos nós de pinho queimou até a metade de seu tamanho original, mas são as mesmas que os Habitantes do Leste usaram no vale. Eles as estão economizando.

Eles acendem as tochas nas chamas da fogueira e entregam uma ao general Vexx, que lidera o pequeno grupo na caminhada. Sua forma alta e esbelta se move como um fantasma, enquanto o cabelo grisalho balança ao vento, misturando-se à paisagem invernal.

Se eu sobreviver a isso, cortarei a cabeça dele.

Rhonin caminha ao meu lado, ambos em silêncio, exceto pelo terrível barulho das correntes que me prendem. A neve abafa o som quando tropeço, o que é quase a cada passo graças ao meu joelho latejante. As correntes são um fardo, mas não sou um deus e felizmente não sinto nenhuma agonia queimando minha pele. Há apenas uma vibração inquietante no meu peito, uma tempestade de vento presa que gira em torno do meu coração.

Eu convoco energia, minha magia, *qualquer coisa*, mas o ferro reduz o poder de Neri a cinzas e minha magia também. Depois de tantos anos, tudo está tão entrelaçados que mal consigo mais distingui-los.

São onze guerreiros e seu general — sem contar Rhonin — se movimentando para encontrar Raina. Não tenho meios para combatê-los, nenhum recurso. E eles sabem disso. Não há um pingo de trepidação no meio deles enquanto sou levado mais fundo na ravina em direção às cavernas.

Por fim, o cheiro de madeira queimada preenche o ar. Eu me forço a não reagir, mas não faz diferença. Vexx ergue o punho, nariz contra o vento, e paramos.

Provavelmente vou morrer em breve, porque nunca vou dizer a eles onde Raina está, e se eles a encontrarem por conta própria, vou acabar com minha vida tentando salvá-la.

Vexx se vira para mim em movimentos lentos e rígidos, aponta sua tocha flamejante em minha direção e me encara com olhos duros e frios.

— Chame a mulher.

Os outros Habitantes do Leste também me encaram.

Olho para o líder deles e zombo.

— Você pode acabar comigo, porque eu nada direi.

Vexx me encara por um longo momento antes de diminuir a distância entre nós dando alguns passos longos até ficar a poucos centímetros do meu rosto.

— *Chame a mulher*. Ou vou cortar sua língua de trezentos anos. E vou fazer isso lentamente. Até que ela apareça correndo porque ouviu seus gritos irracionais.

— Ela não pode responder — digo a ele, meu pescoço trabalhando contra as amarras. — Ela nasceu sem voz.

Ele arqueia uma sobrancelha.

— Não preciso que ela responda. Preciso que apareça. Eu cuido do resto. — Ele desembainha a Faca Divina da coxa e pressiona a parte plana da lâmina de osso na minha bochecha. — Agora chame a mulher, ou vou deixar você tão silencioso quanto ela.

— Apenas me mate. Não importa o quanto me ameace. Se você a encontrar, não será com minha ajuda.

Vexx rosna e pressiona a lâmina com mais força na minha bochecha.

— Deixe o homem em paz — uma voz feminina soa no vento. — Eu vou te levar até ela.

Vexx vira a cabeça. Os poucos portadores de tochas apontam suas luzes para uma figura parada no meio da ravina, envolta em um manto vermelho. A neve gira em torno da forma escultural, e as tochas lançam sombras concorrentes no chão branco.

Espadas são desembainhadas, machadinhas, erguidas, e Vexx afasta a Faca Divina do meu rosto.

— Apareça — ordena, apontando a tocha para a figura encapuzada.

As sombras se movem. Um segundo depois, a voz se pronuncia.

— Aproxime-se, e eu apareço.

Inclino minha cabeça para escutar melhor. Essa é...

Não pode ser.

Vexx hesita, mas caminha para a frente, a Faca Divina firmemente em sua mão. Ele para a alguns passos curtos da mulher encapuzada.

— Retire o capuz, ou todos os guerreiros aqui lançarão suas adagas direto ao seu coração. Você tem três segundos.

Um. Dois.

Ela dobra o capuz para trás, e meu coração dá uma guinada.

Helena.

Ao meu lado, Rhonin fica tenso e, se não me engano, até suspira. Se o espectro ainda está dentro de Helena, não posso dizer. Ela parece a mesma, embora seja difícil ver a verdade com tanta neve, a luz das tochas e as sombras. O espectro é sorrateiro, isso eu sei. Não posso confiar na garota diante dos meus olhos.

— Mas olha só quem é — diz Vexx. — A ladra de facas. Nos encontramos novamente. — Ele aponta para dois de seus guerreiros. — Verifiquem se ela está armada. Não se esqueçam de como ela é rápida.

Helena é tão jovem, não seria considerada adulta entre os Habitantes do Norte. E, no entanto, do jeito que ela está ali, braços apoiados ao lado do corpo, queixo alto, coluna ereta e segura, ela parece ter mil anos, confiante como uma deusa, uma rainha. Não há um único resquício de presença antinatural, nem qualquer indício da menina agitada do lago, e tenho que me perguntar se isso tudo é o espectro que está fazendo, e se esta é a *verdadeira* Helena.

Os guerreiros tiram a capa dela, e não revelam nenhuma arma. Ela não está mais vestida de ouro, o material vulnerável de seu vestido de seda. Ela está vestida com os couros cor de bronze dos homens de Vexx.

O general cruza as mãos atrás das costas, as pernas bem abertas, e a estuda.

— Você matou meus homens e pegou suas roupas?

Um vento pega o cabelo de Helena e sopra seu perfume em minha direção. Ela não cheira a flores, mas também não cheira mais como o poço do mundo.

— Não — responde ela a Vexx. — Os homens já estavam mortos, mas sim, eu peguei as roupas. — Ela olha para si mesma e volta a encará-lo. — Isso é claro.

Vexx se aproxima de Helena, espreitando ao redor. Os guerreiros se afastam e Helena abaixa os braços, fixando o olhar brilhante em Vexx conforme ele se aproxima.

— Raina Bloodgood está morta — informa. — Essa é a única razão pela qual vou te levar até ela.

Essas palavras fazem meus joelhos fraquejarem, mas Rhonin me puxa para cima. Ainda assim, oscilo sobre meus pés e um vazio se abre dentro de mim, engolindo meu coração.

Helena deve estar mentindo. Ela *deve* estar.

Vexx chega tão perto de Helena que quase encosta o nariz no dela, os pés quase juntos. Com uma mão leve, ele afasta o cabelo azeviche de Helena do rosto, colocando-o para trás em sua têmpora, onde ele passa o polegar sobre sua sobrancelha angular. Ela se encolhe ao seu toque.

— Estranho. Da última vez que te vi, você ainda carregava a marca sangrenta do meu soco. — Ele olha para mim e, pela primeira vez, Helena olha na minha direção. — Engraçado como as lesões desaparecem. Terei que fazer um trabalho melhor da próxima vez.

Vexx volta a encarar Helena.

— Se estiver mentindo, garota, vou te arrastar daqui até a Vila

Invernal amarrada ao meu cavalo, e vou aproveitar cada segundo. Você já me custou o suficiente. — Ele recua e abre o braço em um gesto. — Agora. Mostre o caminho, *milady*.

Ombros largos para trás, Helena se volta para as cavernas. Vexx posiciona dois guerreiros ao lado dela, e ele fica logo atrás. O que quer que tenha acontecido entre esses dois antes de Helena encontrar Raina e eu, fez deles inimigos.

Uma mistura abafada de gemido e suspiro ressoa no fundo da garganta de Rhonin. Olho para ele enquanto ando mancando, encarando o lugar em que ele esconde a chave, mas são muitos os homens ao redor — na nossa frente, atrás de nós, ao nosso lado —, e ele apenas olha para a frente, focado na paisagem acidentada e nevada.

E em Helena.

Ao alcance da luz do fogo, ela sobe o declive áspero e pedregoso que leva à caverna onde deixei Raina.

Vexx lança um sorriso perverso por cima do ombro.

— Certifique-se de trazer Un Drallag.

Pulsando contra as algemas em meus pulsos, Rhonin me empurra para frente. Já posso sentir um zumbido no ar, a forma como a atmosfera afina em torno de uma crise que se aproxima. Só não sei o que é essa crise. Ou eu algemei minha alma ao Confins Inferiores ainda mais seguramente condenando Raina a uma morte prematura, ou algo mais está para acontecer e pode me ver tirando ainda mais vidas. Não que isso importe.

Gostando ou não, minha alma é irredimível.

Com passos pesados, subimos até Helena dizer:

— É logo à frente. Me siga.

No segundo em que essas palavras saem da boca de Helena, Vexx nos faz parar e seus guerreiros paralisam, espalhados a poucos metros um do outro pela encosta. Os dois guerreiros que seguem Helena a agarram e, novamente, ela olha para a caverna e depois para mim, desta vez com os olhos arregalados e preocupados.

Vexx apoia um pé em uma pedra e descansa as mãos nos quadris. Ele acena para os dois guerreiros que a flanqueiam, um dos quais segurando uma tocha.

— Vocês dois. Avante. — Ele olha incisivamente para um homem e uma mulher à sua direita. — E vocês dois, segurem-na. Ela fica à vista.

O homem e a mulher agarram Helena, torcendo seus braços atrás das costas, enquanto os outros guerreiros desaparecem na escuridão da caverna, a luz da tocha uma esfera brilhante que logo se apaga. Não há som. Nenhum movimento. Apenas um abismo escuro ao lado de um penhasco.

Vexx espera alguns minutos, mas, como os guerreiros não retornam, ele aponta para outra pessoa.

— Vá.

Com o machado em guarda e a tocha levantada, um Habitante do Leste rasteja na escuridão com uma pitada de cautela em cada passo. A luz da tocha logo se extingue e, novamente, nada.

Vexx olha para o céu vermelho e ruge. Ele caminha em direção à caverna e grita para ela.

— Estou cansado desses jogos! Ou você vem aqui e deposita suas armas, ou o sangue dessa garota *e* o seu vão fluir por esta ravina como um rio. Não pense que não vou fazer isso. Já tenho comigo a parte mais importante desta missão.

Brandindo a Faca Divina, ele se aproxima de Helena, olhando em seus olhos. Quando volta a falar, sua voz é alta o suficiente para que, se Raina ainda estiver dentro daquela caverna, ela o ouça.

— Sua amiga bruxa tem uma chance de viver — diz ele. — Ela pode se curvar diante do Príncipe do Leste e implorar sua misericórdia pelo que ela fez com ele. Não posso dizer que ele vai atender, mas se vocês duas continuarem brincando *comigo*, toda a esperança está perdida. E quanto a esse bastardo — ele inclina a cabeça na minha direção e balança a Faca Divina —, o destino dele já chegou. Muito em breve, Un Drallag e

Neri não existirão mais. Ambos retornarão ao Mundo das Sombras, e não haverá mais qualquer chance de o maior inimigo de Thamaos se libertar e interferir no plano do príncipe.

Ah. Vexx quer me matar, não que eu já não soubesse disso, mas ele planeja fazer isso com a Faca Divina, a única arma que pode matar um deus, para que a alma de Neri retorne ao Mundo das Sombras, assim como a minha. Mas talvez o espectro e o príncipe não saibam tanto sobre mim e a Faca Divina quanto pensam.

Vexx inclina o queixo de Helena com uma mão, então prende seu cabelo no alto e a puxa para que fique de costas para ele, de frente para a caverna. Perigosamente, ele pressiona o Faca Divina no pescoço dela.

Dirigindo-se para a caverna, ele declara:

— A escolha é sua, bruxa. Sua amiga vive? Ou morre?

Por um momento, não há nada além da neve caindo ao nosso redor, e outro estalo silencioso de relâmpagos gelados dança no céu.

Então, das sombras, uma figura encapuzada emerge da caverna.

31
Raina

Saio em direção à luz carmesim da construção e deixo cair minha faca ensanguentada e o machado do Habitante do Leste. Em seguida, tiro a espada e o cinturão de Alexus e os jogo de lado. Por último, deslizo meu manto, então o inimigo pode ver que estou desarmada. Nenhum inocente morrerá por minha causa.

Especialmente Helena.

Não era assim que as coisas deveriam acontecer. Vimos os Habitantes do Leste e suas tochas — e Alexus — meia hora atrás, mas atacar treze guerreiros quando não tínhamos vantagem era imprudente. Mudamos de rumo e planejamos que Helena os atraísse para a caverna, onde apaguei o fogo. Eu os rasgaria, um por um, quando entrassem na passagem.

Infelizmente, o general tinha outros planos.

— Boa garota — Vexx diz para mim. Ele continua com Helena, mantendo a cabeça dela esticada para trás em um ângulo doloroso contra seu ombro. A ponta da Faca Divina está pressionada em seu pescoço, pronta para abrir uma veia. Ela está viva, por enquanto, e isso envia um fio de esperança através de mim.

O general aponta o queixo para dois de seus guerreiros.

— Tenho que dizer o que fazer todas as vezes? Armas. Segurem a bruxa. E alguém verifique a caverna.

Eles chutam minha única defesa e dobram meus braços atrás de mim. Um dos Habitantes do Leste mortos que os guerreiros de Vexx estão prestes a encontrar conseguiu esfaquear meu braço. Com meu bíceps torcido assim, não posso deixar de me encolher de dor.

— Raina!

Sigo a voz de Alexus. Ele está mais perto do fundo da ravina, lutando contra as amarras de ferro enquanto os guerreiros o mantêm à distância. O ferro sufoca o poder divino — o poder de Neri. Não sei o que isso significa para a magia de Alexus, mas, se ele pudesse acessá-la, já o teria feito.

Nossos olhares se encontram. Ele chama meu nome mais uma vez, mas a mulher ao seu lado bate o punho em sua mandíbula para silenciá-lo.

O general liberta Helena e embainha a Faca Divina, me observando atentamente enquanto se move em minha direção. Atrás dele, duas mulheres seguram Helena, forçando-a a ficar de joelhos.

Vexx não é um homem muito grande, não muito mais alto que Helena, mas sua presença é como a de uma tempestade crescente sobre o vale, algo que sinto com mais força à medida que ele se aproxima. Seus olhos têm um brilho mortal, afiado e prateado como o fio de uma espada, e o rosto de pedra, com a pele envelhecida, já viu muitas batalhas — as inúmeras cicatrizes que o decoram provam isso.

— Tudo isso… — o general gesticula para a encosta pontilhada de Habitantes do Leste — por causa de você e sua amiga. — Ele inclina a cabeça, olhando para mim além da neve caindo como se estivesse me desvendando. — Uma Bruxa Caminhante que não pode falar nem cantar. Você deve ser uma grande decepção para seu povo.

— Seu *porco*! — grita Helena, se contorcendo nos braços das mulheres que a pressionam. — Ela tem mais magia…

Eu a silencio com um olhar de advertência que poderia cortar gelo.

Vexx ri, cheio de curiosidade brilhando em seus olhos.

— Ela tem, é? Interessante. — Ele empurra meu cabelo para o lado e arrasta a ponta do dedo pelo meu pescoço e ao longo da minha clavícula, traçando minhas marcas de bruxa.

Depois de um momento, ele parece deslizar aquela pequena

informação para o fundo de seu cérebro, então me agarra pelo cabelo e me força a descer a colina. Atrás de mim, os cavalos relincham e Helena grunhe, provavelmente sofrendo o mesmo destino que eu.

Estamos indo direto para Alexus.

Deuses, eu quero correr para ele. Seu olho está inchado e fechado, e manchas de sangue salpicam sua túnica. Ele está em uma inclinação estranha, como se algo estivesse errado com sua perna.

Estamos a dois passos do fundo da ravina quando o mundo inteiro treme. É como a luz de um quarto à noite, quando uma corrente de ar beija a chama de uma vela.

A neve para de cair, Vexx para de andar, e todos nós olhamos para cima.

Helena disse que uma tempestade estava chegando, mas isso não é tempestade.

Como tinha acontecido quando Alexus e eu entramos na ravina, um relâmpago branco estilhaça o céu sem um único som. Desta vez, são mil arcos irregulares de luz quebrando a atmosfera tingida de vermelho, espalhando-se como rachaduras através de vidro fino. Essa sensação constante da magia da construção, a sensação que está comigo há dias, se desintegra, e a luz ofuscante do dia irradia.

Uma alegria irrompe dos Habitantes do Leste, mas leva um tempo para meus olhos se ajustarem e minha mente absorver o que está acontecendo.

O que *aconteceu*.

O Príncipe do Leste venceu. Ele chegou à Vila Invernal — os Bruxos Caminhantes não aguentaram mais.

— Já estava na hora — diz Vexx. — Esta pequena expedição no Norte está quase terminando.

Não tenho um único momento para me aquecer no calor do sol antes que Vexx me empurre para frente, ainda me segurando pelo cabelo. Sua alegria se evidencia nos passos mais rápidos e na força como me segura, a dor e a luz do sol repentina fazendo meus olhos lacrimejarem.

Eu tropeço e caio, e uma mecha do meu cabelo é arrancado pela raiz antes de eu pousar na neve. Alguém — que não é Vexx — me levanta e prende meus pulsos nas minhas costas. Balanço a cabeça, me arrastando para a frente, e pisco para afastar a neve dos meus cílios.

Então, estou ali, ofegante, a um braço de distância de Alexus.

A luz do dia ilumina seus ferimentos com brutalidade, e meu corpo anseia pelo dele. As correntes que o prendem são tão sólidas e grossas que não sei como ele ainda está de pé.

A maneira como ele me olha quase acaba comigo. Eu vejo seu medo, e sei que não é por ele mesmo. É por mim.

— Sinto muito, Raina.

Balanço a cabeça, esperando que ele saiba que não o culpo. Só quero estar de volta naquela caverna, enrolada com ele perto do fogo, ouvindo suas histórias.

Deuses, eu gostaria de nunca tê-lo deixado sair.

Uma lágrima rola dos meus olhos quando Mannus e a doce Tuck passam por nós, e as mulheres que conduzem Helena a levam para o lado oposto de Vexx. O general se vira para o gigante ruivo que segura o braço de Alexus.

— Você pode dizer adeus à sua amiguinha, Rhonin. Ela escapou de você e quase nos custou tudo. Certamente você quer puni-la.

Meu coração bate forte. Rhonin.

Eu me inclino para frente, encontrando o olhar vidrado de Helena. Rezo para que ela estivesse certa, que ele a deixou ir. Rezo para que não seja tão mau quanto seu general ou seu príncipe.

Rhonin parece não saber o que fazer ou dizer, e um momento de choque passa por seu rosto como uma nuvem. Alexus o observa, mas Rhonin mantém os olhos fixos em Vexx.

— Nós podemos deixar que ela se vá. — Ele olha para o que parece ser o céu do início da tarde. — Não temos tempo para isso. Ela não é nada para nós. Nada para nosso príncipe ou nossa missão.

Vexx inclina a cabeça e estreita os olhos.

— Rhonin, às vezes, me pergunto se você tem a coragem necessária para estar neste exército. — Ele empurra Helena em direção ao Habitante do Leste. — Ou você a castiga, ou outra pessoa o fará.

O músculo da mandíbula de Rhonin salta. Com aparente relutância, ele solta Alexus. Os olhos dele são azuis, e aquele olhar cerúleo encontra Helena, embora ela esteja olhando para o chão, o peito subindo e descendo rapidamente.

— Tudo bem — responde Rhonin. — Mas o espancamento dela acontece em particular. Não gosto de público.

Vexx observa o guerreiro com cuidado, suspeita vazando de todos os seus poros.

Rhonin agarra o pulso de Helena e a arrasta em direção às cavernas, subindo a encosta nevada onde outros guerreiros removem os corpos dos Habitantes do Leste que matei. Helena luta, como eu sabia que ela faria, mas Rhonin a joga por cima do ombro, e os dois desaparecem em uma caverna.

Com o coração na garganta e a raiva fervendo meu sangue, piso no pé do homem que me segura e avanço em direção à minha amiga. É Vexx quem me impede, me agarrando pelo cabelo novamente, me puxando para trás com tanta força que um zunido de dor rasga meu pescoço.

Ele me empurra para frente, me levando colina acima nos passos de Helena até voltarmos para onde começamos.

— Só por isso — diz ele —, nós vamos ficar bem aqui e deixar para você ver quando ela sair. Mesmo que seja para o enterro dela.

Se eu pudesse libertar minhas mãos, enviaria fogo furioso por esta ravina e acabaria com isso, mas Vexx me segura com muita força, uma mão no meu cabelo, a outra apertando meus pulsos, me apontando para o penhasco.

Alexus ruge como se estivesse protestando, mas o som que faz é agonizante e ele fica em silêncio.

A terra retumba, os pedregulhos tremem e eu perco o equilíbrio.

Vexx me estabiliza. E se estabiliza também.

Não consigo ver Alexus, mas sei que, de alguma forma, foi ele que fez isso.

— Não é nada — Vexx grita para seus homens, rindo do medo deles. — Acontece nestas montanhas o tempo todo. — Ele tenta parecer seguro, mas eu percebo um nervosismo inquieto na forma como sua risada desaparece e morre.

Vexx me solta, como se eu fosse coisa demais para lidar, uma distração no espetáculo que envolve Helena. Eu tento ver Alexus, mas minha linha de visão é rapidamente corrigida por mãos diferentes, que direcionam minha cabeça.

Todos os Habitantes do Leste na encosta das cavernas aguardam, como monstros salivantes, especialmente Vexx. Pela sua expressão e pela maneira como ele encara a boca da caverna, posso dizer que este é um teste para o guerreiro de Terras do Leste chamado Rhonin.

Algo ganha vida no ar, e há outro momento de pausa do outro lado da ravina. Não sei o que é, mas ressoa na minha medula. É algo que nunca senti, uma presença arrebatadora que cheira a frio, se o frio tivesse cheiro. Está em todos os lugares ao mesmo tempo, acalmando até o vento.

Um lobo branco uiva ao longe. Outro e outro. Os Habitantes do Leste se movimentam e trocam olhares cautelosos.

Depois de muitos minutos torturantes e silenciosos, o grito de Helena ecoa pela ravina, como uma sentença de morte. Eu quero cair de joelhos, mas estou presa, tentando respirar enquanto ela geme.

Vou matá-lo e arrancar seu coração. Vou pendurar seu couro cabeludo e todas as suas tranças vermelhas no meu cinto. Amaldiçoarei seu nome tão completamente que cada momento de vigília se tornará uma oração para que ele não seja encontrado por gente como eu. O Príncipe do Leste e seu exército vão se arrepender por terem deixado a silenciosa Bruxa Caminhante de Silver Hollow sobreviver.

Vexx encontra meu olhar, com um sorriso satisfeito se espalhando por seu rosto, e os gritos de Helena cessam. Depois de um tempo, Rhonin sai da caverna, arrastando uma Helena que tropeça e soluça atrás dele. Ele olha para o céu com desconforto, como se percebesse essa nova presença se movendo pela ravina.

Os pelos da minha nuca se arrepiam.

Rhonin está diante de Vexx, ainda agarrado a Helena, que não olha para mim. Seus ombros estão caídos, e o cabelo parece uma cortina preta sobre o rosto.

— Acabou — declara Rhonin, seu rosto vermelho e manchado. — Devemos ir agora.

O Habitante do Leste que me segura cede a força de seu aperto, o suficiente para que a dor no meu pescoço diminua. Parece que ele está cansado disso também.

Vexx olha para Rhonin, e até eu sinto a tensão vibrando entre os dois homens.

O general volta a atenção para Helena. Rhonin solta o pulso dela, e ela fica ali, a poucos centímetros atrás dele, encolhendo-se como um cachorrinho espancado.

— Você daria um bom soldado, garota — Vexx diz. — Se conseguíssemos te domesticar. — Ele pega o queixo dela e levanta seu rosto por trás do cabelo. — Talvez agora você tenha aprendido a não roubar de mim.

Seus olhos deslizam para o lado, me encontrando. Ela tem um lábio rachado e seu olho direito está machucado. Se Rhonin…

Deuses. Tudo dentro de mim vibra. Eu poderia explodir de ódio. Helena já sofreu tanto. Ela não aguenta mais. Juro que não vou *permitir* que ela precise aguentar mais nada, que vou nos tirar dessa confusão e deixá-la longe do perigo.

Mas, no segundo seguinte, ela dá um soco, acertando o rosto do general. A cabeça dele estala, e, quando ele olha para Helena, eles estão cheios de raiva. Em um movimento rápido, ele a empurra para frente e planta o pé na parte inferior de suas costas, chutando-a pela encosta.

Ofegante, eu me atiro na direção dela. Consigo me soltar do aperto do meu captor, mas é tarde demais. Só me resta assistir com horror arrepiante Helena tombar pela encosta escarpada e coberta de neve e colidir com uma pedra. Sua coluna se curva com o impacto e ela cai imóvel e sem vida.

O cheiro de sua morte se aproximando me atinge. Inalo profundamente, absorvendo o aroma de um fogo de forja, vinho doce e grama do prado na primavera.

Corro em direção a ela antes que alguém possa me deter, imaginando-a lutando, balançando sua espada, vivendo sua vida em algum lugar longe das Terras do Norte. Eu vejo seu sorriso brilhante, o calor que vive em seus olhos, o rubor e a juventude em suas bochechas.

No momento em que estou ao lado dela, fecho os olhos, procurando seus fios de vida. Eles estão lá, fracos e ainda dourados, mas desaparecendo.

— *Loria, Loria, anim alsh tu brethah, vanya tu limm volz, sumayah, anim omio dena wil rheisah* — sinalizo.

Trabalho rápido, tecendo seus lindos fios em minha mente, despejando cada pedacinho de mim na cura até que seus fios escuros comecem a se refazer. Meu amor, raiva, tristeza, medo... Todos eles inundam minha magia.

— *Loria, Loria, anim alsh tu brethah, vanya tu limm volz, sumayah, anim omio dena wil rheisah. Loria, Loria, anim alsh tu brethah, vanya tu limm volz, sumayah, anim omio dena wil rheisah.*

Um braço aperta minha cintura. De repente, sou arrancada dos meus pensamentos, os fios da existência de Helena escorregando como fios de seda pelos meus dedos enquanto sou jogada de lado na neve.

Meio tonta e com a cabeça nublada, eu me levanto sobre os cotovelos, me perguntando se fiz o suficiente.

Vexx e Rhonin pairam sobre Helena.

Ela está tossindo. Respirando. Movendo-se.

Viva.

Outra pequena morte vibra em meu peito, um final indesejado conquistado.

Fraca, Helena me olha com aqueles olhos incrivelmente escuros e brilhantes. As feridas em seu rosto — o lábio cortado e sangrando, o olho machucado — desapareceram.

O general balança a cabeça, me lançando um olhar que penetra direto no meu núcleo.

— Você é uma Curadora? — Ele vem em minha direção, as mãos cerradas ao lado do corpo, mais uma vez provocando a sensação de uma tempestade se aproximando. — Por isso ela não tinha nenhuma marca do meu soco e por que Un Drallag continuou vivo, sem feridas, depois do que o príncipe fez com ele no vale. — Olhando para mim, seus olhos se estreitam. — Você o trouxe de volta dos mortos?

Balanço a cabeça. Eu não fiz isso, e não poderia ter feito, mas sei onde isso vai dar. Os Habitantes do Leste querem que Thamaos ressuscite, por qualquer meio, e aqui estou eu, uma mulher que acabou de salvar sua amiga das garras da morte.

Vexx nunca vai acreditar em mim, não importa o que eu diga, e já vejo sua mente trabalhando, imaginando todas as maneiras que eu poderia ser útil. Nephele sempre disse que o poder que vive dentro de mim me torna valiosa.

E coisas valiosas ficam trancadas.

Me forço a ficar de pé, querendo correr ou ir para Alexus, mas sou instantaneamente pega por Rhonin e puxada para encarar o general.

Seus lábios finos se erguem em uma fenda de um sorriso.

— Eu vou ser recompensado por isso.

Vexx olha para Rhonin.

— Traga-a.

O bruto ruivo obedece, me tratando como um brinquedo de criança.

— E a outra? — pergunta ele, enquanto descemos a colina.

Vexx se vira e me pega pelos ombros, suspirando com irritação como se a vida de Helena fosse apenas uma reflexão tardia.

— Vá lá e corte o pescoço dela. Estou realmente cansado de pessoas que não morrem.

Rhonin não hesita. Eu o vejo marchar para longe, sacando sua lâmina.

Deuses, eu *quero* lutar! Mas a exaustão de curar Helena embaça minha visão, transformando meus membros em água.

Vexx me leva em direção a Alexus. Ele está sentado de joelhos, balançando como uma árvore ao vento, as pesadas correntes prendendo-o ao leito seco e invernal do rio. Por baixo dos elos dos grilhões, sua túnica está rasgada, o corpo cheio de marcas e cicatrizes agora maculado por um vergão avermelhado em forma de uma estrela explodindo.

O general me solta e, enfim, felizmente, eu desabo na neve, minhas pernas fracas demais para me sustentar enquanto luto contra o esquecimento que vai me varrer para a escuridão total.

Vexx fica em cima de mim, bloqueando a luz do sol, e cutuca meu queixo com a ponta da bota.

— Vamos lá. Certamente você quer dizer adeus.

Encontro o olhar de Alexus, lágrimas escorrendo dos meus olhos.

— Eu vou te encontrar — promete ele. — Confie em mim, Raina.

O general Vexx se ajoelha entre nós, olhando de Alexus para mim, desembainhando a Faca Divina.

— Acho que não vai não — diz ele —, o feiticeiro está enganado.

A última coisa que vejo antes do esquecimento me levar é Vexx enfiando a Faca Divina no coração de Alexus.

32
Helena

O homem chamado Rhonin baixa sua adaga e a enfia no chão ao lado do meu peito.

Ele faz de novo, para simular bem. Ele é bom em fingir. Fingiu na floresta dias atrás, me deixando correr depois que fugi de Vexx com a preciosa Faca Divina na mão, como se ele não pudesse me pegar.

E fingiu na caverna. Ele se ajoelhou aos meus pés, disposto a fazer o que eu pedisse, exceto o que Vexx exigia — qualquer coisa menos isso. Ele não levantaria a mão contra mim, não importava o que nos esperasse. Eu tive que machucar meu próprio olho com uma pedra. Cortar meu próprio lábio. Gritar a plenos pulmões e fingir ser a vítima ferida que o general queria.

Discretamente, Rhonin desliza sua lâmina por baixo da manga de seu couro e a solta. Ele agarra a dobra do cotovelo e aperta, deixando o sangue vermelho escorrer pela mão e manchar a neve. Ele olha por cima do ombro, e quando se vira para mim, seu rosto está pálido e os olhos baixos. Com a mão intacta, ele toca uma chave pendurada no pescoço e fecha os olhos brevemente.

— Eu odeio deixar você sozinha — sussurra —, a pé. Mas juro que vou cuidar da sua amiga. Evite a Estrada Invernal. Fique ao norte. Vá para a Vila Invernal de outra maneira. Você encontrará abrigo lá. Não pode estar longe. Talvez um dia, ou um dia e meio de caminhada.

Ele toca minha testa com dedos gentis, e uma certa tristeza satura seus olhos azuis, mas então ele se afasta, deixando um rastro carmesim, como se o sangue que escorre de sua lâmina fosse o da ladra de facas.

O general Vexx me chamou de ladra de facas agora mesmo, e também na floresta, antes que o espectro das sombras me tomasse.

Mas não posso ficar pensando nisso. Enquanto Rhonin se afasta e o restante dos Habitantes do Leste limpa a ravina, minha mente desliza para um sono irresistível, embora eu esteja ciente de uma sensação estranha roçando em mim.

Um vento gelado e sedoso.

E, em algum lugar, um lobo branco uiva.

Estou sozinha na ravina, olhando para o céu preto e roxo que anuncia o amanhecer. Não vejo um amanhecer de verdade há muito tempo. Parece que congelei naquele lugar, mas me sento, com o corpo dolorido por ter dormido no chão frio, meus membros ardendo com agulhadas geladas. Fora isso, estou bem. Estou viva, graças a Raina e Rhonin, e isso é tudo o que importa agora.

Porque eu tenho que encontrá-la.

Limpo uma camada de gelo e neve do meu rosto, cabelo e roupas e me levanto. Demora um pouco para que minhas pernas funcionem direito e minha visão se ajuste, mas logo estou tropeçando no leito do rio branco.

À frente, corpos jazem na neve. Quatro.

Os três primeiros são os Habitantes do Leste que Raina matou na caverna. Vexx não lhes concedeu o respeito de um enterro, mas, pior, ele nem mesmo lhes deu o respeito de um leito de morte. Estão empilhados com os membros em ângulos estranhos, de olhos bem abertos.

Também não fiz isso por ninguém na aldeia. Estava muito perturbada, mas não estou muito perturbada agora.

Cuidadosamente, arrasto os corpos para locais de descanso individuais e fecho suas pálpebras. Eu até faço uma oração por suas almas.

Mas meu coração não está nisso, por mais que eu desejasse estar. A guerra transforma em demônios pessoas que, não fosse por ela, nunca seriam vistos assim. Mas, para a minha aldeia, eles eram demônios.

De pé sobre o último corpo, me sinto... atordoada. Suas correntes se foram, mas é o Coletor de Bruxos.

Alexus Thibault. Un Drallag. O homem imortal que carregou Neri.

Será que ambos estão no Mundo das Sombras agora?

Forçando-me a não chorar, mordo o interior da minha bochecha. Embora eu não o conhecesse de verdade, lamento a perda de Alexus. Tenho certeza de que Vexx fez Raina assistir sua morte.

Tenho certeza de que ele a fez me ver morrer também.

Penso em como posso enterrar o Coletor de Bruxos, mas as pedras aqui são grandes demais para cobri-lo, e não tenho nada para cavar uma cova. Com toda a reverência que posso oferecer, eu o deito de costas, cruzo as mãos sobre o peito ensanguentado e canto uma antiga oração Elikesh por sua alma, dirigindo-a não a Neri, mas a Loria e aos outros Antigos.

Eles são os únicos deuses para os quais vou orar agora.

Ainda não me lembro muito do meu tempo com o Coletor na floresta, mas sei que ele passou trezentos anos protegendo Tiressia do desastre e, por isso, merece uma eternidade nos Campos Empíreos.

Depois da oração, vasculho a ravina na penumbra em busca de armas, mas nada ficou abandonado. Não aqui, pelo menos. Vou precisar ir para o norte, como Rhonin disse, voltar ao acampamento deles, e tentar encontrar algo lá.

Ouço o vento às minhas costas pronunciar meu nome e tenho certeza de que estou imaginando coisas. Fico quieta e lágrimas se acumulam em meus cílios. Ouvi a voz de Finn tantas vezes desde o incêndio. Quando eu estava com os Habitantes do Leste, ficava esperando que meu irmão mais velho aparecesse e me salvasse, mas ele não veio. Eu podia ouvi-lo rindo de mim, me dizendo para parar de ser um bebê, me levantar e me salvar.

E eu tentei. Acho que ele ficaria orgulhoso por eu ter chegado tão longe. Ainda sinto falta dele com todo o meu coração partido. Sinto saudade da minha mãe, das minhas irmãs.

Meu pai.

Ele ainda pode estar vivo. Outra razão para eu parar de chorar e seguir em frente. Então me arrasto, mas, mais uma vez, ouço meu nome flutuar no vento.

Lentamente, dou uma olhada por cima do ombro e enxugo uma lágrima meio congelada no meu rosto. Na luz pálida do início da manhã, um dos corpos se move.

Com seus longos cabelos escuros e a túnica rasgada, o Coletor de Bruxos se movimenta desajeitado, tentando ficar de joelhos. Ele luta para se levantar, mas, depois de um longo momento, seu corpo se firma, ombros rolando para trás, pés bem abertos, mãos fechadas como martelos ao lado do corpo.

Um vento frio atravessa a ravina e um funil de flocos de neve gira em torno de Alexus, chicoteando seu cabelo e sua túnica. Uma névoa rola do desfiladeiro logo atrás e desliza ao redor dele. Ela assume a forma de um homem — ou talvez algo mais do que um homem. Seja o que for ou quem quer que seja, está a poucos metros do Coletor de Bruxos.

De dentro da névoa, lobos brancos emergem com graça predatória e uivam como se quisessem acordar os mortos.

E a terra treme.

III
ESTRADA INVERNAL

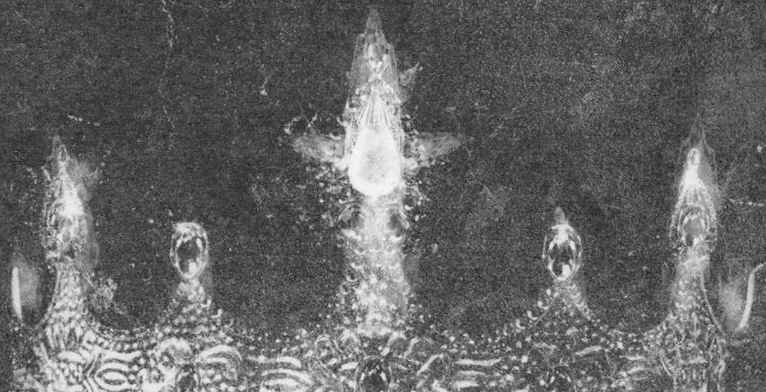

33
Raina

Abro os olhos ao som de corvos grasnando e me movo como se estivesse caindo. A princípio, acho que ainda estou no lombo do cavalo que me carregou da ravina e ao longo da floresta, mas talvez ainda esteja sonhando. Só que no meu sonho era o Dia da Coleta, o último dia que passei com pessoas que eu amava.

E não onde estou agora.

Estou em uma barraca, deitada de lado. O ar está muito frio, congelando minha respiração em plumas suaves, em meio a uma luz sombria, mas brilhante para meus olhos. Viro a cabeça, ouvindo os corvos e a lona da barraca balançando com força ao vento.

— Ah. Achei que você nunca acordaria, queridinha.

O som dessa voz provoca um calafrio forte que atravessa meus ossos. Não é a voz que desejo ouvir, mas ela soa familiar.

— Faça-a me encarar.

Então, Rhonin paira acima de mim. Meu instinto é socá-lo bem no meio do nariz perfeitamente anguloso, mas estou com os pulsos amarrados na frente do meu corpo, os movimentos ainda mais restringidos por uma corda que conecta minhas mãos aos meus pés.

Com uma mão, ele agarra a massa nodosa em meus pulsos e me puxa para cima, me fazendo suspirar com a dor instalada profundamente em meus ombros e braço feridos. Sem olhar duas vezes, ele volta para sua posição.

À esquerda do Príncipe do Leste.

— Bem-vinda à Estrada Invernal, Raina Bloodgood — diz o príncipe. Seu rosto parece esquelético sob a fraca iluminação de uma lamparina a óleo, e, mesmo sob a luz fraca, suas sombras carmesim são visíveis, uma auréola se torcendo e se contorcendo.

O príncipe está sentado em um pedaço alto e grosso de tronco de árvore cortado, a meio metro de distância, cotovelos nos joelhos. Ele usa um couro de cor de bronze como o de seus homens, manchado de tanto sangue que a cor quase se assemelha à da bandeira do leste pendurada no canto atrás dele. Suas mãos grandes estão cobertas de cortes, como se ele as tivesse as enfiado em vidro quebrado, e as pontas dos dedos e as orelhas estão pretas de frio. À sua direita está o general Vexx, com as mãos atrás das costas, parecendo muito satisfeito consigo mesmo enquanto me encara com uma expressão presunçosa que quero arrancar de seu rosto.

Eles estão juntos. Os três homens que eu quero matar. Tão perto e tão diferentes dos homens que pensei que já teria matado quando tudo isso começou.

O príncipe fica de cócoras na minha frente, perto o suficiente para que eu sinta o cheiro de algo semelhante a cinzas e o aroma picante de raiz de erva-do-carpinteiro compactada no corte que percorre seu rosto. Pelos pretos raspam seu queixo e mandíbula, mas a pele ao redor da ferida parece corrompida e febril.

Por dentro, eu rio. Parece grave.

Espero que seja.

Os olhos do príncipe são suaves e errantes como se ele me conhecesse. Percebo que me conhece muito melhor do que eu gostaria.

Ele estende a mão para tocar minha bochecha, mas me afasto. Surpreendentemente, ele afasta a mão enquanto um sorriso malicioso curva o canto intacto de sua boca.

— Você pode ficar bem à vontade comigo, Raina — diz ele, com a voz terna. — Em breve seremos amigos muito próximos.

Como em nosso primeiro embate, eu cuspo nele. Desta vez, alcanço meu objetivo, acerto bem no meio daquela cara feia.

Com as narinas dilatadas, ele respira fundo e exala lentamente, temperando a raiva que queima em seus olhos. Sem quebrar o olhar que pulsa entre nós, ele estende uma mão para o lado. Vexx lhe entrega um lenço, e o príncipe limpa cuidadosamente meu desrespeito.

— A ideia era te matar — continua ele. — Dolorosamente. Mas agora você tem uma utilidade. — Mais uma vez, ele se move para pegar meu queixo e, novamente, eu recuo. Mas dessa vez ele não deixa me safar. Ele prende meu queixo e, com os dedos cavando e machucando minha pele, me puxa para frente até que eu esteja a dois centímetros de sua boca podre. — A realidade que precisa entender, srta. Bloodgood, é que agora você é minha. Guardiã. Curadora. Tenho certeza de que há mais mistérios para descobrir por trás deste rostinho lindo e todas essas belas marcas de bruxa. Você vai poder revelar suas habilidades de bom grado, ou encontrarei maneiras de desenterrá-las eu mesmo. Posso ser gentil, ou posso ser seu pior pesadelo. Você escolhe.

Ele me empurra para longe e acena com a mão por cima do ombro. Vexx se move para a entrada da barraca, afasta o pano que a cobre e sai para onde a luz do dia está desaparecendo do céu.

Quanto tempo fiquei apagada? Não me lembro de nada depois...

Fecho os olhos e engulo as lágrimas. Deuses, eu gostaria que as lembranças da ravina não fosse parte de mim, mas estão marcadas em meu espírito, junto a tantas outras imagens horríveis que vão me assombrar pelo resto da vida.

Com o pensamento, duas pequenas vibrações na parte de trás do meu peito fazem meu coração parar por um momento – duas pequenas trevas. Embora Helena e Alexus tenham partido, parte deles sempre estará comigo.

Quando abro os olhos, minhas lágrimas rolam livremente. No momento seguinte, a respiração sai dos meus pulmões como se eu tivesse levado um chute na barriga.

Eu poderia muito bem ter levado.

Quando estávamos saindo da ravina, sonhei com Nephele. Eu a vi gritando, cercada por chamas. Ela estava agarrada à mamãe, que estava de olhos arregalados e pálida, a ponta de uma lança saindo de seu peito. Elas se aproximaram de mim. Chorando. Implorando para que eu as ajudasse.

Minha mãe parecia desamparada e perdida, mas Nephele estava com raiva, com o olhar cheio de acusação. Era tão real que, mesmo acordada, só de pensar no sonho, minha pele se arrepia com a lembrança do fogo e faz meu coração disparar contra as costelas, uma lembrança de tudo o que senti no momento em que vi a vida da minha mãe deixar seu corpo. Eu temia o que me esperava quando e se eu visse minha irmã novamente, o momento em que fosse contar a ela que deixei nossa mãe morrer.

Do outro lado da tenda vejo uma mulher, alta e esguia, vestida com calças de pele de foca e uma jaqueta manchada de sangue, da cor de uma pedra de berilo azul — da mesma cor dos olhos dela. Suas mãos estão amarradas atrás das costas, e sua boca, amordaçada. Uma série de marcas de bruxa multicoloridas cobre a pele lisa e pálida de suas mãos e seu pescoço, até as laterais do rosto, curvando-se em suas têmporas.

Nephele.

Luto para esticar as pernas, minha mente gritando o nome dela. Rhonin agarra meu braço bom e, pela primeira vez, realmente me ajuda.

Ele me levanta, me colocando de pé com firmeza, mas, quando me aproximo de Nephele e ela de mim, o Príncipe do Leste se coloca entre nós, erguendo as mãos para nos impedir.

— Ah, vamos lá. Você realmente acha que eu deixaria vocês duas terem um momento especial de ligação sem nada em troca? — Ele inclina a cabeça na minha direção. — Quanto tempo se passou para vocês duas, hein? Eu *vejo* a semelhança.

Não consigo parar de olhar para ela. Tão linda. Cachos longos e louros caem de uma trança solta e pendem ao redor de seu rosto. Algumas linhas enrugam sua testa delicada, e ela parece extremamente exausta, com hematomas arroxeados sombreando a pele fina sob seus olhos avermelhados. Mas, de resto, ela está igual. Os olhos ainda são como os do meu pai, claros como um céu de primavera e tão arregalados que, quando ela olha para mim, juro que vejo o fundo de seu coração.

Minha irmã. Aqui. A poucos metros de distância, mas pode haver mais oito anos nos separando — graças ao Príncipe do Leste.

Então percebo. Não faz sentido o príncipe saber que Nephele é *alguém* para mim, muito menos alguém de minha família. Nós somos parecidas, mas ela se parece mais com papai, enquanto eu puxei à mamãe. Minhas feições são mais taciturnas, e meu corpo tem mais curvas e músculos onde Nephele é ágil e esbelta.

Como o príncipe poderia saber?

Ele arranca a mordaça da boca de Nephele, e Vexx imediatamente pressiona a ponta de uma adaga na bochecha dela.

— Uma declaração em Elikesh. Isso é tudo que preciso para cortar sua língua, bruxa. Você deve falar apenas quando o príncipe permitir.

Por mais que eu deseje o contrário, temo que a magia de minha irmã não vá nos tirar dessa. Ela está esgotada depois de segurar a construção por dias.

O príncipe repete a pergunta para Nephele.

— Quanto tempo?

— Oito anos. — Sua voz está rouca e áspera de cantar magia, e ela o encara com o olhar duro como aço.

O príncipe percorre lentamente a pequena distância entre nós e desliza os olhos insidiosos para mim.

— Eu trouxe sua irmã aqui para que eu possa lhe fazer uma oferta, Raina. Perdi muitos dos meus homens graças a você e sua laia, e vários outros estão gravemente feridos. Temos uma longa jornada até a costa. Preciso do maior número possível de homens em minha tropa, caso haja surpresas ao longo do caminho. Se quer ter um tempo com sua irmã, eu permitirei... — ele olha para Vexx e Rhonin — desde que com a supervisão adequada. Mas só se você concordar em curar meus homens e me mostrar do que você é feita. — Ele aponta para o próprio rosto. — E tem eu, é claro. É justo que você conserte o que fez, sim?

Eu tento levantar as mãos para dizer a ele para rastejar para um buraco e morrer, mas a corda que amarra meus pulsos e tornozelos não tem folga suficiente.

— Você tem que libertar as mãos dela, seu cretino — diz Nephele.

Vexx aperta a lâmina em seu rosto, e ela estremece quando uma gota brilhante de sangue escorre por sua bochecha.

Eu me movo em direção a ela, mas Rhonin me puxa de volta pelos cadarços do meu corpete.

O príncipe para de andar e me encara.

— Um simples gesto de cabeça será suficiente. Você concorda com meus termos?

Lanço um olhar para Nephele, que me dá um aceno quase imperceptível. Não quero curar as feridas do príncipe, e não quero ser responsável pela vida de homens que voltarão a matar. Mas preciso da minha irmã. Preciso ganhar tempo para descobrir o que, pela morte dos deuses, podemos fazer para sair disso.

Por fim, eu assinto. Uma vez.

Vexx enfia a mordaça de volta na boca de Nephele e, com um olhar do príncipe, Rhonin me arrasta da tenda.

34
Raina

Rhonin passa uma faca nas cordas entre meus tornozelos para que eu possa andar com passos mais largos. Ele deixa minhas mãos amarradas e ligadas à corda curta que leva aos meus pés. Ele me lembra alguém. Talvez Mena? É o cabelo.

Quando termina, pega um cobertor de lã de uma pilha, envolve-o nos meus ombros e me conduz por um pequeno barranco até a Estrada Invernal. Enquanto caminhamos, com a neve rangendo sob nossas botas, observo o acampamento. À minha direita, o Príncipe do Leste e seu general caminham até uma tenda maior armada sob duas árvores altas, sua lona brilhando no crepúsculo. Figuras obscuras esperam lá dentro, iluminadas pela luz da lamparina. Guerreiros ilesos, pelo menos cinquenta, estão sentados ao redor de algumas fogueiras espalhadas, assando vários pequenos animais para a refeição. Eles estão guardando três carroças aninhadas em uma clareira e algumas dúzias de cavalos amarrados. Muito menos do que eles precisam.

Penso em Mannus e Tuck. Eles têm que estar aqui.

Acima, anunciando a noite que se aproxima, os espiões do príncipe estão empoleirados, mil olhos redondos olhando para baixo. Como eu gostaria de aplicar *Fulmanesh* em cada um dos pequenos idiotas.

De canto de olho, o cabelo claro de Nephele chama minha atenção. Um Habitante do Leste a conduz pela beira da estrada até que eles adentram a floresta até uma das carroças. Uma mulher destranca as portas e o homem joga minha irmã para dentro.

Não são carroças. São prisões móveis.

Colden Moeshka também está em uma delas?

À minha esquerda, ao longo de um caminho nevado, sons de dor flutuam pela floresta. Rhonin me guia em direção a esses sons e aos feridos, e em direção a outra barraca na floresta.

— Espero que você não tenha estômago fraco — diz ele. — É como ver um campo de batalha.

Balanço a cabeça, mas a verdade é que vi mais mortes e feridas na última semana — ou por seja lá quanto tempo eu tenha ficado presa dentro de Floresta da Água Gélida — do que em toda a minha vida. Não tive tempo de ficar enjoada. Estou vivendo apenas em modo sobrevivência. Mas tenho idade suficiente para saber que todo esse horror vai desabar sobre mim em algum momento.

Aquelas ondas quebrando.

O caminho é formado por tochas fincadas no chão a cada três metros ou mais, e, de cada lado, queimam algumas fogueiras. Nas poças de luz do fogo, envoltos com cobertores de lã e encostados às árvores, dezenas de guerreiros jazem feridos, sem nenhum alívio a não ser o vinho que alguns serventes tiram de um balde de madeira. Roubado da Vila Invernal, tenho certeza. Posso sentir o cheiro da amargura.

O vinho não fará muito para evitar a dor, no entanto. Esses guerreiros estão com membros quebrados, ossos deslocados, feridas de lâminas, queimaduras e pedaços de ferro e aço presos a seus músculos.

E membros perecendo de congelamento.

Não. É mais do que congelamento. Alguns podem precisar amputar mãos e braços se eu não conseguir recuperá-los.

Maldição, Rhonin. A visão faz meu estômago embrulhar.

As palavras de Alexus voltam à minha lembrança: *Como retribuição, os deuses deram a Colden e Fia um certo grau de controle sobre seus elementos. Ele pode soltar uma névoa gelada. Congelar um inimigo com um toque.*

O Rei do Gelo. Se ele fez isso, e estou confiante de que foi ele, então certamente os Habitantes do Leste não conseguiram aprisioná-lo. Esses homens devem ser um sinal de que Colden Moeshka evitou se tornar uma arma contra Fia Drumera. Neste ponto, precisamos de qualquer vantagem que possamos ter.

Rhonin e eu chegamos à tenda. Ele afasta o tecido do beiral e me leva para dentro. Não posso deixar de notar a rapidez com que ele fecha o tecido, nos isolando do restante do mundo.

Ele me encara enquanto se endireita em sua altura total e imponente, e dou um passo para trás. E outro. Há um toco de árvore e uma mesa de trabalho queimada atrás de mim. Móveis da Vila Invernal, sem dúvida. Duas lamparinas a óleo queimam em vez de uma, e uma bolsa de ferramentas de cerzidor está sobre a mesa.

Eu não sou esse tipo de curadora, quero dizer, mas, mesmo que ele soubesse ler minhas mãos, eu não teria a chance de formar as palavras.

Ele me pega pelos ombros, estranhamente tomando cuidado para evitar meu ferimento, e coloca seu rosto perto do meu. Muito perto. É uma ação tão repentina que penso em dar uma cabeçada nele, mas ele fala no sussurro mais suave.

— Ouça com muita atenção. Sou um espião do rei. Não machuquei sua amiga naquela caverna. Ela se machucou para que pudéssemos enganar Vexx. E quando ele mandou que eu a matasse, não o fiz. — Ele puxa a manga de seu casaco para cima o suficiente para revelar parte de um corte de aparência inflamada. — Eu sangrei na neve e na minha adaga para fazer parecer que a matei, mas ela estava viva quando a deixei na ravina. Eu disse a ela para ir para a Vila Invernal. Juro minha vida aos Anciões se não estou dizendo a verdade. — Ele olha para a entrada da barraca. — Só rezo para que ela consiga passar ao largo deste acampamento em vez de cruzar nosso caminho.

Balanço a cabeça em descrença mesmo depois de ele terminar de falar. Fico esperando perceber uma mentira em sua voz ou em seu olhar, mas não identifico nada.

Meu coração erra as batidas, e o alívio que luto para processar corre através de mim. Helena está viva? E o rei tem espiões. Claro que tem.

Os olhos duros deste homem gigante suavizam ao ponto da gentileza.

— Eu queria salvar o Coletor também, mas não podia estar em dois lugares ao mesmo tempo. Não sabia quais eram os planos de Vexx. Sinto muito.

O buraco dentro de mim queima, suas palavras salpicando uma ferida aberta.

Eu sinto muito também. Sinto por não ter conseguido impedir Vexx. E não ter podido fazer nada além de assistir.

Rhonin segura meu cotovelo e me leva até a bolsa do cerzidor. Ele se ajoelha ao lado do catre e desdobra o couro, retirando uma adaga pequena e simples. Uma bainha fina cobre a lâmina e o punho é estreito e curto. Ela deve ter o tamanho da minha mão, da ponta dos dedos ao pulso. Perfeita para apunhalar de perto — ou talvez arremessar —, mas nada além disso.

— O plano é o seguinte — sussurra ele. — O príncipe está em uma reunião com Vexx e Killian, a segunda general, mas ele quer ser sua primeira cura. Depois, ele enviará Killian para o sul com o comboio número um. Ela e outros soldados vão escoltar a primeira carroça, onde estão um punhado de Bruxos Caminhantes, mas não sua irmã. Ela deve ficar com o príncipe, assim como o rei.

Fecho os olhos com força. Maldição. Colden Moeshka *está* aqui.

— Eu sei — Rhonin murmura, como se entendesse minha decepção. — O boato é que o príncipe soltou fogo suficiente na Vila Invernal até que o gelo do rei não tivesse efeito. O Rei do Gelo se rendeu para salvar seu povo. Os Bruxos Caminhantes estavam fracos demais para resistir ao príncipe, mas o príncipe está mais fraco agora. Desgastado.

Isso me faz sentir melhor. Mais fraco é bom.

— Uma vez que seu trabalho esteja completo — Rhonin continua —, o príncipe, Vexx e todos os outros irão para o sul. Eles encontrarão homens importantes em Malgros, os mesmos homens que os conduziram pelos portos no início da jornada, e eles os levarão através do Mar Maloriano até Itunnan.

Papai costumava falar de Itunnan, uma cidade portuária nas Terras do Verão. Por homens importantes, presumo que Rhonin queira dizer homens da Patrulha das Terras do Norte. Traidores. Não sei como tantos Habitantes do Leste conseguiriam passar do porto, mas o príncipe claramente pensou em um plano melhor do que enfrentar uma costa inteira de bruxos da guarda.

Deuses. Isso não poderia estar acontecendo.

— O príncipe planeja que eu a leve até sua irmã depois de curá-lo, apenas por alguns minutos, para então seu dever deste lado do acampamento começar. Ele sabe que suas mãos precisam estar livres para sua magia, mas Vexx estará por perto ameaçando você o tempo todo, com uma lâmina ou algo pior. Eles estão curiosos quanto às suas habilidades, mas preferem vê-la morta antes que tente interferir em alguma coisa. Você entende?

Sim, eu entendo o que ele diz. Não, não entendo o que ele pensa que devo fazer com esta informação. Assinto de qualquer maneira.

— Mais tarde, virei buscar você e sua irmã. Você usará esta adaga para se livrar das amarras, vai me ferir e depois fugir. — Ele se inclina. — Não seja gentil em me esfaquear. Tem que parecer real.

Este é o plano?

Ele fita meu rosto.

— Olhe, estou te dando sua liberdade. É tudo o que posso fazer. Apenas pegue.

Suas palavras caem sobre mim como uma rajada de ar frio.

Liberdade.

Rhonin se levanta e olha para mim, fazendo uma cara inocente, e dá de ombros.

— Isso pode ser frio e desconfortável, mas é incrivelmente afiado.

Você vai precisar. Mais tarde.

Por trás de uma mecha caída de cabelo cor de fogo, ele pisca, novamente me lembrando de Mena. A filha dela foi escolhida para a Vila Invernal muitos anos antes do meu nascimento.

Certamente Rhonin não é…

Eu faço uma careta, inspirando fundo entre meus dentes cerrados enquanto Rhonin cuidadosamente desliza a pequena adaga em meu corpete, até que esteja aninhada entre meus seios. O aço está congelante.

Ele segura minha caixa torácica, deslocando meu corpete e seios para esconder o punho, e se atreve a apertar os cadarços nas minhas costas.

— Para evitar que a adaga caia — explica ele.

A tristeza nada através de mim quando me lembro de um momento semelhante. É um toque igualmente estranho, mas não é íntimo do jeito que foi com Alexus no riacho. Eu gostaria de poder voltar àquele momento com o conhecimento que tenho agora.

Ainda assim, regozijo-me com o contato. Se este homem quer me dar uma arma, eu certamente vou aceitar. Assim que tiver oportunidade, vou enfiar a pequena lâmina na têmpora do príncipe, ou talvez no ponto sensível sob o queixo de que Helena sempre falava nos treinos. É inconcebível ter o príncipe perto o suficiente para fazer uma cura e não o matar, se a oportunidade se apresentar.

Esse pensamento me faz pensar em algo. Rhonin é um espião das Terras do Norte. Ele se tornou um homem de confiança do príncipe das Terras do Leste. Por que *ele* não o matou?

Quando olho para cima, meus olhos se prendem a seu rosto, que está corado em sete tons de vermelho. Ele é tão robusto quanto a Cordilheira Mondulak, mas quanto mais de perto olho, mais ingenuidade e inocência vejo, duas coisas tão incongruentes com o restante dele. Isso não responde à minha pergunta, mas não tenho como perguntar.

Eu tento, forçando a pergunta com o olhar. Olho para baixo, onde a adaga se esconde, depois para a aba da tenda onde presumo que o príncipe logo aparecerá, e novamente para Rhonin, balançando a cabeça.

Olhos e rostos podem dizer muito mais do que as pessoas acreditam.

Ele solta o ar, lendo-me facilmente.

— Sim, muitas vezes pensei em sacrificar tudo para detê-lo, mas nunca imaginei que as coisas seriam assim. Fui convocado para esta missão há dois meses. Não tive tempo para os preparativos antes de partirmos, e o príncipe tem minha família ao seu alcance. Minha mãe, irmã e meu irmão. — Rhonin aponta para o céu, mantendo a voz baixa. — Os olhos estão sempre observando. Eu poderia matar até o último Habitante do Leste nesta floresta, incluindo o príncipe, e culpar um ataque de Bruxos Caminhantes, mas a menos que eu mate cada um de seus malditos corvos, seu conselho saberá o que fiz antes que eu possa deixar este continente. — Ele suspira, seus olhos procurando os meus, buscando compreensão. — Minha família não será poupada. Preciso chegar em casa e proteger meus entes queridos, deixando-os longe do palácio do príncipe. Depois, posso fazer o que deve ser feito. Se alguém não me vencer.

As coisas continuam piorando, mas há uma graça salvadora.

O príncipe não tem esse poder sobre mim.

Exceto por Nephele e Helena, não tenho mais ninguém a perder, e minhas irmãs estão neste bosque comigo.

Se *eu* matar o príncipe como imagino, se *eu* destruir os Habitantes do Leste, se *eu* libertar os Bruxos Caminhantes e o Rei do Gelo, esses corvos podem contar tudo o que quiserem para o conselho do leste. A família de Rhonin será poupada, o plano de atormentar Fia Drumera com a morte de Colden será frustrado, o Príncipe do Leste não viverá mais e nenhum deus ressuscitará. A Faca Divina ainda existirá, mas se eu puder roubá-la do príncipe ou deste acampamento, ela permanecerá segura em minhas mãos de Guardiã. A cobra do Leste perderá a cabeça, e eu posso chegar às Planícies da Terra do Gelo com Nephele e Helena e encontrar uma passagem para fora de Tiressia antes que o conselho se torne um problema.

Tudo o que está no meu caminho é um príncipe e o que resta de seu exército.

Vozes soam do lado de fora da tenda — o príncipe e Vexx se aproximam. Rhonin coloca a bolsa do cerzidor de volta onde estava e me empurra em direção ao toco de árvore perto da mesa de trabalho. Ele se posiciona ao meu lado, com as mãos cruzadas diante dele como um bom guarda, e meu coração bate contra a adaga gelada.

— Só mais um pouco — sussurra. — Então você estará livre, Raina Bloodgood. Não há vitória sem sacrifício.

É impossível não olhar para ele e, quando o faço, vejo minha velha amiga nas linhas de seu rosto, no fogo em seu cabelo.

Ah, Mena. Não há vitória sem sacrifício.

Olho para frente, meu sangue se agitando novamente.

Estou pronta.

Que venha o sacrifício.

35
Raina

O Príncipe do Leste está sentado diante de mim em seu couro ensanguentado, o rosto enfeitado de intriga. Atrás dele, uma surpresa.

Nephele.

Ela ainda está amarrada, ainda amordaçada, e uma mulher que nunca vi segura seu cotovelo. Killian, Rhonin a chamou. A mulher que é a segunda general.

— Tenho minhas dúvidas. — O príncipe gesticula por cima do ombro. — Pensei que a presença de sua irmã me traria respostas. Contanto que você se comporte com essas suas mãos mágicas, não vou fazer você se arrepender de que ela esteja aqui.

Rhonin tinha razão quanto a Vexx. Ele está ao meu lado, amarrando uma corda em volta do meu pescoço. Nada de faca na bochecha. Nada de segurar meu cabelo com força. Em vez disso, ele dá um nó, do tipo que só vai apertar ainda mais se eu me mover para o lado errado.

Vexx recua, segurando a corda como se tivesse amarrado um cão indisciplinado.

— As amarras dela, Rhonin — diz o príncipe.

Olho para o príncipe. Nenhum sinal da Faca Divina. Também não está com Vexx ou Killian.

Embora eu consiga sentir o tremor das mãos de Rhonin, ele trabalha rapidamente, desatando o impossível nó que machuca meus pulsos. Não importa que Rhonin esteja nervoso. O príncipe mantém os olhos fixos nos meus, mesmo depois que minhas mãos estão livres.

É um momento pesado. Meus pensamentos disparam para todos os lados, embora eu me recuse a desviar o olhar. Se eu não tomar cuidado, o desespero agirá como um catalisador para agir por impulso. Posso ser rebelde, mas neste momento preciso agir com inteligência. Se eu pegar a adaga, Vexx vai me estrangular.

— Como é que funciona? — pergunta o príncipe. — Conheci muitos tipos de manejadores de magia na minha época, mas nunca uma Curadora. Sabe quão rara você é? — Suas palavras estão misturadas com um tipo doentio de admiração.

Eu sei, e foi por isso que tentei manter minha magia em segredo.

E olha o bem que isso me fez.

Está frio, e minhas mãos estão duras e doloridas depois de passarem tanto tempo presas, mas, mais do que tudo, quero falar com minha irmã. Não há nada que o príncipe possa fazer sobre o que eu escolho comunicar.

Levantando as mãos, sinalizo.

— *Eu senti tanto a sua falta, Nephele. Lamento ter falhado com você e a mamãe. Eu te amo, e vou consertar isso. Diga a ele que eu teço os fios da ferida.*

A mulher, Killian, remove a mordaça de Nephele e segura uma faca em seu pescoço.

— As mesmas regras de antes — instrui Vexx.

Os olhos de Nephele ficam vidrados. Seu amor por mim brilha neles.

— Raina tece os fios da ferida — traduz. Sua voz irregular é suave, mas cheia de lágrimas.

— Ah. Se ao menos pudéssemos ver os fios das feridas. Viveríamos sem medo da dor ou da morte. — O príncipe se inclina para a frente e arrasta um dedo pelo meu braço até o tecido ensanguentado da minha manga. — Mostre como é.

Seu toque me enoja, mas rapidamente desvanece, e eu teço meus fios, grata pela chance de curar minha ferida.

Quando termino, ele pega meu braço e, com dois dedos, afasta a manga rasgada, revelando uma pele lisa e intacta.

— Maravilhoso — diz ele, direcionando os olhos rapidamente para o meu rosto. — Minha vez.

Para me centrar, fecho os olhos, sem saber o que vou fazer – curá-lo ou tentar matá-lo? Mas então os fios de sua ferida se revelam, deslizando por trás de redemoinhos de sombras avermelhadas, me distraindo do meu dilema.

Isso não pode estar certo. Seus fios estão… queimando. Desmoronando em partículas de cinzas e muito frágeis. Esta é a razão do cheiro que senti nele, mas os aromas distintos estão mais claros agora. Ainda sinto o aroma doentio de erva-do-carpinteiro – é avassalador –, mas sob ele se esconde o aroma do fogo, de um dia sufocante, de poeira e terra.

É o cheiro da morte de alguém, mas o Príncipe do Leste está muito vivo.

Olho mais de perto. Os fios de sua ferida precisam ser entrelaçados para cicatrizar, mas não estão apenas queimando. Estão todos errados. São dois fios, enrolados firmemente um no outro, para cada instância em que deve haver apenas um.

Estou muito curiosa e observo os fios de sua vida também. Eles não estão queimando, mas também não são dourados. E, novamente, todos estão em duplicidade. Não parece ser um tipo de trama. Um dos fios rasteja entrelaçado no outro, agarrando-se como uma doença. Ambos carregam as cores pálidas da decadência, mas há algo mais. Dezenas de filamentos soltos flutuam ao redor dos fios principais, finos como um fio de teia, como as cascas mortas de fios velhos.

Juro que sinto outra pessoa, alguma presença se contorcendo para se libertar, mas isso é impossível. Exceto… que não é.

Os fios de Alexus também eram duplicados, um resíduo de sombras cintilantes.

Porque ele continha a alma de um deus.

Mas os fios dele ainda mantinham as cores da vida, e pareciam preciosos fios a serem manuseados por mãos e palavras cuidadosas. Os fios do príncipe, devido ao seu estado, são ainda mais delicados. Parece que, se eu tentar tecê-los, vão explodir em cinzas ou se desintegrar completamente.

Abro os olhos, com um pouco de repulsa, mas mais do que disposta a tentar. Se ele se dissolver em nada, melhor ainda.

Danço as mãos e os dedos ao redor da música, ciente da corda roçando meu pescoço o tempo todo.

— *Loria, Loria, una wil shonia, tu vannum vortra, tu nomweh ilia vo drenith wen grenah.*

— Eu não posso repetir as palavras dela — diz Nephele. — A menos que você concorde que eu fale em Elikesh.

O príncipe lança um olhar por cima do ombro.

— Não. Deixe-a trabalhar.

— *Loria, Loria, una wil shonia, tu vannum vortra, tu nomweh ilia vo drenith wen grenah.*

Os restos de seus fios estremecem, e então esvoaçam e sobem como brasas flutuantes escapando de um incêndio.

Estremecendo, ele toca sua bochecha.

Logo me vem a lembrança da magia de fogo que ele e seus guerreiros usaram em Silver Hollow, a forma como suas flechas queimavam os aldeões de dentro para fora. Mas como? Ele esteve no Mundo das Sombras, mas a vida após a morte não concede magia ou ensina trabalhos antigos. No que o príncipe se enredou para corromper toda a sua existência por um pouco de poder?

Uma compulsão estranha toma conta de mim. Estendo a mão e toco a têmpora do príncipe. Ele se encolhe, mas não me impede.

Uma imagem passa pela minha mente: um homem em uma cela

úmida, uma torre com vista para um mar espumoso e selvagem. Ele está deitado imóvel em uma cama de pedra e veste uma túnica puída. Sua pele parece lixiviada de todas as cores e espírito. As bochechas estão vazias; os músculos, desgastados. Há pele, ossos e um sopro de vida, mas não é muito. Apenas o suficiente para mantê-lo longe de perder a alma para o Mundo das Sombras.

Deuses. *Perder a alma.*

Recuo, puxando a mão para longe do príncipe e a pressionando no peito, lembrando-me das palavras do meu pai. O Príncipe do Leste é um homem que, de alguma forma, rouba a vida e a magia dos outros para garantir a imortalidade e o poder para os próprios desejos sombrios.

Um homem feito de sombras, almas e pecado.

As sombras estão realmente nele, o tempo todo, e os deuses sabem que ele está cheio de pecado.

Mas ele também carrega uma alma. Uma participante relutante. Alguém cuja vida e magia estão sendo roubadas. E, se eu tivesse que adivinhar, diria que é a alma de um Habitante das Terras do Verão confinado a uma cela úmida com vista para o mar.

O príncipe olha para mim e sorri com um lado da boca, um brilho maligno em seus olhos.

— Viu algo de que não gostou?

Meu coração bate em meus ouvidos. Estou abalada em meu núcleo. Esses filamentos diáfanos — são das velhas almas que ele se apropriou?

O príncipe se aproxima.

— Eu senti você. Dentro de mim. Você vasculha as pessoas com frequência?

Estou respirando com dificuldade, tentando entender o que acabou de acontecer. Eu nunca tinha visto a alma de alguém antes, mas também nunca tinha tentado. Nunca houve necessidade. Eu poderia ter visto Neri se tivesse olhado mais fundo quando curei Alexus?

Enquanto o príncipe está sentado ali, me analisando, penso na adaga. Está a dois centímetros da ponta dos meus dedos.

Eu poderia fazer isso — matá-lo. Agora mesmo.

Abaixo minha mão uma fração, pérolas de suor frio brotando em minha testa.

Uma comoção repentina do lado de fora atrai meus olhos para a entrada da barraca um segundo antes que o clamor dos pássaros fugindo de seus ninhos ondule pelo tecido. Um guerreiro entra, ofegante, o rosto avermelhado.

Com os olhos arregalados, ele se curva para seu príncipe.

— Perdoe-me, meu senhor, mas algo está errado. Você deve vir. Agora.

Com um suspiro e um gemido de irritação, o príncipe me dá uma longa olhada e sai. Momentos depois, ele retorna, trazendo um corvo de olhos redondos empoleirado em seu ombro. Seu olhar está cheio de ira, seu corpo vibrando.

Ele lança a Vexx um olhar afiado.

— Você e eu precisamos ter uma conversinha. — Ele quase rosna a última palavra antes de apontar para Rhonin e Killian. — Prendam essas duas longe de vista e preparem os homens. Temos um visitante bastante inesperado a caminho. — Ele se vira para Killian. — Coloque os prisioneiros na estrada para o sul. Todos eles. Imediatamente.

Olho para Vexx. Ele parece confuso.

E com medo.

Os corvos do príncipe viram algo — o tal visitante inesperado — e isso deixou o senhor do leste em frenesi. Penso em Helena. Por favor, deuses, não deixe que seja ela.

Rhonin começa a amarrar novamente as cordas em meus pulsos — embora não com tanta força quanto antes —, enquanto Vexx remove o nó e segue o príncipe para fora. Ficamos só eu, Rhonin, Nephele e Killian.

Encontro o olhar de Rhonin, empurrando tudo o que estou pensando para o meu rosto e para os meus olhos. Se ele subjugar Killian, Nephele e eu poderíamos fugir.

Mas mais dois guerreiros entram na tenda. Eles agarram os braços de Nephele e a levam para fora enquanto Rhonin termina de prender minhas amarras. Ele balança a cabeça, um movimento minúsculo, me avisando que não é hora para uma tentativa de fuga.

Killian observa do lado de fora. Quando a mulher se vira, seu rosto está sombrio.

Ela atravessa o pequeno espaço e agarra meu braço.

— Venha. Vamos levá-la para as carroças.

Rhonin aperta meu pulso e lança um olhar cerúleo para Killian. Tudo nele assume um ar defensivo.

— Eu levo.

Ela inclina a cabeça, avaliando o guerreiro com o olhar monótono e cinzento. Nem um pouco intimidada, ela toca com a mão livre uma argola de chaves de ferro pendurada em seu quadril.

— Então *nós* a levaremos. Porque *eu* a levarei para o sul. Como o príncipe ordenou.

No momento em que saímos da tenda, os lobos uivam em um terrível grito de lamento que parece se estender e se esticar. Rhonin e Killian param por um instante, e minha pele pinica, tomada de arrepios subindo ao longo dos meus braços. A energia que senti na ravina voltou com força total, aquela presença antinatural rolando em uma névoa fria e branca abraçando o chão, flutuando sobre nossas botas. Um vento frio corta meu rosto e farfalha os galhos acima de nós, assobiando e serpenteando pela floresta nevada.

Rhonin olha para mim, cauteloso, enquanto trilhamos o caminho iluminado por tochas, as chamas lutando para sobreviver ao vento. Tudo parece errado, e a hesitação traça meus passos. Killian me encara e acelera, quase me arrastando. O príncipe e Vexx não estão à vista, mas à frente, do outro lado da Estrada Invernal, o acampamento está vivo, as sombras altas de guerreiros se agitando à luz do fogo.

Enquanto examino a floresta, percebo que os serventes abandonaram os feridos, deixando os recipientes com vinho largados ao acaso ao longo da estrada. Mal consigo distinguir as formas feridas dos homens no nevoeiro gelado, mas ouço seus gemidos claramente.

Quando chegamos ao acampamento, os guerreiros estão prontos, olhando a floresta e as árvores, preparando suas armas, acendendo mais tochas. O ambiente está lotado de conversas, murmúrios, discussões e tanta apreensão tensionando o ar, que, se eu pudesse tocá-lo, ele soltaria uma nota aguda. O príncipe e Vexx estão dentro da tenda onde acordei mais cedo, seus corpos refletidos em silhueta atrás do tecido. Vexx está de joelhos, claramente implorando misericórdia, e o príncipe se curva sobre ele em uma pose ameaçadora.

Não sei o que está acontecendo, mas estou quase agradecida por estar indo para uma cela por causa disso.

Passamos correndo pelas fogueiras e chegamos nas celas móveis, onde os guerreiros arreiam os cavalos às pressas, atrelando-os às carroças. Os meios de transporte são sólidos, construídos com madeira reforçada com armações de aço em por todos os lados. As portas estão presas com correntes pesadas e cadeados.

Killian começa a ir em direção à do no meio.

— Espere. — Rhonin sinaliza com o queixo para a direita. — Esse pode ser melhor.

A mulher faz uma pausa.

— Não consigo imaginar por quê.

— Acho que não é o caso de deixar a garota com a irmã, só isso — responde Rhonin. — E a outra carroça já está pronta. — Ele me empurra para frente. — Ela é valiosa. Valiosa o suficiente para ficar... — ele projeta o queixo para a direita novamente — ... *lá* dentro.

Um arrepio gelado de pavor percorre minha nuca enquanto dou

uma olhada para ele. Claro que eu preciso estar com minha irmã. O que ele está tramando?

Killian reflete sobre as palavras de seu companheiro guerreiro e começa a destravar o cadeado que sela a carroça à minha direita. Meu pulso acelera. Sinto que estou sendo jogada aos lobos.

Atrás de nós, o acampamento explode em atividade, e guerreiros correm em direção ao caminho onde os feridos estão. Killian abre a porta da carroça, me puxa para longe de Rhonin e me empurra para dentro.

Aterrisso esparramada sobre as tábuas do piso de ripas, em uma fresta de luar que se infiltra. Enquanto a corrente e o cadeado chacoalham do outro lado da porta, eu me ajoelho e me esforço para ficar de pé, correndo para a pequena janela gradeada para ver, pela morte dos deuses, o que está acontecendo. Rhonin está se afastando. Killian deve estar cuidando dos cavalos.

Rhonin lança um olhar por cima do ombro e, embora eu deseje aos deuses *poder* ler mentes, não preciso. Ele esfrega os pulsos e se dirige para a tenda onde eu tinha visto o príncipe e Vexx.

Libero minhas mãos das cordas que ele deixou soltas e observo a cena enevoada — a maneira como os guerreiros formam uma parede ao longo do caminho, de frente para o leste, como se algo estivesse chegando daquela direção. A direção da ravina, se estou correta.

— Ótimo. Justo o que eu queria. Companhia.

Fico sem ar e olho ao redor. No canto, meio escondido na sombra, um homem está sentado, com as longas pernas dobradas. Raios do luar prateado se derramam em nossa pequena prisão, iluminando o couro escuro de suas calças.

Ele está imobilizado por grilhões nos tornozelos e algemas nos pulsos.

Suas mãos são belas. Belas e mortais. Elas descansam entre suas pernas.

— Pelo menos você parece útil — acrescenta. — Uma mulher que conhece um pouco sobre cordas é sempre uma coisa boa. — Ele puxa o torso para a frente, fazendo um esforço sob o peso do ferro, de forma que os punhos de seu casaco de veludo azul reluzem sob a luz. Ele olha para mim com os olhos mais escuros e assombrosos que eu já vi. — A menos que eles tenham jogado você aqui para me matar.

Observo aquele cabelo pálido e dourado, aquele rosto de porcelana esculpido e o colar de ferro em seu pescoço. Embora eu nunca o tenha visto, e embora ele seja totalmente diferente da imagem que minha mente conjurou desde que eu era criança, sei quem ele é sem um segundo de dúvida.

O Rei do Gelo.

36
Raina

— Quem é você? — Colden Moeshka me encara com um olhar que congela minha pele.

Eu fico paralisada. Poucos dias atrás, este momento teria sido tudo para mim. Só ele. E eu. Ele amarrado. Eu com uma adaga escondida.

Mas nada é como deveria ser. O mundo parece virado de cabeça para baixo. Eu pretendia sequestrar o Coletor de Bruxos, não o beijar. E eu pretendia matar o Rei do Gelo, não o salvar. E, no entanto, aqui estamos.

Toco a cavidade do meu pescoço e meus lábios e balanço a cabeça. Ele compreende, e sua boca carnuda se transforma em uma carranca.

— Então sei bem que é você: Raina Bloodgood. Eu realmente gostaria que nosso encontro fosse em circunstâncias diferentes. De alguma forma, eu sabia que não seria, mas ninguém nunca me ouve.

Não sei por que ouvir meu nome sair de seus lábios é tão estranho, mas é. Ele me conhece através de Nephele, assim como eu o conheço através de Alexus, mas este é um homem cuja morte eu desejo há *anos*. Se alguém deveria estar falando comigo com familiaridade, não é ele.

— Você se parece com Nephele. Um pouco. — Há uma pausa estranha entre nós antes de ele olhar para a janela. — O que está acontecendo lá fora? Onde está Alexus?

O som desse nome faz meu peito apertar. Não quero contar a Colden que o general do príncipe tirou a vida do Coletor de Bruxos, mas parece errado não dizer.

— *O general Vexx o matou* — sinalizo.

Uma onda crescente ameaça explodir, picando na parte de trás dos meus olhos, fazendo meu peito apertado doer, mas me forço a me acalmar.

Pela maneira como Colden me observa, posso dizer que nada do que eu disse foi registrado. Alexus pode ter aprendido minha língua de sinais, e Nephele pode ter ensinado para as crianças na Vila Invernal, mas o Rei do Gelo não se importou em aprender.

— Não conheço seus sinais, não bem o suficiente para entender tudo isso, mas seu rosto fala claramente. Aconteceu alguma coisa com ele? Algo ruim?

Assinto. Não posso fazer muito mais do que isso. Embora o rei pareça não se incomodar com a notícia.

— E lá fora? Todo o alvoroço?

Dou de ombros e olho pela janela. A névoa agora está mais espessa, rondando a floresta em um redemoinho ameaçador. Essa presença está em toda parte, o cheiro de frio, pinho e... algo animal.

Antes que eu possa dar uma boa olhada em mais alguma coisa, a carroça dá uma guinada para a frente, me mandando para o canto oposto a Colden. Agarro o trilho que envolve as paredes, provavelmente para amarrar animais.

O solavanco ameniza assim que os cavalos seguem para a Estrada Invernal, em direção ao sul. Eu volto para a janela, mas só consigo ver a floresta escura passando em alta velocidade enquanto ganhamos terreno.

Mas aquela névoa. Ela nos segue. Apressa-se em nosso entorno. Posso saboreá-la. Ela carrega um sabor metálico, como lamber prata.

Colden luta contra suas correntes, tentando ficar de joelhos. Ele olha para mim com uma sobrancelha arqueada e elegante.

— Um pouco de ajuda seria excelente agora, ou você poderia simplesmente ficar parada e ser absolutamente inútil.

Meu couro cabeludo pinica, e a adaga entre meus seios parece tão tentadora.

— A qualquer momento — acrescenta, balançando com a oscilação da carroça.

Embora eu esteja completamente irritada com o Rei do Gelo, mesmo fazendo apenas alguns minutos que estou em sua presença, eu agarro seu braço e – com toda a minha força – ajudo sua persona arrogante a se levantar.

Ele se arrasta em direção à janela. Um solavanco na estrada o faz bater na parede, e isso me proporciona um momento de prazer, mas ele se endireita para ver lá fora.

Olho para ele, assim como ele olhou para mim, observando o luar cair em cascata sobre seu rosto. Alexus não estava errado. Ele tinha me falado que Colden é primorosamente belo, e ele é. Tão feminino quanto masculino, impressionante. Ele é cativante e de tirar o fôlego. Etéreo.

E é um pedante completo e absoluto.

— Isso não é possível. — Ele olha atentamente para a noite, e não posso deixar de notar calafrios subindo ao longo de seu pescoço e na lateral de seu rosto. — Não sei o que diabos Alexus fez, mas as coisas vão ficar muito ruins rapidamente se eu estiver vendo o que acho que estou vendo. É melhor você se preparar.

Não tenho ideia do que ele quer dizer, e não tenho tempo para pensar sobre isso. Libero a adaga do meu corpete, desembainho a lâmina e, no próximo fôlego, estamos rolando, sendo jogados de um lado para o outro da carroça como se não tivéssemos peso. Colden e suas correntes. Eu e minha adaga – até que eu a perco –, em algum momento quando meu corpo é lançado contra o teto antes de ser atirado no chão. A madeira geme, lasca e racha mais de uma vez antes de pararmos bruscamente.

Tudo o que posso ouvir é meu coração batendo, e não consigo respirar. Leva um minuto para o meu ar voltar, um suspiro profundo que enche meus pulmões de ar frio enquanto tusso pedaços de terra e madeira. Boa parte da carroça está ao meu redor, aos pedaços, a estrutura de aço empenada e dobrada para um lado. Logo acima, o céu noturno se estende infinitamente, a neve caindo em grandes flocos brancos. Abaixo, porém, aquela névoa fria se aproxima, se espalhando pela estrada, fiapos de branco que flutuam pelos destroços.

Erguendo-me, fico de joelhos e rastejo, ferindo as palmas das mãos com lascas de pinheiro. Os cavalos estão imóveis, e Colden está perto de uma árvore, amarrotado em uma confusão de correntes. Uma das outras carroças, a que estava à nossa frente, está igualmente destruída. Está perto o suficiente para que eu possa ver corpos espalhados por toda parte, mas alguns estão abençoadamente se movendo e se levantando.

A carroça que vinha atrás de nós está de lado, encostada em uma árvore. Ainda está intacta, embora os Habitantes do Leste que conduziam os cavalos estejam presos sob o peso dos animais feridos.

Nephele. Em qual ela estava?

Vozes chamam minha atenção. Não — gritos. E grunhidos. Aço colidindo com aço. Ecoando do acampamento. A cada momento que passa, os sons ficam mais altos.

Sons de batalha.

Colden não está longe. Eu subo em direção a ele, a neve fria em minhas mãos, a névoa emaranhada em meus pulsos. Não sei com quem os Habitantes do Leste podem estar lutando. Deve ser contra quem o príncipe falou, o *visitante*, embora esse som certamente não venha de uma briga com uma pessoa.

O que significa que não pode ser Hel. Mais Bruxos Caminhantes? Isso também não parece certo. Até o Rei do Gelo sentiu um momento de medo quando olhou pela janela.

Independente disso, preciso de um machado e muita força. Se eu conseguir libertar as correntes, Colden Moeshka pode acabar com tudo isso.

Embora ele seja pesado como uma âncora, eu o puxo para ficar de costas. Ele solta um longo gemido seguido por um prolongado:

— *Poooorra.*

Deuses. Minha adaga está alojada em seu ombro.

Ele abre os olhos e me observa, então olha para o cabo que se projeta de seu corpo.

— Tire essa maldita coisa de mim.

Eu a puxo, e ele mal estremece.

— Agora, use a arma para arrombar a fechadura dessas malditas algemas. — Ele luta para se sentar, e olha para trás de mim, observando a névoa ao nosso redor subindo. — Pelo amor dos demônios, apresse-se.

Ah, sim, abra a fechadura. Com uma adaga suja de sangue. Em uma névoa densa. Porque isso é algo que faço todos os dias. Não consigo nem começar a pensar direito. Cada parte de mim dói. Minha mente está tão agitada quanto meu corpo, e minhas mãos tremem, como uma folha em uma tempestade. Eu nem tenho certeza se estou inteira.

Mas não há machado, é claro, então tento arrombar a fechadura enfiando a adaga fina no mecanismo o mais fundo possível. Com as mãos trêmulas, giro o metal para frente e para trás, mas não tenho ideia do que estou fazendo. Ou o que *deveria* estar fazendo.

— Use mágica — Colden provoca. — Você é colorida como um maldito fogo de artifício. Certamente tem habilidade. E não me olhe assim. Posso ouvir sua mente me xingando. Só tire essas coisas de mim, se quiser viver.

Talvez ele tenha que morrer. De outra forma, nós nunca sobreviveremos um ao outro.

E ele claramente não sabe tanto sobre mim quanto eu pensava. Com ou sem marcas, o pânico *não* é um bom motivador. Minha mente está tão vazia que nem consigo lembrar a palavra para vidência, muito menos um refrão de Elikesh que poderia destrancar uma fechadura.

— Esqueça! — Ele afasta as mãos. — Apenas corra. Encontre Nephele e corra! Vá! — Seus olhos escuros se erguem para o céu, fixos em algo atrás de mim. Essas íris escuras são sombreadas de branco, como se ele estivesse olhando para o próprio inverno. Ele recua. — Isso não pode estar acontecendo.

Algo frio e gelado desliza ao meu redor, mais frio que a névoa. Eu fico parada. Então sigo a linha de visão de Colden por cima do meu ombro.

A névoa rolante sobe, alta como as árvores, e se aglutina na forma de uma criatura que é tão alta quanto Mannus, o cavalo de guerra.

No meio da Estrada Invernal está um ser nu e nebuloso com cabelos brancos até a cintura, orelhas pontudas e traços lupinos inconfundíveis — olhos âmbar oblíquos, as presas escondidas atrás de um lábio superior enrolado. Suas mãos são enormes e, embora tenham dedos, eles são escuros e com pontas em garras, as palmas mais parecidas com patas. Ele parece ter o torso esguio e musculoso de um homem, mas está sobre as patas traseiras musculosas de uma fera, cobertas de pelo sedoso e imaculado.

Engulo em seco. Com dificuldade.

Parte homem. Parte lobo.

Neri.

Não admira que o príncipe tenha ordenado que o acampamento se preparasse.

Lobos surgem rastejando das sombras nebulosas da floresta ao redor, mostrando os dentes e vibrando rosnados do fundo de suas gargantas. São centenas de feras com olhos afiados, presas à mostra, bocas espumando. Um deles se esgueira ao meu lado até seu focinho estar a trinta centímetros do meu rosto. Ele levanta o focinho, soprando um hálito quente sobre mim, me desafiando a me mover.

Agarro a pequena e sangrenta adaga que Rhonin me deu em um aperto mortal, mas cada centímetro do meu corpo poderia muito bem estar enraizado no chão, o medo implacável me prendendo no momento.

Colden olha para o deus como se pudesse matá-lo.

— Seu filho da puta. O que você fez com Alexus?

A névoa que forma Neri se cristaliza, tornando-o corpóreo, mas ainda branco como a neve, sua pele brilhando como se fosse feita de estrelas. Ele inclina a cabeça e seus olhos âmbar brilham. Quando ele fala, sua voz é tão profunda e ressonante que a floresta estremece.

— O que *eu* fiz com *ele*? — O Deus do Norte dá passos longos e espreitadores em nossa direção e paira sobre Colden. Ele baixa a cabeça, seu pescoço mais longo do que um pescoço pode ser, e pega o rosto de Colden com suas mãos cheias de garras. — Concedi a ele misericórdia — rosna. — O que é muito menos do que ele me concedeu e nada como o que vou conceder a você. — Ele pega as correntes cruzadas no peito de Colden e o suspende até que os pés do Rei do Gelo não estejam mais no chão. — Depois de três séculos, sua hora de morrer pelas minhas mãos finalmente chegou, Colden Moeshka. E desta vez não há outros deuses aqui para me impedir.

Colden rosna para o deus.

— Há destinos piores do que a morte. Seja criativo, pelo menos. Seu vira-lata.

Neri rosna, um ruído baixo e retumbante, e joga o rei no chão.

O corpo de Colden bate no chão com violência, fazendo o ar deixar seus pulmões em uma rajada de vento gelado. Neri faz um gesto com a mão, e as correntes de Colden se soltam como se fantasmas as destrancassem. Colden agarra o pulso de Neri e solta linhas azuis pálidas que se ramificam e se entrelaçam na estranha mão com garras do deus, formando e espalhando gelo ao longo do antebraço de Neri.

Mas Neri ri, e antes que o gelo alcance seu cotovelo, ele flexiona os dedos, e os riachos congelados se quebram e caem.

— Eu te dei esse poder, humano patético. E eu posso tirar. Esta é a *minha* terra — declara ele através das presas cerradas. — Eu não nomeio reis. A única coroa nas Terras do Norte me pertence.

— E ainda assim você está parado aqui enquanto o povo da "sua terra" sofre nas mãos do miserável Príncipe do Leste que pretende ressuscitar seus inimigos.

O rosto de Neri se contrai.

— Isso é o que ele quer — continua Colden. — Prosperar fora de seu poder. Então, o que vai fazer? Realmente acha que ele vai deixar seu túmulo intacto para você voltar? Se ele não puder tirar de você, vai se certificar de que não seja nada mais do que essa... — ele dá a Neri um olhar depreciativo — ... *coisa* feita de névoa, pela eternidade. Você pode esquecer ser um verdadeiro deus para sempre.

Neri solta um rosnado, um som que reverbera pela floresta. A fúria ilumina os olhos âmbar do deus, e ele pressiona a mão enorme no peito de Colden, logo acima de seu coração, cravando as garras escuras muito fundo.

Com o coração disparado batendo contra minhas costelas, levanto a adaga, certa de que um ataque seria uma tentativa tola, mas não posso deixar Neri matar Colden.

Neri vira seus olhos de besta para mim, e não consigo me mexer. Não de terror, embora haja muito disso rolando pelo meu sangue. Mas porque ele está me impedindo, como se tudo o que ele tivesse que fazer fosse *pensar* em acalmar minha mão – e o resto de mim – e está feito.

O lobo ao meu lado rosna e se aproxima, estalando os dentes.

— Vamos! — Colden grita na cara de Neri. — Acabe comigo, se é isso que quer!

O deus desliza seu olhar âmbar de volta para Colden. O olhar sombrio e cruel de Neri sacode minha alma. É a expressão selvagem de alguém que gosta de tortura e quer que ela se espalhe.

— Há destinos muito piores do que a morte — responde Neri, contorcendo o rosto em um sorriso de escárnio. — Não foi isso que você disse? Talvez eu deixe você descobrir quão verdadeira é essa afirmação.

Neri retira a mão de Colden, e com ela aparecem alguns fios.

Eles são tão luminescentes que eu semicerro os olhos, atônita. Observo com atenção Neri prender o corpo de Colden em uma espécie de torno invisível enquanto o Rei do Gelo se curva no chão.

Ele solta um grito de terror de arrepiar os cabelos, e o mundo ao nosso redor fica mais frio do que nunca. Mais frio que o lago congelado.

Mais frio que a floresta amarga. Mais frio que a morte. Frio em todos os lugares, acompanhado de um calafrio doloroso em minha pele, quebrando minhas roupas, brilhando em cacos de madeira lascada, até cobrindo minha adaga com uma camada de gelo.

Com um uivo irado, Neri fecha o punho e puxa o braço para trás, arrancando os fios da alma de Colden com tanta força que seu casaco de veludo azul se abre, fazendo os botões dourados se espalharem na neve. Esses fios, azul-gelo e branco como a neve, enrolam-se em Neri e derretem em sua pele, como se pertencessem a ele.

Mas... espere. Eles pertencem.

Neri fez um acordo com Asha. Se ela lhe desse seu coração mais uma vez, desta vez pela eternidade, ele faria o que ela não podia. Ele tornaria Fia Drumera imortal, mas, pior, ele lançaria dentro dela o elemento fogo, e em Colden Moeshka, o elemento gelo, para que eles nunca, por todos os seus dias infinitos, ficassem juntos novamente.

Neri removeu a maldição que colocara em Colden trezentos anos atrás.

E roubou o poder do Rei do Gelo.

37
Raina

Neri olha para mim novamente. É impossível desviar o olhar de seu rosto lupino rosnando.

— Diga a ele que eu te *salvei*. — Ele rosna por trás das palavras. — Diga a ele que, se não fosse pelo grande Deus do Norte, ele teria te perdido na estrada para o sul. Diga a ele que, se não fosse a misericórdia de Neri, você não seria nada mais do que uma mancha sangrenta na neve. Diga a ele que não vou te salvar para sempre. Vocês dois podem apodrecer em sepulturas de terra, no que me diz respeito. A dívida do Lobo Branco está paga. *Não* me invoque mais.

Então ouço um tilintar estridente — como vidro batendo em vidro — e Neri desaparece, deixando para trás nada além de um vapor turvo e desbotado e um gosto amargo e metálico na parte de trás da minha língua. Seus lobos recuam, desaparecendo na floresta, e a névoa branca que o trouxe se dissipa pela floresta.

Seu poder me liberta, e eu respiro ofegante. Tremendo, sacudo a lâmina na minha mão, o metal gelado grudado na minha pele.

Tento decifrar as palavras de Neri.

Ele quer que eu diga essas coisas ao Rei do Gelo?

Colden geme e fica de joelhos, se livrando das correntes quebradas. Longos momentos se passam enquanto ele pronuncia *Não, não, não, não, não* repetidamente antes de estender rapidamente a mão avermelhada e trêmula.

Ele abre bem os dedos e foca o olhar em frente. As veias em suas têmporas e pescoço saltam de tensão, destacando-se nitidamente em relevo contra sua pele clara. Todo o seu corpo treme com o esforço.

Nada acontece.

Ofegante, ele baixa a cabeça, soltando um sopro irregular. Ele fecha os dedos com força e bate o punho esbranquiçado no chão.

— Bem, foda-se tudo. Agora sim estamos muito encrencados.

Sussurros de respiração irregular e o ruído de passos nos destroços gelados me fazem lutar para liberar minha adaga. Num piscar de olhos, o cabo frio está na minha mão, a ponta afiada mirando um pescoço esguio.

Uma mão rápida agarra meu pulso. Suspiro e recuo. Estou de joelhos, e a pessoa acima de mim tem os olhos arregalados como os de uma corça assustada.

Nephele.

Eu fico de pé e a esmago contra mim, pronta para me juntar a ela e correr, como Rhonin aconselhou.

— Raina! — Ela me aperta com força e se afasta para olhar para mim, sorrindo, acariciando meu rosto com os polegares. — Minha doce menina.

Faz tanto tempo, mas sinto que ela não mudou. Parece a mesma. O mesmo perfume. Deuses, eu senti tanto a falta dela. Tanto que é preciso tudo de mim para não me debulhar em lágrimas bem aqui nesta estrada esquecida por Deus.

Como chegamos aqui? Duas filhas de fazendeiros de Silver Hollow lutando contra um homem verdadeiramente malvado para salvar Tiressia? Respirando o mesmo ar de um deus antigo?

Eu a abraço de novo. Meu coração tem tantas feridas – está em pedaços –, mas juro que estar aqui com Nephele, ouvindo sua voz, vendo seu rosto, olhando em seus olhos já faz começar uma espécie de cura.

Alguns dos bruxos de sua carroça tropeçam pela estrada enquanto outros ajudam os necessitados. Eu olho para Nephele. Um galo cresce em sua testa, acima do olho, e a luz do luar ilumina hematomas e cortes em seu rosto. Ela parece tão cansada.

— *Você está bem?* — pergunto. — *Alguém está ferido com gravidade?*

— *Estou bem* — sinaliza ela. — *Estamos bem. Abatidos e esgotados, mas já passamos por coisas piores do que uma queda de carroça.*

Uma carroça tombou. Foi um acidente? Ou…

Não. Neri a tombou. Neri e sua névoa. Ele poderia ter nos matado. Talvez essa fosse a intenção dele. Ou talvez estivesse apenas perseguindo seu inimigo. De qualquer forma, Colden estava certo. Neri deixou seu povo aqui, abandonado, na floresta de sua terra, com os Habitantes do Leste.

Eu o odeio ainda mais do que antes.

Colden pigarreia.

— Este é um encontro realmente adorável, mas estou bastante certo de que a batalha que marcará o fim de Tiressia está acontecendo bem à frente. Então, se as senhoritas quiserem se juntar a mim, ainda temos uma luta em nossas mãos.

Em meio a tudo, Nephele atravessa os restos de nossa carroça destruída até Colden, joga os braços em volta do pescoço dele e o beija na boca. Colden sorri enquanto retribui os abraços e beijos de Nephele.

Há *alegria* verdadeira na sua expressão. Ver o frio Rei do Gelo sorrindo como um diabrete, mesmo depois de enfrentar Neri e ter seu poder arrancado do peito, é quase tão alarmante quanto ver o Deus nu do Norte se formar da neblina.

Nephele pressiona a testa na de Colden.

— Eu não sabia o que tinha acontecido com você depois que eles te levaram. E então eu vi… — Ela balança a cabeça. — Não sei o que vi. Não posso ter visto o que *acho* que vi. Devo ter batido a cabeça mais forte do que imaginava.

— Estou bem. — Ele a beija mais uma vez. — E você *viu*. Neri estava aqui, o que não faz absolutamente nenhum sentido, mas foi real.

— Mas como é possível? — A preocupação contorna as feições de Nephele. — E o que ele fez com você?

Parte de mim quer parar a conversa e dizer a Nephele que é possível porque Vexx matou Alexus, seu amigo. Como eles não percebem isso? Devo contar e correr o risco de perturbá-los?

Nephele passa a mão sobre o casaco e a túnica arruinados de Colden, puxando o tecido para trás o suficiente para revelar uma grande área machucada na pele nívea de seu torso.

Como a de Alexus na ravina.

Colden encolhe o ombro ensanguentado.

— Não tenho a menor ideia de como isso é possível. Quanto ao que Neri fez? Digamos que não sou mais exatamente implacável, mas, se encontrarmos uma espada, isso pode mudar. Vamos procurar os Habitantes do Leste.

Nephele olha para Colden com preocupação.

— Ele... ele removeu a maldição? Foi isso que o vi fazendo?

Colden assente, erguendo as sobrancelhas.

— Por isso preciso de todas as armas que pudermos encontrar.

Com um novo peso nos ombros, Nephele corre para sua carroça enquanto procuro Killian. Acomodo a adaga de Rhonin em um laço de couro que prendo na cintura da minha calça, minha mente trabalhando em muitas coisas para classificar.

A segunda general está a cerca de três metros dos cavalos, metade do corpo na estrada. Ela está esparramada de uma maneira tão horrível que deve estar morta. Sua espada curta ainda está ao lado dela, então a pego, assim como seu molho de chaves, e me encontro com Nephele e um punhado de Bruxos Caminhantes. Juntos, nos reunimos com Colden.

Ele está na carroça mais próxima do acampamento, ajoelhado ao lado dos Habitantes do Leste que estão presos sob os cavalos. Não me passa despercebido que, quando ele quebra o pescoço dos guerreiros, nenhum dos Bruxos Caminhantes vacila. Eles continuam indo em direção a ele, como se tudo isso fosse perfeitamente normal.

Colden pega um machado e usa as chaves de Killian para abrir a traseira da última carroça. Sete Bruxos Caminhantes saem, ilesos e preparados para lutar pela liberdade, mas seus semblantes estão abatidos, cansados como Nephele, e me pergunto se algum deles — inclusive minha irmã — pode usar alguma magia agora.

Acho que vou descobrir logo porque, minutos depois, estamos correndo na noite fria, através da Floresta da Água Gélida — eu, minha irmã, o Rei do Gelo e pessoas que nunca vi — para o lado leste do acampamento.

Meu sangue bombeia mais e mais rápido conforme nos aproximamos, nossa velocidade aumentando. O desconhecido se aproxima, mas sinto o cheiro de morte. Meus olhos lacrimejam.

No caminho passamos por guerreiros lutando no mesmo local onde os feridos esperavam minha cura. As tochas que iluminavam a área ainda queimam, iluminando algumas dúzias de figuras, dando um tom âmbar à cena, uma cor que sempre associarei aos olhos de Neri e à Pedra de Ghent dentro da Faca Divina.

O choque à distância parece uma pintura — uma pintura de guerra —, mas não posso dizer contra quem os Habitantes do Leste estão lutando.

Até atravessarmos as árvores.

Tropeço até parar na beira da floresta, o coração batendo na garganta, roubando meu ar. Colden e Nephele continuam correndo na direção do derramamento de sangue, mas os Bruxos Caminhantes desarmados ficam parados, como eu. Colden bate seu machado no pescoço de um guerreiro e joga o homem no chão como se ele não fosse nada. O corpo cai, aterrissando em meio a tantos outros, e Colden continua lutando.

Não posso começar a contar os mortos, o aroma fétido da vida desaparecendo é denso e muito familiar. Habitantes do Leste cobrem o caminho nevado, a faixa branca na floresta agora marcada com o vermelho de suas mortes. Alguns dos feridos devem ter tentado lutar.

Acima, perto das copas das árvores, flutuam dezenas de massas fibrosas e sedosas ondulando ao vento. Nunca vi nada parecido, mas sei o que são essas massas. Eu as sinto no nível da medula óssea.

Almas. Prolongando-se neste mundo.

Com o pulso vibrando, absorvo o caos à frente. Furiosa, a onda final de guerreiros se aproxima de Helena, Rhonin, Colden, Nephele e...

Alexus.

Uma onda de choque formiga por todo o meu corpo, varrendo violentamente da minha cabeça aos meus pés. Não consigo parar de olhar. Certamente estou em alguma distorção da realidade, sonhando.

Eu vi Alexus morrer. Vi a Faca Divina entrar em seu peito — o peito cheio de cicatrizes agora exposto para mim.

Ele não está de túnica.

Não está acorrentado.

Não tem uma ferida fatal.

Neri. Neri está livre. Eu não tinha certeza do que poderia acontecer com ele se algo acontecesse a Alexus, mas o fato de pouco tempo antes o deus do norte estar a um passo de mim significava que Alexus o tinha libertado — no que eu acreditava ser a libertação da morte.

Na ravina, uma marca pintou o peito de Alexus em uma ferida grave — uma marca que ainda está impressa em sua pele e se parece com a de Colden.

Como a marca de um beijo, um sinal que indica a remoção de um poder. A marca de Alexus *deve* ter sido causada pela saída de Neri. Mas então...

Alexus já exibia o vergão antes de morrer.

Ele libertou Neri *antes* que Vexx o esfaqueasse — quando a terra tremeu.

Eu vou te encontrar, ele disse momentos antes de eu perder a consciência. *Confie em mim.*

Deuses. Ainda não sei como é possível que Alexus Thibault esteja aqui, vivo, mas meu sangue *canta* por ele.

Bruxos Caminhantes espalham-se ao longo da estrada e entoam uma canção de poder. Finalmente, me livrando do choque, entro na briga.

É como estar de volta à vila, só que, desta vez, minha irmã e Helena, o Rei do Gelo e o Coletor de Bruxos, e essa nova pessoa chamada Rhonin, que eu poderia chamar de amigo, estão comigo.

Enfrento meu primeiro atacante, um guerreiro do qual me lembro vagamente da ravina. Ele empunha uma espada mais longa, tornando difícil para mim medir meus ataques.

Cada torção, facada e corte, o céu escuro, tochas flamejantes e a música de Elikesh me enviam de volta àquela noite, lembranças que emergem de uma maré escura. Minha raiva e dor se transformam em verdadeira raiva enquanto sou forçada a me lembrar dos momentos em que vi minha vida queimar em cinzas.

Mas não estou sozinha. Pela minha visão periférica, vejo minha irmã empunhando uma lança, e Helena com suas espadas, ambas esfaqueando, abaixando e atacando com movimentos ágeis. Rhonin é uma fera com uma adaga, e Colden é uma força violenta própria com aquela machadinha. Ele e Alexus lutam em harmonia e, embora Alexus lute com um joelho ferido, seus movimentos ainda se desenrolam de forma artística.

Os Habitantes do Leste estão diminuindo; restam menos de uma dúzia. Não estão usando flechas mágicas desta vez. Nenhuma magia de fogo roubada para tornar isso fácil para eles. Seu príncipe está perdendo o poder.

Mesmo na noite fria, enquanto luto, o suor escorre pela minha pele. É uma verdadeira batalha de espadas que tilintam enquanto guerreiros manobram em torno de corpos caídos e neve manchada de sangue.

E este Habitante do Leste é forte. Ele me empurra a cada movimento de sua lâmina, me forçando a navegar pelo chão sujo com passos para trás, sem saber o que está às minhas costas.

Ele encontra minha espada com um corte rápido. Tropeço um passo para trás, mas então giro, mudando nossa direção. Ele gira e, ao avançar, levanta sua arma.

Eu o bloqueio, segurando seu braço com minha mão, e com a distância entre nós reduzida, empurro a lâmina mais curta em seu peito. É preciso um segundo esforço para enfiar a ponta no osso, mas sinto seu corpo ceder, minha espada deslizando fundo com facilidade. Retiro a lâmina, e o guerreiro cai, a luz em seus olhos desvanecendo.

Quando olho para cima, vejo dois homens parados na floresta sob as árvores.

O Príncipe do Leste e Vexx.

Eles não estavam lá antes.

Embora o general pareça pálido, punhos cerrados e rosto desenhado em uma máscara de raiva moderada, o príncipe veste aquela auréola de sombras carmesim e ostenta um sorriso repugnante. É como se ver seus homens morrerem fosse um esporte sangrento.

Ele ergue o queixo e aponta para o céu, agitando os dedos. Uma das almas desce das copas das árvores, rendendo-se ao seu comando. Ela paira sobre ele, como uma casca indefesa.

O príncipe abre a boca e...

Inala.

Uma onda de êxtase o percorre, peito subindo e descendo rapidamente, seu encanto evidente. Seus olhos se fecham, ele lambe os lábios, e quero vomitar.

Quando acaba, o príncipe baixa o rosto, e seu olhar semicerrado encontra o meu.

Ergo minha espada, em guarda.

A princípio, há um momento de surpresa em seus olhos — eu não deveria estar na batalha, muito menos com uma arma —, mas seu sorriso malicioso retorna e se espalha.

Com um movimento de mão, o fogo floresce ao seu redor, embora não consuma nada.

É uma parede.

Um escudo.

Sinto o aroma da magia do mago das Terras do Verão misturado ao cheiro de sua morte longamente adiada, aquele mesmo odor de antes na tenda. O aroma de fogo, de um dia sufocante, de pó e terra.

O príncipe e eu nos encaramos. Ele está lá, um pilar de pedra intocado pela chama, a diversão brilhando em seu rosto. Para ele, não somos nada, e ele é tudo.

Ele sobe o barranco, Vexx bem ao lado dele, circulando a batalha, as mãos cruzadas atrás das costas enquanto um rastro de sombras escarlates os segue. Os dois homens passam direto pelos Bruxos Caminhantes cantando. Ninguém mais olha ou os rastreia. Porque eles não podem vê-los.

Mas eu posso.

Eu me viro, respirando com dificuldade, mantendo os olhos no príncipe rondando, mesmo enquanto meus amigos e irmã lutam a apenas alguns passos de distância. Este momento me lembra de todas as vezes em que ele me procurou, como uma miragem, observando de algum outro plano.

Covarde. Solto esse pensamento no ar do jeito que fiz dias atrás. Rezo para que ele ouça, sinta, saiba. Ele é um covarde, deixando seus homens morrerem enquanto se esconde nas margens, sem fazer *nada*, se mantendo atrás de seu escudo de fogo roubado da magia de outra pessoa. A *alma* de outra pessoa. Todo o tempo envolto no manto de seu Mundo das Sombras, com muito medo de enfrentar seus inimigos sozinho.

Um vislumbre de Nephele chama minha atenção. Ela enfia a lança na boca de um guerreiro e a puxa para fora, mas então fica imóvel. Olhos abertos. Piscando. Ela aperta o pescoço, ofegante, como se uma mão invisível o segurasse.

Antes que eu consiga me aproximar dela — ou do príncipe —, uma Habitante do Leste avança sobre mim.

Seus movimentos são tão rápidos que preciso me esforçar para igualar cada golpe.

Cambaleio para trás e quase perco o equilíbrio no aterro, mas a música dos Bruxos Caminhantes me alcança mais uma vez das margens da floresta. Eles levantam suas vozes, cantando poder, sem saber que um demônio espreita tão perto.

Energia pura cai sobre mim, quente como o sol de verão em meio a todo esse frio, despertando algo primitivo dentro de mim.

Despertando outra coisa também.

Com cada golpe da minha lâmina, as pequenas mortes que roubei se dilatam, me inundando de um jeito que não tenho certeza se posso conter. Meu coração palpita, transbordando de tristeza, penúria, ódio, medo, desgosto, angústia, adoração, serenidade, desejo. São tantas emoções que não consigo discernir todas, mas elas transbordam, uma fonte de conexão infinita com sentimentos que nunca foram meus.

Avanço para frente, segurando a espada de Killian firme e implacável, e, com força, enfio a lâmina no meio da mulher.

Antes que eu consiga liberar minha arma, outro Habitante do Leste bate em mim. Tropeço, e ele leva vantagem, levantando sua adaga, a luz do fogo brilhando em suas bordas afiadas e em seus olhos igualmente afiados.

Quando ele abaixa o braço, agarro seu pulso. Ele tem tanta força que preciso soltar a espada e usar as duas mãos para segurá-lo.

Ele me empurra para baixo, me deixando de joelhos à sua frente.

— *Lunthada comida, bladen tu dresniah, krovek volz gentrilah!*

Alexus. Não posso vê-lo, mas posso ouvi-lo, aquela voz de veludo me dando vida, me lembrando do que sou capaz.

Lunthada comida, bladen tu dresniah, krovek volz gentrilah. Lunthada comida, bladen tu dresniah, krovek volz gentrilah.

Penso nas palavras, mantendo-as na mente e fechando os olhos, e alcanço toda essa emoção, sabendo o que quero que aconteça. Desejando que assim seja. Imaginando.

A lâmina que invoquei quando entramos na Floresta da Água Gélida — eu a vejo agora, vejo-a enfiando-se na barriga do Habitante do Leste até seu peito.

Lunthada comida, bladen tu dresniah, krovek volz gentrilah!

A pressão que pesa sobre mim afrouxa, e um arquejo bruto deixa o corpo do homem, um jorro de respiração molhada em meu rosto. Abro os olhos e vejo que ele me fita com um olhar vazio e sem vida, a espada de luz ametista saindo de sua boca aberta.

Quando seu cheiro de morte chega às minhas narinas, perco todo o controle mental sobre minha magia, e a espada se afasta em uma poeira arroxeada se misturando aos flocos de neve ainda caindo. O Habitante do Leste tomba, e eu desvio de seu peso, escorregando em seu sangue e caindo de costas.

Um barulho chega aos meus ouvidos enquanto olho para o céu.

Risadas.

Viro a cabeça e vejo o Príncipe do Leste. Sua zombaria está à beira de outro som — o grasnar crescente de um bando de corvos.

Os pássaros irrompem das árvores, voando alto na noite escura, além do lugar onde manchas de brasas brilhantes e flutuantes e flocos de neve rodopiam de mãos dadas. Eles voam para onde as almas dos mortos se reúnem.

E eles as inalam — uma por uma.

Eu me endireito, escorregando no sangue e na neve, aterrissando no meu cotovelo com um *baque* de quebrar os ossos. Olho para cima e encontro os olhos verdes de Alexus, brilhando na noite. Ele está a três passos de distância, Helena atrás dele. Cada um deles luta com duas espadas curtas que devem ter tirado dos guerreiros mortos a seus pés.

Mas Nephele não está em lugar nenhum.

Quando o homem que ataca Alexus ergue sua machadinha, Alexus levanta e cruza suas lâminas sobre a cabeça e, com força mortal, atravessa as bordas afiadas, rasgando o corpo do guerreiro. O caminho nevado se enche de sangue e de entranhas, mais carmesim para adicionar a este cemitério branco.

O homem cai — o último dos Habitantes do Leste — e, no piscar de olhos seguinte, Alexus está comigo, me levantando e me abraçando.

Ele agarra meu cabelo, e seus lábios esmagam os meus.

— Sua linda virago — diz ele contra a minha boca. — Estou tão feliz de te ver.

Eu o beijo novamente. Toco seu peito frio. Sinto seu coração batendo. Só para ter certeza de que ele está realmente aqui. Ele está sorrindo, do jeito que Nephele sorriu para Colden. Sua covinha aparece, a visão enviando alívio suficiente ao meu coração para curá-lo para sempre.

Mas como ele está aqui? Como?

Ele lê a pergunta em meus olhos.

— Seu pai só conhecia as lendas. A Faca Divina não matou o príncipe quando você o cortou porque não pode matar com um simples golpe. Embora seja remanescente de um deus e perigosa nas mãos erradas, a lâmina que forjei só é letal para os deuses vivos porque pode penetrar em seus ossos. Isso é tudo. — Ele pressiona minha mão em seu peito, onde a lâmina penetrou até o cabo. — Não é letal para mim porque um feiticeiro inteligente sabe que não deve criar uma arma que possa ser usada contra ele. Eu marco o que é meu. A Faca Divina me conhece. Ela carrega minha runa. O meu nome.

Outro beijo, mais profundo e tão intenso que estou ofegante quando ele se afasta.

— Abaixem-se! — Helena grita.

Os corvos voltam e mergulham, centenas deles, vindo direto em nossa direção em um ataque anormal. Porque eles *não são* normais. Essas coisas não são pássaros. São demônios que roubam almas humanas.

Assim como seu criador.

E estou farta desses bastardos. Todos eles.

— *Fulmanes. Fulmanesh, fulmanesh, fulmanesh, fulmanesh, iyuma.*

Formo as palavras com as mãos, extraindo fogo das tochas ao nosso redor, canalizando todo o meu poder para acender os pequenos babacas como vaga-lumes.

No segundo em que o fogo se forma em minhas mãos, eu o empurro para o céu. Os corvos recuam, mas jogo meus braços para os lados, ajusto a postura e cavo fundo na minha escuridão, fazendo aquelas pequenas mortes vibrarem de prazer.

Os demônios alados do príncipe pegam fogo. Os grunhidos que soltam são guinchos profanos arranhando meus ossos. Instintivamente, fecho os dedos em punhos e aperto até minhas unhas cortarem a pele.

As chamas brilham mais alto, mas depois se extinguem, e os pássaros caem uns em cima dos outros, escuridão em escuridão. Cinzas caem do céu como chuva de morte.

Alexus me encara com admiração, seus olhos escurecendo com um olhar que conheci muito bem naquela noite no refúgio de Nephele: paixão inflamada.

A vitória corre através de mim. No calor do momento, com confiança e poder pulsando em minhas veias, volto-me para o Príncipe do Leste.

Mas ele não está lá. Nem Vexx.

Examino os arredores, procurando.

Vexx está fugindo para a floresta. Começo a persegui-lo, mas uma onda de vento quente sopra no caminho.

Alexus joga o braço para cima e se inclina sobre mim, um escudo contra o calor, e a magia de Bruxo Caminhante que senti tão abundantemente desaparece, a música deles silenciando.

Alexus e eu nos endireitamos, e me viro, como se minha mente soubesse exatamente onde preciso procurar para encontrar o homem que busquei momentos antes.

Meu olhar encontra o rosto ainda cheio de cicatrizes do Príncipe do

Leste. Ele está no lado leste do caminho, a seis metros do massacre, perto da tenda onde estive dentro de sua alma repugnante.

Nephele está com ele, de joelhos, a ponta preta da Faca Divina posicionada em seu pálido pescoço.

38
Raina

Onde quer que o príncipe estivesse antes me observando, ele não está mais. Agora, está aqui, como se tivesse saído de um mundo para outro.

Do invisível ao visível.

Alexus, Rhonin, Colden e Helena observam tudo de olhos arregalados — olham para mim, um para o outro, para o príncipe, para Nephele. A cena é tão silenciosa quanto a meia-noite no inverno do vale, exceto pela pressa de nossas respirações.

A última cinza dos corvos se deposita sobre a floresta, colorindo o mundo branco de cinza. Cinzas se transformam em pó no meu cabelo, na minha pele, nas minhas roupas, e o cheiro de morte pesa em meus pulmões. Floresta úmida, podridão pungente e penas queimadas.

Mas tem mais. Novos aromas. Novas mortes.

Os Bruxos Caminhantes se foram. A neve onde eles estavam também se foi, substituída por uma mancha escura de cinzas que se arrasta ao longo da orla da floresta e depois desaparece.

— Raina Bloodgood — diz o príncipe. — Você realmente achou que poderia tirar de mim de forma tão descarada e não pagar?

Leva um momento para que eu entenda. Ele não está falando de Nephele.

Aquele vento quente. Magia de Habitante das Terras do Verão.

Ele destruiu os Bruxos Caminhantes. Eles queimaram ao ponto de cinzas como queimei seus corvos.

Colden levanta sua machadinha. E mira.

— Desgraçado!

O príncipe estala a língua, sua mão firmemente enrolada no cabelo de Nephele.

— Isso seria muito tolo, especialmente para um *rei*. — Ele arrasta a ponta da lâmina de osso da lateral do rosto da minha irmã até a têmpora e a coloca no ângulo certo para um golpe fatal. — A menos que você queira que essa sua bruxa talentosa chegue ao Mundo das Sombras mais cedo.

Ele está falando sério. Suas sombras se enrolam ao redor de Nephele, prendendo as mãos dela, se fechando sobre a boca de minha irmã. No início, me perguntei por que o Príncipe do Leste simplesmente não entrou em sua nuvem vermelha e sequestrou Colden da Vila Invernal em vez de se dar ao trabalho de esgueirar um exército pelas Terras do Norte.

Mas agora acho que sei por quê. O príncipe precisa estar perto do que pretende sequestrar. Foi por isso que, para roubar a faca, me encontrar na floresta não era suficiente. Sua magia não é tão simples quanto vasculhar o mundo e chegar onde quiser. Além de vê-lo se mover pelas sombras aqui na floresta, eu só o vi desaparecer. Toda magia tem limitações, e tenho que me perguntar se essa é a dele.

Deve ser, e isso me deixa com a preocupação de que, se o príncipe decidir nos deixar, ele levará Nephele junto – e ela não poderá lutar. Ele não apenas silenciou a voz dela, como também, de alguma forma, está subjugando seu poder.

Suas marcas de bruxa sumiram.

— *O que você quer?* — sinalizo rapidamente, assustada demais para me mover em direção a ele, mas sabendo que preciso manter alguma aparência de controle sobre a situação.

Alexus está ao meu lado, rígido e em guarda, cada músculo de seu torso tenso.

— Ela perguntou o que você quer.

Sorrindo como um demônio, o príncipe responde:

— Bom, para começar, eu quero *você*, Raina Bloodgood. No começo, eu não queria, mas agora, como já discutimos, você tem utilidade. Também quero que Neri seja enviado de volta ao Mundo das Sombras, mas alguém garantiu que isso não fosse possível. Não de um jeito fácil, de qualquer maneira. — Ele dá a Alexus um olhar afiado. — Tudo isso porque você queria salvar a pequena bruxa de Silver Hollow que chamou sua atenção. Você libertou um deus por uma mulher que mal conhece.

Pelos deuses e estrelas. Foi isso que Neri quis dizer quando falou para dizer a *ele* que *me salvou*. Não estava falando de Colden. Ele fez um acordo com Alexus, sua liberdade em troca da minha segurança.

O príncipe fixa os olhos em Rhonin e Helena.

— E, oh, como eu desejei esta Faca Divina uma vez que soube de sua existência. E agora a tenho, não graças a vocês dois, ladra e espião. — Ele desliza o olhar para Colden. — E para completar tem esse infame Rei do Gelo. Um peão em um jogo que pretendo ganhar. Eu também quero você, embora não sinta mais seu poder. Apenas imortalidade inútil. Qual é o sentido de viver para sempre sendo tão enfadonho? Você ainda tem habilidades?

Colden zomba, deixando um sorriso letal se formar em seu rosto. Ele fica rígido, pronto para atacar a qualquer momento.

— Deixe Nephele em paz, e vou te mostrar quanta habilidade eu tenho, seu merdinha patético.

O príncipe ri e inclina a cabeça de Nephele para trás.

— Não posso fazer isso porque, veja, eu preciso de poder. O mago que me alimentou por algum tempo está definhando. Preciso de uma nova fonte de vida. Poderia até ser um dos meus. — Ele olha para Alexus novamente. — Un Drallag, o poderoso feiticeiro das Terras do Leste, teria fornecido poder suficiente para me fazer algo próximo a um deus. Infelizmente, por ora, toda essa magia está adormecida. Não é, Alexi de Ghent?

Alexus aperta a mandíbula.

— Não vai dormir para sempre, e, quando acordar, juro que você vai se arrepender de ter vindo aqui. Se sobreviver a esta noite.

Droga. Não há poder suficiente em nenhum de nós para impedir que este momento piore.

— Preciso de uma fonte de vida jovem — diz o príncipe. — Alguém que prosperará por mais tempo do que o velho mago. Alguém com magia suficiente em suas veias para encantar uma floresta inteira. — O príncipe olha para Nephele e acaricia sua bochecha sem marcas com a Faca Divina. — Nem tente fingir que não é responsável por boa parte dessa magia vasta.

Com o coração martelando, dou um passo à frente. O mago do príncipe está morrendo, o que significa que o senhor do leste está enfraquecido. Ele *precisa* de Nephele – não apenas no futuro, mas *agora*.

Espio a alma da minha irmã. Os fios de sua vida brilham dourados, mas uma infecção sangrenta rasteja em suas bordas.

Ele está desviando a magia dela. Vai emaranhar os fios vibrantes de sua vida a seus farrapos envenenados e decadentes, usá-la até que ela não seja nada além de uma concha acorrentada a uma mesa de pedra em uma torre ou uma casca de espírito descartada flutuando no céu noturno.

Não posso deixar que isso aconteça.

Os olhos do príncipe estão em Nephele, mas o olhar largo e firme dela se fixa em mim. Depois de todos esses anos, ainda posso ler seu rosto, mas me recuso a responder ao brilho severo em seu olhar aguado, à determinação apertada em sua boca. Ela está me dizendo que devo matá-la, e assim impedir que ele a use.

Mas acabei de reencontrá-la. Só a perderei novamente se for sobre o meu cadáver. Somos mais espertos. Melhores. Mais fortes.

Mais rápidos.

Com um leve aceno de cabeça, ergo a sobrancelha e deixo meus pensamentos irradiarem para o meu rosto, mandando um aviso para minha irmã. Fui furtiva toda a minha vida, e minha mira é boa, então retiro a pequena adaga do laço na minha cintura e corro em direção a ela, pulando sobre corpos, meu braço preparado para um arremesso.

Nesse instante, muitas coisas acontecem. Helena grita meu nome e Alexus me alcança. As pontas dos dedos dele escorregam do tecido ensanguentado no meu cotovelo.

Arremesso a lâmina com todas as minhas forças.

O Príncipe do Leste ergue os olhos. Inclina-se para a esquerda. Alarga suas sombras.

Minha lâmina passa direto por eles, então ele e Nephele desaparecem em uma nuvem de fumaça vermelha.

As sombras vermelhas permanecem, e estou me movendo rápido demais para parar. Elas se arremessam para fora, formando tentáculos monstruosos que me seguram.

Um braço enlaça minha cintura e, por um momento, impede que os tentáculos continuem me puxando. Quem me segura gira, tentando me puxar na outra direção, mas as sombras envolvem meus tornozelos e me arrancam, me jogando no chão, tirando o ar do meu peito.

Quando olho para cima, o olhar selvagem de Colden encontra o meu. Depois de tudo — depois de todas as noites que passei acordada pensando em como, um dia, eu iria matá-lo —, o Rei do Gelo tentou me salvar.

Sombras escarlates giram para cima e para baixo, envolvendo-o, e por fim o arrastam em direção a uma nuvem cor de sangue. Em um piscar de olhos, ele desaparece.

Sinto um puxão forte, e cravo os dedos no caminho coberto de cinzas no exato momento em que Alexus corre e desliza, chamando meu nome, pegando minha mão.

Mas eu sou sugada para uma névoa vermelha.

39
Raina

Nada. Nada além de escuridão. Minha visão turva corrige — ou *tenta* corrigir — o mundo embaçado ao meu redor.

Pisco para encontrar foco. O mundo não está borrado; está cheio de sombras em movimento.

A dor perversa rasteja até a base do meu crânio. Estou de quatro no chão de pedras cor de breu, cercada de almas como as cascas que flutuavam sobre a floresta. São milhares e elas ondulam contra um céu cinza-ardósia sombrio e sem nuvens. Mesmo que não tenham olhos, a atenção delas me perfura.

Guardiã, sibilam. *Vidente. Curadora. Ressuscitadora. Assassina.*

Bruxa.

Um pouco mais além, há uma montanha escarpada infinita. É guardada por um portão, uma criação gigantesca, nem de aço nem de pedra, mas algo que minha mente não consegue nomear.

Porque não pertenço a este lugar.

Sei isso.

As almas sabem disso.

Este *lugar* sabe disso.

Um ser fantasmagórico que usa um manto vermelho conduz as almas pelo portão. Algumas vão para a esquerda. Outras, para a direita. Algumas passam direto. Então ele olha para cima com dois orbes brilhantes como olhos e me espia.

Invasora.

Tento me levantar, correr, mas está tudo errado. É como se eu estivesse me movendo na água, meus movimentos retardados por algum peso invisível.

Eu me viro. Nephele e Colden estão atrás de mim, de lado, ainda protegidos por sombras vermelhas. Ambos têm expressões de pânico. Quero ir até eles, mas uma sombra se enrola em volta da minha cintura, me segurando firme. Ela me aperta, porque estou amarrada em outro lugar, uma tremenda pressão em minhas entranhas, no meu peito — ao redor do meu *coração*. Como se algo estivesse partindo o órgão em dois.

Mais sombras carmesim deslizam pelo chão em gavinhas brilhantes. Sento-me e as empurro para longe com as mãos enquanto uma rasteja pelo meu ombro.

Então, deslizando com as sombras, chega uma risada de arrepiar, que faz travar o maxilar, e se enrola para cima e para dentro dos meus ouvidos.

O Príncipe do Leste parece um carcereiro, como alguém que *pertence* ao lugar, a Faca Divina presa ao quadril.

— Bem-vindos ao Mundo das Sombras, vocês três — diz ele, o corte em seu rosto um lembrete de que isso não é um sonho. — Não podemos ficar muito tempo. Este lugar gosta de manter os intrusos, então só o uso como um meio quando é absolutamente necessário. A questão é: para onde ir a partir daqui?

Colden se levanta como uma cobra e ataca o príncipe. As sombras segurando o rei se enrolam e apertam com mais força, até que ele solta um grito enquanto é arremessado de volta ao chão duro.

— Tente isso outra vez — ameaça o príncipe — e desejará ser o próximo na fila dos mortos. Eu tenho que te manter vivo, mas não tenho que fazer disso uma existência confortável. É bom você se lembrar disso.

Fecho os olhos, tentando acalmar meu coração trovejante, mas algo acontece. Algo estranho.

Eu poderia muito bem ser uma das almas pairando sobre a Floresta da Água Gélida, porque, de repente, estou lá. Posso ver a trilha ensanguentada, uma fenda vermelha cortando a floresta branca.

Mergulhando como os corvos do príncipe, eu me aproximo, e tenho uma visão panorâmica. Meu corpo está lá, na Estrada Invernal. E ainda assim… estou aqui. No Mundo das Sombras.

Alexus está sentado na neve, com a perna ferida estendida. Estou deitada diante dele, minha cabeça descansando em seu colo. Helena e Rhonin se ajoelham ao meu lado. Hel, o rosto demonstrando conflito e desespero, entrega a Alexus uma arma — a adaga de Rhonin. É a lâmina que joguei no príncipe.

Com as mãos firmes, Alexus pressiona a ponta afiada no músculo de seu peito, um pedaço liso de pele ao lado das runas nas quais passei os dentes com tanta ansiedade na noite em que quase transamos, runas que toquei com dedos macios na caverna.

Ele esculpe um sinal em sua pele, dois sulcos sangrentos e paralelos com um único ponto no meio, unidos por uma linha em forma de V.

Abaixando a adaga, ele afasta meu cabelo do pescoço e passa a mão sobre a curva do meu seio. Então ele me corta, logo abaixo da clavícula, fazendo a mesma marca. Finos riachos de sangue escorrem da ferida.

Ele fica de joelhos, estremecendo com a dor na perna. Com reverência, entrelaça nossos dedos e baixa sua testa para a minha, balançando suavemente, um ritual semelhante ao que ele realizou naquela noite na floresta quando matou todos aqueles homens. Ele está suplicando — ou orando. Não consigo dizer exatamente o que ele está fazendo, mas o sinto completamente.

Ele está tentando me levar de volta para o outro lado.

Abro os olhos, com o coração batendo mais forte. Mas ainda estou no Mundo das Sombras.

O príncipe me encara e passa os olhos por mim, seu sorriso presunçoso sumindo.

— Un Drallag nunca desiste, não é? Bom, duas pessoas podem participar deste jogo.

Ele se afasta, passando a mão pelo ombro. Suas sombras se contorcem, e eu, Nephele e Colden somos atraídos mais uma vez, drenados da terra e conduzidos pelo Mundo das Sombras em direção a uma grande divisa, nos afastando ainda mais das Terras do Norte. Para além da segurança. Mais para longe de casa.

Este reino é apenas uma parada. Um caminho. Um portal.

É arriscado, mas ainda um caminho para um homem feito de sombras, almas e pecados escapar com o que quer.

Mas para onde ele está nos levando?

Uma das pequenas trevas dentro do meu peito zumbe, se agita e faísca, uma pequena tempestade de raios flutuando ao redor do meu coração. É estranha essa conexão, esse alcance de energias, mas eu me agarro a isso.

Agarro-me a *ele*.

Alexus.

Alcanço a mão de Nephele e depois a de Colden, embora eles estejam presos nas sombras. Procuro o calor e a luz da morte roubada de Alexus, o poder incandescente que vive lá, o vínculo que está nos conectando até agora.

Estou fraca e cansada, mas não posso deixar o príncipe ficar com Colden e Nephele. E *comigo*.

Preciso lutar.

Penso na espada de luz ametista. Eu sei que posso conjurar.

Lunthada comida, bladen tu dresniah, krovek volz gentrilah. Penso nas palavras mais de uma vez, mas nada acontece. Muito medo invade minha mente. Ou talvez minha magia não funcione aqui.

O príncipe solta um olhar de sombras por cima do ombro e inclina a cabeça. Sinto seu desprezo através da distância vermelha e sombria entre nós. Tenho que cavar mais fundo. Até a minha parte mais profunda, a força da vida interior.

Engolindo todo o medo, procuro meus próprios fios, os fios do *meu* coração. Como os que tirei de Alexus na noite em que ele me ensinou a invocar chamas.

Fulmanesh, iyuma tu lima, opressa volz nomio, retam tu shahl.

Fogo do meu coração, venha para que eu te veja, aqueça meus ossos cansados, seja meu lugar de descanso.

Carrego a música em meu coração. Ouço-a. Não vou ficar em silêncio.

Chamas se formam, e uma bola bruxuleante de calor ruge diante de mim. O príncipe vem na minha direção, malevolência e violência chegando em ondas. Imagino este fogo ardente se elevando e se espalhando sobre ele, imagino que ele queima como queimou minha aldeia. Mas, primeiro, devo fazer o fogo fazer o que quero.

Volto a pensar nas palavras de Alexus: *Pense na coisa que você mais quer neste mundo. É de onde vem o verdadeiro poder. Muitas vezes temos uma vontade maior para nossos desejos mais fortes.*

Desta vez, não hesito. Eu sei o que mais quero.

Quero paz. Estar cercada por quem amo. Que eles fiquem seguros. Conheçam a alegria. Conheçam a paixão. Conheçam a serenidade.

É isso. Isso é tudo. Paz — em todas as coisas.

O fogo obedece.

Com *fulmanesh, iyuma* em minha mente, chamas correm pelo chão rochoso, consumindo as sombras carmesim entre mim e o Príncipe do Leste. Essas mesmas chamas rugem ao redor dele, mas não como o escudo que ele fez na floresta: é um fogo selvagem que o envolve em um calor torturante, lambe seus couros cor de bronze até derreterem e grudarem em sua pele e beija seu rosto machucado.

Ele ruge e se debate, jogando-se no chão para apagar as chamas, fazendo ecoar sons de penúria por este lugar de espera cheio de almas —

um lugar que parece querer nos engolir inteiros ou nos cuspir.

A corda no meu coração puxa novamente. Mais duro. Colden e Nephele ainda estão de mãos dadas comigo. Fecho os olhos e nos afasto do Mundo das Sombras. Eu posso ver a floresta, e, deuses, como eu desejo sentir a neve e a voz de Alexus flutuando sobre minha pele.

Mas, quando abro os olhos, *ainda* estamos aqui.

O Príncipe do Leste se levanta e passa pelo fogo, vindo em minha direção, arrastando as chamas com ele, o peito arfando enquanto me encara como se fosse uma espécie de criatura, um tipo de monstro que mais se assemelha a um cadáver ambulante do que a um homem.

Seu rosto mudou, e não foi do fogo. É um rosto velho. Mais velho do que velho. Afundado e sem cor, como o homem na cela à beira-mar. Seus olhos são vazios, algo que pertence às partes mais profundas e escuras dos Confins Inferiores.

Ele junta as mãos e as move para os lados como se estivesse abrindo um rio. Colden e Nephele são arrancados das minhas mãos.

O príncipe se lança em mim. Uma mão queimada se fecha ao redor do meu pescoço. Ele me empurra para baixo, de costas no chão rochoso, seu rosto oco a dois centímetros do meu, fedendo a podridão e decadência. Para uma coisa tão murcha, ele é sólido e impassível, totalmente antinatural.

Rapidamente, ele desembainha a Faca Divina.

— O que eu disse a você quando fiquei ao seu lado em sua aldeia?

Não preciso puxar pela minha memória. Aquela noite está gravada em minha mente, marcada em minha alma.

Nós nos encontraremos novamente, Guardiã, ele disse. *E, quando isso acontecer, vou enfiar essa faca em seu coração e inalar sua pequena alma patética.*

Apertando minhas mãos sobre as dele, coloco o joelho entre suas pernas, rezando para que ele seja, de fato, um pouco humano. É o suficiente para ele recuar por uma fração de segundo e tropeçar, mas a Faca Divina escorrega para longe do meu alcance.

Me forço a ficar de pé, suas sombras e o peso estranho deste mundo tentando fazer com que eu volte a cair. Ele olha para mim, e vejo que *quer* me matar, independente do poder que eu possa lhe oferecer. Ele provavelmente vai inalar minha alma aqui, com todo o Mundo das Sombras assistindo.

O ar ao redor de mim estremece à beira da fúria. Preciso que ele morra, e preciso daquela faca.

Eu o ataco, dentes à mostra. O príncipe faz o mesmo, seus olhos vazios arregalados e selvagens.

Mas estou me movendo muito devagar, como se não fosse real. Como se este lugar não fosse real.

Pouco antes de nos chocarmos, o príncipe gira, agarrando meu braço, e chuta meus pés, me derrubando de costas com um solavanco que sacode todos os meus ossos. Ele se aproxima, mas enfio a palma da mão em seu nariz, fazendo-o cambalear para trás.

Temos que sair daqui.

Seguro Colden pelos braços e o arrasto para mais perto de Nephele. Me ajoelho e aperto as mãos deles, mantendo os olhos no príncipe.

Ele começa a se aproximar, e rezo para que eu consiga fazer o que é preciso, embora eu nem saiba exatamente *o que* fazer.

No entanto, antes que eu comece a agir, o príncipe explode em uma nuvem vermelha e reaparece diante dos meus olhos. Ele cai sobre mim como um leão da montanha sobre uma corça, montando em mim.

Sombras vermelhas e turbulentas fervilham dele. Elas se estendem, rastejam e se arrastam em direção a Colden e Nephele como rios sangrentos e nebulosos fluindo pela terra rachada.

Em segundos, essas mesmas sombras se contorcem em torno de minha irmã e seu rei, tentando arrancá-los de mim novamente, mas seguro firme. Eu me esforço e puxo, cerrando os dentes, agarrando-me às mãos deles.

A corda em volta do meu coração aperta — Alexus trabalha para nos levar de volta para casa.

Desta vez, não vou soltar.

— Que decepção. — O príncipe ergue a Faca Divina mais uma vez. — Eu tentei te poupar. Você poderia ter sido de grande utilidade para mim. Mas vou te deixar no Mundo das Sombras enquanto vou para as Terras do Verão ressuscitar os deuses e colocar este império de joelhos.

Deuses. Não apenas Thamaos.

O príncipe se aproxima e roça os lábios decrépitos na minha bochecha.

— Pelo menos sua alma vai me restaurar. Aposto que tem gosto de fumaça e luz das estrelas.

Fecho os olhos. Me recuso a testemunhar o olhar assassino que deve brilhar em seus olhos mortos enquanto ele recua. Eu só sinto Alexus — sua corda e nossas runas me puxando mesmo quando a Faca Divina gelada se enterra até o cabo entre meus seios, assim como Vexx fez com Alexus.

Ofegante, abro os olhos. A dor é insondável, uma coisa brilhante e ardente me rasgando e derretendo os ossos ao redor do meu coração.

Estou morrendo. Deve ser isso.

Mas não é a faca. A faca nem está lá. Estou cercada pela escuridão, grossa como tinta. A única luz vem das linhas e sulcos ardentes da runa em meu peito. O símbolo se enterra em mim, espalhando calor através de minhas veias, seu poder se apropriando de mim.

Estou neste lugar intermediário, o vazio entre dois mundos. Alexus me marcou, e agora sinto que ele me chama, sua voz um sussurro no fundo de minha mente. Colden e Nephele não estão comigo, mas ainda posso senti-los, ao meu alcance.

— Me deixe aqui! — grita Colden. — Salve Nephele! Este é o único jeito!

Embora ele soe a meio milhão de quilômetros de distância, eles estão tão perto, suas mãos nas minhas. Me recuso a soltar. Sou forte o suficiente. Posso fazer isso!

Mas não me é dada a chance.

Os dedos agarrados à minha mão esquerda, dedos que sei que pertencem ao Rei das Terras do Norte, soltam-se das minhas mãos.

No segundo em que ele se vai, no momento em que o sinto ser sugado, clamo por ele em minha mente. Não há vitória sem sacrifício, mas não era assim que a história deveria terminar. Eu não deveria falhar. O príncipe não deveria ganhar. O Rei do Gelo não deveria estar disposto a dar tudo por nós.

Por mim. Por minha irmã. Pelo seu povo.

Com um soluço, seguro a mão de Nephele com mais força. Com tudo de mim, me ergo até não estar mais sozinha no escuro.

Eu me agarro à minha irmã, nós duas chorando e tremendo neste abismo. Fecho os olhos e me concentro nas orações de Alexus, em sua voz terna e na promessa de sua runa, e deixo que ele me guie de volta à luz.

40
Alexus

Minha magia não flui livremente há trezentos anos. Esta noite, apenas um fio fino de poder escorre em meu sangue, mas é o suficiente.

E é extraordinário.

Zumbe em minhas veias.

Ganha vida em meus ossos.

Quando minha magia acordar por completo, até as montanhas saberão.

Raina está em meus braços. O príncipe quase a tirou de mim, mas um feiticeiro esperto marca o que é dele. Raina Bloodgood agora carrega minha runa.

Meu poder.

Meu selo.

Meu nome.

Alexi de Ghent.

Compartilhado com *ela*.

Seus olhos se abrem por um breve momento enquanto a neve cai ao nosso redor. Ela está muito fraca para sinalizar, mas conheço seu rosto, cada expressão. Posso ler seus pensamentos na testa franzida, vê-los flutuando em seus profundos olhos azuis.

— Não — sussurro. — Eu não te salvei. Só te ajudei a se salvar.

Toco a runa em seu peito e pressiono os lábios nela. A verdade é que esta mulher está me salvando. Ela me salvou no gramado, na floresta, na ravina, e está me salvando agora, apenas respirando.

Ela fecha os olhos, mas seu coração ainda bate sob meu toque. Em outra vida, eu teria tentado conhecê-la. Eu a teria admirado e lido para ela poemas escritos por mim em sua homenagem. Eu teria caminhado com ela por campos de gotas estelares, dançado com ela no riacho.

Mas esta não é outra vida.

E estou começando a me perguntar se tem que ser.

IV

VILA INVERNAL

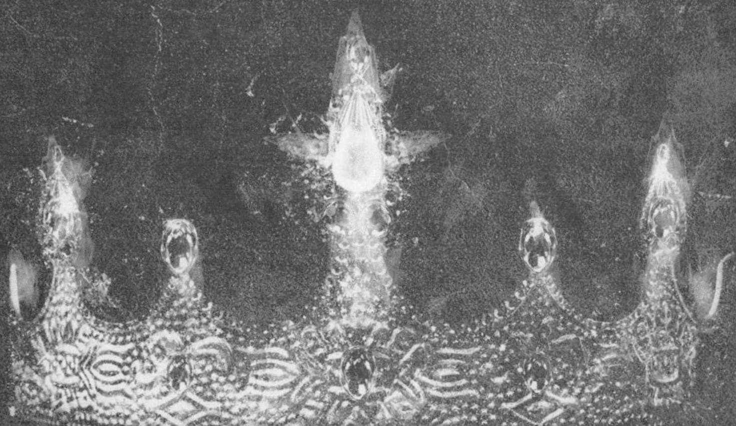

41
Raina

Abro os olhos por um instante e não vejo nada além de um céu esbranquiçado de neve. Dói respirar. Estou sozinha, mas então um corpo se dobra ao redor do meu, quente e reconfortante, e, por um instante, acho que é minha mãe. Mas uma pequena morte pulsa dentro do meu peito, aninhada em um canto profundo do meu coração. É ele. A certeza desse fato traz um alívio esmagador que me leva de volta à escuridão. Ele está exatamente onde deve estar.

Comigo.

Sua voz profunda encontra meus ouvidos:

— Venha, minha linda. — E tenho uma consciência vaga de estar sendo levada, a Floresta da Água Gélida desaparecendo de vista.

Abro os olhos uma segunda vez e uma capa preta e longa está em cima de mim como um cobertor. O mundo ainda é branco, e acho que estou no vale no inverno, a luz pálida da manhã rompendo as nuvens. Estou em cima de um cavalo, e braços fortes me acalantam enquanto segura as rédeas. Ouço o tilintar de uma rédea, o baque suave de cascos, e um balanço inconfundível me embala de volta ao sono.

Antes de sucumbir, olho para o rosto barbudo do homem que me segura, e ele encontra meu olhar. Minha cabeça repousa em seu ombro, sua boca tão perto que o calor de sua respiração flutua sobre meus lábios.

— Está tudo bem. Estou aqui. Descanse.

Meu coração bate forte, algo dentro de mim temendo que não seja real enquanto outra parte reza para a lua que seja. Ele não deveria estar aqui, mas está, e, se for um sonho, quero me agarrar a ele por mais algum tempo.

Meus olhos se fecham — não tenho controle sobre eles — e eu me deixo levar, me aconchegando ao calor do Coletor de Bruxos.

Alexus.

Seu nome tocando repetidamente na minha cabeça me faz despertar pela terceira vez. Abro os olhos, e leva um momento para perceber onde estou.

E que ainda estou respirando.

Estou deitada em uma cama elegante com quatro colunas primorosamente esculpidas e um dossel de brocado preto com cortinas do mesmo tom. O quarto está tão quente. Ele é grande como uma cabana, com um fogo ardendo em uma lareira de pedra. Não estou mais usando meu corpete ensanguentado, couro ou botas emprestadas. Minhas vestimentas agora são de chiffon rosado. Meu cabelo ainda está úmido e cheira a jasmim e lilás.

Lembro-me de tudo. A ravina. A Estrada Invernal. O Mundo das Sombras. Ver a Vila Invernal — pessoalmente — pela primeira vez. Ser despida, banhada e costurada por estranhos enquanto ainda estava atordoada. Explicando a Alexus, Helena e Rhonin o máximo que consegui sobre o que aconteceu. Abraçando Nephele próximo ao fogo enquanto ela chorava pela perda de sua aldeia, sua mãe, seu rei.

Procurando Alexus quando acabou.

Pedindo para ele ficar.

Curando suas feridas.

Seu corpo enrolado ao redor do meu.

Instintivamente, passo a mão pela cama atrás de mim. Para minha decepção, os lençóis estão frios e vazios. Alexus e eu apenas dormimos juntos, exaustos demais para conversar, sem forças para qualquer outra coisa. Lamento não ter tido energia para algo mais antes que a realidade corresse para nos atingir.

Perdi o rei das Terras do Norte e a Faca Divina para o inimigo, Vexx fugiu da floresta ileso e o Príncipe do Leste e Neri estão livres. As coisas poderiam ser piores. Eu tenho que ficar me lembrando desse fato.

A luta não acabou.

Embora esteja dolorida, jogo a colcha de lado e me levanto. O luar profundo e prateado inunda o cômodo através de uma enorme janela em arco. Quando cheguei, não estava lúcida o suficiente para absorver tudo. Esta deve ser uma antiga biblioteca transformada em quarto de hóspedes. Há livros por toda parte. Estantes altas foram construídas em todas as paredes, abrangendo desde o chão de ardósia até o teto forrado, cada prateleira abarrotada ao máximo.

Sendo do vale, a coisa mais próxima que vi de uma biblioteca foi o estoque de livros que Mena tinha levado de Penrith anos atrás, volumes coletados de suas viagens à costa quando era jovem. Ela tinha doze livros — um tesouro. Meus pais tinham uma estante com seis obras que li mil vezes. Eu certamente nunca vi tantos livros *assim*.

Eu poderia morar neste lugar.

Uma mesa de madeira ornamentada fica a poucos passos da cama, posicionada em um canto, de frente para a vista além da janela. A mesa está cheia de pergaminhos finos e rolos organizados por tamanho, uma série de tinteiros e penas, um queimador de cera e um selo.

Pego o selo e estudo sua impressão. É o mesmo símbolo que carrego na minha pele.

A marca de Alexus. Seu selo.

Estes são os aposentos dele.

Cuidadosamente, deslizo a mão na fenda da gola do meu vestido e toco a marca que foi queimada em meu corpo, marcando o nome de

Alexus em meus ossos. É parte de mim agora, tanto quanto minha alma. Ele havia despertado o suficiente de sua magia para criar um vínculo entre nós, mantendo-me no aqui e agora. Ele me deu algo para segurar na minha hora mais sombria. *Alguém* a quem me segurar. Por causa dele, eu tinha sido forte o suficiente para atravessar dois mundos.

Devolvo o selo ao seu lugar e passo a mão sobre um pergaminho desenrolado, sentindo a suave ascensão das palavras de Elikesh que Alexus deve ter começado a escrever há algum tempo. A tinta está seca, a mesa um pouco empoeirada pela falta de uso. Não reconheço a caligrafia, é claro, mas sua elegância me chama.

Há uma túnica pendurada sobre a cadeira.

Eu a toco e a coloco perto do meu nariz. Respiro fundo.

Tudo cheira como ele, aquele perfume de especiarias ricas, madeira escura e o doce aroma da magia antiga. Volto para a cama. Até os lençóis cheiram a ele, e não apenas porque ele se deitou comigo por um tempo, mas porque aquela cama conhece seu corpo intimamente. Isso me faz querer me aconchegar de volta e nunca mais sair.

Pego um livro de sua mesa e o aperto contra o peito. Ele lê. E escreve. Coisas que eu possivelmente teria adivinhado, mas não sabia. Ainda há muito a aprender sobre ele, e eu quero essa chance, por mais assustada que me faça sentir.

Na janela, olho para o vilarejo nevado que caiu em silêncio durante a noite. Quase se poderia pensar que nada aconteceu aqui, se essa fosse a única perspectiva. Os telhados brancos e a fumaça saindo das chaminés trazem lembranças de casa.

Mas, por mais linda e serena que a cena possa parecer, se eu virar para a esquerda, poderei ver que os topos dos estábulos e do celeiro queimados durante o ataque estão reduzidos a nada além de esqueletos de madeira. Lembro-me de ter visto o portão principal destruído, os corpos espalhados pelo pátio e de, pelo menos, uma dúzia de Bruxos Caminhantes feridos sendo cuidados no salão principal quando Alexus me carregou para dentro.

Sou tomada por pensamentos, minha mente especulando os piores cenários. Não quero imaginar a destruição que ocorreu, a forma como o fogo dominou o gelo. Não quero pensar em mais derramamento de sangue, muito menos olhar os danos de perto, mas devo descer e ver como posso ser útil com os feridos. Tentar encontrar Alexus. Nephele. Helena.

Antes que eu possa me virar, uma voz profunda enche o cômodo.

— Você gosta de livros?

Assustada, encaro meu visitante.

Alexus me observa da entrada, com seu corpo comprido encostado no batente. As pernas calçadas com botas estão cruzadas, e ele leva a capa pendurada no braço. Não ouvi a porta se abrir, estava muito perdida em pensamentos.

Meu estômago se amarra em um nó. Eu já vi a tristeza dele em outra ocasião, a expressão desamparada quando ele voltou de Littledenn ao riacho. Não sei onde esteve hoje ou o que enfrentou com o povo da Vila Invernal, mas o afetou profundamente.

Ele se desencosta de seu ponto de observação e atravessa a soleira, fechando a porta atrás de si. Engulo em seco quando a fechadura clica e ele joga a capa em uma cadeira, se movimentando para dentro do cômodo.

Meu coração martela. Ainda não respondi e continuo segurando um livro em meu peito. Eu o coloco debaixo do braço, dou de ombros como uma tola e encontro minhas palavras.

— *Eu amo livros* — sinalizo. — *Embora não haja muitos no vale.*

Uma nuvem paira sobre seu rosto, uma nuvem de culpa, e seus olhos brilham à luz do fogo quando ele passa pela lareira.

— *Achei que eu poderia ser útil* — continuo, tentando fazer o desconforto entre nós evaporar, embora esteja ciente de que a maior parte desse desconforto vem de mim. — *Para a cura* — acrescento. — *Eu ia descer para olhar. Encontrar Nephele e Helena.*

— Nephele veio te ver uma hora atrás, mas você ainda estava dormindo. Ela está descansando agora. Todos estão. Se estiver disposta a curar cortes e queimaduras pela manhã, tudo bem, mas é melhor se dermos tempo ao castelo para lamentar e descansar esta noite. — Ele se senta na beirada da cama, perto de mim, passa as palmas das mãos pelas coxas cobertas de couro e solta um suspiro. — Venha aqui. Por favor.

Deslizo o livro de volta ao meu peito como um escudo. Não sei por que estou tão nervosa. Estamos juntos há dias, mal saímos do lado um do outro. Deitei naquela cama com ele. Eu o beijei. Toquei-o.

Eu o desejo.

No entanto, estou apavorada.

Lentamente, me aproximo dele. Ele me fita com aqueles olhos verdes ousados e pega o livro ainda preso ao meu corpo. Por fim, eu o solto, e ele o coloca de lado na cama.

Seu olhar viaja sobre mim, e me dou conta de que meu vestido fino esconde pouco. Alexus coloca suas mãos fortes em meus quadris e encosta a testa no meu peito, me abraçando com força.

Lágrimas correm dentro de mim por razões que não consigo explicar, uma represa bem erguida ameaçando ceder. Ele falou tão pouco, mas sinto sua dor, sua preocupação, seu medo, seu *desejo* se infiltrando em mim.

Deslizo as mãos em seu cabelo, e ele encontra meus olhos novamente, seu olhar vidrado.

— Precisamos conversar.

Essas não são as palavras que eu queria ouvir. *Quero você. Preciso de você. Vamos ficar juntos*. Essas eram as coisas que eu esperava que ele dissesse.

Ele toca meu pescoço e desliza as pontas dos dedos ao longo dele, provocando um calafrio na minha espinha. Ele puxa o tecido fino do meu vestido de lado, revelando a runa que marcou em meu corpo. Com ternura, pressiona os lábios quentes na pele logo abaixo da ferida.

Aquele beijo me deixa sem ar. A reverência. A conexão.

Ele coloca uma mecha do meu cabelo atrás da orelha.

— Passei o dia todo preocupado se você vai me odiar por isso.

Balanço a cabeça.

— *É uma possibilidade?*

— Talvez. A menos que revertamos a runa, você sempre estará ligada a mim. Seu coração tentará me encontrar até seu último suspiro. E isso não era algo que eu tinha o direito de fazer.

— *Reverter a runa?* — sinalizo.

— É uma espécie de ritual — explica ele. — Se decidir que quer, me diga.

Toco a marca em meu peito. Então desamarro sua túnica e a abro, sentindo sua runa também.

— *Nós já estávamos conectados* — digo a ele. — *Por causa da morte que roubei. Eu a sinto. E sinto você. Dentro de mim. Esse vínculo não iria se desfazer no Mundo das Sombras. Você era minha corda. Mesmo antes da runa.*

— E você tem esse vínculo com Helena? Você a salvou também.

— *Sinto sua pequena morte dentro de mim, sim. Mas foi diferente quando eu estava no Mundo das Sombras. Talvez porque você tentou me trazer de volta.*

— Ou porque estive no Mundo das Sombras.

Ele prende meu olhar por um longo momento, como se estivesse curioso, então volta as mãos para meus quadris, os dedos apertados, a proximidade entre nós densa e tentadora.

— Você está fazendo isso de novo — diz ele, insinuando um sorriso no canto da boca.

Franzo a testa.

— *Fazendo o quê?*

— Olhando para mim como se quisesse que eu te beijasse.

Não sinalizo nada. Em vez disso, deslizo os braços ao redor de seu pescoço e enfio os dedos em seu cabelo mais uma vez.

Se sou óbvia, que assim seja.

Alexus fecha os olhos e deixa um gemido cansado soar do fundo de sua garganta. Quando olha para mim novamente, eu me inclino para mais perto, pronta para ser corajosa, para ceder ao que nós dois queremos.

Mas ele me impede.

— Preciso te contar uma coisa. É importante.

Me afasto, mas não consigo evitar um suspiro trêmulo. Conheço esse tom.

— *Como pode haver mais alguma coisa para contar?* — pergunto.

— Raina. — Sua voz é tão suave. Tão dolorida. — Eu quero você mais do que qualquer coisa.

Solto o ar de leve. Se era isso que ele precisava me dizer, então, pelos deuses e estrelas, estou pronta. Mas ele continua falando, e aquele tom ainda está lá, atravessando sua voz como se cada palavra fosse uma punição.

— Eu quero deitar você perto do fogo — diz ele. — Eu quero tomar você pelo resto desta noite, limpar todos os pensamentos de sua mente e só provocar pensamentos de prazer. Mas, assim como aconteceu na floresta, não posso deixar nada acontecer até ser sincero com você. Há uma coisa que eu não te disse na caverna. Uma coisa que você precisa saber sobre mim. Especialmente agora.

Eu tinha imaginado que ele era como um livro aberto, até mesmo considerei que havia páginas e linhas que eu simplesmente não tivera tempo de ler ainda, capítulos nos quais eu queria mergulhar e me perder por um tempo. Pelo menos até alguns minutos atrás, tudo o que eu queria era aprender mais sobre ele. E, no entanto, aprender mais sobre ele não vai ser como pensei que seria.

Ele roça as pontas dos dedos na minha têmpora.

— Lembra quando contei a história de Colden e Fia? Lembra do amigo dele?

Assinto, imaginando o que aconteceu com o homem do vale, e

esperando, além da esperança, que um homem de séculos atrás não tenha nada a ver conosco.

— Um punhado de anos depois que os deuses morreram, aquele amigo voltou para as Terras do Verão para ver a rainha. Ele estava mal, e a culpa por ter desempenhado um papel na maldição de Colden o havia tomado. Se ele não tivesse convencido Colden a ir àquela celebração, ele e a rainha nunca teriam se conhecido. O homem do vale, sem saber, levou o homem que se tornaria seu amigo mais querido a uma circunstância que o transformou em um ser com gelo nas veias e com o poder de congelar o que fosse com sua respiração, uma criatura que nunca mais poderia ver ou tocar a mulher que amava. Tudo, até mesmo sua humanidade, fora tirado dele. — Alexus faz uma pausa, e seu pomo de adão se move com força. — Fia concordou em ver o amigo. Ele pediu a ela que o ajudasse a viver para sempre, para que ele pudesse mostrar sua lealdade ao seu novo rei e ser digno de perdão. Ele sentia que não tinha nada. Honra era tudo.

A emoção envolve minha garganta. Outro quebra-cabeça, embora já muito claro.

— Preocupada com Colden — continua ele —, a rainha aconselhou que o amigo procurasse o clã mais poderoso de seus magos. Ele o fez, e embora não pudessem conceder-lhe a imortalidade, poderiam ligá-lo à vida eterna de outra pessoa. A esposa e o filho tinham sido mortos em um ataque recente em sua aldeia, então ele deixou os magos fazerem sua mágica. — Alexus faz uma pausa, o vazio sufocando a luz vívida de seus olhos. — Eu não deixei de servir Colden Moeshka desde então.

Leva um momento para que suas palavras, claras e diretas como são, penetrem em minha mente. Lembro-me de vê-lo no riacho, de como ele sabia do costume de lançar gotas estelares para os mortos, do jeito que seu rosto escurecia toda vez que ele mencionava o amigo de Colden.

Ele é imortal. De alguma forma, eu já sabia disso. Ele é Un Drallag, o Feiticeiro. Alexi de Ghent, como o príncipe o chamou. Eu sabia que ele estava vivo há trezentos anos. Só não tive tempo de me perguntar *por quê*.

— *Isso não é novidade* — digo a ele, ensaiando um sorriso fraco.

— Acho que não, mas a vida eterna para mim é muito diferente, Raina. Estou *ligado* à imortalidade de Colden. Os magos que criaram o feitiço entre nós já se foram, e sua magia unificada ainda é forte. Ela não pode ser desfeita. Você está entendendo o que estou dizendo?

Meu peito aperta e me sinto um pouco enjoada, embora a repentina onda de sentimentos me atacando não faça sentido. É como se meu corpo soubesse de algo que minha mente ainda não compreendeu.

— *Não, eu* não *entendo. Você e eu estamos ligados...*

— Sim, mas o vínculo que compartilhamos é apenas uma conexão. Uma ligação. Se eu perder minha vida, você não perde a sua. Mas a ligação com Colden... Somos duas metades do mesmo todo, Raina. Minha imortalidade vai tão longe quanto a do rei.

Não há como impedir a verdade de ser compreendida agora.

— *Não*. — A palavra se forma em meus dedos sem pensar.

Eu digo "não" de novo e mais uma vez enquanto a compreensão sacode meu coração.

Alexus se levanta e coloca as mãos no meu rosto. Seu olhar e a expressão contorcendo suas belas feições respondem a todas as perguntas que passam pela minha mente, selando meu coração com pavor frio. Fecho os olhos e procuro os fios de sua vida, esperando vê-los como deveriam ser, agora que Neri se foi.

Mas não. Alexus ainda tem fios duplicados. Sombras cintilantes.

A vida de Colden. E agora a minha.

Eu me afasto dele e fujo do cômodo, sem saber para onde estou indo. O medo de perder um homem que conheci há poucos dias não deveria ter tanto poder sobre mim, mas me consome. A onda que achei que não teria qualquer poder se ergue, e, desta vez, ela vai me derrubar.

Alexus Thibault está ligado ao Rei do Gelo até a morte. Se Colden Moeshka perder a vida nas mãos do Príncipe do Leste, levará Alexus junto.

E eu não poderei fazer nada para impedir.

42
Raina

Na manhã seguinte, Nephele me acorda.

— Ei, luz do sol. — Ela usa meu antigo apelido, mas a luz não alcança seus olhos. — Alexus convocou uma reunião, e gostaria que você fosse. Vamos te vestir.

Sento-me e esfrego o rosto, passando as mãos pelo cabelo. Depois de entrar por engano no quarto de Rhonin na noite anterior, encontrei um recanto escuro no final do corredor e me escondi, chorando até não ter mais lágrimas.

Quando a onda passou, felizmente, encontrei os aposentos de Nephele. Ela e Helena dividiram a cama comigo. Ela não perguntou por que eu tinha abandonado Alexus no meio da noite ou por que não conseguia parar de sofrer com tremores secundários. Helena me abraçou, e me agarrei a ela, tão grata por ela estar comigo.

— *Onde está Hel?* — pergunto à minha irmã.

Nephele começa a vasculhar seu guarda-roupa.

— No andar de baixo, com Rhonin. Eles estão se preparando para a reunião. Os dois são pessoas muito estratégicas. Acho que serão grandes amigos. — Com uma túnica na mão, ela se senta na beirada da cama. O branco de seus olhos está mais claro, mas vejo que ainda está sofrendo por causa de uma tristeza que eu causei. — Você quer conversar sobre a noite passada?

Não estou pronta para dizer a ela que meu coração dói porque a vida de Alexus está em jogo ou que temo que seu querido amigo me cativou no momento em que olhei para seu rosto pela primeira vez. Não posso dizer a ela que, na noite passada, pensei em um milhão de maneiras de salvar Colden Moeshka, nem que tive que me segurar para não sair sorrateiramente do castelo, roubar um cavalo e ir sozinha às Terras do Verão. Ela passou por tanta coisa. Seu coração está partido. Ela não precisa ter que suportar minha mágoa também.

— *Os últimos dias foram angustiantes* — sinalizo. — *Só estou cansada.*

— Sim. — Ela olha para as mãos, mexendo nos laços da túnica. — Colden não acredita que Fia vai se render. Faz tanto tempo. Eles não têm mais os mesmos sentimentos. Era por isso que ele não tinha medo dos Habitantes do Leste. — Ela pega minha mão. — Sei que Alexus fará o possível para trazer Colden de volta, e tenho toda a confiança de que o príncipe, seja qual for a magia dele, não derrotará Fia Drumera. Tiressia não cairá em suas mãos.

Essas palavras são para seu próprio conforto, e talvez para o meu também, mas não me convencem. Ela pode saber sobre o mago das Terras do Verão, e o Príncipe do Leste pode ter tocado sua magia, mas ela não viu dentro de sua alma. Não percebe o quão virulento ele realmente é.

Ela olha para mim.

— Ouça. Falei com Alexus esta manhã. Ele me procurou para ter certeza de que você estava bem. Não sei o que aconteceu entre vocês dois ontem à noite ou na floresta, mas senti o magnetismo que compartilham. Ficou claro na construção. — Ela passa os dedos delicados pela runa visível no decote do meu vestido. — Ele te marcou. Isso não é pouca coisa, Raina. Ele *se incumbiu* de você. Alexus nunca se incumbiu de ninguém. É um rito antigo. Significa que ele compartilhou o poder que tem com você. Se não quiser, pode dizer a ele. É algo que pode ser desfeito.

Não sei o que dizer porque não sei o que quero. Alexus disse que eu poderia reverter a runa, mas ainda não entendo as implicações de tudo o que aconteceu. Só sei que agora me parece certo ter a marca de

Alexus Thibault na minha pele, embora talvez eu devesse me perguntar se estou sendo tola. Eu me abri para um homem que já me mudou muito. Não consigo imaginar o que vai acontecer se eu deixar isso ir mais longe.

Pior: parte de mim quer descobrir.

Meia hora depois, Nephele e eu descemos as escadas e entramos em uma magnífica biblioteca de três andares com vinte vezes o número de livros que enchem o quarto de Alexus. Estou usando as roupas da minha irmã, um vestido fino vermelho de que não gosto muito. A cor me faz lembrar do príncipe — de sangue e morte — e estou tão cansada de pensar nessas três coisas.

Alexus está sentado à cabeceira de uma mesa longa e reluzente. Seu cabelo está preso na nuca, e ele está vestido de preto, como um cavaleiro das trevas, se eu já vi um. Desvio o olhar quando seu olhar me acaricia da cabeça aos pés. A marca no meu peito aquece com sua proximidade, me lembrando de que sou dele de uma maneira estranha.

Uma dúzia de homens e mulheres estão sentados ao redor da mesa extensa. Outra dúzia está esparramada ao longo das paredes da sala aquecida pelo fogo, incluindo Helena e Rhonin. Todos com a coluna rígida e os rostos pálidos.

Nephele e eu nos sentamos, e Alexus começa um discurso dizendo o quão poderoso o inimigo do leste se tornou, e como esses líderes não podem se culpar pela invasão. Fizeram tudo o que podiam para parar o exército das Terras do Leste, mas o Príncipe do Leste — com sua magia de fogo roubada — tirou Colden Moeshka do esconderijo, obrigando o rei a se render para salvar seu povo de mais destruição.

— Encontrar e resgatar o rei não será uma jornada ou tarefa fácil — diz Alexus. — É um longo caminho até a costa. Se planejamos entrar nas Terras do Verão, seremos forçados a enfrentar os traidores da Patrulha das Terras do Norte em Malgros, e, se conseguirmos passar por eles, teremos que enfrentar o mar. Não há passagem para os Habitantes do Norte e, se conseguirmos atravessar, os portos das Terras do Verão são fortemente vigiados. Precisamos ser muito convincentes, muito inteligentes, ter uma sorte inesperada, ou talvez todos os três.

— E se o rei não estiver nas Terras do Verão?

Fico surpresa ao ouvir a voz de Helena, embora eu suponha que não deveria.

Ela tinha seus motivos para desejar fazer parte da Patrulha das Terras do Norte.

— Raina pode checar as águas — continua Hel. — Ver onde ele está.

Em seguida, Rhonin fala:

— O príncipe provavelmente levou o rei para o palácio no Território das Terras do Leste, especialmente se seu poder estiver fraco ou se extinguiu de vez. Ele não tem Nephele, e o rei não tem magia para o príncipe roubar. Ele precisa encontrar alguém para substituir seu mago, ou seu plano falhará. Poderíamos ir direto à fonte. Atacar enquanto ele está vulnerável.

Alexus olha para os dois com apreço.

— Gosto do jeito como vocês pensam, mas não estamos em número suficiente para enfrentar os Habitantes do Leste em sua terra natal. O príncipe irá para as Terras do Verão. Ele deve ir, em algum momento, se sua missão perdurar. Teremos uma chance muito melhor contra ele se eu me encontrar com a Rainha Drumera primeiro. — Solenemente, ele olha ao redor da sala. — Muitos de vocês deram a vida a esta terra, de uma forma ou de outra, e embora me doa pedir que deem mais, seria uma honra colocar esse plano em ação com vocês. Os cavalariços estão preparando nossas bolsas e cavalos para partirmos pela manhã. Peço que todos passem o dia consultando suas famílias e considerem me acompanhar na jornada para as Terras do Verão. Exceto por Nephele e Raina.

No segundo em que enrijeço na cadeira, Nephele agarra meu joelho, pronunciando meu nome entre os dentes cerrados, do jeito que mamãe costumava fazer quando me avisava para segurar a língua na mesa de jantar.

Aperto minha mandíbula, mas deixo transparecer meu olhar

cortante, afiado como qualquer faca.

Alexus ergue a mão.

— Vocês acabaram de se encontrar. Não vou impedir se alguma de vocês quiser ir embora. — Ele me olha incisivamente. — Seu desejo era encontrar Nephele.

Posso sentir a atenção de Rhonin e Helena — esta missão precisa de uma Vidente —, mas mantenho meu olhar fixo em Alexus, enquanto algo apertado se enrola em meu peito.

Isso *era* o que eu queria. Desde o início. Encontrar Nephele e levar minha família para longe da guerra, para longe do Rei do Gelo, para longe das Terras do Norte. Rhonin também me ofereceu liberdade, e eu pensei que poderia aproveitar, pensei que poderia fugir de tudo.

Mas, dessa vez, hesito. Porque Finn estava certo. O tipo de liberdade que anseio não existe, não importa para onde eu vá. Não em um mundo onde o Príncipe do Leste tem algum poder, e Neri, o Lobo Branco, vaga livremente.

Viro-me para Nephele, talvez pensando que ela pode tomar a decisão por mim. Ela balança a cabeça, transparecendo em seu rosto um pedido de perdão. Mesmo se eu tivesse chegado à Vila Invernal enquanto mamãe ainda estava viva, Nephele não teria fugido. Ela tem uma nova lealdade agora, e não é a mim.

Abruptamente, me levanto, a cadeira batendo no chão atrás de mim. Nephele segura meu pulso, mas me afasto do toque da minha irmã. Alexus se levanta e abre a boca para falar, mas, dessa vez, sou eu quem ergue a mão, silenciando o Coletor de Bruxos, minha alma dilacerada por tantos motivos que não consigo analisar.

Marcho em direção à porta da biblioteca, sentindo Alexus bem atrás de mim, mas me viro antes de sair. Ele está tão perto, elevando-se diante de mim. Sua proximidade me tira o fôlego e aquece a marca no meu peito.

Ele baixa a voz e suas palavras são apenas para mim, embora todos os olhos e ouvidos atrás dele se concentrem em nós dois.

— Não vou pedir para você lutar por um homem que não considera seu rei, Raina. Se preferir ir para as Correntezas Ocidentais ou até mesmo sair dessa parada, não tenho como te julgar.

O que foi que ele disse? Na caverna?

Depois disso, a vida vai seguir em frente. Você encontrará sua irmã e descobrirá seu futuro a partir daí. Se não for tarde demais para salvar Colden, o reino e o vale serão reconstruídos. Se eu chegar muito tarde, acho que partirei em uma missão para salvar este império, e você irá para os mares e acabará com alguém que fará de você uma mulher muito feliz.

Ele nunca pensou que seria diferente. Mas por que o faria?

Lágrimas pinicam meus olhos, e o calor sobe pelo meu pescoço e rosto. Não sei por que isso me irrita tanto. Só sei que estou com medo do que estou sentindo, com medo de que meu coração já ferido corra o risco de uma perda ainda maior.

Mas, mesmo assim, sinalizo as palavras que queimam as pontas dos meus dedos.

— *Eu lutaria por Colden Moeshka, sim, o homem que deu tudo por minha irmã e por mim. Eu lutaria pelo futuro de Tiressia.* — Me viro para sair, mas o encaro mais uma vez. Com as mãos, esmurro uma verdade que preciso que ele entenda, uma verdade que está rapidamente se tornando maior do que posso suportar. — *E eu enfrentaria qualquer batalha por você.*

43
Raina

O quarto de Nephele tem uma janela que fica coberta por uma veneziana sólida para proteger do frio. Eu a abro, me certificando de que não há ninguém logo embaixo, e jogo longe a água ensanguentada do prato improvisado que minha irmã me deu. Observei as águas em busca do Príncipe do Leste e de Colden a maior parte do dia. O príncipe está envolto em sombras, quase como se estivesse se escondendo de mim, e o rei está em uma cela suja em algum lugar, um local que não consigo reconhecer. Embora eu sinta sua frustração e raiva, ele não está com dor ou em tormento. Essa é a melhor informação que posso dar a Nephele e Alexus por enquanto.

Olho para o pátio escuro e movimentado da Vila Invernal. O local é mais habitado do que eu imaginava, algo que perguntei a Nephele mais cedo, quando ela me trouxe uma tigela de ensopado e pão. Nem todos são Bruxos Caminhantes. Muitos chegaram da Terra do Gelo bem ao norte daqui, buscando a proteção do rei e a agitação de uma vila movimentada. Nesta noite, estão se preparando para a partida de seu Coletor de Bruxos e a comitiva que esperançosamente resgatará seu rei.

Ao meio-dia, Alexus explicou aos aldeões como lidar com Neri, como vigiar seus lobos e sentir sua presença fria. Ninguém sabe o que o deus do norte está fazendo ou o que fará, agora que está livre da prisão de Alexus. Resta-nos torcer para que não cause problemas e que deixe as pessoas da Vila Invernal em paz. Mas com Colden fora e Alexus longe, não posso deixar de me perguntar se Neri não tentará governar — mesmo sem a casca de sua forma humana. Ele disse que a única coroa das Terras do

Norte pertence a ele, e agora suponho que tem a chance de reivindicá-la.

Meus olhos seguem Alexus enquanto ele deixa o que resta dos estábulos. Depois de falar com as pessoas sobre Neri, Alexus e Rhonin cavalgaram para o norte para visitar algumas famílias daqueles a quem ele pediu para fazer a jornada até as Terras do Verão, e agora, quando a noite caiu sobre a terra, finalmente retornaram.

Penso em Alexus desde cedo, minha mente em guerra sobre o que fazer. Seu manto e cabelo ondulam no vento nevado, cada passo firme e forte, aguentando o peso do fardo invisível que sei que ele carrega. Ele olha para minha janela e, embora talvez fosse melhor, não me afasto. Minha raiva foi aplacada. Não quero discutir.

Mas também não quero mais sofrer.

Ele faz um aceno de cabeça em minha direção, e desaparece no salão principal.

Nephele e eu decidimos que estaremos entre o bando de Bruxos Caminhantes e quaisquer outros que deixarão a Vila Invernal pela manhã. Uma decisão que tomei por conta própria, no entanto, foi proteger meu coração, sufocar essa presença crescente entre mim e Alexus que cresce como uma entidade independente. Vou manter a runa por enquanto, pelo menos até saber mais sobre o que ela implica, mas não posso colocar meu coração em mãos tão precárias como as de Alexus Thibault. O que vive entre nós só existe porque sobrevivemos muito juntos, exatamente como ele disse na caverna.

Só preciso dizer a ele como me sinto.

Estou esperando na porta de seu quarto quando ele chega pelo corredor. Estou vestida para dormir, minha camisola coberta por um robe de veludo azul. Ele está carregando sua capa de viagem, uma figura impressionante em uma túnica preta e calças de couro escuras. Quando ergue o olhar e me vê, interrompe seus passos, mas, depois de um momento, segue em frente, ainda que um pouco mais hesitante.

Faz uma pausa na entrada de seu quarto, tirando as luvas. Sem dizer uma palavra, abre a porta, escancarando-a, e gesticula para que eu entre.

Entro, olhando ao redor da sala enquanto seu perfume me envolve. As criadas atiçaram o fogo durante a noite, e ninhos de velas — dispostos em elegantes suportes de prata — queimam em cada canto.

Ensaiei o que ia falar por horas, mas, quando encaro Alexus, não sei o que dizer. Ele dá um passo em minha direção, e, de repente, está a centímetros de distância.

Inalo seu perfume, e todo o ar em meus pulmões evapora. Estar perto dele assim é tudo o que preciso para sentir uma onda de conhecimento tomar conta de mim.

Passei o dia todo mentindo para mim mesma.

— Sinto muito — diz ele. — Sei que você suportou muito desde que me conheceu. Não queria provocar mais sofrimento, mas tinha que contar a verdade sobre mim e Colden.

Balanço a cabeça e olho para meus dedos inquietos.

— *Eu sei* — é tudo o que digo.

— E eu não estava tentando te afastar esta manhã na biblioteca — acrescenta. — Só queria que soubesse que não espero que vá mais longe do que isso.

— *Também sei disso.*

Ele pega minha mão e, depois de um momento, dá um beijo na palma. Ele me fita com uma pergunta nos olhos, sua boca demorada e tão quente enquanto lentamente pressiona beijos no meu pulso.

Quando ele me toca, meu corpo se enche de vida, mas, quando seus lábios estão na minha pele, sinto como se o universo se movesse através de mim. É divino. Melhor do que incorporar um deus.

Mas não tenho força para isso.

Eu me afasto, meu coração batendo em um ritmo frenético. Mordo o lábio e minto por razões que não consigo discernir completamente, mesmo com lágrimas nos olhos.

— *Não quero* — sinalizo, e é a verdade. Eu *o* quero, mas não desejo arriscar que meu coração sinta mais dor. — *Para onde quer que iremos daqui em diante, deve ser como amigos e companheiros de luta. Nada mais.*

Ele está diante de mim, congelado, mas seus olhos brilham, fazendo meu coração doer.

— Nenhum de nós pediu por isso — diz ele, seu olhar atento. — Nenhum de nós esperava que seria preciso lutar contra o desejo a cada instante. No entanto, lutei contra meu desejo por você desde aquela noite em sua aldeia. — Ele se aproxima e fica tão perto que sinto o aroma do sabonete de lavanda em sua pele. Ele toca meu ouvido com a boca. — Pode me chamar de *amigo* mil vezes, Raina, mas sei o que você está sentindo.

Calor. Anseio. Saudade.

Tudo me destruindo por dentro.

Ele se afasta e passa as costas dos dedos ao longo da minha bochecha, deslizando o fantasma de um toque pelo meu pescoço e pelo meu ombro. Um calafrio involuntário percorre meus ossos, e meus seios apertam.

— Me diga novamente que não sou mais do que um amigo. — Ele passa os dedos pela frente do meu robe, parando sobre meu coração inquieto. — Me diga que sou apenas o Coletor de Bruxos, e eu vou te levar de volta ao seu quarto e nunca mais mencionarei o que sinto por você.

Minhas mãos estão junto ao corpo, fechadas. Desdobro os dedos, com a intenção de formar mais mentiras, mas tudo o que consigo fazer é tocá-lo. Agarro sua túnica, sentindo que não consigo respirar, incerta sobre o que vem a seguir.

Alexus coloca as mãos na minha cintura e me puxa para perto dele, me deixando tonta de desejo.

— Do que você está com medo? — pergunta ele, sua voz tão suave. — O que teme quando se trata de mim?

Olho para ele, e mil respostas chegam à minha mente. A verdade se resume a uma coisa, uma verdade que não consigo mais guardar.

— *Que eu nunca vou me permitir saber o que é ser sua. Que vou me negar a isso. Me negar você. Por medo.* — Acaricio seu peito antes de continuar. — *Porque tenho muito medo de perder mais alguém.*

Alexus me dá o olhar mais doce, cheio de ternura. Ele desliza a mão por baixo do meu cabelo, na parte de trás do meu pescoço, levantando minha cabeça, seu polegar acariciando minha bochecha.

— É isso que você quer? — Ele se inclina, sua respiração quente contra minha boca. — Saber o que é ser minha?

Fecho os olhos e cerro os dentes, balançando a cabeça, encontrando firmeza em seu abraço e na solidez de seu corpo enquanto ele salpica beijos em minha bochecha.

Ele segura meu queixo.

— Você vai me deixar te mostrar?

Em resposta, assinto e pressiono o corpo no dele.

— Proteção? — sussurra ele. — Eu não tenho nada. Não sabia que teria essa necessidade.

Assinto mais uma vez. Eu bebo um tônico feito por Mena toda lua cheia, assim como muitos aldeões a partir de uma certa idade. A última coisa que preciso na minha vida agora é de um filho.

Com um olhar de alívio, Alexus baixa a boca e toca os lábios nos meus. No início, seu beijo é gentil e atencioso, mas logo se torna totalmente penetrante, sua língua acariciando a minha com graça fluida e precisão surpreendente. Ele leva o tempo que precisa, mapeando cada curva como se estivesse gravando este momento — e a mim — na memória.

Ele para por um instante, uma fração de segundo. Percebo que ele sorri, e sinto uma alegria irresistível irradiando de seu ser. Eu sorrio também, e movo os quadris para mais perto dele enquanto corro as mãos por suas costas, desejando seu toque, a sensação de sua pele nua na minha.

Ele geme e aprofunda o beijo, deslizando as mãos no meu cabelo, me segurando no lugar. Ele me segura com suavidade e firmeza enquanto se apropria de mim com os lábios, sua língua hábil garantindo a segurança do que está por vir.

Deuses, esse beijo me faz sentir tanta coisa. É emocionante e faz meus joelhos fraquejarem, mas, ao mesmo tempo, há tanto carinho e cuidado nesse homem, na forma como ele beija e toca, tanta promessa de que a mulher que vai sair desse quarto não será a mesma que entrou.

Sua necessidade por mim pressiona meu estômago. Incapaz de esperar mais um segundo, passo as mãos sob sua túnica e quebro nosso beijo apenas tempo suficiente para puxar a roupa por sua cabeça e descartá-la nos tapetes sob nossos pés. Seu corpo é tão lindo — tão esculpido e poderoso — que eu não conseguiria desviar o olhar nem se a lua caísse do céu.

Dedilho ao longo de cada curva bronzeada, corte e runa, explorando não apenas com as mãos, mas também com a boca. Seus mamilos endurecem quando passo a língua sobre eles, mas, quando beijo a pele da nova runa em seu peito, ele geme e passa os dedos rudemente pelo meu cabelo, segurando como se pudesse flutuar para longe se eu parar.

Ele desliza a mão para baixo e torce a faixa na minha cintura, dando um puxão.

— Isso deve sair.

Um suspiro fica preso na minha garganta, e eu assinto, permitindo. No tempo de uma batida do meu coração acelerado, o robe é uma piscina de veludo azul aos meus pés.

Alexus chuta suas botas e tira as roupas de couro, ficando de pé sobre as pernas longas e fortes mais bonitas que eu já vi, vestindo nada além de uma fina roupa íntima que não esconde nada de seu desejo.

Ele vem para mim, me beijando, curvando as mãos quentes em volta das minhas costelas.

Um momento depois, segura meus seios, amassando, provocando e acariciando.

— A sensação de te tocar é tão boa — sussurra, beijando minha boca novamente antes de baixar a cabeça.

Através do tecido fino da minha camisola, ele arrasta os dentes com uma lentidão dolorosa em meus mamilos, mordendo com força suficiente para tirar meu fôlego. Com um toque delicado, arrasto as unhas pelas costas dele e o puxo para mais perto.

Não há amor sem medo.

Não posso chamar isso de amor, ainda não, mas tenho que me perguntar se pode se tornar algo extraordinário. Talvez. Nunca saberei se não viver esta noite.

Algo me toma, o mesmo algo que me guiou na floresta — no refúgio. Desisto e empurro Alexus em direção à cama. Fitando meus olhos, ele se senta e me puxa para seu colo, deslizando as mãos pelas minhas coxas, sobre meus quadris nus, me agarrando, aquecendo minha carne em todos os lugares que toca.

Eu quero mais. Eu quero isso. Eu *o* quero.

Quero terminar o que começamos dias atrás.

Seguro as pontas da minha camisola, e a arranco pela cabeça, expondo meu corpo. Seus olhos escurecem enquanto ele me observa, mas então novamente baixa a boca até meu peito, língua e dentes enviando prazer derretido ao meu núcleo. Ele arrasta a mão pela minha espinha, sobre meus quadris e mais abaixo, me preparando, me fazendo pulsar enquanto eu respondo a todos os seus toques.

Ele me olha, um pequeno sorriso perverso curvando um canto de sua boca.

— Eu ia ser gentil.

Balanço a cabeça e sinalizo as palavras que ele mesmo falou no riacho.

— *Às vezes, usar um pouco de força é melhor.*

Segurando meu olhar, ele desliza um dedo dentro de mim, empurrando profundamente, me fazendo suspirar. Com o pulso batendo em meus ouvidos, eu o empurro para a cama e enterro as mãos em todo aquele cabelo escuro, beijando-o com mais força e mais fome do que já beijei alguém antes. Seu toque perdura, seus dedos habilidosos roçando em mim, me atormentando.

Nunca senti esse anseio. Nunca senti que poderia morrer de tanta necessidade. Nunca queimei por outro como queimo por ele.

Nada além de sua roupa íntima nos separa, e, já agora, o atrito e a pressão são inebriantes. Descaradamente, eu me mexo para deslizar a mão entre nós. Desamarro os nós e puxo o tecido para baixo, o suficiente para que eu possa agarrá-lo. Ele me tocou tão perfeitamente na floresta. Estou apenas retribuindo o favor.

— Deuses, Raina. — A cada golpe, meu nome é uma dor que ganha vida, pendurada na borda de uma respiração irregular.

Alexus ergue os quadris. Juntos, nós desajeitadamente empurramos sua roupa íntima para baixo, e ele a chuta para o lado. A ação apenas pressiona seu comprimento rígido contra mim — sem qualquer barreira. Ele é tão duro, tão perfeito.

Escorregadia de desejo, me movo contra ele e engulo seu gemido febril com um beijo.

— *Desejo*. — Pressiono essa palavra na pele sobre seu coração.

Alexus Thibault se afasta da minha boca e diz as três palavras que são minha ruína.

— Então me tome.

Apoiando-me em seus ombros largos e arredondados, afundo nele e suspiro. Há tão pouco de mim e tanto dele, mas, de alguma forma, nunca haverá o suficiente.

Balançando suavemente, eu tiro um gemido profundo de seu peito.

— E eu que pensei que sua boca seria minha ruína. — Respirando com dificuldade, ele fecha os olhos por um segundo, e então olha nos meus. — Posso não sobreviver a isso.

Um sorriso tenta minha boca. Eu me senti como uma deusa quando montei nele na floresta, e me sinto da mesma maneira agora.

Mordo meu lábio enquanto ele cuidadosamente move seus quadris, cada impulso raso combinando com o ritmo que estabeleci. Eu posso ver a tensão nele, a forma como os tendões em seu pescoço se esticam, a forma como a veia do ombro incha enquanto ele agarra meus quadris.

Ele está se segurando. Por mim.

Logo meu corpo obedece aos seus movimentos, abrindo-se para ele, *por* ele... E estou perdida.

Não há nada de gentil em qualquer coisa que eu faça com ele a partir deste momento. Estou faminta, o calor se enrola dentro de mim e a dor mais forte e doce faz com que eu me movimente com abandono implacável.

Alexus desliza as mãos pelo meu corpo, envolve os punhos no meu cabelo e inclina minha cabeça para trás com a força necessária para que um calafrio percorra cada centímetro da minha pele.

— Me tome — ordena ele. — Tome tudo de mim.

Os pelos macios e escuros em seu peito torturam as pontas dos meus seios enquanto me movo, meu ritmo impulsionado pelas mordidas suaves que ele pressiona ao longo do meu pescoço, lambendo e chupando lugares em que seus dentes podem ter deixado uma marca. Por um longo momento, acho que eu poderia desmoronar só com isso.

Mas então ele fecha a boca sobre a ponta do meu seio e pressiona os dentes ao redor do mamilo, chupando. Observando-me, ele agita a língua e ergue os quadris, me pressionando tão profundamente que jogo a cabeça para trás, meu corpo caindo imóvel enquanto tento respirar em torno da plenitude.

Ele agarra minha cintura e nos vira, me deixando de bruços. Tremo quando ele desliza as mãos quentes pelas minhas costas e arrasta as mãos ásperas sobre as curvas dos meus quadris e pelas minhas pernas até meus tornozelos antes de retornar e fazer tudo de novo. Na terceira vez, ele abre minhas pernas e me puxa de joelhos, meu torso ainda encostado na cama.

— Você é tão linda, Raina. — Ele me segura lá, seus dedos

pressionando firmemente meus quadris enquanto arrasta beijos pela minha espinha, cada vez mais baixo, até que...

Ele me prova.

Aperto as cobertas e mordo o tecido grosso de brocado. Ele me deixa nas nuvens, mergulhando a língua em mim e sobre mim até que mal posso pensar em meio ao desejo que ele não me deixa liberar.

Sinto um anseio dolorido, e o desejo me oprime. Em um segundo, estou totalmente entregue, pressionando e movendo meus quadris, precisando de sua língua mais profundamente. Ele então me toca, me abrindo, deslizando os dedos dentro de mim, sua língua ainda devastando meu corpo, e eu estou arranhando a roupa de cama para fugir.

Uma pequena risada gutural o deixa enquanto ele agarra meus quadris e me puxa de volta para sua boca faminta.

Com que facilidade eu me rendo.

Ele geme — banqueteando-se, saboreando, devorando. A vibração de sua voz sobre minha carne tenra e dolorida faz um calafrio percorrer minha pele, me levando a um clímax de que preciso tão desesperadamente.

Isso é adoração. Alexus Thibault me deitou em seu altar e exaltou cada centímetro meu.

Justo quando acho que não aguento mais, ele dá beijos suaves em minhas coxas, arrasta a língua até a curva do meu traseiro, e então se ajoelha atrás de mim. Lentamente, me penetra, pouco a pouco, cada centímetro sua própria tortura insuportável.

Gananciosa, movo os quadris e me empurro para ele, até que esteja profundamente enterrado. Minha recompensa é *ele*, a maldição lasciva que sai de seus lábios e seu suspiro trêmulo.

Com meu coração batendo forte, ele enrola o braço em volta da minha cintura, me levanta e me gira, para que eu fique de frente para ele.

A runa no meu peito aquece quando ele passa a mão naquele calor suave, tocando com delicadeza sua marca enquanto move os quadris.

— Existe magia até mesmo nisso — sussurra em meu ouvido. — Se fechar os olhos, se procurar, verá os fios do meu desejo por você. Estamos conectados. Você só precisa desenhar os fios dentro de si. Podemos emaranhar nossa magia. Mesmo que a minha seja fraca, ainda fará esta noite como nada que você já conheceu.

Deuses. Emaranhar nossa magia? Faço como ele disse.

Os fios são mais fáceis de encontrar do que eu imaginava. Eles brilham como uma estrela, e quando os alcanço com a mente, eles penetram em mim como a luz do sol.

— Pegou? — pergunta, e eu aceno. — Que bom. Agora vou te beijar — sussurra, inclinando minha cabeça até que sua respiração esteja em meus lábios. — E juro por todos os deuses que já viveram que você vai me sentir em todos os lugares.

Ele roça sua boca na minha, o nosso gosto doce em seus lábios. Faminto, ele beija varrendo a língua profundamente, me beijando com a mesma paixão de quando beijou entre minhas pernas.

Um brilho de magia e prazer desliza sobre minha pele, fazendo meu corpo se apertar em torno da dureza de Alexus. A intensidade quase me quebra, a ligação do nosso poder, emaranhado e torcendo como pedaços de seda prateada. Eu não pensei que duas pessoas pudessem estar mais próximas do que a intimidade que acontece durante o ato de amor, mas sinto Alexus Thibault em cada partícula de poeira estelar que me faz ser *eu*.

Ele vira meu queixo para frente. Nosso reflexo brilhante e seu penetrante olhar esmeralda me encaram pela janela.

— Olhe como você é de tirar o fôlego. — Ele traça as marcas da bruxa em espiral ao redor do meu seio, então abaixa a mão para minha parte mais sensível. — Veja o que faz comigo.

Não há nada no mundo além de nós, então. Nada além do jeito que nos encaixamos — corpos *e* magia —, o jeito que ele me toma tão completamente. Em um momento, ele está agarrando meu peito, e, no próximo, está me provocando entre minhas pernas, sua magia cantando no meu sangue. É uma dança cruel, que ele prolonga, me deixando à beira do êxtase de novo e de novo, cada movimento nosso capturado no vidro do outro lado do cômodo.

Sou barro sob suas mãos habilidosas, estou mudando, como se ele estivesse me moldando. Não de volta para a mulher que eu era, mas para alguém novo, alguém danificado, mas intacto, ferido e ainda curado. Eu temia como ele poderia me mudar, e, ainda assim, ele me lembra de quem sou e quem posso ser com cada carícia, cada beijo, cada impulso, nossa magia entrelaçada, brilhante como um farol, mostrando-me partes de mim há muito tempo enterradas, partes de mim desconhecidas. Eu gosto de quem sou com ele.

De quem estou me tornando.

Arqueando para trás, envolvo o braço ao redor de seu pescoço e me contorço, aquela dor dentro de mim crescendo a um ponto de ruptura.

Ele se move com mais força, murmurando meu nome como um encantamento sagrado. Desta vez, não para de me tocar. Com maestria, rola a ponta do dedo sobre aquele feixe de nervos e se demora. Aqueles círculos impiedosos e seu ritmo pulsante começam a me desvendar. Ele se move mais rápido, empurrando tão forte e tão profundo que posso sentir o gosto de sua magia, senti-la deslizando pela minha pele.

Não sei onde ele termina e eu começo.

Ele é demais. Ardente demais.

Ele é tudo.

— Goze para mim — implora com uma respiração desfiada, me tocando. *Nos* tocando. — Quero sentir você gozar para mim.

Meu corpo obedece.

Prazer passa através de mim, relâmpagos piscando como fogo em minhas veias, meu núcleo se enchendo de calor líquido enquanto espasmo em torno de sua dureza. É como se eu escorregasse para fora de mim mesma, a conexão com o êxtase tão intensa e emocionante que — por aqueles longos e maravilhosos momentos — é tudo o que sinto.

Felicidade absoluta.

Assim que começo a queda trêmula de volta à realidade, Alexus pressiona a mão sobre meu coração, seu outro braço apertando minha cintura. Há tanto poder nele, mesmo que contido. Mesmo agora é quase insuportável, mas ainda quero libertá-lo. Eu quero experimentar como é quando ele está dentro de mim e cheio de magia.

— Me faça parar se eu te machucar — sussurra com a boca em meu pescoço.

Meu estômago aperta de expectativa. Balanço a cabeça – porque não quero detê-lo –, e novamente seu sorriso faz cócegas na minha pele.

Ele abaixa as mãos fortes até meus quadris e a euforia aumenta mais uma vez. Sua liberação aumenta, latejando dentro de mim.

O desejo obscuro corre pelas minhas veias enquanto nos vejo pela janela. A ferocidade de seu desejo é impressionante de assistir, seus músculos tensos e flexionados enquanto ele empurra e empurra, cada investida sacudindo meu corpo, alimentando minha excitação novamente.

Seus dedos agarram com força meus quadris, e, na janela, com a neve caindo além, vejo que ele inclina a cabeça para trás e geme. Todo aquele cabelo preto e sedoso desliza sobre seu ombro enquanto um "Deuses" tenso deixa seus lábios.

Cubro suas mãos com as minhas, apertando, porque ele está nos levando de novo, e não posso fazer nada além de segurar e permitir.

Ofegante, tomo tudo o que ele tem para dar, até que ele grita meu nome. Seu corpo musculoso estremece com força contra o meu, e eu quebro uma segunda vez, tremendo de prazer.

Quando acaba, desabamos, suados e exaustos, envoltos nos braços e na magia um do outro. Deitamos lado a lado, e ficamos nos olhando nos olhos por um longo tempo – gentilmente acariciando, explorando, tocando –, o fogo crepitante e nossas respirações lentas sendo os únicos sons no cômodo.

Alexus beija meus dedos, e então segura minha bochecha antes de pressionar os lábios na minha boca. É um beijo lento e doce, deliberado e sem pressa. Eu adoro, mas me afasto.

— *Você não pode continuar me beijando assim, ou talvez nunca deixemos este lugar* — sinalizo, usando as mesmas palavras que ele usou na floresta.

Um lindo sorriso de parar o coração se abre em seu rosto.

— Bom, veja bem, *isso* — diz ele contra meus lábios — é o que é ser minha, e eu pretendo te mostrar como é várias outras vezes esta noite, se você permitir.

Sorrio também. Um sorriso genuíno. Um sorriso que sinto no meu coração, na minha alma.

Toco sua covinha e arrasto os dedos por sua barba antes de puxá-lo para cima de mim.

— *Promete?* — sinalizo.

Ele pressiona sua resposta tateando sobre o meu coração.

— *Prometo.*

44
Raina

Não existe amor sem medo, mas ninguém me disse que o medo se alimenta de quem tem algo a perder. Esse sempre foi o meu problema e, embora tudo pareça muito diferente agora, quando olho para minha vida, essa parte permanece firme e verdadeira.

Imagino que sempre será.

A rigidez dessa certeza se instala profundamente enquanto estou deitada diante do fogo com a cabeça de Alexus descansando em meu peito. Seu corpo comprido está enrolado no meu, tão quieto e tranquilo, agarrado aos restos de nosso ato de amor. Minha mente vagueia tão facilmente para a preocupação de que — a qualquer momento — aquele batimento cardíaco suave dele possa cessar, e eu não poderei fazer nada para impedir. Não sei como conciliar isso. Aceitar que este é o nosso destino, a menos que derrotemos o Príncipe do Leste com um punhado de Bruxos Caminhantes, está além do meu alcance.

Alexus não parece viver sob o peso de tais preocupações. Quando acorda, me toma novamente, até que minha mente esteja vazia de qualquer outra coisa além da paixão que compartilhamos. Mas não podemos permanecer no mundo dos sonhos de seu quarto para sempre.

Muito cedo, estou com Helena no salão principal, observando os servos carregarem as últimas bolsas e cobertores para fora. Estamos vestidas de couro, túnicas grossas de lã, mantos pesados forrados de pele e luvas de pele de foca. Nossas botas são altas e têm punhais amarrados em ambos os lados, e cada uma de nós usa um talabarte no peito, complementado com espadas que se encaixam perfeitamente em nossas mãos.

Não posso deixar de observar minha amiga, ela parece exatamente a guerreira que deveria ser. Cada hora aqui traz alguma nova mudança que torna minha antiga vida cada vez menos reconhecível, mas estou começando a sentir que essas mudanças, de alguma forma, se encaixam.

Helena inclina a cabeça, sinalizando para que eu a siga, e descemos o impressionante corredor que leva às cozinhas. Passamos por meia dúzia de tapeçarias, cada uma com pelo menos trinta palmos de altura, representando a guerra no deserto. As Guerras das Terras. As guerras que levaram Colden Moeshka a uma vida que ele nunca esperava — a de um rei imortal.

Hel abre a porta que dá para a cozinha principal e nós entramos. Ninguém está aqui além de nós.

— *O que foi?* — pergunto.

Ela arqueia uma sobrancelha escura e me guia pelo ambiente. Um jarro e um prato de adivinhação cheio de água esperam em uma mesa rústica.

— Você pode procurar o meu pai? — indaga ela. — Se ele está lá fora, Raina, é outro par de mãos para lutar conosco. Talvez sete pares de mãos, se todos os caçadores estiverem bem. Eles são bons com armas. Bons na caça. Sobrevivência. Rastreamento.

Solto um longo suspiro. Ela está certa. Os caçadores de Silver Hollow seriam uma grande adição ao nosso batalhão, mas, desde a noite do ataque à aldeia, tenho uma terrível suspeita de que eles pereceram perante os Habitantes do Leste horas antes de o inimigo devastar o vale. Eu vi Warek. O que parecia um homem desmaiado de tanto beber também poderia ser um homem morto revelado a mim de um ângulo pouco claro.

Mas devo olhar novamente. Preciso ter certeza.

Pego um punhal da minha bota e espeto a ponta do meu dedo. O sangue goteja, e eu giro a água.

— *Nahmthalahsh. Mostre-me os caçadores.*

A imagem que se forma na superfície violeta da água quase me deixa de joelhos. Os caçadores estão lá, no vale, enterrando os mortos.

Cobrindo a boca com as mãos e de olhos arregalados, fito Helena. Solto as mãos e sorrio, lágrimas de felicidade brotando nos cantos dos meus olhos.

— Estão lá? — A euforia se espalha por seu rosto. — Você os vê?

Enxugando os olhos, faço que sim com a cabeça e depois volto para a água, despejando-a em uma bacia e enchendo novamente com água da jarra. Outra picada. Outra gota de sangue.

— *Nahmthalahsh. Mostre-me Warek.*

A água gira e outra cena violeta aparece.

Rostos. Rostos *obscurecidos.* Pessoas andando por trás das folhas baixas de uma árvore. Olho com mais atenção, e um vento sopra, afastando as folhas.

Suspiro e agarro a borda da mesa. Warek caminha em direção aos restos carbonizados da aldeia, o rosto triste e abatido, mas alinhado com a mesma gentileza pela qual ele era conhecido em Silver Hollow.

E ele não está sozinho.

Mancando um pouco, Mena o segue, com uma garotinha agarrada à sua mão — Saira. Tuck, o cão, trota preguiçosamente ao lado de sua dona.

E ali, ao lado do pai de Helena, está outra pessoa. O rosto escuro é duro e cheio de amargura, a pele rachada do vento frio da manhã e do sol de outono. Uma pá repousa sobre o ombro forte.

Fecho os olhos, e meu coração se parte.

Finn.

Estou com minha irmã sob a neve que cai, do lado de fora do que sobrou dos estábulos. Eu nunca a teria imaginado desse jeito, mas ela parece feroz. O cabelo comprido está arrumado em tranças apertadas, seu corpo vestido com peles e armas brilhantes.

Estamos cercados por mais de duas dúzias de Bruxos Caminhantes e Habitantes das Terras do Norte, bem como suas famílias, cônjuges e amigos, todos se despedindo. Os cavalariços tiram Mannus e Tuck de suas baias contra um vento frio e, embora meu coração esteja cheio de conflitos, ele se enche de alegria ao ver os cavalos que atravessaram conosco a floresta e que nos levarão para mais uma aventura.

Alexus toma as rédeas, o cabelo escuro e a capa preta balançando ao vento. Quando me vê, sorri, mas há um lado triste nisso. Suas últimas palavras antes de deixarmos seus aposentos foram: *Se minha vida for interrompida, morrerei feliz porque passei esse tempo com você. Mas vou lutar por mais. Vou lutar por Colden. E vou lutar por nós.*

Nephele me segura pelos ombros. A ternura brilha em seus olhos.

— Sei que você não tem certeza sobre estar aqui, Raina. Sobre esta viagem. Sobre Finn. Tanta coisa aconteceu. E sei que não estive por perto de você e Finn há muito tempo, mas Alexus é um dos meus amigos mais verdadeiros. Eu vejo o jeito que ele olha para você. Aquele homem queimaria o mundo por Raina Bloodgood, e ele a conhece há apenas duas semanas. — Ela sorri e desliza as mãos para segurar as minhas. — Também sei que você está em uma posição difícil. Se eu puder lhe dar algum conselho, porém, é que ouça seu coração. — Ela faz uma pausa, então segura meu olhar. — Alexus Thibault é um homem que não entrega seu amor ou seu corpo livremente, Raina. Isso é diferente para ele. *Você* é diferente para ele.

Quando Alexus se aproxima, Nephele lança um olhar e um sorriso em sua direção, dá meia-volta e se afasta. Ela me dá um último olhar e uma piscadela por cima do ombro.

Eu não precisava do conselho. Sabia o que tinha que fazer no momento em que vi o belo rosto de Finn.

Alexus para os cavalos a poucos metros de mim. Uma distância estranha cresce no espaço entre nós, uma distância que seria impensável algumas horas atrás.

— Fiquei sabendo que os caçadores estão vivos — diz ele. — E seus amigos também: a avó de Rhonin, Warek e Finn Owyn. — Pigarreia. — Eu não tinha me dado conta de que Finn era irmão de Helena, filho do ferreiro. — Seus olhos são suaves e gentis quando ele diz o nome de Finn, mas incerteza e temor enchem sua voz. — Fico feliz por eles estarem bem — acrescenta. — Estamos a uma semana de viagem do vale, mas, com você observando as águas, tenho certeza de que conseguiremos encontrá-los caso viajem. — Ele faz uma pausa, sua voz calma, os olhos sinceros. — Você não me deve nada, Raina. Finn estar vivo muda as coisas, eu sei. E entendo.

— *Isso não muda nada* — falo para ele.

Porque não muda. Não tem que mudar. Não sei como explicarei a Finn o que sinto por Alexus ou como aconteceu em tão pouco tempo. Passaram-se apenas doze dias desde o Dia da Coleta, e, ainda assim, tudo no meu mundo mudou.

Eu mudei. E não consigo parar de pensar nas palavras sábias de Mena: *As batalhas são duras. Para ganhar, é preciso perder alguma coisa. Não tema perder. Você nunca seguirá em frente se não deixar algumas coisas para trás.*

Não quero deixar Finn para trás. Ele tem sido meu amigo mais querido, uma grande parte da minha vida. Mas de forma alguma vai permitir que eu fique com Alexus. Uma coisa é ele me ver vivendo minha vida sozinha. Será uma circunstância totalmente diferente para ele me ver com alguém que não seja ele.

E não estou disposta a desistir do homem que está diante de mim.

— Você tem certeza? — Alexus pergunta. A incerteza cobre sua testa franzida.

— *Mais do que tive sobre qualquer coisa em muito tempo.* — Eu me aproximo e pego sua mão.

Ele exala, a respiração nublada pelo ar invernal, e, sem um momento de hesitação, me puxa para seus braços, se abaixa e me beija como se não me beijasse há muito tempo. Meu rosto aquece, e, quando ele finalmente me solta, baixo a cabeça.

— *O que os outros vão pensar?* — sinalizo.

Com um sorriso tão verdadeiro que faz sua covinha aparecer, ele se aproxima, seu olhar verde brilhando na luz da manhã.

— Eles pensarão que estamos desesperados um pelo outro, e não estarão errados. — Ele me beija de novo, mais profundo, por mais tempo. Nesses poucos momentos, o mundo some. Quando ele afasta os lábios, a realidade volta. Alexus encara a multidão atrás de nós e assobia alto para chamar a atenção de todos. — Montem — grita ele. — Está na hora.

Ele me ajuda a subir nas costas de Tuck, me encaixando na sela. Aperto os dedos ao redor das rédeas enquanto Helena, Nephele e Rhonin se preparam ao meu lado.

Rhonin baixa a cabeça e aperta o punho sobre o coração.

— Obrigado por verificar as águas, Raina. Significa tudo.

Faço um aceno com a cabeça. Ele está preocupado com sua família, pessoas que não consigo ver, mas sua avó está no vale, viva, e isso trouxe uma luz aos seus olhos que eu não via desde que o conheci.

Helena sorri e olha para Rhonin.

— Quão longe chegamos. Inimigos em um dia, atravessando uma clareira inteira juntos no dia seguinte.

Não vejo preocupação em seus olhos. Eu não contei diretamente a ela, mas acho que minha amiga sabe onde meu coração pousou quando se trata de seu irmão. Além disso, o amor que ela sente por mim não é projetado em torno de Finn. Ela quer que eu seja feliz, e se isso significa beijar o Coletor de Bruxos até eu ficar azul, sei que é isso que ela quer para mim.

Os Bruxos Caminhantes se despedem de seus entes queridos, e então atravessamos os portões da Vila Invernal e enfrentamos a Floresta da Água Gélida. Não faço ideia do que vem pela frente, mas acredito que os dias que antecederam este momento foram uma espécie de escola preparatória.

Alexus segue na frente, nos guiando, e eu me aproximo. Ele faz Mannus parar e inspira profundamente o ar gelado vindo do norte.

Ele me olha por cima do ombro, seus olhos devastadoramente ousados contra o pano de fundo nevado.

— Você tem certeza de que está pronta para isso? — pergunta. — Este é apenas o começo.

Cavalgo até ele estar a apenas um braço de distância.

— *Tenho certeza* — sinalizo, minha determinação tão sólida quanto o chão gelado abaixo de mim. — *Temos um rei para salvar.*

Agradecimentos

Este livro começou como um conto que quis ser uma noveleta que quis ser uma novela que quis ser um romance. Nunca teria se tornado o livro que é sem o apoio e o incentivo das pessoas incríveis que cito abaixo.

Em primeiro lugar, ao meu marido. Esta minha jornada de escrita aconteceu em torno dos acontecimentos de nossa vida ocupada. Por diversas manhãs, eu o acordei às quatro da manhã porque tinha que escrever algo, e, em muitas noites, a luz do meu laptop o manteve acordado. Alguns de nossos jantares foram cheios de conversas incessantes sobre livros, fizemos mais visitas a livrarias do que posso contar, e ainda tiveram as semanas e finais de semana fora de casa para participar de conferências e retiros de escrita. Você me viu duvidar desse caminho, me viu tentar e falhar, tentar e falhar novamente, e, o tempo todo, sempre me dizia que eu conseguiria. Acreditou em mim mesmo quando eu não acreditava. Eu não poderia chegar até aqui sem o seu apoio inabalável. Obrigada. Eu te amo. Você é meu melhor amigo e minha rocha.

Para minhas filhas. Obrigada por serem esses seres humanos maravilhosos. Vocês suportaram a luta de ter uma mãe escritora. Toleram minha cabeça nas nuvens noventa e cinco por cento do tempo e sempre me dão o espaço que preciso para alimentar minha criatividade — mesmo que isso signifique morar em uma casa com livros EM TODO LUGAR. Vocês foram minhas verdadeiras líderes de torcida, sempre orgulhosas e sempre encorajadoras. Adoro todas vocês.

Para Hannah Banana, por me fazer ler *Crepúsculo*. Por sua causa, reacendi meu amor por histórias e leitura, minha paixão por livros e escrita. Eu vi essa paixão em você, e isso acendeu um fogo em mim. Se não fosse por você, eu não estaria neste caminho.

Melinda Collins, minha amiga e parceira crítica há dez anos, obrigada por ler todos os rascunhos ruins das minhas muitas histórias e por sempre ser a voz positiva que preciso ouvir. Obrigada por ser a Rainha do Espaço em Branco, por destruir meus usos desnecessários da palavra "como" e por cortar todas as palavras que esqueci. Formamos uma ótima equipe, e eu realmente gosto de você e estou grata pelo tempo que dedicou a este livro e a todos os outros trabalhos que criei ao longo dos anos. Sou uma escritora melhor por sua causa. Do fundo do meu coração, você arrasa.

Jodi Henry, minha gêmea de aniversário, obrigada por anos criticando/lendo e compartilhando ideias, nossas milhões de palavras por meio de mensagens de texto. Obrigada por acreditar nesta história quando era apenas uma novela. Suas amáveis palavras me deram a coragem de acreditar em Raina e Alexus e parar de duvidar de mim o suficiente para ter coragem para publicar a história.

Para as inúmeras pessoas em minha vida que influenciaram minha jornada de escrita: Susan Bickford, por todo o nosso retiro de escrita e diversão na conferência; Alexia Chantel, por ser a pessoa mais doce que conheço, torcendo por mim e me fazendo sentir que posso fazer TODAS AS COISAS; Molly Brogan e Ashley R. King, por serem seres humanos incríveis que me fazem rir e leem o que quer que eu envie, não importa quando eu envie; os membros da Music City Romance Writers, pelo acesso a workshops, concursos e ao mundo editorial; as senhoras da Mid-South Historical Novel Society, por serem tão gentis com uma escritora de fantasia com amor pela história; o SFF SEVEN, por me convidar para escrever no blog e compartilhar sua plataforma; Andrea Hollis, por me emprestar romances de fantasia e por ser minha primeira editora; April Carroll, por ler meus escritos quando deveríamos estar trabalhando; Wendy Jordan Petty, por simplesmente me amar e ser feliz por mim não importa o que aconteça; e Sandy Spencer Coomer, pelo meu tempo na Rockvale Writer's Colony. Eu não teria terminado este livro se não fosse a temporada que passei em sua bela fazenda.

Aos meus INCRÍVEIS Rebel Readers e aos leitores da novela *O Coletor de Bruxos/Era uma vez uma floresta encantada*. Obrigada por sua empolgação, pelos comentários cheios de emoji de coração nos olhos, pelas DMs sobre o livro antes mesmo de ser lançado no mundo, pelas mensagens e os e-mails querendo mais. Obrigada aos leitores beta, e para todos os leitores em outros países que acompanharam a história de Raina e Alexus — este livro é para vocês. Os leitores fazem o mundo dos livros girar, e eu sou grata a todos vocês.

Por fim, meu sincero agradecimento à equipe da City Owl Press. Eu não sabia que essa novela expandida se tornaria um romance de quatrocentas páginas quando assinei o contrato, mas vocês aceitaram a mudança com calma e têm me dado todo apoio e incentivo. Sou grata por trabalhar com pessoas tão incríveis, incluindo uma série de autores que se apoiam e que são realmente uma família.